LES FANTÔMES DE MANHATTAN

R. J. Ellory est né en 1965 en Angleterre. Après l'orphelinat et la prison, il devient guitariste dans un groupe de *rhythm & blues*, puis se tourne vers la photographie et l'écriture. En France, le succès est immédiat avec son roman *Seul le silence*, prix Nouvel Obs/BibliObs du roman noir 2009, qui conquiert plus de 500 000 lecteurs.

R. J. ELLORY

Les Fantômes de Manhattan

TRADUIT DE L'ANGLAIS
PAR CLAUDE ET JEAN DEMANUELLI

SONATINE ÉDITIONS

Titre original :
GHOSTHEART
Publié par Orion Books, Londres.

© Roger Jon Ellory, 2004.
© Sonatine Éditions, 2018, pour la traduction française.
ISBN 978-2-253-18441-6 – 1re publication LGF

1

Le bruit de la rue s'enflait hardiment pour se mesurer au vent telle une oriflamme aux couleurs vives, et, des bouches d'aération, la fumée et la vapeur émergeaient depuis les entrailles du métro en volutes fantomatiques et paresseuses. Il était encore tôt, peu après huit heures, et les gens sortaient de tout côté, des boulevards, des carrefours, des coins de rue, des portes des magasins, pour se porter à la rencontre du monde qui sortait de son sommeil.

Manhattan s'éveillait, ici sur l'Upper East Side. Columbia University, Barnard College et Morningside Park, bordés à l'ouest par l'Hudson River Park, à l'est par Central Park, et plus loin les 90e et 100e Rues Ouest, qui s'étiraient en lignes parallèles, comme un archipel de mathématicien. On était ici en plein quartier universitaire – étudiants, librairies, le Nicholas Roerich Museum, le tombeau de Grant, les Cloisters –, baignant dans l'odeur de l'Hudson, les bruits de la marina de la 79e Rue et plus au sud ceux du terminal maritime.

À quoi il fallait ajouter les odeurs tentatrices du pain sortant du four et des doughnuts, du sucre glacé et du bacon frit, le claquement des verrous que l'on tire, le brouhaha des voix qui se mêlent pareilles au murmure du tonnerre dans le lointain, le grondement de la circulation, voitures, fourgons, camionnettes de livraison transportant fruits frais et jambons, journaux, cigarettes et bidons de crème fraîche pour les cafés et les pâtisseries. Et bien d'autres choses encore.

Au milieu de ce riche fouillis où voisinaient les petits plaisirs de la vie, ses angles aigus et ses bords rugueux, s'avançait une jeune femme. Elle passait devant les escaliers qui montaient des tunnels en dessous : mouvements vifs et décidés, cheveux agités par le vent balayant son visage, manteau tenu serré au col pour se protéger des coups de poing acérés du vent froid qui semblait se précipiter sur elle depuis les entrées d'immeuble ou au détour des rues. Le teint pâle, les traits aquilins, les lèvres soulignées d'un rouge aubergine, le pas rapide, elle arriva au carrefour de Duke Ellington et de la 107e Rue Ouest. Où elle s'arrêta, pour regarder à gauche, à droite, puis encore à gauche, comme un enfant, avant de descendre du trottoir et de traverser prestement. Une fois de l'autre côté, de manière à peine perceptible, elle s'arrêta à nouveau, puis, tournant à gauche, prit une petite rue qu'elle longea jusqu'à la façade étroite d'une librairie. Elle fouilla les poches de son manteau d'où elle sortit ses clés, avant de se pencher dans l'embrasure pour ouvrir la porte. Une fois à l'intérieur, elle actionna toutes les lumières, retourna le carton accroché à la poignée et se rendit aussitôt dans l'arrière-boutique où elle remplit d'eau une verseuse à café. Elle brancha l'antique machine, versa l'eau dans le réservoir en verre, glissa dessous le récipient, et avec les gestes adroits que confère une pratique quotidienne, elle plaça un filtre dans le bol sous le réservoir, y ajouta le café moulu, avant de le remettre en place. Elle ôta son manteau, qu'elle jeta négligemment sur une chaise à côté d'une petite table en bois blanc, et revint sur le devant de la boutique.

Ses yeux firent le tour de la pièce, qui n'était pas sans ressembler à une bibliothèque étroite fermée sur elle-même, avec ses rayonnages montant jusqu'au plafond sur lesquels s'entassaient les livres de gauche à droite sans le moindre interstice entre eux, sans plus d'ordre que de soin, au mépris de l'alphabet et des codes-barres ; des livres fatigués, usés, écornés, chargés d'une vague odeur de moisi, qui la défiaient de leurs mots, de leurs myriades de voix silencieuses, des innombrables images qu'évoquait chaque paragraphe, chaque phrase, chaque expression ou proposition. C'étaient là ses mots à elle. Ses livres. Sa vie. Ici, dans Lincoln Street, dans un lieu retiré et anonyme, elle avait créé un petit havre de sagesse. Elle s'appelait Annie O'Neill. Aurait trente et un ans en novembre prochain. Signe du Sagittaire. L'archer. Avec ses cheveux d'un auburn cuivré profond, ses traits fins et ciselés, ses yeux tirant sur l'aigue-marine, elle était belle, célibataire, et se sentait souvent un peu esseulée. Elle portait des chemisiers à col ouvert et des pulls encombrants dont elle passait son temps à remonter les manches au-dessus du coude pour révéler une montre d'homme à son poignet que lui avait donnée sa mère, mais qui avait appartenu à son père. Elle était trop grosse, cette montre, et elle avait beau mettre le bracelet en cuir au dernier cran, elle ne cessait de glisser le long de son avant-bras, comme un enfant espiègle. Ses yeux étaient tantôt voilés et calmes, tantôt brillants et agités, et son humeur imprévisible – souvent douce et accommodante, parfois difficile, tempétueuse et provocatrice. Elle lisait la poésie de Carlos Williams et de Walt Whitman, et de la prose aussi – Faulkner, *Tandis que j'agonise*, et Shapiro, *Travelogue for Exiles*. Et bien d'autres encore, et même si elle n'avait pas lu tous les livres qui tapissaient les rayons de sa librairie, elle en avait lu un bon millier, peut-être deux, voire cinq.

C'était là le monde d'Annie O'Neill, que peu de gens fréquentaient, la plupart parce qu'ils ignoraient son existence, d'autres parce qu'elle ne les intéressait pas et qu'ils préféraient courir vers des lieux investis à leurs yeux d'un poids plus grand que celui du mot écrit. Sans compter que bien des choses n'avaient pas leur place ici : vanité, ostentation, duplicité, lâcheté, cupidité, superficialité.

D'autres, en revanche, y étaient chez elles : amour, désir, magie, franchise, compassion, empathie, perfection.

Idéaliste, passionnée, déterminée – mains avides saisissant la vie par poignées trop grosses pour pouvoir tout garder –, Annie O'Neill se languissait. Pour un objet mal défini, mais pas sans danger. Elle voulait être aimée, touchée, étreinte. Elle désirait, attendait dans l'impatience, peinait, souffrait.

Tels étaient ses sentiments, ses émotions, ses pensées. Telle était la tournure qu'avait prise sa vie encore en devenir et guettée par la dépression. Telles étaient ses couleurs, ses réflexions, sa vacuité.

C'était un jeudi matin d'août, qui clôturait les ultimes chapitres d'un été anormalement froid, et tandis qu'elle réfléchissait à sa vie, elle ne pouvait se départir du sentiment qu'elle était une sorte d'anachronisme, n'était pas à sa place, pas plus dans le temps que dans l'espace. Car on était au début du XXIe siècle, et elle savait, sans l'ombre d'un doute, qu'elle n'appartenait pas à ce monde. Mais à celui de Scott Fitzgerald, d'Hemingway et de Steinbeck, à celui de *Au dieu inconnu* et de *Outsiders*. C'était là qu'on aurait trouvé son cœur, et elle supportait mal cette idée, la combattait tous les jours que le bon Dieu fait, tout en vaquant aux occupations de sa vie étriquée, tournant en cercles concentriques toujours plus étroits, sans cesse happée par la spirale du vide et de la solitude.

Il fallait que les choses bougent. Il fallait agir dans ce sens, et elle était suffisamment pragmatique pour comprendre que le pivot de tout changement ne pourrait être qu'elle-même, que pareils changements ne se produisaient qu'à condition d'être provoqués, qu'ils ne pouvaient en aucune manière être le résultat d'une intervention divine. Ils étaient le fruit de la détermination, de l'action, de l'exemple. Les gens changeaient avec vous, ou ils ne vous suivaient pas. Un peu comme ce que donnait à lire la gare de Grand Central. Vous preniez le train, le 5 h 36 pour Two Harbors, niché là-bas au pied des Sawtooth Mountains où, par temps clair, on pouvait presque, en tendant la main, toucher les Apostle Islands et Thunder Bay, et ceux qui marchaient avec vous vous accompagnaient ou non. Dans ce dernier cas, ils se contentaient de rester là à agiter la main et à vous regarder disparaître sans bruit dans les lointains indistincts du souvenir. Et si vous voyagiez seul, vous emportiez juste de quoi couvrir vos besoins, sans vous encombrer de bagages trop lourds – rêves abandonnés, amours perdues, jalousies, haines et frustrations. Vous n'emportiez que le plus beau. Ce qui se partage. Ce qui ne pèse presque rien mais détient le sens de toute chose. Voilà ce que vous portiez, et qui, dans une certaine mesure, vous portait.

Annie O'Neill se faisait souvent ce genre de réflexion, et souriait, seule avec ses pensées.

Le café était prêt. Elle en sentait l'arôme depuis le devant du magasin. Elle retourna dans l'arrière-boutique, lava une tasse dans l'évier d'angle et sortit une petite brique de crème du réfrigérateur, en versa les dernières gouttes dans sa tasse avant de la remplir de café. Elle resta là un moment, et ce ne fut que quand elle entendit résonner la cloche au-dessus de la porte d'entrée du magasin qu'elle s'aventura à nouveau dans son monde d'entre les mondes.

L'homme était assez âgé, dans les soixante-cinq, soixante-dix ans, et portait sous le bras un paquet enveloppé dans un papier d'emballage retenu par une ficelle. Son pardessus, bien qu'épais et sans doute coûteux au départ, était lustré par endroits. Il avait des cheveux gris argent, blanchis aux tempes, et, quand il la vit, il lui sourit avec une telle chaleur et une telle cordialité qu'Annie ne put s'empêcher de lui rendre la pareille.

« Je dérange ? demanda-t-il poliment.

— Pas du tout, dit Annie en secouant la tête et en s'avançant vers lui. Que puis-je pour vous ?

— Je ne voudrais pas vous importuner si vous avez mieux à faire, dit le vieux monsieur. Je pourrais peut-être repasser à un autre moment.

— Ce moment en vaut un autre, rétorqua Annie. Vous recherchez quelque chose en particulier ? »

L'homme secoua la tête à son tour et sourit de nouveau. Et il y avait dans ce sourire quelque chose, un je-ne-sais-quoi de familier, qui mit aussitôt Annie à l'aise.

« Je regarde, simplement », dit-il. Il resta là un moment à faire le tour de la pièce, jetant un coup d'œil à Annie à une ou deux reprises, avant de se tourner une nouvelle fois pour balayer du regard les casiers et les rayons débordant de livres.

« Vous avez là une collection impressionnante.

— En tout cas, j'ai là de quoi m'occuper, répondit-elle.

— Et satisfaire les besoins de ceux dont les goûts ne s'arrêtent pas à la liste des best-sellers du *New York Times*.

— C'est vrai que vous trouverez ici quelques spécimens étranges et peu communs, dit Annie en souriant. Oh, rien de trop rare ni de trop intellectuel, mais quelques ouvrages vraiment bons.

— J'en suis sûr.

— Y a-t-il quelque chose que vous espériez trouver ? demanda-t-elle, à présent légèrement mal à l'aise.

— Je suppose qu'on pourrait formuler la chose ainsi. »

Annie s'avança encore un peu, avec le sentiment indéniable qu'elle avait manqué quelque chose.

« Et je pourrais savoir de quoi il s'agit ? s'enquit-elle.

— C'est un peu difficile à... »

Annie fronça les sourcils.

À nouveau, l'homme secoua la tête, comme s'il se demandait ce qu'il faisait là.

« En toute honnêteté, je ne suis ici que pour faire revivre le passé.

— Le passé ?

— Eh bien... eh bien, comme je vous l'ai déjà dit, c'est un peu difficile... après toutes ces années, mais si je suis venu ici, c'est parce que j'ai connu votre père, autrefois... »

Le vieil homme avait laissé sa phrase en suspens, comme s'il s'attendait à une réaction.

Annie restait sans voix, perplexe.

L'homme toussota, comme s'il voulait excuser sa présence. « Je le connaissais suffisamment pour prendre des livres, poursuivit-il. Les lire et les payer plus tard. »

Il s'interrompit de nouveau, avant de rire doucement.

« Votre père était un homme brillant, un esprit brillant... Il me manque.

— À moi aussi », dit Annie, presque involontairement, submergée par une soudaine vague d'émotion en entendant évoquer son père.

Elle resta un moment sans bouger, le temps de se ressaisir, et s'avança encore un peu dans la boutique.

Le vieux monsieur posa son paquet sur une pile de livres cartonnés et poussa un soupir. Il embrassa du regard les rayonnages de haut en bas et de gauche à droite, passant d'un mur à l'autre.

Il écarta les bras au maximum, tel un pêcheur en train de raconter ses exploits.

« C'était son rêve, dit-il. Il semblait ne rien désirer d'autre en dehors de ce qu'il possédait ici... à l'exception de votre mère, bien sûr. »

Annie secoua la tête. Elle avait du mal à faire face aux émotions qui la submergeaient. Un sentiment d'absence, de mystère, et le brutal rappel à la mémoire d'un vide énorme dans sa vie que, en ce moment même, elle s'efforçait désespérément de combler à l'aide de souvenirs tronqués. Son père était mort depuis plus de vingt ans, sa mère depuis plus de dix, et pour autant, d'une certaine façon, les souvenirs qu'elle gardait de lui étaient plus forts, plus vifs, plus bouleversants. À cet instant précis, elle avait l'impression de l'avoir là devant elle. Debout à l'endroit même où se tenait le vieil homme vêtu de son pardessus coûteux mais râpé.

« Comment avez-vous connu mon père ? » demanda Annie, dont les mots avaient du mal à se frayer un chemin jusqu'à sa bouche. Elle sentait sa poitrine se serrer, comme si elle retenait des larmes taries depuis longtemps.

L'homme eut un clin d'œil à son adresse.

« Ah ça, ma chère, c'est une très longue histoire... »

*

La mère d'Annie O'Neill écoutait Frank Sinatra. À toute heure du jour. Le seul fait d'entendre sa voix si souvent quand elle était enfant avait ensorcelé Annie O'Neill bien longtemps avant qu'elle découvre l'acteur de cinéma ou lise une biographie de lui. Et elle se moquait comme de l'an quarante de ce que le monde pouvait penser de lui. Peu importait que Coppola l'ait peint sous les traits de Johnny Fontane dans *Le Parrain*, qu'il ait pu présenter une fille nommée Judith Exner à la fois à Sam Giancana et à John Kennedy, ou qu'il ait fait l'objet d'enquêtes approfondies après avoir été soupçonné de collusion avec la mafia... Bon sang, c'était un sacré chanteur ! Dès les premières mesures de *Young at Heart* ou de *I've Got the World on a String*, que l'orchestre ait été celui de Harry James, Nelson Riddle ou Tommy Dorsey, que ce fût la neuvième ou la douzième prise et qu'il restât encore des traces des remarques exaspérées de Frank sur le mixage final, on s'en moquait éperdument. Quand on avait un homme capable de chanter comme ça, on se moquait bien de savoir s'il était aussi le tueur mystérieux fumant une cigarette derrière son tertre herbeux en attendant le passage du président. Hoboken, New Jersey, 12 décembre 1915, ce jour-là le monde avait reçu un don de Dieu, et Dieu avait daigné lui accorder suffisamment de temps sur cette terre pour charmer des millions de cœurs.

Et c'était vers Frank que se tournait invariablement Annie quand elle avait l'impression de se perdre dans l'anonymat de sa propre vie. Et c'était dans le timbre et le rythme de sa voix qu'elle trouvait quelque consolation, et un refuge à l'idée que c'était là un amour qu'elle avait partagé avec sa mère. Dans son appartement du troisième étage de Morningside Heights

– quatre pièces, chacune décorée avec grand soin et après mûre réflexion, chaque couleur longuement pesée, chaque meuble choisi avec le souci constant de l'harmonie de l'ensemble –, elle s'isolait de la réalité extérieure pour retrouver la sienne, tellement plus réelle que l'autre.

C'était hors de cette coquille protectrice qu'elle s'était aventurée ce jeudi matin d'août pour une marche d'une dizaine ou d'une quinzaine de minutes qu'elle accomplissait tous les jours de la semaine, et durant laquelle elle avait pour habitude de redessiner sa vie pour en faire quelque chose de plus conforme à ses rêves. Pour les centaines, voire les milliers de passants qui la croisaient dans la rue, c'était néanmoins une marche solitaire, un enchaînement méthodique de pas, sans incident notable de l'un à l'autre. Et une fois arrivée, elle voyait toujours à peu près les mêmes gens. Harry Carpenter, un ingénieur à la retraite qui avait travaillé au Rose Center for Earth and Space : intarissable sur sa collection de bandes dessinées de *Spiderman*, qui vous racontait à l'envi comment il avait déniché un exemplaire à l'état pratiquement neuf de *The Amazing Spider-Man* de mars 1963, mais aussi le n° 14 de juillet 1964, au moment où le Bouffon vert apparaît pour la première fois, et, joyau de la collection, un n° 39 d'août 1970, quand est révélée la véritable identité de Norman Osborn. À soixante-sept ans, Harry, qui avait perdu sa femme depuis bien longtemps, sans doute un peu perdu, déambulait entre les rayons et choisissait des livres dont Annie savait pertinemment qu'il ne les lirait jamais. Il y avait aussi John Damianka, maître de conférences à Barnard College, une âme sœur en quelque sorte. John et Annie avaient été voisins il y avait une éternité de cela, et quand celle-ci avait déménagé à Morningside, John avait continué à lui rendre visite comme si c'était là une habitude qu'ils garderaient jusqu'à la fin de leurs jours. Jadis, assis sur le porche, ils parlaient des petits riens de la vie, mais à présent il venait au magasin, et même s'il avait l'air bien, il y avait toujours chez lui une trace de ce désespoir silencieux qui pour Annie était la marque des solitaires. Son thème favori, c'était le parcours du combattant qu'il fallait s'imposer de nos jours si l'on voulait trouver *une fille correcte*. « Je n'ai pas besoin d'une Kim Basinger, expliquait-il. Je veux simplement quelqu'un qui me comprenne... sache où j'en suis, d'où je viens, où je vais. » Annie ne disait rien, résistait à l'envie de lui faire remarquer que les choses seraient sans doute plus simples si lui-même était capable de répondre à ces questions, et elle écoutait patiemment. « Le comble de l'ironie, poursuivait-il, c'est que les seules lettres que reçoivent les gens comme moi sont du genre "Cher John". » Il accompagnait ces mots d'un rire amer chaque fois qu'il les prononçait, puis il ajoutait : « Mais tu sais quoi, la seule fille qui m'ait jamais largué par courrier m'appelait JD. Et c'est comme ça que commençait sa lettre. "Cher JD". Si bien que la seule véritable lettre style "Cher John" que j'aie jamais reçue n'en était finalement pas une. »

Voilà la sorte de gens qu'elle voyait. Des gens perdus, peut-être. En tout cas, suffisamment pour tomber sur la petite librairie nichée dans une rue étroite à un jet de pierre d'Ellington et de la 107e Rue Ouest.

Elle les accueillait, tous autant qu'ils étaient, parce qu'il lui restait encore assez d'idéalisme pour croire qu'un livre avait le pouvoir de changer une vie.

Et c'était bien pourquoi, quand le vieil homme au pardessus hors de prix mais fatigué avait fait allusion à son père, elle avait d'abord pensé qu'il était venu évoquer le passé, choisir un livre, pourquoi pas, passer quelques minutes à bavarder tout en évitant les sujets qui pourraient fâcher. Puis elle s'était dit, pour finir par s'en persuader, que cet homme – quel qu'il ait été – était peut-être la clé qui lui permettrait de comprendre une partie de son passé qui lui était toujours restée fermée. Le sentiment d'urgence qui s'était emparé d'elle ne s'expliquait pas autrement ; il représentait une ligne qui la ramènerait au rivage ; elle s'y agrippait des deux mains, en tirant de toutes ses forces.

« Vous êtes occupée ? » lui demanda le vieil homme.

Annie ouvrit les deux bras devant elle comme si elle l'invitait à survoler du regard les foules qui se bousculaient pour pénétrer dans le magasin. Elle sourit et secoua la tête.

« Non, dit-elle. Je ne suis pas occupée.

— Alors, permettez-moi de vous prendre quelques minutes de votre temps pour vous montrer quelque chose. »

En se dirigeant vers elle, il prit son paquet au passage sur la pile de livres cartonnés et vint le poser devant elle sur le comptoir avant d'en dénouer la ficelle.

« J'ai ici quelque chose, dit-il calmement, qui a toute chance d'éveiller votre curiosité. »

Le papier d'emballage se déplia en craquant comme du parchemin, comme une feuille morte à nouveau sortie de sa chrysalide aux multiples couleurs. À l'intérieur du paquet se trouvait une liasse de feuillets, et, au-dessus, une enveloppe marron vierge de toute inscription. Le vieil homme prit l'enveloppe et en sortit une unique feuille de papier. Qu'il tendit à Annie.

« Une lettre », annonça-t-il.

Annie s'en empara, en sentit la texture grossière et cassante. Avec l'impression de tenir dans ses mains la page d'un ouvrage très ancien, une première édition reléguée quelque part et condamnée à conserver ses mots enfermés à perpétuité. En haut de la feuille, dans une écriture passée mais encore lisible, l'entête proclamait : *Hôtel Cicero*.

« Le bâtiment n'existe plus, dit le vieil homme. Il a été démoli dans les années 1960 pour être remplacé par une construction au modernisme bizarre. »

Son ton un peu sec et sa voix trop appuyée n'aidaient pas à le situer.

Annie leva les yeux vers lui et hocha la tête.

« C'est une lettre de la main de votre père, poursuivit-il. Écrite à votre mère. Regardez… »

Il tendit la main, puis l'index, et le doigt glissa au-dessus de la feuille avant de se poser sur les mots *Cher Cœur*.

Annie fronça les sourcils.

« Il commençait toujours ses lettres de cette façon. En témoignage de son affection, de son amour pour elle. C'est triste à dire, mais je crois bien que ses lettres ne lui sont jamais parvenues… »

Le vieil homme retira son doigt.

Annie le regarda disparaître comme elle l'aurait fait d'un train quittant une gare avec une personne aimée à son bord.

« S'il y avait une chose à laquelle votre père excellait, chuchota-t-il, comme s'il cherchait seulement à produire un effet, c'était sa manière d'aimer ceux qui lui étaient chers. »

Le vieux monsieur inclina alors la tête en direction de la lettre, et la main et l'index se livrèrent à un petit ballet, évocateur du geste de quelqu'un présentant un numéro de music-hall.

« Allez-y, lisez, dit-il avec un sourire.

— Quel est votre nom ? » demanda Annie.

L'homme fronça brièvement les sourcils, comme si la question n'avait pas la moindre pertinence ni le moindre rapport avec la situation.

« Mon nom ?

— Votre nom, répéta-t-elle.

— Forrester, dit-il, après une légère hésitation. Je m'appelle Robert Franklin Forrester, mais on m'appelle simplement Forrester. Robert est trop moderne pour quelqu'un de mon âge. Et Franklin... trop présidentiel, vous ne trouvez pas ? »

Il sourit, avant d'incliner la tête, comme si une tierce personne venait de le présenter dans les règles.

Une fois encore, elle eut un pincement au cœur en voyant son sourire. N'y avait-il pas quelque chose de trop familier dans la manière qu'il avait de la regarder ?

Elle ne se possédait plus, maintenant, forcée d'envisager une éventualité qui l'excitait et la terrifiait à la fois. Elle se retrouva en train de scruter son visage, à la recherche d'un détail susceptible de l'aider à découvrir la véritable identité de cet homme. Elle frissonna, de façon visible, et reporta les yeux sur la lettre.

Cher Cœur,
Je suis perdu, à présent. Plus que j'aurais jamais imaginé pouvoir l'être un jour. Pardonne-moi pour toutes ces années. Je sais que tu comprendras, et je sais que, quoi qu'il arrive maintenant, tu resteras fidèle à ta promesse. Je suis sûr que tu sauras t'occuper de notre enfant, comme je l'aurais fait moi-même si cette chance m'avait été donnée. Je suis certain que je ne te reverrai pas, mais tu es – comme tu l'as toujours été – dans mon cœur. Je t'aime, Madeline, comme je sais que tu m'aimes, toi aussi. Un amour tel que le nôtre n'était peut-être pas destiné à survivre. Tel un papillon qui se brûle à la flamme. Un moment radieux de stupéfiante beauté, puis le noir.
Toujours à toi, Chance.

Annie plissa le front et sentit son cœur se serrer comme le poing d'un enfant.
« Chance ?
— Il l'appelait Cœur, dit Forrester avec un sourire, elle l'appelait Chance… Vous savez ce que c'est, l'amour. »
Annie sourit, comme si elle comprenait. Elle ne se demanda pas d'où lui venait son impression, qu'elle ne parvint pourtant pas à réfréner. Mais elle croyait bien – à contrecœur, Dieu sait – ne pas savoir ce que c'était que l'amour.

« Il est mort peu après, dit Forrester. Je pense, sans en être absolument certain, que, même si elle ne l'a jamais reçue, c'était de fait sa toute dernière lettre. »

Annie tenait la feuille entre ses mains, qui s'étaient mises à trembler. L'émotion lui contractait la poitrine, un petit nœud serré lui obstruait la gorge, et quand elle regarda de nouveau Forrester, il avait des contours flous. Sans doute à cause de ses larmes.

« Mon Dieu », dit-il, en sortant un mouchoir en soie de sa poche.

Il le lui tendit, et elle se tamponna les paupières.

« Mon intention n'était pas de vous bouleverser. Plutôt l'inverse. »

Annie eut un nouveau regard pour la lettre, avant de revenir au vieux monsieur. Tous deux ne faisaient plus qu'un – lui debout à côté d'elle et cette lettre qu'elle tenait à la main, et dans cette fraction de seconde, ils représentaient tout ce qu'elle avait jamais voulu savoir de sa propre histoire.

« Je suis venu, voyez-vous, avec une invitation », dit-il en souriant une fois de plus de cette façon étrangement familière.

De la relation qui avait pu exister entre ses parents, Annie ne savait pas grand-chose. Son père était mort quand elle avait sept ans, et dans les années qui avaient suivi, alors qu'elle vivait seule avec sa mère, Madeline, elles n'en avaient jamais beaucoup parlé. Bien sûr, il était de temps à autre présent dans leurs conversations, à l'occasion d'une remarque de sa mère à propos du magasin ou d'un livre qu'ils avaient lu... mais les détails intimes, les tenants et les aboutissants de leur vie avant sa mort, on n'y faisait jamais allusion.

Madeline O'Neill avait été une forte personnalité, une femme intuitive et pleine d'assurance. Son intelligence et sa culture défiaient toute tentative de description, et il lui arrivait souvent de parler de choses dont sa fille était persuadée que tout le monde les ignorait. Elle connaissait les livres et l'art, la musique et l'histoire ; elle disait la vérité sans détour et sans hésitation. Elle avait été toute la vie d'Annie, une totalité, une plénitude, et pendant les années qu'elles avaient passées ensemble, Annie n'aurait jamais pu concevoir l'existence sans elle. Mais le temps poursuivait sa marche, accompagné d'une troupe de fantassins, des hommes équipés d'armes qui affaiblissaient le cœur, usaient les nerfs. Ils arrivèrent un soir, peu après Noël, en 1991, apportant avec eux l'ordre de mobilisation de Madeline O'Neill.

Après la mort de sa mère, après l'enterrement, après la brève apparition de gens qu'elle connaissait à peine et qui avaient tenu à exprimer regrets et compassion, Annie s'était retrouvée sans rien ou presque. La maison où elles avaient vécu toutes ces années avait été vendue, et le fruit de cette vente lui avait permis d'acquérir le magasin et de verser un dépôt de garantie pour le loyer de son appartement. Au-delà, il n'y avait guère qu'un carton, sous le lit de sa mère, rempli de papiers et d'objets divers dont Annie savait qu'ils lui étaient destinés. Et parmi eux, un livre. Un seul livre sur les milliers qui étaient passés entre les mains de la famille, les uns après les autres, au fil des années. Un petit ouvrage, intitulé *Un moment de répit*, d'un certain Nathaniel Levitt. Imprimé en 1836 par Hollister & Sons de Jersey City et relié par Hoopers de

Camden – deux noms l'un et l'autre disparus depuis longtemps, emportés par la vague des absorptions ou des fusions. Annie n'en comprenait pas vraiment la signification. Le livre en était venu à incarner son père, et pour cette raison même elle n'avait jamais poussé plus loin ses investigations, n'avait jamais cherché à savoir si son auteur avait écrit d'autres ouvrages. Ces choses étaient sans importance et semblaient, d'une certaine façon, défier la mémoire de son père. À l'intérieur, au verso de la couverture, se trouvait une inscription : *Pour Annie, quand le moment sera venu. Papa.* Et une date : *2 juin 1979*. C'était une histoire assez banale, une histoire d'amour perdu et retrouvé, et même si les lieux, les noms et les voix étaient datés, il y avait quelque chose dans le rythme de l'écriture, dans l'élégance avec laquelle était souligné et éclairé le moindre détail, qui en faisait un roman à part. Peut-être ne contenait-il rien de réellement significatif, mais elle lui avait conféré un sens et un charisme qu'il ne méritait sans doute pas. C'était à elle qu'on l'avait destiné. Il lui venait de son père. Et même si elle ne devait jamais apprendre de quel moment celui-ci voulait parler dans sa dédicace, c'était sans importance. Il était ce qu'il était, mais ce qui comptait par-dessus tout, c'était qu'il était sien.

Il n'en restait pas moins qu'Annie O'Neill, pour la première fois depuis bien des années, était frappée par le fait qu'elle pensait à son père comme à une vraie personne : quelqu'un doté d'une vie propre, de rêves, et d'aspirations personnelles. Qu'avait dit Forrester à son sujet ? Que s'il y avait une chose à laquelle son père excellait c'était sa manière d'aimer ses proches, et donc sa femme, la mère d'Annie. Or l'amour semblait être à présent une voie si tortueuse, une terre si inconnue, avec ses périples le long des grandes artères du cœur. Il suffisait de penser à l'expression : *tomber* amoureux. Éloquente en soi, avec cette image d'une chute la tête la première dans l'au-delà. Pourquoi pas « monter amoureux » ? Dis, tu ne sais pas ce qui m'est arrivé ? Je suis monté amoureux – et alors là, je peux te dire que pour une sensation, c'en est une. À nulle autre pareille.

Sa mère avait toujours eu un air indéfinissable quand elles l'évoquaient. Annie la suppliait à certains moments de lui parler de lui, de lui dire à quoi il ressemblait, mais il y avait un blocage chez Madeline, un frein puissant qui l'empêchait de se livrer. La perte de son mari l'avait anéantie, ce que l'on déchiffrait sans peine dans ses yeux et dans la crispation de ses mains chaque fois que son nom était prononcé. Madeline O'Neill avait possédé une force de caractère hors du commun. Son esprit, son intelligence, sa compassion, sa passion pour la vie étaient de ceux auxquels Annie avait toujours aspiré, mais qui étaient toujours restés pour elle hors d'atteinte. C'était cette force de caractère qui avait fait d'elle quelqu'un de si spécial aux yeux de son père, elle en était sûre, et de cette seule et unique constatation elle déduisait que ce dernier avait dû lui aussi être un homme remarquable, pour avoir ainsi capturé le cœur de sa mère.

Annie avait toujours la lettre à la main. L'hôtel Cicero. Pourquoi était-il dans un hôtel ? Dans un hôtel, et qui plus est en train d'écrire à sa femme ? Elle pensait éprouver plus d'émotion en ce seul moment que pendant toute l'année écoulée. Émotion liée à son père, à l'homme qui lui avait donné la vie pour presque aussitôt en disparaître. Émotion liée aussi à sa mère, car ces quelques mots semblaient résumer tout ce qui pouvait être dit de la profondeur de l'amour qui les attachait l'un à l'autre. Il y avait un vide en elle, au moins aussi grand que le bâtiment dans lequel elle se trouvait, et elle n'avait jamais rien découvert susceptible de l'effacer.

Elle leva les yeux sur Forrester. Qui lui rendit son regard – direct, nullement décontenancé. Il avait un visage habité, chaleureux, généreux, des traits ni mal équarris ni finement ciselés, mais entre les deux. Le visage d'un homme qui atteindrait le bout de sa vie, assis peut-être dans le salon d'un hôtel quelque part, ou dans un fauteuil à bascule sous le porche d'une véranda, et pourrait déclarer avec une certitude sans équivoque qu'il avait eu une vie digne de ce nom. Une *vraie* vie. Qui avait eu du poids, du sens, une vie d'amours et de pertes, de risques calculés. *Voilà un homme*, songeait-elle, *qui ne se demanderait jamais « Et si j'avais... ? »*. Malheureusement pour elle, mais très objectivement, l'antithèse de sa propre petite existence étriquée.

Annie sourit. Lui tendit la feuille.

Forrester leva la main. « Non, elle est à vous. Gardez-la. »

Elle fronça les sourcils, sans s'interroger sur les raisons qui avaient permis à cet étranger d'entrer en possession de cette lettre.

Devinant sa pensée, Forrester sourit.

« Frank... votre père, et moi, avons partagé une chambre, à une époque. Je suis resté parti longtemps et ne suis revenu en ville que récemment, et, en préparant mon déménagement, je suis tombé sur cette lettre, ainsi que sur quelques autres...

— Quelques autres ?

— D'autres lettres, oui, toutes de votre père à votre mère... J'ai également retrouvé quelques photos, de vieilles photos – et même une ou deux de vous plus jeune. C'est ainsi que j'ai su en entrant dans le magasin que vous étiez la fille de Frank, conclut-il en souriant.

— Vous pourriez me les apporter ? »

Forrester ne répondit pas tout de suite à sa question. Il se contenta de hocher la tête, et posa la main sur la pile de feuillets sur le comptoir. « Voici mon invitation, dit-il. Votre père et moi avions démarré quelque chose. Quelque chose de bien particulier, ici à Manhattan, il y a de cela plusieurs décennies. Tout de suite après la signature du bail de ce magasin... »

Forrester leva la main et d'un geste large indiqua la pièce dans laquelle ils se tenaient.

« C'est ici que je l'ai rencontré, et c'est ici que tout a commencé.

— Que quoi a commencé ? » demanda Annie en posant la lettre sur le comptoir.

Forrester inclina la tête et cligna de l'œil comme s'il s'apprêtait à lui confier un fabuleux secret.

« Le club de lecture.

— Un club de lecture... Vous et mon père ? s'étonna Annie.

— Et cinq ou six autres... Des vagabonds en chambre, des poètes et même un ou deux écrivains... Et toutes les semaines nous nous retrouvions ici ou dans un de nos appartements pour partager des histoires, lire des poèmes ou même des lettres que nous avions reçues. C'était une autre époque, une autre culture, pour tout dire, et les gens écrivaient tellement plus... avaient tellement plus à dire, il faut bien le reconnaître. »

Annie sourit. Voilà une facette de son père, un jour sous lequel elle ne le connaissait pas. Il avait donc fondé un club de lecture.

« Et comme je suis ici pour quelque temps, plusieurs semaines, plusieurs mois peut-être, j'ai senti qu'il me fallait faire revivre la tradition. » Forrester sourit. Une fois de plus, il fit le geste d'une ouverture en fanfare, balayant de la main les rayonnages qui les entouraient de tous côtés, comme autant de sentinelles littéraires.

« Après tout, nous ne risquons pas d'être à court de matériaux.

— Vous avez raison sur ce point, dit Annie en hochant la tête.

— Et ceci, reprit Forrester en sortant le paquet de feuillets de leur emballage, après une seconde d'hésitation, comme s'il était gêné, ceci, pour tout vous dire, mademoiselle O'Neill, je pensais que ce pourrait être notre premier sujet de discussion. »

Il les tendit à Annie. Elle pouvait sentir l'odeur du vieux papier, les traces qu'avaient laissées les années en pénétrant sa texture. Ce n'était peut-être qu'un effet de son imagination, mais elle avait l'impression que c'était son histoire qui s'inscrivait dans ces pages, une histoire dont son père avait fait partie, et que, par ce biais, elle pourrait découvrir des éléments de la sienne. Une porte s'était ouverte devant elle, et qu'aurait-elle pu faire sinon répondre à son invitation ?

« C'est un roman, il me semble... du moins le début d'un récit. Il a été écrit il y a bien des années par quelqu'un que j'ai connu pendant un temps très court, tout bien considéré. C'était un membre du club, et tant qu'il en a fait partie, il nous a, dans une certaine mesure, tenus sous sa coupe, dit Forrester avec un sourire nostalgique. Je n'ai jamais plus rencontré un homme comme lui. »

Il s'interrompit quelques secondes. « Il y a là le premier chapitre... Qui se lit comme une sorte de journal, je dirais. J'aimerais que vous le lisiez, et je reviendrai lundi prochain pour en discuter avec vous. »

Il sourit encore, et il y avait quelque chose de si chaleureux, de si authentique dans son expression, qu'Annie O'Neill ne songea pas à se poser de questions sur de possibles intentions, arrière-pensées ou intérêts personnels. Elle dit simplement :

« Oui, bien sûr... lundi prochain.

— Eh bien, voilà... Affaire réglée, contrat signé, marchandise livrée », conclut Forrester en tendant la main.

Annie la regarda, puis leva les yeux sur son visage et vit le mouchoir qu'elle serrait toujours dans son poing.

« Ah oui... Désolée, s'excusa-t-elle avant de le lui rendre.

— Ce fut un plaisir, dit-il en inclinant de nouveau la tête, avec un salut un peu sec à l'européenne.

— Monsieur Forrester ? »

Il s'immobilisa.

« Pourriez-vous... Accepteriez-vous de me parler de mon père ? Je sais que la requête peut paraître bizarre, mais j'étais très jeune quand il est mort... et... vous voyez...

— Il vous manque ? »

Annie sentit ce nœud se former à nouveau dans sa gorge, menaçant de la faire suffoquer. Elle acquiesça d'un signe de tête, car elle savait que si elle s'avisait de parler, elle fondrait en larmes.

« Lundi. Vous me poserez toutes les questions que vous voudrez, et je vous dirai ce que je sais.

— Pourriez-vous... Peut-être que vous pourriez rester un peu plus longtemps maintenant ? hasarda Annie.

— Je suis désolé, ma chère, dit Forrester en lui effleurant le bras, malheureusement j'ai une affaire urgente à régler... mais vous pouvez compter sur moi lundi, sans faute.

— Vous viendrez... C'est promis, vous viendrez ?

— Je viendrai, mademoiselle O'Neill – vous pouvez en être sûre. »

Puis il fit demi-tour, et Annie le regarda partir, et bien que régnât dans sa tête un brouhaha confus de questions, elle garda le silence. La porte s'ouvrit, laissant le vent de la rue se faufiler à l'intérieur pour dérober un peu de la chaleur de la pièce, avant de se refermer sur son visiteur.

Annie alla déposer le paquet de feuillets sur le comptoir. Elle tourna la première page blanche, puis commença sa lecture :

Un ami m'a confié un jour à propos de l'écriture que, au départ, nous écrivons tous pour nous-mêmes, avant de le faire pour nos amis, et, en dernier lieu, pour de l'argent. Ce que j'ai trouvé sensé, mais seulement avec le recul, car ces lignes destinées d'abord à quelqu'un que je croyais ne jamais rencontrer, je les ai ensuite rédigées pour de l'argent. Beaucoup d'argent. Et même si l'histoire que je m'apprête à raconter concerne davantage un autre que moi, et que tout a commencé bien avant que je fasse la connaissance de la personne à laquelle elle s'adresse, je vais quand même vous la retracer. Cette histoire, lourde de sens et de substance, si je l'écris, c'est pour que vous compreniez bien comment tout est arrivé, et pourquoi. Peut-être en saisirez-vous les tenants et les aboutissants, peut-être pas, mais dans un cas comme dans l'autre...

Le timbre au-dessus de l'entrée se fit de nouveau entendre. Annie s'interrompit au beau milieu de la phrase et leva les yeux. Le vent avait ouvert la porte, et déjà un courant d'air glacé s'engouffrait pour se précipiter sur elle.

Elle alla la refermer, la poussant fort contre le chambranle, avant de regagner le comptoir. Elle avait des choses à faire : une nouvelle livraison à enregistrer et à inventorier, et la liasse de feuillets allait devoir attendre qu'elle soit rentrée chez elle.

Elle refit soigneusement le paquet qu'avait apporté Forrester, joignant au manuscrit la lettre de son père, et le mit dans un sac qu'elle porta dans l'arrière-boutique. Elle posa le sac sur une chaise, et, dans l'éventualité d'un départ plus ou moins précipité du magasin, le couvrit de son manteau. Elle était sûre ainsi de ne pas l'oublier ; même s'il n'y avait guère de risques.

Annie O'Neill songea au manuscrit toute la journée, comme dans l'attente d'une promesse, pleine de curiosité devant le mystère qu'il recélait, mais elle songea davantage encore à celui qui le lui avait confié. Robert Franklin Forrester. Un homme qui avait connu son père et qui, dans les quelques minutes qu'ils avaient passées ensemble, lui avait laissé l'impression de le connaître bien mieux qu'elle-même ne l'avait jamais connu. Et ce club de lecture. Un club limité à deux membres, semblait-il. Première rencontre, lundi soir 26 août 2002, ici même au Reader's Rest, cette petite librairie à la devanture étroite sise près du croisement de Duke Ellington et de la 107e Rue Ouest.

2

Il semblait à tous ceux qui le connaissaient, et ils étaient vraiment peu nombreux, qu'il s'appelait Sullivan. Simplement Sullivan. Pour Annie O'Neill, c'était Jack, l'homme qui partageait le troisième étage de son immeuble et les pièces qui faisaient face aux siennes. Jack, au même titre que la mère d'Annie, était un anachronisme, un homme qui n'était pas à sa place, pas plus dans le temps que dans l'espace, et sans doute le plus grand raconteur d'histoires vivant qu'Annie ait jamais eu le bonheur, ou le malheur, peut-être, de rencontrer. Il était là quand elle était arrivée pour s'installer, un jour de 1995, debout en haut de l'escalier tandis qu'elle gravissait péniblement les marches, hissant sacs et cartons en ahanant. N'avait pas une seule fois proposé son aide. N'avait pas prononcé un mot jusqu'à ce qu'elle arrive en haut et se présente.

« Annie O'Neill, avait-il dit alors. Et quel âge avez-vous, Annie ?

— Vingt-cinq ans.

— Oh, merde. J'aurais préféré quelqu'un de plus proche par l'âge... Je me disais qu'on aurait pu se faire une petite pendaison de crémaillère sympa... si vous voyez ce que je veux dire. »

Jack Sullivan avait quarante-neuf ans à l'époque, cinquante-cinq aujourd'hui, et avait peut-être bien vécu la vie la plus fascinante qu'elle fût en mesure d'imaginer – fascinante, ne serait-ce que parce qu'elle ne comprendrait jamais comment il avait pu faire le choix de vie qu'il avait fait. Son père avait servi dans l'armée américaine lors de la campagne du Pacifique et était rentré au pays après la reddition japonaise en août 1945. Sa femme, la mère de Jack, était enceinte à Noël, et, le 14 septembre 1946, naissait Jack Ulysses Sullivan. Les premières années de sa vie, son enfance et son adolescence, n'avaient rien eu de remarquable. Enfant unique, chéri par ses parents, il fut normalement scolarisé, s'inscrivit en faculté, étudia la photographie, et, à vingt ans, suivit les traces de son père en entrant dans l'armée. Sa formation de photographe lui ouvrit les portes du Press Corps et, en juin 1967, le service l'envoya en mission au Vietnam, où il resta jusqu'en décembre 1968, avant de rentrer avec une blessure par balle à la cuisse, qui lui laissa une légère claudication. Bien qu'il ait été démobilisé pour invalidité, il ne perdit jamais le goût de son travail. Lequel devait le mener en mars 1969 à Haïti, où il resta jusqu'à la mort de Papa Doc Duvalier et l'accession de son fils Jean-Claude à la présidence en avril 1971. Après Haïti vint le Salvador – février 1972, juste avant la révolution avortée du mois de mars –, une mission qui dura jusqu'en janvier 1973. En août de la même année, Sullivan s'envolait pour le Cambodge et photographiait les atrocités perpétrées par les Khmers rouges lors de leur tentative pour renverser Lon Nol ; il fut témoin des tactiques de guérilla extrêmement raffinées utilisées une fois que les Américains eurent officiellement cessé leurs bombardements, et quand il fut à nouveau blessé en septembre – même jambe, pratiquement au même endroit –, il rentra aux États-Unis. Il y passa cinq ans, travaillant en free-lance pour UIP et Reuters, ainsi que pour d'autres groupes ou franchises de moindre envergure du monde des médias, mais il était toujours aussi attiré par les guerres de la planète. En octobre 1979, il était de retour au Salvador après qu'un coup d'État militaire eut renversé le président Carlos Romero ; il y était encore en mars 1980, quand l'archevêque Romero fut assassiné ; et toujours là-bas au moment du massacre des religieuses et des missionnaires américains, et du retour de José Duarte à la tête de la nouvelle junte. Il rentra définitivement au pays en janvier 1981, quand la loi martiale fut instaurée. Et c'était d'endroits comme celui-ci que provenaient ses histoires, des histoires douloureuses et hantées, que Jack, dans la mesure où il passait une bonne partie de son temps dans un état d'ébriété avancé, avait tendance à déverser dans l'oreille de quiconque voulait bien lui en prêter une.

Et Annie était une auditrice assidue. Il y avait quelque chose dans la terrible sauvagerie de tout ce dont il avait été témoin qui donnait à ses divagations une intensité proprement stupéfiante.

Le soir de son emménagement, Jack Sullivan était venu frapper à sa porte avec une bouteille de Crown Royal et deux verres. Elle l'avait invité à entrer, un geste de bon voisinage, et il était resté jusqu'à trois ou quatre heures du matin à la régaler de ses horreurs. Il y avait une image, peut-être un moment, qui lui était restée de toutes les descriptions qu'il lui avait faites cette nuit-là. En parlant de son retour du Vietnam en décembre 1968, il avait fait allusion à l'offensive du Têt, l'attaque de la base de Khe Sanh, à des collines connues sous le nom de 101S et de 881N. Avait parlé d'un homme devenu son ami, un membre de l'unité des forces spéciales du camp de Lang Vei, un jeune homme de vingt-deux ans dont la moitié du visage avait été arrachée par une balle.

« Tu pouvais voir ses dents par le trou dans la joue, lui avait dit Jack, et quand il a voulu parler, le sang a giclé comme si quelqu'un venait d'ouvrir un robinet. »

Annie, qui buvait rarement, avait bu cette nuit-là plus qu'au cours de toute l'année écoulée.

« En janvier 1968, les Viêt-congs sont arrivés déguisés en soldats sud-vietnamiens et ont pris d'assaut l'ambassade des États-Unis à Saigon, lui dit-il de sa voix traînante, presque langoureuse. Après avoir été héliportées sur le toit du bâtiment, les troupes américaines ont ratissé les pièces une à une, tuant tous ceux qui s'y trouvaient jusqu'au dernier. J'étais présent, j'ai pris des clichés de nos braves petits gars en train de faire le sale boulot de Lyndon Johnson. Six heures, qu'il leur a fallu… et bon Dieu, je peux pas me résoudre à faire le compte de tous les tués. »

Jack sourit comme s'il était en train d'évoquer un paisible barbecue dominical à Savannah par un agréable après-midi.

« En février, nous avons libéré la citadelle de la cité impériale de Hué. Un sacré revers pour les Rouges. La cerise sur le gâteau, pour ainsi dire, dans l'offensive du Têt. Il y avait une rivière, la rivière des Parfums, et le long un parc qui séparait l'avenue Le Loi des berges. J'y étais, avec quelques autres, et on a attendu sous la pluie de pouvoir pénétrer dans l'enceinte de la citadelle. Les types avec lesquels j'étais appartenaient à ce qu'on appelait le bataillon de la citadelle... Des durs de durs, qui au cours des six mois précédents avaient été sur tous les points chauds entre la passe de Hai Vanh et Phu Loc. Bref, les Américains et les Sud-Vietnamiens sont entrés là-dedans et ont tué tout ce qui bougeait, avant de remplacer les Nord-Vietnamiens par les leurs. T'imagines pas la scène, du sang partout. Et voilà-t-y pas qu'au milieu du carnage atterrit une troupe d'oies blanches qui viennent s'ébattre dans les flaques... il avait plu toute la nuit... et qu'un connard commence à dire qu'on devrait en attraper une et la manger. »

Jack éclata de rire, un bruit sec et râpeux dont l'écho se répercuta dans l'appartement encore vide d'Annie.

« Là-dessus, le sergent leur sort que si y en a un qui s'avise seulement de toucher à un des volatiles, il le fait passer en cour martiale. Ça a calmé tout le monde. On savait que le type n'était pas du genre à plaisanter. Les oies sont restées là aussi longtemps que nous... Tiens, je dois avoir des photos quelque part... Des oies d'une blancheur parfaite pataugeant dans des flaques d'une eau rougie par le sang, entourées d'une bonne centaine de cadavres. »

Sullivan s'interrompit, vida son verre, avant de le remplir à nouveau.

« Et puis en avril, Martin Luther King se fait descendre ; en juin, c'est le tour de Bobby Kennedy, et le temps que Nixon soit élu en novembre, j'en avais ras la casquette d'avoir de la boue et du sang jusqu'aux genoux, tout ça pour prendre des photos pour le compte de l'armée. Je suis rentré à la mi-décembre... J'ai failli me tirer une balle dans la jambe, en me disant que comme ça j'aurais une bonne raison de rentrer à la maison, et je me souviens m'être retrouvé assis dans un bar, à moitié soûl, à un moment où on allume la radio. On est à une semaine de Noël, et le présentateur annonce que John Steinbeck vient de mourir, et juste après il passe *What a Wonderful World* de Louis Armstrong, et je me mets à chialer comme une pom-pom girl qui vient de perdre son petit ami. Tu m'imagines dans ce bar... à moins de deux kilomètres d'ici, en train de pleurer toutes les larmes de mon corps, comme un gamin. Personne ne bronche, pas un mot, on me laisse là à sangloter comme un bébé pendant pratiquement une heure. Bon Dieu, j'ai bien dû boire la moitié d'une bouteille de quelque chose, mais quand j'me pointe pour payer, le barman me dit de garder mon fric, qu'il comprend par où je suis passé, et que, même s'il a jamais été partisan de cette guerre, il me respecte malgré tout d'être parti là-bas pour défendre les innocents et l'*American way of life*. Je risquais pas de lui dire que c'était sur le sort de Steinbeck que je me lamentais... il l'aurait mal pris, et c'était pourtant la pure vérité, putain. Et j'ai continué à pleurer pendant que Satchmo évoquait le monde merveilleux qui était le nôtre, et à méditer sur la fantastique ironie de la chose. »

Jack s'interrompit une nouvelle fois, but encore quelques gorgées, posa son verre en équilibre sur son genou.

« La terre ne pouvait pas absorber tout ce qu'on avait emporté au Vietnam. On a lâché des bombes et des caisses de nourriture... des putains de bombes et de caisses de nourriture... et puis Nixon nous a fait sortir de là, la queue entre les jambes, et on continue aujourd'hui encore à se demander ce qu'on est allés foutre là-bas au départ. Un énorme bordel, Annie O'Neill... é-norme. »

Et il avait souri, levé son verre, pendant qu'Annie levait le sien, et murmuré : « Buvons à l'incroyable et terrible ironie de toute chose, d'accord ? »

Elle avait souri, vidé son verre et fermé les yeux.

Elle ne se rappelait pas s'être endormie, mais quand elle se réveilla, il était parti, et le matin limpide déchirait le voile des ombres qui avaient envahi son appartement vide.

Tel avait été l'accueil qu'elle avait reçu à Morningside Heights, Manhattan, et Jack Sullivan ne s'était jamais plus arrêté de parler depuis. Ils étaient devenus proches, partageant leur temps, et presque leurs appartements – chacun possédant la clé de l'autre, et s'invitant pour partager une tasse de café ou les détails insignifiants d'une journée banale – et bien que leur relation restât purement platonique, leur intimité était aux yeux d'Annie comparable à celle qui existe entre des parents proches. Jack, d'une certaine manière, représentait le père qu'elle n'avait jamais connu, et, tout ivrogne qu'il fût, elle ne pouvait que lui pardonner ses bizarreries et ses mouvements d'humeur.

Jack était là quand elle rentra chez elle ce jeudi soir, serrant dans sa main la liasse de feuillets, pensant à son père et à l'homme qu'il avait pu être, et quand il lui demanda si elle voulait entrer « boire une tasse de café avec le connard de soûlographe de l'appartement d'en face », elle acquiesça avec plaisir. Elle ôta son manteau, posa ses papiers et alla faire du café dans la cuisine.

« J'ai eu une visite, aujourd'hui », dit-elle, au moment où ils s'asseyaient devant la table basse du séjour de Jack. Il la regarda avec ce visage de cinquante-cinq ans d'où émanait une profondeur de caractère et de vécu qui ne cessait d'étonner Annie : un visage créé selon la technique de l'origami, mais qui aurait ensuite essuyé une tempête. Il était bel homme, avait dû être blond, mais aujourd'hui ses cheveux étaient poivre et sel, voire blancs sur les tempes. Il avait les yeux profondément enfoncés et le nez fin, presque aquilin, et quand il parlait, il y avait un éclat et comme un feu dans les ombres sous ses sourcils qui disaient tout ce qu'il y avait à dire sans même qu'un mot eût besoin d'être prononcé.

« Tu as eu une visite, répéta-t-il. Un client ?

— Non, pas un client… Un vieux monsieur, qui dit avoir connu mon père.

— Ah ! le mystérieux et lancinant Frank O'Neill, pas moins », s'exclama Sullivan.

Annie avait déjà parlé de son père à Sullivan, partagé avec lui le peu qu'elle en savait et le presque rien dont elle gardait le souvenir, et Sullivan avait toujours senti chez elle une profonde nostalgie. Elle regrettait de n'avoir jamais vraiment connu son père. Le regrettait terriblement.

« Il m'a apporté quelque chose, continua Annie. Et m'a soumis une invitation. »

Sullivan leva la tête et fronça les sourcils.

« Robert Franklin Forrester, reprit Annie. C'est son nom, et il m'a dit qu'il avait connu mon père il y a très longtemps, et qu'ils avaient fondé un club de lecture. »

Sullivan eut une sorte de moue avant de hocher la tête.

« Ce qui n'est pas impensable pour quelqu'un qui tenait une librairie.

— Il a dit qu'il était à Manhattan pour quelque temps, et qu'il pensait qu'on pourrait peut-être renouer avec la tradition... faire revivre le club. Il revient lundi.

— Rien que vous deux ? »

Annie acquiesça.

« Drôle de club, non ?

— L'homme a pas l'air mal, dit Annie après avoir souri. Très seul, j'imagine.

— Et tu as accepté de le revoir ? demanda Sullivan.

— Oui.

— Tu veux que je vienne assurer ta protection ?... C'est peut-être un tueur en série, ou un type du genre, qui s'attaque aux belles jeunes femmes travaillant dans des librairies délabrées. »

Annie écarta le sarcasme d'un geste de la main. « Il m'a apporté quelque chose à lire... ma première tâche pour le club, et il m'a aussi remis une lettre que mon père avait écrite à ma mère. »

Annie se leva et se dirigea vers la porte. Elle prit le paquet qui se trouvait sur la chaise sous son manteau et revint à la table. Où elle posa le manuscrit.

Sullivan s'empara de la liasse et la feuilleta.

« C'est un roman, je crois... ou quelque chose de ce genre, dit Annie. D'après ce Forrester, c'est un membre de l'ancien club qui l'aurait écrit.

— Ça a l'air d'un pavé.

— Je suis sûre qu'il y en a plus. Je pense qu'il apportera sans doute les chapitres les uns après les autres.

— Tu l'as lu ? »

Annie secoua la tête.

« Ça t'ennuie si je le lis aussi ? demanda Sullivan.

— On n'a qu'à le lire ensemble, là, maintenant.

— En entier ?

— Ben oui, c'est pas si long.

— D'accord. Tu veux bien me passer mes lunettes, sur la commode ? »

Annie alla les lui chercher, prit le temps de se verser une autre tasse de café, puis plaça sa chaise à côté de la sienne.

Il faisait chaud dans la pièce, et elle entendait, dehors, le vent se glisser sous les avant-toits de l'immeuble comme s'il demandait poliment à entrer pour se mettre à l'abri du froid.

Elle baissa les yeux au moment où Sullivan tournait la première page, et ils commencèrent à lire ensemble, page après page, presque ligne après ligne ; il y avait quelque chose de si particulier dans cette activité et cette proximité qu'elle aurait pu, se dit-elle, connaître un moment pareil avec son père.

Un ami m'a confié un jour à propos de l'écriture que, au départ, nous écrivons pour nous-mêmes, avant de le faire pour nos amis, et, en dernier lieu, pour de l'argent. Ce que j'ai trouvé sensé, mais seulement avec le recul, car ces lignes destinées d'abord à quelqu'un que je croyais ne jamais rencontrer, je les ai ensuite rédigées pour de l'argent. Beaucoup d'argent. Et même si l'histoire que je m'apprête à raconter concerne davantage un autre que moi-même, et que tout a commencé bien avant que je fasse la connaissance de la personne à laquelle elle s'adresse, je vais quand même vous la retracer. Cette histoire, lourde de sens et de substance, si je l'écris, c'est pour que vous compreniez bien comment tout est arrivé, et pourquoi. Peut-être en saisirez-vous les tenants et les aboutissants, peut-être pas, mais dans un cas comme dans l'autre, je reste convaincu qu'il vaut mieux parler de ce genre de choses que les passer sous silence. Le silence, je l'ai vécu des années, et il m'a souvent paru être mon seul bien, mais quand j'ai compris que vous existiez, ma vie a pris un autre sens. Alors lisez, lisez ces pages, et interprétez-les comme bon vous semblera. Ceci a été ma vie, et parce que vous êtes ce que vous êtes, c'est aussi jusqu'à un certain point la vôtre. Comme William Carlos Williams l'a écrit un jour : « Ma surface, c'est moi-même, dont ma jeunesse est là, en dessous, pour témoigner. Des racines ? Chacun de nous a des racines. »

Mes racines, les voici. Toutes malades et abîmées qu'elles soient, elles sont miennes. Poursuivez votre lecture, et je suis sûr que vous comprendrez.

Tout commence avec un enfant, fruit d'une rencontre condamnée à rester sans suite. Son histoire débute chez les paysans et bohémiens, autrefois polonais de naissance, qui habitaient les Sudètes et les Carpates en dessous de Cracovie et de Wroclaw, le long de la frontière tchécoslovaque. C'est de cette race de Tsiganes nomades aux yeux sauvages et aux cheveux noirs que naquit cet enfant, Jozef Kolzac, séquelle d'un acte de violence perpétré sous la toile crasseuse d'une tente de fortune au cours du terrible hiver 1901. Sa mère, une jeune vagabonde illettrée de dix-sept ans, enceinte des œuvres d'un homme qu'elle ne connaissait pas plus qu'elle ne se le rappelait, mourut en le mettant au monde.

Kolzac, qui tirait son nom des mythes guerriers transmis de génération en génération, ces légendes répandues parmi les Silésiens qui campaient le long de l'Oder bien avant Ladislas II Jagellon et la constitution de la Saxe en État, devint un enfant chétif, aux épaules étroites et au teint pâle, fouillant pour se nourrir dans les ordures et les déchets jetés des tentes et des abris de branchages où les siens dormaient, mangeaient, violaient et s'entretuaient. Peut-être était-il rejeté, cet avorton, ce gamin, mi-homme mi-bête, qui ne possédait aucun droit.

Jozef, qui avait réussi à survivre à l'enfance – en soi, déjà un vrai miracle – et s'était montré suffisamment lucide pour comprendre que secours et soutien ne lui viendraient jamais de cet endroit, quitta le lieu de sa naissance pour s'enfoncer plus avant dans les Carpates. Il tomba sur un musicien itinérant, un vieil homme qui cherchait un apprenti, et c'est avec lui que

Jozef apprit son métier, cet unique talent qui allait lui permettre, le moment venu, de subvenir à ses besoins, de se nourrir, et lui apporter un peu de réconfort dans un pays désertique, sans amour ni chaleur.

À la suite du vieil homme, il partit en direction de l'ouest pour revenir vers Cracovie. Campant la nuit, marchant le jour, ils devinrent amis aussi bien que journaliers et compatriotes. Jozef apprit la musique, ses doigts fins et agiles jouant avec dextérité de l'instrument que transportait le vieil homme, un violon ventru que l'on tenait en équilibre sur les genoux, et dont les sept cordes étaient pincées d'une main et grattées de l'autre. La musique qu'il jouait était très belle, fluide et mélodieuse, et dans les petits campements qu'ils traversaient en chemin, ils tombaient sur des gens rudes aux yeux sauvages, aussi proches de l'état animal qu'avait pu l'être Jozef dans son enfance. Qui pourtant écoutaient, comme apaisés, et donnaient à manger aux ménestrels, allumant des feux et dansant le soir venu, entonnant leurs chants – voix ancestrales traversant les siècles – tandis que Jozef Kolzac, désormais adolescent, garçon étrange aux traits bizarres, jouait comme si ses doigts étaient possédés du démon et son âme de Dieu.

La proclamation de l'indépendance de la Pologne en 1918, le traité de Versailles qui redessinait les frontières du pays et conduisit à la guerre avec la Russie en 1920, ramenèrent le jeune Kolzac de dix-neuf ans dans le monde de la réalité. La même année vit la Pologne avancer jusqu'à Vilnius, la capitale de la Lituanie, puis pénétrer loin dans l'intérieur de l'Ukraine. Les troupes russes traversèrent le paysage désertique de ce pays, accompagnées de leurs canons et de leurs chevaux, balayant et tuant ces Tsiganes aux yeux sauvages, jusqu'à ce que le traité de Riga attribue à la Pologne une nouvelle frontière, cent cinquante kilomètres plus à l'est.

Le vieux maître, toujours suivi de son apprenti, alla chercher refuge dans les Carpates. Ils laissaient derrière eux une terre ravagée et dévastée par la guerre, un peuple affamé, des aristocrates s'accrochant désespérément à leurs domaines et refusant de partager ou de diviser leurs terres. Des étrangers arrivèrent – Ukrainiens, Ruthènes, Allemands –, et en 1926 le maréchal Pilsudski, l'homme qui n'avait pas voulu contester l'élection présidentielle de 1922, qui avait conduit les forces polonaises à la victoire dans la guerre avec la Russie en 1920-1921, se servit de son armée pour renverser le gouvernement et établir une dictature.

Jozef Kolzac et son maître restèrent dans le Sud, au cœur des Carpates, pendant près de dix ans. Le vieil homme mourut, fut pleuré, son corps brûlé sur un bûcher funéraire, et ses cendres éparpillées sur la neige vierge par le jeune homme qui n'avait cessé de le suivre. Puis ce même jeune homme retourna à la civilisation, au moment où, après la mort de Pilsudski, une junte militaire succédait au dictateur à la tête du pays. Kolzac partit vers l'ouest, le long de la frontière tchécoslovaque, puis à nouveau vers le nord en direction de Cracovie, pour finir à Lodz, dans le centre de la Pologne.

C'est là qu'il se trouvait en 1936, et c'est là que sa vie prit une autre dimension. Il se mit à jouer pour des gens qui n'avaient jamais vu quelqu'un comme lui, qui regardaient, ébahis, ce Tsigane aux cheveux en bataille et aux yeux sauvages danser et faire des cabrioles, et tirer de tels accords de son instrument. Ils lui donnaient à manger, lui lançaient des pièces, ces gens qui croyaient que Chopin et Paderewski étaient les seuls vrais génies de leur pays, mais se retrouvaient enivrés, le souffle coupé en écoutant ce bâtard itinérant de Paganini leur jouer sa musique dans les rues et les jardins publics.

Quant à Kolzac, confronté à toute cette richesse et à ce qui lui apparaissait comme un énorme gaspillage d'argent, il pensa qu'il allait pouvoir trouver en ces lieux ce qu'il cherchait depuis toujours : un mécène, quelqu'un de suffisamment riche pour subvenir à ses besoins. Il avait trente-cinq ans, mais restait sans âge, indéfinissable, et croyait en avoir fini des errances et de la faim.

C'est au cours de l'hiver de cette même année, trois ans avant que l'Allemagne, sous prétexte que ses propres ressortissants avaient à souffrir de mauvais traitements en Pologne, fasse franchir les frontières à ses tanks et à ses troupes et déclenche du même coup la Seconde Guerre mondiale, que Jozef Kolzac aperçut pour la première fois Elena Kruszwica, une jeune juive polonaise de seize ans. Debout devant l'entrée d'une boucherie, son sac de provisions à la main, elle regardait ce personnage à la Raspoutine, aux yeux plus brillants que des diamants, aux cheveux plus abondants que la crinière d'un lion, se contorsionner, multiplier roues et cabrioles et faire danser le monde sur les si belles mélodies qu'il tirait de son instrument, se livrant tout au long avec un tel panache et un tel abandon qu'elle en resta pétrifiée, sous le charme, mystifiée. Elle revint des dizaines de fois assister à son numéro, et lui percevait sa présence à chacune de ses apparitions, s'enhardissant parfois jusqu'à danser dans sa direction, pour le plaisir de la voir reculer dans l'entrée du magasin, de surprendre son visage rieur sous son fichu tandis que ses mains battaient dans leurs gros gants de laine. Il s'inclinait ensuite devant elle, avant d'aller recueillir oboles et applaudissements auprès des spectateurs.

Incapable de définir la nature exacte de ses sentiments, Elena Kruszwica se laissa fasciner, jusqu'à en être éprise, par cette espèce de Tsigane un peu fou que la montagne avait lâché sur Lodz.

Ses parents lui demandaient régulièrement où elle allait quand elle sortait, et pourquoi les courses lui prenaient tant de temps, tandis qu'elle, embarrassée, craignant peut-être les réprimandes, les abreuvait de pieux mensonges et de demi-vérités qui d'une certaine manière la rapprochaient encore davantage de ce fou génial de Kolzac.

En novembre de cette année, elle cessa de venir. Kolzac jouait dans les rues, les jardins publics, mais sa musique sonnait creux, comme réduite à un gagne-pain. Elle avait en quelque sorte perdu sa magie, son pouvoir ensorcelant. Il la chercha, questionna les gens autour de lui, pour finir par découvrir qu'elle n'avait fait que séjourner temporairement à Lodz et qu'elle vivait en réalité à Tomaszow, à quelques kilomètres plus au sud. Il y partit un soir à pied, couvrant le plus gros de la distance en courant, son instrument accroché dans le dos, ses poches remplies de pain noir et d'un morceau de fromage enveloppé dans un linge, une couverture passée autour de la tête et des épaules pour se protéger d'un froid mordant qui vous pénétrait jusqu'à la moelle.

Il était là le lendemain matin au moment où elle se rendait à sa leçon de piano, au moment où elle tournait au coin de la rue, et ces deux êtres – Elena, encore adolescente, qui ne comprenait pas grand-chose à la vie et ne savait guère ce que c'était qu'être une femme, et Jozef, qui lui ne savait rien de la vie hormis la musique que lui avait apprise le vieil homme – s'étudièrent pendant plusieurs minutes avant de pouvoir parler.

Il semble qu'ils aient aussitôt cru l'un dans l'autre, car elle n'alla jamais prendre sa leçon ce matin-là et lui ne joua pas dans les rues de Tomaszow ; jusqu'au soir, ils passèrent leur temps à marcher et à parler, à rire et à chanter ensemble dans les champs et les bois aux abords de la ville.

C'était peut-être de l'amour, peut-être une simple fascination, peut-être ni l'un ni l'autre : peu importait, somme toute. Pendant trois jours ils ne se quittèrent pas, en dehors des heures qu'ils passaient à dormir, Elena disant à ses parents qu'elle allait étudier chez une amie, et lui, heureux de ne rien faire qu'être là pour elle. Ils parlèrent de la vie, de l'amour et du rire ; de rêves et d'aspirations ; d'un avenir encore inconnu et d'un passé qui semblait maintenant ne plus avoir aucune incidence sur le présent. Le présent, c'était ce qu'eux-mêmes en faisaient, le seul temps qui comptât désormais, dans lequel ils ne se souciaient plus que d'eux-mêmes. La jeune fille passionnée, dotée d'une forte personnalité, qu'était Elena, se sentait étouffée par les convenances et les règles en vigueur dans une vie où elle pensait ne pas avoir sa place. Elle aspirait à plus de liberté, celle d'être autre que ce qu'on attendait qu'elle soit, de se choisir elle-même une vie. Cette liberté, Jozef la lui accordait sans qu'elle ait à en payer le prix, et c'est là la raison – peut-être bien la première – pour laquelle elle l'aima.

Et puis la vie les rattrapa : Elena, qui n'avait pas d'argent à donner et avait fait cadeau de tous ses rires et ses applaudissements, donna le seul bien qu'elle possédait encore. Sous le toit d'une grange, au creux d'une montagne de paille à moitié chavirée, elle s'offrit à Jozef Kolzac, et celui-ci – les larmes aux yeux, le cœur rempli d'une émotion qu'il n'avait jamais ressentie jusqu'à ce jour – lui fit don de sa virginité et lui ravit la sienne. Il avait trente-cinq ans, elle en avait seize, et peut-être le monde n'avait-il jamais connu amour plus grand entre deux êtres aussi purs.

Elena eut dix-sept ans en janvier 1937, et c'est ce même mois qu'elle s'aperçut que son cycle menstruel s'était arrêté, prit conscience de son état et s'enfuit de chez elle pour aller retrouver Jozef. Ils quittèrent la ville et se retrouvèrent sur les routes, profitant de l'aide offerte par les journaliers, vagabonds et voyageurs qui se déplaçaient à cheval ou en charrette.

Ils atteignirent Lublin en février, et là Jozef Kolzac, futur père, pleinement conscient de ses responsabilités, se mit à jouer pour deux, apportant argent et nourriture à la future mère, là où elle travaillait comme bonne, cuisinière et femme de ménage pour une famille apparentée au maire de la ville.

Et c'est à Lublin que ses parents la retrouvèrent, qu'ils amenèrent les hommes de Lodz qui avaient eu vent de cet enlèvement, de cet épouvantable acte de dépravation. Pieds et poings liés, Kolzac fut roué de coups, avant d'être pendu à un arbre dans les bois voisins, laissé aux oiseaux et aux loups.

Elena Kruszwica fut ramenée à Lodz, folle de rage et de douleur, et confiée aux soins du médecin de la ville ; elle resta enfermée jusqu'à la naissance de son enfant, en août. Elle avait dix-sept ans, et une fois ses forces recouvrées, elle prit son fils et s'enfuit de Lodz pour gagner les Carpates, le pays du père du petit. Ses parents la recherchèrent en vain, jusqu'au moment de l'invasion allemande en septembre 1939, et quand les Russes arrivèrent à leur tour moins d'un mois plus tard, pour une fois encore violer et piller leur pays, la famille d'Elena comprit qu'elle l'avait perdue et qu'elle ne la reverrait jamais plus. Sa mère mit fin à ses jours quand les Russes entrèrent à Lodz, et son père – un homme fort et obstiné – sortit de la maison en hurlant et tomba, fauché par une grêle de balles communistes qui laissèrent son corps déchiqueté et sanglant, étendu dans la neige à la manière de celui du père de son unique petit-fils, abandonné dans les bois de Lublin.

Elena, ne trouvant que solitude et misère dans les montagnes, revint chercher du travail et un abri à Cracovie. C'est là, aux environs de l'été 1941, qu'elle fut arrêtée et interrogée par les soldats nazis. Elle fut déclarée juive, une croyance et une foi pourtant mortes en elle avec la mort de son amant, et avec son fils de quatre ans, Haim, fut transportée dans un camion à bestiaux jusqu'à une ville de Haute-Bavière, à une vingtaine de kilomètres au nord-ouest de Munich.

C'est là qu'ils résidèrent pendant les quatre années qui suivirent : dans un endroit nommé Dachau.

Décrire les horreurs, vivre les souffrances, comprendre la douleur... Ces choses-là se sont bel et bien passées, et pourtant des voix se sont élevées par la suite qui cherchaient à convaincre le monde que rien de tel ne s'était produit à Dachau.

Ces mois d'été – juillet, août, et jusqu'en septembre – virent naître ce qui fut une terrible révélation pour Elena et son fils de quatre ans. Un officier supérieur, un certain Wilhelm Kiel, à qui on avait inculqué l'idéologie nietzschéenne de l'homme et du surhomme et de la pureté de la race aryenne, emmena cette juive polonaise de vingt et un ans chez lui, un baraquement en bois séparé du quartier des officiers subalternes par un passage gravillonné. Là, elle fut soumise à des actes de dépravation sexuelle sauvages, asservie, humiliée, forcée jusqu'aux limites de la raison pendant qu'il donnait libre cours à sa démence sadique. Il était grand, les épaules larges, les cheveux blonds, un prodige de la Gestapo, et sexuellement insatiable. Il rentrait de son service de la journée pour la trouver tapie sous le lit, son fils blotti dans ses bras, larmes taries, cris rentrés, et lui zébrait le dos à coups de lanières métalliques passées à la flamme, la sodomisait, lui frappait le dos, les épaules et les seins du plat de la main, la brûlait avec des cigarettes et un fer à marquer fabriqué à partir d'un morceau de métal pour former le mot « JUIF ». Riant, crachant, hurlant, la tenant par les cheveux tandis qu'il la basculait en arrière au-dessus de la table, il la violait encore et encore, pendant que son fils, accroupi dans un coin de la pièce, contemplait la scène, les yeux écarquillés, hagard.

Elle tomba enceinte, il la battit tant et si bien qu'elle avorta. Infectée par les poux, sa peau se couvrit de pustules purulentes qui éclataient et suintaient, et Kiel s'amusait à lui jeter des poignées de sel sur le corps ; il lui rasa le crâne, lui marqua l'arrière du crâne de son fer, et, tout en la pénétrant sauvagement, il prenait plaisir à hurler : « Juive ! Juive ! Juive ! »

Ces faits se répétèrent quotidiennement, semaine après semaine, et ce pendant des mois, puis des années, si bien que ces tortures et ces pratiques odieuses finirent par repousser dans un lointain brumeux ses souvenirs de la Pologne, de Jozef Kolzac, de Lodz et de Tomaszow, de tout ce qu'elle avait été, avait possédé, de tout ce en quoi elle avait cru avant le camp de concentration de Dachau. Elle devint une non-personne, nourrissant son fils avec des miettes d'un pain noir grossier, aspirant quelques gouttes du tapis élimé imbibé de l'eau de pluie qui s'était infiltrée à travers les lattes du plancher, soignant ses blessures, sa honte, son avilissement. Elle cessa de se considérer comme un être humain, et même si plus d'une fois auparavant elle avait remis en question la justice et l'équité divines, c'est à cette époque qu'elle prit conscience avec une totale certitude de la non-existence de Dieu. Sa résistance brisée, ses espoirs de retrouver la liberté qu'elle avait un jour cherchée aux côtés de Jozef réduits à néant, elle continuait à respirer uniquement parce qu'elle ne pouvait s'en empêcher ; elle dormait parce que son corps épuisé ne pouvait plus tenir debout, et si elle survivait à chaque heure, à chaque minute, c'était seulement pour son fils.

Elena endura son ignominie et ses angoisses en silence, simple coquille vidée de toute substance. Elle regardait ses congénères juifs et polonais expédiés à Birkenau, Treblinka, Sobibor, et peut-être, n'était son fils, aurait-elle couru vers eux, se serait-elle accrochée à eux dans son désespoir, suppliant pour qu'on l'emmène dans un camion ou une voiture à cheval, vers un destin qui ne pouvait pas être pire que ce qu'elle vivait. Un lieu marqué du moins par le silence, l'absence de supplices quotidiens, un répit dans la douleur.

Mais son fils la condamnait à demeurer en vie. Elle le regarda grandir, prenant péniblement un centimètre après l'autre, vit ses yeux s'enfoncer, se creuser, le seul avenir auquel elle était capable de penser pour lui consistant à le soustraire à cet enfer, ne serait-ce qu'en l'emmenant au-delà des grilles, des barbelés et des miradors, jusque dans les bois, les champs qui s'étendaient à perte de vue. Quelque part, là-dehors, existait un monde, qu'elle avait perdu, auquel on l'avait arrachée, la voix déchirée par la souffrance, le cœur ravagé par la terreur et une totale incapacité à comprendre. Il y avait des moments où elle croyait être morte, et, pour les péchés commis avec Jozef, condamnée à jamais à cet enfer, mais, en dépit de toute cette noirceur, de ces douleurs et de ces humiliations, elle

55

se souvenait de ses yeux, de son génie, de son imagination, et percevait confusément qu'un amour comme celui-ci n'aurait jamais pu justifier pareil châtiment.

Avec elle, Kiel ne parlait pas, il aboyait, lui ordonnait de se mettre à genoux, sur le dos, le ventre. La tirait par les cheveux, les arrachant par poignées dès qu'ils repoussaient sur la marque laissée par le fer, et la sodomisait une fois encore, lui enfonçant les ongles dans les seins et grinçant des dents en la déchirant, lui causant des douleurs qui finissaient par la laisser insensible, comme anesthésiée.

Avril 1945 trouva les Alliés à Berlin, Américains et Russes faisant leur jonction à Torgau, sur l'Elbe, les camions de troupes et les tanks poursuivant leur route vers le cœur du Reich. Vinrent alors la libération de Flossenbürg, Buchenwald, Mauthausen et la pleine compréhension de ce qui s'était passé. Les soldats, qui arrivaient pleins de l'exaltation de la victoire, se calmaient rapidement, effarés, silencieux, le cœur soulevé à la vue des rangées de cadavres, d'un amoncellement de femmes nues long de quatre-vingts mètres, large de trente, sur un mètre de haut. Buchenwald comptait encore plus de vingt mille prisonniers, dont beaucoup étaient au-delà de tout secours – d'une maigreur indescriptible, rongés par le typhus, la faim et la tuberculose. Dans les jours qui suivirent, malgré tous les efforts des Alliés, plus de six cents victimes furent enterrées quotidiennement. Un échafaud monté sur roues se découpait sur l'horizon, arborant une dizaine de corps meurtris et mutilés ; l'air était lourd de la puanteur des cadavres en décomposition, de tous ceux qui étaient morts de maladie, de faim, ou après avoir été gazés ou massacrés.

Des soldats encore très jeunes, à peine vingt ans parfois, libérèrent Dachau. Des soldats qui marchaient au milieu des morts avec les yeux d'hommes trois fois plus âgés. Des amas de cendres humaines, d'os encore intacts, de cheveux rasés sur les crânes des prisonniers décédés depuis peu, de jouets arrachés aux enfants qu'on emmenait aux « douches » – ces chambres à gaz où hommes, femmes et enfants avaient été conduits par dizaines de milliers –, et des « machines à bruit » fabriquées dans le seul but de couvrir l'horreur des cris. Les Alliés découvraient la fameuse solution finale, la tentative d'anéantissement de tout un peuple.

Elena Kruszwica était là pour voir arriver les soldats, enfoncée jusqu'aux chevilles dans la boue du petit jardin derrière le baraquement de Wilhelm Kiel, là tandis que son fils, maintenant âgé de sept ans, s'accrochait à sa jambe, lui demandant qui étaient tous ces gens, et qu'elle tombait à genoux, au milieu des cris et des hurlements des troupes SS que l'on rassemblait sur la place centrale du camp pour qu'ils se rendent aux Américains. Kiel était là, son uniforme – et son rang – désormais délaissé, convaincu ainsi qu'il allait se voir traité comme le reste de ses hommes. Mais Elena courut vers lui, fendant les rangs des soldats américains qui s'efforçaient de la retenir, et se jeta sur lui tandis qu'il reculait et tombait à genoux. Elle lui lacéra le visage de ses mains nues, tenta de lui arracher les yeux jusqu'à ce qu'il ait la figure couverte de sang, balafrée, les chairs à vif.

Les Américains n'eurent pas un geste, se contentant d'observer la scène, horrifiés, incrédules, et quand elle se retourna et fixa l'un d'entre eux, la main tendue, l'œil impérieux, le visage crasseux, sévère et résolu, le soldat n'eut guère d'autre choix que de détacher son pistolet et de le lui tendre.

Elena Kruszwica appuya l'arme contre la tempe de Kiel, et celui-ci – criant, implorant sa pitié, demandant grâce jusqu'à en perdre la voix – tomba dans un silence impuissant tandis qu'elle lui crachait à la figure et faisait feu.

Ces soldats, ces jeunes gens courageux, exaltés par la victoire, furent accueillis à Dachau par une femme de leur âge qui semblait leur aînée de vingt ans, une femme marquée au fer à l'arrière du crâne et sur les seins du mot « JUIF ».

Elena se retourna, regarda la file des camions franchir les grilles, sentit la terre trembler sous ses pieds, puis elle vit son fils, son Haïm, venir en courant dans sa direction, droit sur elle sans voir la jeep qui arrivait. Elle poussa un hurlement et bondit en avant, ses pieds glissant dans la boue, sa voix couvrant le bruit des moteurs ; elle atteignit l'enfant juste à temps pour l'attraper et le projeter hors d'atteinte des roues du véhicule. Dans le même instant, elle comprit : comprit que le moment de mourir pour assurer sa propre liberté était venu, car, en cherchant à éviter le garçon, la jeep avait dérapé et l'avait heurtée. Si elle avait été robuste et en pleine santé, n'avait pas souffert de quatre années de torture mentale et physique aux mains des nazis, elle aurait peut-être survécu. Mais robuste, elle ne l'était pas, elle était faible et émaciée, brisée moralement, physiquement vaincue, et le choc eut raison d'elle en quelques minutes. Elle mourut les yeux grands ouverts, après avoir vu un sergent de l'armée américaine se saisir de son fils et le serrer contre lui. Elle mourut avec au visage quelque chose qui ressemblait à un sourire, car elle savait que l'enfant, d'une manière ou d'une autre, découvrirait, au-delà de ces barbelés, les champs, les bois, le monde dont elle gardait le souvenir, celui d'avant la mort du père de son petit garçon, d'avant le viol de son pays.

Le soldat qui tenait l'enfant dans ses bras était lui-même juif. Il s'appelait Daniel Rosen, et la jeep qui avait tué la mère du garçon était la sienne, conduite par son aide de camp. Choqué, dans un état de sidération, il serra l'enfant plus fort contre lui, regardant les soldats ramasser le corps de la femme, le transporter à l'arrière d'un camion et l'envelopper dans une couverture. Tenant l'enfant dans ses bras avec précaution, l'écoutant respirer, comprenant qu'aucune parole ne pouvait l'atteindre, il le porta jusqu'à l'arrière du véhicule. Soulevant un coin de la couverture, Rosen révéla un visage à l'expression presque angélique. L'enfant – les yeux immenses, les joues creusées sous l'ossature, le front très haut, les cheveux fins sur un crâne pratiquement translucide – ne dit rien, se contenta de tendre la main pour toucher le visage maculé de boue de sa mère. On raconta que Daniel Rosen avait pleuré à la place de l'enfant, mais personne n'aurait pu l'affirmer avec certitude.

Rosen, qui commandait une unité d'infanterie, fit ce qu'il put avant l'arrivée des secours médicaux, avant que les médecins et les infirmières descendent des camions et administrent lait étendu d'eau, pénicilline, sulfamides destinés à renforcer le système immunitaire – tout ce dont ils disposaient pour endiguer la vague de mortalité qui continuait à déferler des semaines après la libération.

Début juin, il partit. Et emmena l'enfant avec lui ; même s'ils ne s'étaient jamais parlé, l'Américain chuchotant en hébreu à l'oreille du garçon, celui-ci le regardant avec ce même air impassible, ce même œil vide, ils semblaient malgré tout avoir trouvé un terrain d'entente, tissé un lien silencieux qui se passait de paroles. Peut-être Rosen se sentait-il responsable de la mort de la mère de l'enfant, peut-être se sentait-il tenu de sauver au moins une âme meurtrie après avoir été témoin des atrocités de Dachau, cette petite ville allemande où des milliers et des milliers d'êtres humains avaient été anéantis.

L'unité qu'il commandait revint à Berlin, et il réussit à faire passer à l'enfant les patrouilles aux frontières et les postes de contrôle en le dissimulant dans une vieille couverture, allant même à un moment jusqu'à le cacher sous le siège d'une jeep pendant que les soldats russes fouillaient le véhicule. Les Allemands s'enfuyaient en Tchécoslovaquie, dans les Carpates, en Silésie et dans les Sudètes, traqués par les Russes qui les éliminaient après les avoir torturés, et des Allemandes, qui étaient au courant, se rassemblaient autour des barrières des camps pour demander aux soldats alliés de les faire prisonnières avant l'arrivée des Soviétiques. Angoissées, désespérées, ces jeunes femmes suppliaient pour avoir la vie sauve, mais les Alliés ne pouvaient se charger d'elles, trop accaparés par la vaste opération de libération et de sauvetage des milliers de juifs encore en attente.

De Berlin, Rosen emmena l'enfant jusqu'à la base aérienne américaine de Potsdam, d'où ils s'envolèrent pour Magdeburg, puis Eisenach et Mannheim, avant de franchir la frontière française pour arriver à Strasbourg. De là, ils partirent de nuit en voiture pour Paris, où l'on célébrait la victoire. Rosen prit alors une chambre d'hôtel, où il resta sept semaines, à nourrir l'enfant, à lui redonner des forces, l'habiller, le ramener à la vie en l'emmenant se promener dans les rues, sur les boulevards et dans les parcs, en s'asseyant avec lui au soleil à la terrasse des cafés – toujours sans rien dire, se contentant de l'observer, pour finir malgré tout par partager avec lui quelques mots dans un étrange sabir fait d'allemand, d'hébreu et de polonais. Haim Kruszwica commença à apprendre l'anglais, et la première question qu'il s'efforça de mettre en mots fut : « Où est mon père ? » L'Américain, persuadé que le père de Haim devait être l'un de ces milliers d'hommes massacrés dans le camp, l'interrogea pour en savoir davantage, et, en écoutant ses réponses, en vint à son corps défendant à la fâcheuse conclusion que le garçon parlait d'un homme grand, blond, vêtu d'un uniforme, qui avait partagé le lit de sa mère. Il avait vu la femme tuer le soldat et il comprenait à présent qu'il devait s'agir d'un officier qui avait dû chercher à cacher son rang par peur des représailles. Il dit à l'enfant que cet homme n'était pas son père, qu'il ignorait où était ce dernier, et le jeune Haim demanda alors à Rosen si lui voulait bien l'être.

Les larmes aux yeux, il répondit qu'il ferait de son mieux. L'enfant sourit, pour la première fois en plus de quatre mois, et Rosen pleura, ouvertement, sans se cacher, le visage dans les mains, là à une terrasse de café, pendant que les passants le regardaient, lui, son uniforme, l'enfant qui l'accompagnait, et prenaient conscience du fait que la guerre est avant tout un déchirement pour l'âme et met à nu des souffrances d'une profondeur insoupçonnée.

Au début du mois de septembre, trois semaines après le huitième anniversaire de Haim Kruszwica, l'enfant et le sergent embarquèrent à Calais pour New York. Ils arrivèrent à la mi-octobre, en même temps que des centaines de soldats qui rentraient au pays, au son des célébrations de la victoire qui résonnait encore dans tout le monde libre.

Daniel Rosen, toujours célibataire à quarante-six ans, emmena l'enfant chez sa sœur, une veuve très pieuse et généreuse, qui avait l'expérience du monde, et, après avoir calmé ses protestations, l'entretint une heure durant, pendant que la gouvernante lavait et habillait Haim, puis l'emmenait à la cuisine pour lui faire boire un bouillon de poule reconstituant et manger du bon pain fait maison. La sœur de Rosen, Rebecca McCready, qui avait quitté la Palestine dans les années 1930 et épousé un Américain d'origine irlandaise contre l'avis de sa famille qui menaçait de la renier, se tenait maintenant sur le seuil de la cuisine et observait en silence l'enfant malingre et quasi spectral : longs yeux en amande écarquillés pour mieux absorber ce qui l'entourait, oreilles avides du bruit d'autres voix, de la musique venant du salon, bouche qui grignotait la nourriture à la façon d'une souris et mastiquait les miettes d'un croûton de pain comme s'il avait affaire à un morceau de steak.

« Oui, finit-elle par dire à son frère, debout à côté d'elle, j'accepte de le garder avec nous. »

Haim Kruszwica devint Haim Rosen, le nom de jeune fille de Rebecca, et, bien qu'il fût polonais, qu'il ignorât tout de la religion juive, il fut emmené de l'autre côté de l'East River, à Brooklyn, où, dans la synagogue des Rosen, il fut présenté à Dieu comme un enfant de la famille.

Ils connurent une relation stable et tranquille. Daniel apprit à l'enfant à lire et à écrire, à épeler son nom. Il le mit à l'école, passa des heures à lui faire faire ses devoirs. Haim posait des questions, Daniel y répondait de son mieux, et, bien qu'il n'ait jamais eu l'envie ni la volonté d'être père, il s'aperçut que les choses lui venaient plus facilement qu'il n'aurait cru. L'enfant lui prenait la main quand ils se promenaient, se jetait à son cou avant de partir pour l'école, allait courir avec lui dans le parc le samedi venu et, le dimanche soir, dans le chaud cocon de la demeure des Rosen, il apportait à Daniel son journal, ses cigarettes et s'asseyait à ses pieds avec ses livres d'images, ses albums et ses crayons de couleur. Rebecca, en les observant, ne cessait de s'émerveiller de l'énergie et de la compassion dont était capable l'être humain. Un phénomène impossible à évaluer ou à sonder, même à comprendre. Et dont elle pensait qu'il était une manifestation de la présence de Dieu en l'homme, et que seul Dieu trouverait les mots susceptibles de le décrire.

Daniel Rosen fut démobilisé en juin de l'année suivante. Il vécut pour voir Haim entrer au collège et resta un jour une heure entière à le regarder courir et rire aux éclats dans la cour de récréation, l'exaltation au cœur, les larmes aux yeux, et, quand il s'éloigna, il se dit que même si recueillir cet enfant devait rester la seule chose qu'il ait accomplie dans sa vie, celle-ci valait pleinement d'avoir été vécue.

En août 1951, Daniel eut une attaque qui le laissa paralysé du côté gauche, et pendant deux mois il garda le lit dans l'appartement de sa sœur dans le Lower East Side de Manhattan, l'enfant à son chevet, muet, une main dans la sienne, faisant de temps à autre la lecture à cet homme qui l'avait tiré de l'enfer et ramené en Amérique. Haim Rosen avait alors quatorze ans, et même s'il avait parlé de sa mère avec Daniel, même s'il lui avait décrit ce qu'il avait vu à Dachau, il semblait bien qu'il ne comprît toujours pas ce qu'était la mort. Du moins pas sous le jour de cette réalité à laquelle tout le monde finit par être confronté.

Le 9 novembre 1951, Daniel Elias Rosen, sergent de l'armée des États-Unis, deux fois décoré pour bravoure exceptionnelle, bien au-delà des obligations de sa fonction, mourait. Haim était présent ; il resta avec lui trois heures et demie durant, tandis que le corps refroidissait, que les yeux vitreux commençaient à refléter le monde, et c'est ainsi que Rebecca le trouva. Elle se souvenait être entrée dans la pièce, s'être avancée vers le lit, comprenant ce qui s'était passé sans avoir à parler ou à interroger Haim, et quand celui-ci l'entendit approcher, il se tourna vers elle et sourit – un sourire d'ange, devait-elle se rappeler, une expression dégageant une paix et une sérénité incroyables –, avant de dire dans un hébreu très approximatif : « Je comprends à quel point le monde peut être mauvais, Mama. Je vois que notre vie ne signifie rien pour Dieu. Je renonce à ma foi, car de quelle utilité peut être la foi contre Dieu ? Je rends ma foi et ma croyance, et je vivrai ma vie sans Lui. »

Elle n'avait rien répondu à ces mots dont elle n'avait compris la portée que plus tard, mais à ce moment-là Haim Rosen – autrefois Haim Kruszwica, après avoir été Kolzac, fils de ce Raspoutine errant venu des Carpates – était devenu le produit d'un esprit malade, un être amoral et détaché de tout.

Haim Rosen, moins juif que jamais, quitta le Lower East Side de Manhattan en juillet 1952, à l'âge de quinze ans, et traversa le détroit de l'East River pour s'installer dans le Queens. Rebecca McCready ne devait jamais le revoir, et, quand elle mourut à l'été 1968, ses derniers mots furent pour bénir son fils adoptif. Seize ans après son départ de chez elle, celui-ci était pourtant sans doute devenu quelque chose qu'elle n'aurait jamais reconnu.

Ni même souhaité reconnaître.

Sullivan tourna la dernière page et se laissa aller contre le dossier de son fauteuil.

« Eh ben ! s'exclama-t-il. Pas tout à fait le genre *Les Œufs verts au jambon*[1], pas vrai ? »

---

1. Ouvrage pour enfants du Dr Zeuss, publié en 1960, ne contenant qu'une cinquantaine de mots parmi les plus communs de

Annie resta silencieuse un moment, un peu troublée par les sentiments et les images que le texte avait fait naître en elle. Elle eut un regard en direction de la fenêtre, où le vent sifflait, ébranlant la vitre. Elle se tourna vers Sullivan.

« Tu devrais peut-être venir, dit-elle. Je veux dire, au magasin lundi soir...

— Cela vaudrait peut-être mieux, en effet. »

---

la langue et destiné aux lecteurs débutants. *(Toutes les notes sont du traducteur.)*

3

Annie O'Neill se réveilla le vendredi matin, en sueur dans la pénombre froide de l'aube. À la frontière de sa conscience flottaient des fragments de rêves, des bribes de souvenirs. Accompagnés de la voix de Sullivan, lente et langoureuse, presque apaisante.

« On avait affaire à trois sortes d'individus au Vietnam, lui avait-il dit un jour. Ceux qui passaient leur temps à se demander pourquoi ils ne pouvaient pas tuer, ceux qui tuaient d'abord et réfléchissaient ensuite, et ceux qui tuaient autant qu'ils le pouvaient sans jamais y repenser après. Autrement dit, soit des gamins terrifiés, soit des enseignants du Midwest, soit des accros à l'homicide. »

Aujourd'hui encore, elle se rappelait l'expression de son visage quand il lui avait raconté ça, celle d'un homme hanté par des fantômes.

Annie se retourna et enfouit son visage dans son oreiller. Il ne pouvait guère être plus de cinq heures. La pièce était glacée, et elle voyait la vapeur de son souffle s'échapper dans l'air. Elle frissonna, s'enfonça plus profondément sous les couvertures, et elle eut beau essayer de se rendormir, le réveil était venu avec la ferme intention de s'imposer. Au bout d'une dizaine de minutes, elle se leva et alla tourner le bouton du thermostat.

Elle enfila un sweat-shirt et un pantalon, fit du café, et, quand elle s'assit à la table de la cuisine, ses mains enveloppant la tasse, elle ferma les yeux un moment et se demanda ce qui avait pu lui remplir l'esprit de pensées aussi sombres. Elle songea au manuscrit qu'avait apporté Forrester et, instinctivement, jeta un coup d'œil vers le comptoir, où il était posé. Des images lui revinrent, et avec elles un sentiment de panique et d'appréhension.

Elle entendait la voix de Sullivan dans sa tête.

« Sacs mortuaires alignés sur le sol, attendant l'arrivée des hélicoptères. Escouades chargées du ramassage des cadavres. Les voyagistes pour morts au combat, qu'on les appelait... et ils aspergeaient ces sacs avec de l'Old Spice, j'te demande un peu. T'avais l'odeur de la décomposition jusqu'au fond de la gorge... la puanteur de la guerre, mêlée à l'odeur entêtante de l'Old Spice – de quoi te rendre malade, Annie, malade comme un chien. »

Elle songea à Rosen, si peu différent, somme toute, des hommes au côté desquels Sullivan avait combattu en Asie du Sud-Est. Le sergent Daniel Rosen, qui avait assisté à la libération de Dachau et ramené un enfant en Amérique comme pour expier les péchés des autres. Et qu'était-il arrivé à cet enfant ? Qu'avait-il bien pu devenir pour que sa mère adoptive, si elle l'avait revu, ait souhaité ne pas le reconnaître ? Et qui avait donc écrit ces pages, et à l'intention de qui ?

Elle pensa à Forrester, et l'espace d'un instant se demanda s'il y avait une chance au monde pour...

Pourquoi était-il venu la trouver ? Que voulait-il ? Pourquoi tenait-il à ce qu'elle lise ce manuscrit ? Et quel rapport tout cela pouvait-il avoir avec son père ?

Annie secoua la tête et se leva de table. Elle se rendit pieds nus dans la salle de bains, se déshabilla et resta plusieurs minutes sous la cascade brûlante de la douche. Impossible pendant un moment de se défaire de la sensation qu'elle éprouvait. Comme la conscience de quelque chose de laid qui se serait glissé en elle, bien décidé à ne pas se laisser déloger sans une farouche résistance… mais l'impression finit par s'estomper, et tandis qu'elle se séchait puis se rhabillait, elle sentit que la tension née de son cauchemar et les sombres pensées qui l'avaient ensuite habitée se dissipaient. Elle en fut soulagée. Elle avait une vie simple, peut-être trop, mais suffisamment pleine tout de même pour ne pas laisser de place aux horreurs décrites dans le manuscrit. Peut-être dirait-elle à Forrester que son club, finalement, ne la concernait pas, qu'elle avait été heureuse de le rencontrer, de recevoir la lettre qu'il lui avait remise, mais son manuscrit, le contenu de celui-ci, elle n'en voulait pas. Tout ce qui l'intéressait, c'était ce qu'il savait de son père. L'important, pour elle, c'était ça, la chose la plus importante au monde ; le reste, tout ce qu'il transportait avec lui, il pouvait le laisser à la porte.

Apparemment déterminée à mettre sa décision en œuvre, elle prépara son petit déjeuner, puis elle écouta Sinatra, et quand le soleil finit par dissiper les ombres à l'intérieur de l'appartement, elle se sentait déjà un peu plus apaisée.

Avant de partir pour le magasin, elle alla voir ce que devenait Sullivan et le trouva qui dormait comme une souche sur son canapé. Elle se pencha sur lui et effleura ses cheveux poivre et sel. Assaillie, encore maintenant, par les effluves d'alcool, elle se demanda comment un homme pouvait boire autant sans mourir d'une cirrhose. Elle sourit, referma la porte derrière elle et descendit l'escalier avant d'entamer son trajet habituel d'une quinzaine de minutes jusqu'au Reader's Rest.

John Damianka lui apporta un sandwich un peu après midi et lui dit que son premier cours ce jour-là ne débutait pas avant treize heures et quart.

« Un vrai miracle si j'en ai plus d'une douzaine qui se pointent, dit-il d'une voix où perçait l'amertume.

— Et le chapitre petites amies, tu en es où ?

— J'avais un rencard mardi dernier. »

Il eut un large sourire, celui de l'écolier qui apporte en classe l'objet le plus original pour le montrer à ses camarades. « Une vraie salamandre. Un authentique morceau de lune, ma main sur le cœur. »

« Ça s'est bien passé, alors ?

— Comme sur des roulettes. Je l'ai emmenée chez cet Italien sur Park Avenue, à côté du Drake Swissôtel.

— Et elle s'appelle comment ? demanda Annie en se penchant au-dessus du comptoir.

— Elizabeth... Elizabeth Farbolin.

— Qu'est-ce qu'elle fait dans la vie ?

— Quelque chose au Centre international de la photographie, de la recherche, mais je suis pas sûr, dit-il après avoir secoué la tête.

— John, je te l'ai dit et répété... il faut que tu saches tout ce qu'il est possible de savoir, tout en laissant une zone d'ombre. Il faut que tu fasses plus attention. Si tu veux que quelqu'un s'intéresse à toi, pose-lui des questions, et après tu la fermes et tu te contentes d'écouter.

— Je sais, je sais, Annie, mais..., protesta John avec un haussement d'épaules.

— Y a pas de mais, John. Si tu veux savoir, le mec le plus intéressant avec lequel je sois jamais sortie m'a laissée parler de moi pendant pratiquement deux heures, et, quand je l'ai quitté, je pensais que c'était la personne la plus fascinante que j'avais jamais eu l'occasion de croiser. »

John regardait ses pieds, un peu honteux.

« Alors, tu la revois quand ?

— Lundi en huit... On va à un spectacle à Broadway. »

Annie se pencha par-dessus le comptoir et lui donna un petit coup de poing à l'épaule. « Bravo, ça c'est bien. Alors, tu vas l'écouter... Tu poses une demi-douzaine de questions et tu la laisses parler autant qu'elle veut, et après ça, crois-moi, elle ne pourra plus se passer de toi. »

John hocha la tête, s'empara de son jambon gruyère au pain complet, poussa vers Annie le sac qui contenait encore son sandwich à elle et parla d'un match de football auquel il projetait d'assister le week-end suivant.

Il partit un quart d'heure plus tard, après lui avoir dit que son cours portait sur le théâtre du XIXe, et plus particulièrement sur le *Faust* de Goethe et l'influence de cette œuvre sur les séries télévisées européennes au siècle suivant.

Annie fronça les sourcils, sourit, avant de dire : « Allez, mets-leur-en plein la vue, John. »

Il entra alors qu'elle en était à la moitié de son sandwich, la joue maculée de mayonnaise, les doigts pleins de sauce salade.

Il passa la porte lentement, semblant hésiter, et quand il s'arrêta dans le rayon de lumière qui filtrait à travers la vitre poussiéreuse de la devanture, elle le prit d'abord pour Forrester. Il se tourna alors vers elle et la regarda droit dans les yeux, et même s'il ne souriait pas, même si son regard direct restait fixe, il n'y avait rien de menaçant ni de dérangeant dans son silence.

Il finit par s'avancer dans sa direction, louvoyant entre les piles de livres défraîchis qui lui arrivaient à la taille, contournant les rayons au centre de la pièce qui atteignaient presque le plafond et n'auraient jamais pu livrer leurs trésors les plus haut placés sans l'aide d'une échelle. Il semblait perdu, comme s'il s'était aventuré dans la boutique par erreur et allait sans tarder ouvrir la bouche pour lui demander ce qu'il devait faire maintenant, pour qu'elle l'aide à trouver ce que peut-être il cherchait.

Mais il n'en fit rien. Il se contenta de s'arrêter et de lancer :

« Salut.

— Bonjour, répondit Annie.

— Tous ces livres, c'est incroyable.

— Ben, on est dans une librairie », dit Annie avec un petit haussement d'épaules.

Il la regarda un court instant, pencha la tête de côté et se tapota la joue du doigt.

« Mayonnaise », dit-il.

Annie eut un froncement de sourcils.

« Sur la figure… là. »

Annie sourit, un peu gênée. « Oh », fit-elle. Elle prit la serviette en papier et enleva la mayonnaise sur sa joue, avant de reposer son sandwich. Elle essuya ses doigts gras sur la serviette, qu'elle jeta dans la corbeille sous le comptoir.

L'homme regarda encore un moment autour de lui, puis il se tourna de nouveau vers Annie.

« C'est par ordre alphabétique, c'est bien ça ?

— Non, pas vraiment.

— Pas vraiment ? » demanda-t-il, le sourcil froncé.

Elle partit d'un rire dont l'écho résonna dans le vide.

« Une partie se trouve plus ou moins rassemblée autour de la même zone de l'alphabet, et l'autre pas du tout.

— Alors, comment vous arrivez à vous y retrouver ?

— Bof, les clients se promènent entre les rayons, fouinent un peu, prennent leur temps… S'ils sont vraiment coincés, ils s'adressent à moi, et je regarde dans le catalogue ; si je l'ai, on essaie de le trouver ensemble, ou alors je le cherche à leur place, et ils repassent le lendemain.

— Et ça fonctionne, votre système ?

— Oui, pas trop mal. C'est une librairie pour les gens qui aiment simplement lire, des lecteurs qui ne privilégient pas un auteur ni un genre particulier. Nous avons des habitués, un assez grand nombre, même ; et tous les quinze jours il y a un nouvel arrivage, et j'empile les ouvrages près de la porte d'entrée. Ils viennent alors fouiller dans la nouvelle livraison avant que je la mette en rayon.

— Ma foi, si ça marche comme ça... », dit le visiteur, visiblement sceptique.

Annie sourit. Et observa l'homme de plus près. Trente-cinq ans, trente-six peut-être. Environ un mètre soixante-quinze, plutôt bien bâti, cheveux blond roux, yeux gris-bleu. Habillé de façon décontractée : jean, veste en daim usée sur une chemise bleue à col ouvert. Des vêtements néanmoins coûteux, qu'il portait comme s'ils avaient été coupés exclusivement à son intention.

« Vous cherchez quelque chose en particulier ? demanda Annie.

— Quelque chose à lire, dit-il en souriant.

— Bien... Quelque chose à lire. Pas de problème, on a ça en magasin. »

Puis elle attendit qu'il ajoute quelque chose, mais il restait là, silencieux, continuant à parcourir des yeux le chaos plus ou moins organisé qui l'entourait.

« Alors, qu'est-ce que vous aimez lire ? l'encouragea-t-elle. Et, par pitié, ne me dites pas : "Des livres." »

L'homme rit, un rire chargé de signification. Celui d'un homme qui avait appris à rire parce qu'il le fallait, parce qu'il avait compris la valeur thérapeutique de l'exercice.

« À peu près tout, dit-il, à part la science-fiction... Ça, je suis pas trop fan.

— Quel est le dernier bouquin que vous avez lu ?
— *Le Poids de l'eau*, d'Anita Shreve, c'était dans l'avion. J'ai bien aimé.
— Un avion qui venait d'où ?
— Du Canada. Territoires du Nord-Ouest. »

L'homme sembla se détendre un peu. Il mit les mains dans les poches de sa veste et s'approcha du comptoir.

« C'est de là que vous êtes originaire ?
— Non, non, je suis d'ici... à l'origine, de New York. J'ai déménagé dans le quartier il y a un mois ou deux, mais j'ai toujours été absent depuis, pour mon travail. »

Annie résista à l'envie de lui demander quel était ce travail. Elle pensait pourtant être en droit de le faire – une idée bizarre, mais pas tant que ça, finalement. Elle consacrait du temps à cet homme, et il était très probablement du genre à regarder sans jamais acheter ; il lui paraissait donc légitime de vouloir terminer cette rencontre en ayant appris quelque chose. Elle ne lui demanda pourtant pas ce qu'il faisait dans la vie mais où il était avant de venir s'installer dans le quartier.

« East Village, dit-il. Là où je suis né. Mon activité m'a conduit à peu près partout dans le monde, mais c'est là qu'est mon vrai chez-moi.
— Et, comme ça, vous faites le tour de votre nou-veau quartier ? »

L'homme sourit, hocha la tête. « C'est ça. Je m'ac-climate, pour ainsi dire, répondit-il avant de faire un nouveau pas en direction du comptoir et de lui tendre la main : David, David Quinn. »

Instinctivement, Annie s'essuya les mains sur son pantalon avant de tendre la sienne en retour.

« Annie O'Neill.

— Et le magasin est à vous ?

— Il était à mon père... Maintenant, il est à moi. »

David Quinn prit le temps d'embrasser une fois encore du regard rayons et étagères et dit : « Sacré endroit que vous avez là, Annie O'Neill... C'est vraiment quelque chose. »

Il resta près d'une heure. Acheta trois livres. *La Mort au crépuscule* de William Gay, *La Conjuration des imbéciles* de John Kennedy Toole et *Les Vitamines du bonheur* de Raymond Carver. Pour un montant de treize dollars. Il donna à Annie un billet de vingt et lui dit de garder la monnaie.

« Vous savez quoi ? » lança-t-il en se dirigeant vers la porte.

Annie leva les yeux.

« Il semblerait qu'un livre passe par vingt paires de mains au cours de son existence.

— Je l'ignorais », dit Annie en secouant la tête.

David Quinn leva le sac contenant ses trois livres.

« Soixante vies vont donc entrer en contact avec ce qu'il y a là-dedans... Ça fait réfléchir, non ? »

Là-dessus, il sourit, eut un hochement de tête, se tourna vers la porte et quitta le magasin.

Annie sortit de derrière le comptoir, passa entre les rayons des livres cartonnés et atteignit la devanture au moment où Quinn disparaissait au coin de la rue.

Elle secoua la tête et soupira. Elle pensa à tous ceux qui avaient un jour poussé la porte du Reader's

Rest au fil des ans, tous ceux qui avaient flâné dans le magasin, lui avaient demandé son aide, n'avaient peut-être rien cherché d'autre en s'arrêtant qu'une présence, quelqu'un avec qui partager quelques minutes de leur vie. Et elle les avait laissés repartir sans broncher, tous autant qu'ils étaient, sans se dire une seule fois qu'elle pouvait peut-être tirer quelque chose de ces brèves rencontres. Sa solitude, c'était elle-même qui se l'était fabriquée, et, n'eût été Sullivan, elle aurait pu passer des semaines sans jamais communiquer avec l'un de ses semblables autrement que pour demander l'heure ou annoncer le prix d'un de ses livres d'occasion.

Mais pourquoi ? s'interrogea-t-elle, tandis qu'elle se détournait de la devanture et gagnait l'arrière-boutique pour se faire du café. *De quoi ai-je si peur ? D'obtenir quelque chose qui risquerait ensuite de m'échapper ? Mais ne vaut-il pas mieux aimer et perdre ce qu'on aime que ne jamais connaître l'amour*[1] *?*

Elle sourit du poncif et s'activa devant sa machine à café.

Elle ferma le magasin un peu avant dix-sept heures. Après David Quinn, elle avait eu deux autres clients – le premier avait acheté un exemplaire écorné et fatigué de *Bienvenue Mister Chance* de Jerzy Kosinski, l'autre lui avait demandé si elle possédait une première édition de Washington Irving. Ce qui n'était pas le cas.

Elle marcha d'un pas vif pour rentrer, le vent était froid, et elle était chez elle à cinq heures et quart. Jack

---

1. Allusion à deux vers célèbres du recueil de poèmes *In Memoriam* d'Alfred Tennyson.

77

était sorti, probablement en train de jouer aux échecs avec deux ou trois copains du bar qu'il fréquentait, et une fois dans son appartement, elle se prépara une salade, arrosa de vinaigrette un peu de poulet froid et s'installa dans la cuisine avec un verre de vin blanc, la voix de Sinatra chantant « Chicago, Chicago... » lui parvenant de la pièce de devant.

Elle sourit. Pensa à son père, pensa à Forrester, et ressentit une fois de plus ce sentiment fugace d'identification entre les deux hommes quand elle pensait à eux en même temps. Elle secoua la tête. Non, c'était impossible... proprement impensable. Elle écarta l'idée d'un haussement d'épaules, préférant se remémorer les événements de l'après-midi, les moments qui avaient suivi le départ de David Quinn.

Je dois retrouver Robert Franklin Forrester lundi, songea-t-elle. *Jack peut fort bien venir au magasin pour me protéger...* Elle s'interrompit au beau milieu de sa réflexion.

Me protéger de quoi ? D'un vieux monsieur au pardessus fatigué, qui cherche à alléger le fardeau de sa solitude en lisant des histoires et en m'apportant des lettres de mon père ?

Ce qui l'amena à se demander si Forrester n'avait pas l'intention de lui en apporter une autre, éclairant ainsi un peu de sa vie en partageant avec elle quelque chose de celle de son père. Et ce fut ce qui eut finalement raison de ses hésitations et l'amena à prendre sa décision : quels que soient les scrupules et les doutes qui pourraient lui venir au cours du week-end, Forrester viendrait au magasin lundi, elle parlerait avec lui du manuscrit qu'il avait apporté, essaierait de lui soutirer davantage de renseignements sur son père, et verrait bien ce qu'il en sortirait. Il fallait qu'elle le fasse, ne serait-ce que pour garder vivant le souvenir de son père. C'était le moins qu'elle puisse faire. Ses parents, c'était tout son passé. Toute sa vie, d'une certaine façon. Elle leur devait bien ça.

Décide-toi à vivre un peu, Annie O'Neill, s'exhorta-t-elle. *À vivre un peu avant de mourir.*

4

De sa fenêtre, elle avait vue sur le Cathedral Parkway et le Nicholas Roerich Museum, et, au-delà, l'Hudson River Park, puis le fleuve lui-même. Certains soirs, très tard, peut-être pour se sentir agrégée au monde extérieur, elle plaquait son visage contre la vitre froide et attendait que ses yeux s'accoutument à l'obscurité. Elle percevait alors le reflet des lumières du New Jersey sur l'horizon. En imaginait la source – des centaines de milliers de foyers, des millions de lampadaires et, tout au long, des boutiques, des grands magasins, des centres commerciaux, des hôtels. Et puis elle entendait le bruit des bateaux sortant sans effort du bassin de la 79e Rue et s'interrogeait sur leurs passagers, leur destination, leurs motivations. Un milliard de schémas de vie différents, et, au milieu, les six degrés de séparation : la théorie selon laquelle nous sommes tous, chacun d'entre nous, reliés à quelqu'un, et ce quelqu'un à un autre, formant une chaîne de relations individuelles comprenant au moins six maillons, de sorte que puisse être dressée une carte illustrant la façon dont tous les êtres humains sont connectés les uns aux autres. Mais il semblait à Annie que certains individus n'étaient que des maillons isolés.

L'exception qui confirme la règle. Le cas à part. Et elle était de ceux-là. C'était du moins ce qu'il lui arrivait de croire.

Tel était le cours de ses pensées dans les premières heures de ce samedi matin, et, au bout d'un moment, après être allée se recoucher et avoir dormi par à-coups, elle se réveilla une fois de plus au moment où l'aube donnait au ciel des allures d'aquarelle. Elle se doucha, prit son petit déjeuner et quitta l'appartement. Elle n'emprunta pas son trajet habituel, ne s'approcha ni de près ni de loin du Reader's Rest, et même si elle observait d'ordinaire une régularité de métronome, même si la boutique avait toujours ouvert, depuis des lustres, de neuf heures à treize heures le samedi, ce matin-là – sans autre raison qu'un sentiment de nécessité – elle partit dans la direction opposée. Descendit Cathedral Parkway jusqu'à Amsterdam Avenue, puis Columbia University et la cathédrale St John the Divine. Elle marchait d'un pas plus lent qu'à l'ordinaire, un peu hésitant peut-être, et, l'eussiez-vous croisée dans la rue, vous n'auriez rien vu de plus qu'une jolie brune, pas très grande, les traits aquilins presque figés, mais les yeux brillants, curieux, comme aux aguets. Elle vous aurait donné l'impression d'être à la recherche de quelque chose. Ou de quelqu'un.

Annie s'arrêta au bout d'un moment, entra dans un bar où elle commanda un café. Elle s'installa à une petite table en terrasse et regarda le monde défiler devant elle. Certains encore à moitié endormis, d'autres pleins d'énergie et de détermination, mais le plus grand nombre apparemment l'air absent et sans but précis, un peu à son image. Le café était bon et fort, et pour la première fois depuis des années elle ressentit le besoin de fumer. Elle avait arrêté depuis une éternité, décidée à ne jamais reprendre, mais la cigarette conservait toujours pour elle un côté vaguement romantique. La petite brune à la terrasse du café, le manteau serré autour de la gorge pour se protéger d'un vent mordant, ne pouvait, selon l'estimation des hommes qui passaient devant elle, qu'attendre quelqu'un. Un rendez-vous. Le début d'une aventure. Il est en retard. Elle est suffisamment sûre d'elle pour ne pas s'inquiéter de ce retard. Et suffisamment résolue pour se distraire avec ses propres pensées, et s'il vient... eh bien, s'il vient, il vient, mais, dans le cas contraire, il y aura toujours quelqu'un d'autre pour la divertir un moment. Très Marlene. Très Ingrid.

Et très imaginative, songea Annie, en souriant intérieurement.

« Annie O'Neill », dit une voix.

Brutalement tirée de sa rêverie, elle leva les yeux. Le soleil dans le dos, l'homme avança d'un pas. David Quinn n'était guère à plus d'un mètre d'elle, souriant. Du sourire d'un enfant qui retrouve un ami perdu de vue depuis longtemps.

« David ? dit-elle, sa voix trahissant la surprise.

— Qu'est-ce que vous faites là, dans ces latitudes nord ? demanda-t-il, après avoir sans hésitation pris la chaise en face de la sienne.

— Je me balade, précisa-t-elle en haussant les épaules, un peu gênée.

— Vous n'ouvrez pas la boutique, le samedi ?

— Si, si, mais aujourd'hui... disons que je n'en avais pas envie. »

Puis elle pensa : *Quelle étrange coïncidence*, mais elle n'était pas au bout de sa réflexion qu'elle se souvint l'avoir entendu parler de son récent déménagement de l'autre côté de Morningside Park. De l'East Village à la frange nord-ouest de Harlem.

Il sortit un paquet de Marlboro de la poche de sa veste.

« Cigarette ?

— J'ai arrêté depuis longtemps, dit-elle en souriant.

— Je peux ? »

Elle eut un geste nonchalant de la main. « Profitez-en pour prendre un café », suggéra-t-elle.

Il sourit, l'air parfaitement à l'aise, comme s'ils étaient effectivement deux amis qui s'étaient perdus de vue depuis longtemps. Une rencontre de hasard au bout de tant d'années.

« *Alors, comment vas-tu ?*

— *Bien... très bien. Et toi ?*

— *Super. Je bosse beaucoup.*

— *Tu fais quoi, maintenant ?... Il me semble me rappeler que tu voulais être architecte.*

— *Mais je le suis, et si je suis dans le coin c'est justement parce que je travaille à un projet : démolir tous ces vieux immeubles et construire à leur place une horreur de monolithe tout en vitres...* »

Annie sourit en elle-même, tandis que David Quinn se levait pour aller commander un café à l'intérieur.

Il revint avec deux tasses, en posa une devant Annie, puis se rassit, et resta silencieux tout le temps qu'il lui fallut pour verser la crème, tourner son café, allumer sa cigarette.

« Vous allez quelque part ? » demanda-t-elle.

Il fit non de la tête, la main enroulée autour de sa tasse comme pour lui dérober un peu de sa chaleur. « Non, rien de spécial. Quelques courses à faire. »

Elle ne répondit pas, et un bref silence plana entre eux. Elle se sentait étrangement à l'aise. Elle sirotait son café, le troisième de la journée. *Tu prends des risques, Annie*, songea-t-elle, puis : *Bof, tu sais ce qu'on dit... Si tu ne t'aventures pas aux limites du danger tu occupes une place indue.*

Ce fut alors qu'elle lui demanda :

« Et qu'est-ce que vous faites dans la vie ? Si je ne suis pas trop indiscrète.

— Pas du tout, dit David. Je suis dans l'assurance maritime.

— Pour les bateaux, ce genre de truc ? »

Il acquiesça, esquissa un sourire nonchalant qui irradiait pourtant une chaleur qui lui plut aussitôt. Il n'était pas ce qu'elle aurait appelé un bel homme, au sens classique du terme, mais il avait un visage habité, pour ainsi dire, semblable en cela à celui de Jack Sullivan, dont toute la vie pouvait être résumée en une expression.

« Oui, pour les bateaux, ce genre de truc, dit-il. Surtout les trucs. »

Annie sourit. Son humour était pince-sans-rire, un rien caustique.

« Bon, alors c'est quoi, l'assurance maritime ?

— Affaires commerciales, pour l'essentiel, cargos, ferrys, ce genre de chose... Nous couvrons les assurances et, quand les bateaux coulent ou s'échouent, je vais enquêter sur place pour vérifier qu'ils n'ont pas été sabordés intentionnellement afin d'extorquer l'argent de l'assurance.

— Et c'est la raison pour laquelle vous étiez au Canada ?

— Tout à fait. Un brise-glace s'est échoué dans le golfe d'Amundsen, là-haut dans les Territoires du Nord-Ouest, un bateau qui fait le circuit Sachs Harbor, cap Prince-Alfred et retour par le détroit du Prince-de-Galles. Il s'est fendu en deux et a sombré comme une pierre.

— Vous ne plongez pas pour aller voir, si ?

— Là-bas, par moins mille degrés et quelques ? Vous plaisantez. Si c'est un gros contrat, on ressort le bateau de l'eau. Sinon, on envoie des caméras sous-marines.

— Et pour le brise-glace ? demanda-t-elle.

— Il a été échoué intentionnellement, du moins tout l'indique.

— Mais comment pouvez-vous en être sûr ? demanda Annie.

— De la même manière dont vous êtes capable, vous, j'en suis sûr, de dire qu'un bouquin est bon au bout de la première page. Il y a des signes qui ne trompent pas. »

Il s'interrompit le temps de finir son café.

« Bon, bref, assez parlé boulot... Qu'est-ce que vous faites aujourd'hui ?

— Rien de particulier.

— Alors, pourquoi ne pas aller se balader, voir quelque chose, manger un morceau ? »

Annie regarda l'homme assis en face d'elle, ce David Quinn, enquêteur dans une compagnie d'assurances maritimes, et se souvint des réflexions qu'elle s'était faites à son réveil – l'exception qui confirme la règle, le maillon isolé, en dehors de la chaîne. Peut-être le vide créé par cette absence était-il en train de se combler, et peut-être le moment du choix était-il venu pour elle : avancer carrément et prendre sa place dans la chaîne, ou rester à l'extérieur et continuer à attendre.

Qu'avait-elle à perdre ? Quelques heures, peut-être rien de plus.

« D'accord, dit-elle doucement.

— Pardon ?

— D'accord, faisons comme ça. »

Plus tard – ce même soir, en fait –, une fois leur promenade, leurs conversations, les moments d'accalmie où ils n'avaient pas grand-chose à se dire terminés, elle se souviendrait d'un détail. Un petit rien, comme toujours. La façon qu'il avait de s'interrompre à intervalles plus ou moins réguliers quand il parlait et de se masser la nuque de la main droite, comme pour soulager une tension à cet endroit, un phénomène d'ordre psychosomatique, aurait-on dit, ni physique ni musculaire, mais néanmoins aussi réel que n'importe quelle douleur corporelle. Il avait fait ce geste à plusieurs reprises, y compris pendant leur déjeuner dans un petit bistrot près de Riverside Drive, et elle avait failli lui demander s'il avait mal, si elle pouvait lui être d'un quelconque secours. Mais elle s'était abstenue, ne voulant pas aller trop loin, car aller trop loin c'était perdre l'équilibre, et la charge qu'aurait représentée un rejet ne pouvait qu'entraîner une chute à sa suite. Or elle n'avait certainement pas envie de tomber, pas cette fois-ci, ni plus jamais, et dans tous les cas prévenir valait mieux que guérir, comme aimait à le dire sa mère. Mais elle disait tant de choses, sa mère.

Elle s'était demandé si elle resterait toujours un anachronisme, un cas décidément à part, cette recluse littéraire qui passait sa vie dans une librairie.

Cet après-midi-là fit qu'elle cessa de se poser la question. Un après-midi au cours duquel, tandis qu'elle marchait et bavardait avec cet étranger qu'était David Quinn, qu'il souriait et la faisait rire, qu'il lui montrait dans le quartier des choses qu'elle n'avait jamais vues, elle comprit que tout espoir n'était peut-être pas perdu. Pas nécessairement avec David, car l'individu semblait en quelque sorte se suffire à lui-même, expression qui venait spontanément à l'esprit pour le décrire sans qu'on ait besoin de chercher plus loin. Il donnait l'impression d'un être parfaitement abouti, sans attaches ni attributs, sans tout ce bagage d'une grande complexité émotionnelle que tant de gens semblent trimballer avec eux comme s'ils n'avaient pas d'autre but dans la vie. Voilà un homme, pensait-elle, capable de prendre le train de 5 h 36 pour Two Harbors, au pied des Sawtooth Mountains, où par temps clair on a l'impression en tendant la main de pouvoir toucher les Apostle Islands et Thunder Bay, et qui, si d'aucuns manifestaient l'envie de partir marcher avec lui, accepterait volontiers leur compagnie. Quant aux autres, ceux-là, il les laisserait sur le quai sans plus leur accorder une pensée. Peut-être lui feraient-ils un signe de la main, puis le regarderaient-ils se perdre sans bruit dans les lointains indistincts du souvenir. Il semblait bel et bien voyager seul, n'emportant que le strict nécessaire, sans s'encombrer du fardeau des amours perdues, des rêves oubliés, des jalousies, des frustrations ou des haines. Ne gardant que les choses les plus belles. Des choses à partager. Qui ne pesaient presque rien mais donnaient son sens à toute chose. Voilà ce dont il était porteur, et ce qui, dans une certaine mesure, le portait.

Elle appréciait son indépendance, son sens de l'équilibre, son aptitude à tourner la page quand il le fallait. S'il parlait de lui-même, c'était avec humilité, comme s'il n'y avait pas de grandes vérités à comprendre, ni de grandes profondeurs à explorer. Il n'était ni prétentieux, ni vaniteux, ni ostentatoire. Ne semblait ni possessif, ni jaloux, ni prompt aux remontrances. Il savait écouter, et elle trouvait en lui une bouche silencieuse et une oreille réceptive. Il était là... et c'était amplement suffisant.

Ils s'étaient quittés un peu après seize heures, lui prenant vers le nord en coupant par le parc, elle vers le sud, pour rentrer chez elle. Ils s'étaient serré la main, rien de plus, et, même si un tel geste pouvait paraître incongru, c'était le seul qui s'imposât, semblait-il. Ils n'étaient pas encore amis, tout au plus des connaissances, et vouloir lire davantage dans leur rencontre, c'était se livrer à des suppositions oiseuses.

Il lui dit qu'il passerait un des ces jours, peut-être pour s'acheter d'autres bouquins, et elle hocha la tête, sourit et répondit qu'il serait toujours le bienvenu.

Et ce fut ainsi que plus tard – au moment où ce samedi se refermait sur les noctambules qui hantaient les rues de New York, les prostituées, ceux qui sortaient au théâtre, dans les night-clubs ou les bars –, elle se posta à la fenêtre où elle se trouvait la nuit précédente, mais cette fois-ci l'esprit apaisé. Pour une fois. Sullivan était quelque part là, dehors, au sein des six degrés de séparation qui régissaient les relations humaines de l'autre côté de la vitre. Elle aurait aimé qu'il soit là. Pour vivre ce moment avec elle. Elle aurait aimé de même que son père soit là, lui aussi. C'était avec sa mère qu'elle avait toujours partagé de tels instants, mais aujourd'hui, après la visite de Forrester, maintenant que ses souvenirs s'étaient réveillés, elle avait une conscience aiguë, douloureuse, de l'absence de son père. Sa mère avait été présente tellement plus longtemps, elles avaient tant parlé, ri ou pleuré ensemble. D'elle, elle possédait un stock complet de souvenirs, mais de lui, rien. C'était, de loin, ce qui la faisait le plus souffrir. Elle ne pensa pas à lui très longtemps, car l'évoquer était le meilleur moyen de succomber à ce sentiment de perte irrémédiable qui accompagnait invariablement cet exercice. Il était parti, parti pour toujours, et d'une manière ou d'une autre, il lui fallait composer avec ce deuil.

Et puis Annie dormit, d'un sommeil ni agité, ni troublé, ni intermittent, et, quand elle se réveilla, c'était dimanche, et elle était pleine du sentiment paisible d'avoir été rassurée, comme si le monde s'était hasardé à lui restituer un peu de ce qu'elle avait perdu : une certaine foi dans la nature humaine, peut-être, ou comme la certitude que là-bas, de l'autre côté de la vitre, les choses avaient un sens, et qu'elle ne passerait plus à côté, seule.

5

Dimanche matin : Annie n'était pas d'humeur à rester seule. Voilà qui était nouveau, un peu bizarre, mais, contrairement à ce qu'elle aurait fait d'ordinaire, elle ne résista pas à son envie de compagnie. Elle alla toquer chez Jack Sullivan pour lui demander de venir prendre le petit déjeuner avec elle, ce à quoi – toujours prompt à accepter une invitation à manger – il souscrivit bien volontiers.

Au menu : œufs, galettes de pommes de terre râpées, bacon, champignons sautés, café frais à volonté. Elle demanda à Sullivan de presser une dizaine d'oranges et plaça la carafe dans le freezer où elle la laissa le temps de préparer le repas, puis ils s'assirent en silence et mangèrent copieusement.

« Quelque chose a changé, non ? » hasarda Sullivan, pendant qu'ils finissaient leur café. Il fronça les sourcils, pencha la tête sur la droite.

« T'es pas sortie et tu t'es pas envoyée en l'air, dis-moi, Annie ?

— Non, Jack, répondit-elle en riant, je ne suis pas sortie et je ne me suis pas envoyée en l'air.

— Alors, t'es restée chez toi et t'as fait ça toute seule, c'est ça ?

— Non, je ne suis pas restée chez moi.

— Alors raconte. »

Il écarta son assiette, posa les coudes sur la table et le menton sur ses doigts joints, avant de la regarder d'un œil condescendant. « Allez, chère madame, confiez-vous au docteur Sullivan... dites-lui votre secret. »

Annie laissa passer un moment avant de répondre.

« J'ai réfléchi, commença-t-elle, avant d'esquisser un petit geste dédaigneux de la main. Pas trop sérieusement, rassure-toi. J'ai juste réfléchi à... ce que je cherche, j'imagine.

— Et tu cherches quoi ? demanda Sullivan. Tu as le magasin, tu as l'appartement, et tu m'as, moi... Qu'est-ce qu'une belle New-Yorkaise célibataire de trente ans pourrait bien vouloir de plus, bon Dieu ?

— Quelqu'un ? »

Sullivan ferma les yeux et soupira.

« Oh, merde, dit-il d'un ton tranquille.

— Oh, merde, répéta Annie en riant, c'est tout ce que tu trouves à dire ? Mais bon sang, Jack, tu ne t'attendais tout de même pas à ce que je reste seule jusqu'à la fin de mes jours, dis ?

— Jamais de la vie, Annie, c'est juste que j'espérais te voir tomber raide dingue de moi. »

Annie tendit une main qu'elle referma sur celle de Jack.

« Ah, mais toi, toi, mon vieux guerrier... tu seras toujours le seul et unique.

— Bon, allez, comment y s'appelle ? demanda-t-il en rouvrant les yeux et en souriant.

— Qu'est-ce qui te fait penser qu'il y a un "il" ?

— Son nom, accouche, insista Sullivan.

— C'est rien du tout, dit Annie, en tournant la tête vers la fenêtre. Il ne s'est rien passé. Rien du tout.

— Il est marié ?

— Non... du moins, je ne crois pas.

— Alors, son nom ?

— Quinn... David Quinn.

— Et tu l'as rencontré où ?

— Il est venu au magasin vendredi.

— Et il a acheté un bouquin...

— Trois, précisa-t-elle.

— Putain, Annie, quand tu m'auras tout dit... Épouse-le tout de suite, ce mec. »

Elle éclata de rire. Cela faisait tellement de bien de parler de choses réelles avec une personne réelle, en l'occurrence la plus réelle qu'elle ait jamais connue.

« Allez, raconte la suite.

— Eh bien, je me suis réveillée hier matin en pensant : Et puis zut, au diable le magasin, et je n'y suis pas allée. Je suis partie flâner dans les quartiers résidentiels, de l'autre côté du parc, et j'étais là, en train de boire tranquillement mon café à une terrasse, quand le voilà qui se pointe.

— Tu crois aux coïncidences ? dit Sullivan en secouant la tête.

— Bien sûr que j'y crois.

— C'est pourtant de la connerie, chère amie.

— De la connerie, répéta Annie d'un ton neutre.

— En fait, ce sont tes pensées qui sont pratiquement seules responsables des situations dans lesquelles tu te fourres.

— Mes pensées ? »

Sullivan opina du chef.

« Je ne te suis pas, dit Annie, les sourcils froncés.

— Bon, alors imagine un peu... Tu te lèves le matin avec l'impression d'être au trente-sixième dessous, tu te dis que tu es dans un jour sans, que tout va foirer, tu vois ?

— Ouais, je vois.

— Bon, donc t'es pas bien dans tes pompes, tu te trouves moche et tout. Autrement dit, tu as une image totalement négative de toi-même. Et cette vision va transparaître dans ce que tu dis, ta façon de le dire, de te comporter, d'accord ?

— D'accord.

— Maintenant, à ton avis, comment les gens jugent ceux qui leur font face... en règle générale sur une première impression, de nos jours, non ? Eh bien, dans le cas qui nous intéresse, il y a toute chance pour qu'ils croient avoir devant eux quelqu'un qui ne pense pas grand bien de lui, quelqu'un de réservé peut-être, de renfermé. Cette impression va conditionner à son tour leur comportement à son égard, ce qu'ils diront, comment ils le diront. L'image que tu projettes de toi, les autres la perçoivent très bien, qu'elle soit bonne ou mauvaise. Et puis déboule quelqu'un qui a une idée qu'il veut à tout prix faire connaître aux autres... À ton avis, il va s'adresser à qui pour ça ? À une personne qu'il croit susceptible de lui prêter une oreille attentive. Tu me suis, jusque-là ? »

Annie fit oui de la tête.

« Donc, ce type arrive au magasin, il achète deux ou trois bouquins, vous échangez quelques mots, et là, quelque chose dans la manière dont tu as réagi a dû lui donner à penser qu'il pouvait t'aborder quand il t'a vue à cette terrasse en train de siroter ton café. Si tu t'étais montrée froide et distante au départ, il aurait peut-être fait comme s'il ne t'avait pas vue.

— OK, dit Annie, et après le p'tit déj, on passe en revue la faim dans le monde, le sida et autres sujets d'actualité...

— Oh, rigole toujours, l'interrompit Sullivan, une lueur feinte d'indignation dans les yeux. Je te raconte pas des blagues... Peu importe ce que tu as dit et la manière dont tu l'as dit, il a su pouvoir t'approcher sans risquer de se faire jeter.

— Bon, et maintenant ?

— Comment, et maintenant ?

— Qu'est-ce que je fais ?

— Mais bon Dieu, Annie, tu appelles le mec, tu l'invites ici, tu lui prépares une bouffe et tu le baises de toutes les façons possibles et imaginables. »

Annie éclata de rire, un peu gênée, malgré tout. Elle porta la main à la bouche et ferma les yeux.

« Tu sais de quoi je parle, quand même ? demanda Sullivan.

— *Grosso modo* », dit-elle, avant de se lever et de commencer à débarrasser la table.

Mais Sullivan lui prit la main et tira dessus jusqu'à ce qu'elle se rassoie.

« Écoute, dit-il calmement. Je plaisante à moitié, Annie. Je te vois aller et venir tous les jours. Je vois le magasin, je te vois tellement repliée sur toi-même que je devine ce que tu ressens et que je me fais du souci pour toi. Tu as besoin de sortir de toi-même, de t'ouvrir aux autres... C'est sûr que les bords sont parfois rugueux et les angles aigus, mais le monde est comme ça, et, bordel, si tu prends pas de risques, tu vas finir plus amère et plus tordue que si tu avais reçu quelques bons coups sur la tête. »

Annie O'Neill ne trouva rien à lui répondre. Il avait raison, suffisamment en tout cas pour lui interdire toute objection. Elle le regarda. Elle le détestait, mais en même temps l'aimait plus qu'elle n'avait jamais aimé personne. Elle tendit une main qu'elle pressa contre sa joue.

« Et toi, tu arrêtes de boire autant, dit-elle.

— Je suis plus résistant que tu crois, fit remarquer Sullivan en hochant la tête.

— Je sais, Jack, n'empêche...

— On va passer un marché, d'accord ? »

Annie acquiesça d'un air hésitant.

« Tu te trouves un mec. Et moi, j'arrête de boire.

— Ça veut dire quoi, ça, je me trouve un mec ?

— La nuit où j'arriverai pas à fermer l'œil, dit Sullivan en souriant, parce que t'arrêtes pas de marteler la tête de lit et de gémir comme une bête, j'arrête de boire.

— Vous avez vraiment besoin d'être aussi grossier, Jack Sullivan ?

— Tu te trouves quelqu'un, quelqu'un à qui tu penses pouvoir t'attacher, tu vois si tu peux construire une relation un peu durable avec lui, et, de mon côté, j'arrête de boire pour de bon. C'est ça le marché, à prendre ou à laisser.

— Si je veux que tu cesses de boire, Jack, c'est parce que ça finira par te tuer et pas... »

Sullivan leva la main, et Annie resta sans rien dire.

« Et moi, si je veux que tu te trouves quelqu'un, c'est parce que la solitude finira par te tuer. »

La journée se déroula autour d'elle, et elle la perdit dans les petits riens du quotidien. Après le petit déjeuner, Sullivan était parti retrouver ses amis. Annie resta chez elle, regarda la télé, s'occupa à des bricoles sans importance, et, alors que le soir envahissait peu à peu les trottoirs et chuchotait entre les immeubles, elle s'assit pour lire un moment. À l'instar de celui qui tient un bar et qui ne boit pour ainsi dire jamais, Annie lisait peu ces temps-ci. Elle pensa à Forrester, à Sullivan, à la manière dont ils en étaient venus, chacun à sa manière, à représenter une partie de ce qu'aurait pu être son père. Mais elle repensa surtout à David Quinn, se demandant si elle le reverrait jamais.

Et ce fut l'esprit ainsi occupé qu'elle se tourna sur le côté, mit les pieds sur le canapé, remonta les genoux sous le menton, consciente du silence de l'appartement, trouvant un certain apaisement dans le bruit assourdi du vent au-delà des murs, et ferma les yeux. Bientôt, elle s'assoupit et fit un rêve.

Elle est assise à une table. Sullivan en face d'elle. Il a un œil fermé, et de l'autre s'échappe un filet de fumée. Qui filtre entre ses paupières mi-closes avec un léger bruit de soupir, et, tandis qu'il respire, les volutes et les arabesques s'entortillent. Elle les regarde sans un mot, fascinée par les formes qu'elles décrivent dans l'air.

« Opérations Malheur, Hickory et Rolling Thunder, est en train de dire Sullivan, avec son œil fermé et l'autre d'où montent les fumerolles grises. Dragon Head... et Cedar Falls, au cours de laquelle les Yankees et l'armée de la république du Vietnam ont pris d'assaut le Triangle de fer à vingt kilomètres au nord de Saigon. Et puis il y a eu l'opération Junction City... et tu sais que douze mille civils ont trouvé la mort pris entre deux feux pendant la seule offensive du Têt ?

— Je l'ignorais, s'entend dire Annie, sans que ses lèvres aient remué, et le bruit ne vient pas de l'intérieur de sa tête, mais de l'extérieur.

— Encore une chose, poursuit Sullivan. Entre janvier 1968 et janvier 1969, il y a eu quinze mille blessés... entre 1969 et 1970, le chiffre a grimpé jusqu'à quatre-vingt-seize mille, mais on les a quand même obligés à tirer leurs sales culs de communistes de Khe Sahn, Gio Linh et Con Thien...

— Pourquoi on est là, Jack ? demande Annie, qui donnerait tout ce qu'elle a en échange d'une cigarette.

— On a passé un marché, non ?

— Un marché ? »

Jack Sullivan sourit. Il ouvre son œil qui fume, il y a un miroir à l'intérieur, et quand elle le regarde, elle y voit le visage de sa mère. Sa mère pleure, ses lèvres forment les syllabes d'un mot.

Annie regarde de plus près.

Chance, dit la bouche. *Chance... Chance...*

« Eh oui, on a passé un marché, Annie O'Neill... et ce marché, c'était ?

— Il faut que je baise un mec, et toi, tu arrêtes de boire, pour ne pas en crever.

— Mesdames et messieurs, et une poupée Kewpie[1] pour la jeune dame ! crie Sullivan.

— Je n'emploie pas ce genre de mots, dit Annie. Des mots comme "baise".

— Peut-être que tu devrais, réplique Sullivan. Peut-être que si tu t'en servais de temps en temps, de ce mot, tu finirais par en trouver un peu justement, de la baise. »

Annie tend la main, veut le toucher, mais le traverse sans rencontrer d'obstacle, et, tandis que Sullivan se dissipe en arabesques et en volutes de fumée, elle l'entend murmurer : « Les choses ne sont pas toujours ce qu'elles ont l'air d'être, Annie O'Neill... »

Elle se réveilla brutalement, sans savoir pendant un moment où elle était. Les genoux remontés contre la poitrine, le visage écrasé contre le dossier du canapé, elle avait du mal à respirer. Prise d'une sensation de claustrophobie, soudain tendue et affolée, Annie se mit à haleter. Elle se tourna, s'assit sur le bord du canapé, posa les pieds fermement sur le sol, comme pour se convaincre de la réalité du monde extérieur, et ferma les yeux. Reprenant ses esprits, elle parvint à contrôler sa respiration. Elle avait envie d'une cigarette, d'une tasse de thé, de quelque chose.

Elle se leva, éprouvant quelque difficulté à trouver son équilibre. Repensa à son rêve, incapable de se

---

[1]. Poupée à l'effigie des Kewpies, personnages d'une bande dessinée créée en 1909 par la dessinatrice américaine Rose O'Neill.

souvenir de rien en dehors de la voix de Sullivan, la voix qui l'avait réveillée.

Elle alla jusqu'à la cuisine dans un léger brouillard, se prépara un thé, et se brûla la main en faisant un faux mouvement au moment de verser l'eau dans la tasse.

« Putain ! » s'exclama-t-elle, d'un ton sec et rageur qui ne lui ressemblait pas.

Elle s'arrêta, fronça les sourcils. « Putain ? » se demanda-t-elle, avant de comprendre que c'était là un mot qu'elle n'utilisait jamais.

Elle haussa les épaules, ouvrit le robinet et laissa couler l'eau froide sur sa main ébouillantée.

« Putain », répéta-t-elle, et au moment même où le mot franchissait à nouveau ses lèvres, elle sut qu'elle lâchait quelque chose. Ou que quelque chose la lâchait.

« Putain, putain, putain », répéta-t-elle en martelant les syllabes, avant de prendre une serviette pour se sécher.

Un peu plus tard, assise à la table où elle avait partagé son petit déjeuner avec Sullivan, elle pensa à David Quinn, à Robert Forrester, à la séance du club de lecture à laquelle elle devait assister le lendemain soir. Quelque chose avait effectivement changé, et si Sullivan avait raison, c'était elle qui était à l'origine de ce changement. Peut-être bien qu'elle avait décidé – enfin – d'embrasser la vie et que, ce faisant, elle sentait que la vie de son côté était prête à l'embrasser. Elle hésitait, un peu effrayée, mais qu'est-ce qu'avait dit Sullivan ?

Si tu prends pas de risques, tu vas finir plus amère et plus tordue que si tu avais reçu quelques bons coups sur la tête. Elle sourit, et en même temps maudit Jack

Sullivan. Jusqu'à maintenant tout allait bien. La vie avait été belle. Quoique…

Elle ferma les yeux, sentit la chaleur de la tasse pénétrer ses doigts, gagner ses poignets, remonter dans ses bras, et elle se prit à souhaiter… elle aurait aimé avoir son père près d'elle pour lui demander conseil.

6

Lundi matin, il pleuvait dru. Il pleut comme vache qui pisse, aurait dit la mère d'Annie, avant d'éclater de rire, de ce rire si particulier qui en disait plus à son sujet que tous les mots de la terre. La mère d'Annie avait essayé de se refaire une vie après la disparition de son mari. Essayé de toutes ses forces. Mais elle avait beau être dure et obstinée, la vie s'était arrangée pour l'être plus encore, et le visage qu'elle avait montré au monde portait la marque d'une farouche détermination sous le voile d'un contentement tranquille. Point n'était besoin de l'observer longtemps pour découvrir la vraie Madeline O'Neill.

Annie arrêta la sonnerie du réveil et resta au chaud, enfouie sous les couvertures qu'elle avait empilées sur elle, savourant ces moments encore embrumés de sommeil, quand la nuit n'est pas encore tout à fait morte et le jour pas tout à fait éclos. L'étroit hiatus entre les deux était sans doute le lieu où elle se sentait le plus en sécurité. Il était tôt, inutile de se précipiter ; ce besoin pressant qu'elle ressentait d'ordinaire d'être au magasin, de s'assurer que tout était en ordre, que l'écriteau était tourné du bon côté à l'heure pile, paraissait étrangement dénué d'importance. Tant de choses semblaient sans conséquence à cet instant précis, et pourtant, un peu plus tard, alors que l'eau de la douche la cinglait allègrement, elle fut incapable de retrouver le moment ou l'événement qui avait changé sa façon de voir. Était-ce la lettre apportée par Forrester ? Le manuscrit parcouru en compagnie de Sullivan ? Les paroles échangées avec David Quinn au magasin ? Leur rencontre fortuite à la terrasse du café ? Un rêve vieux de mille ans dont elle gardait le vague souvenir ?

Peut-être tout cela à la fois. Ou peut-être autre chose.

Elle prit son petit déjeuner – café, toast de pain complet et marmelade de gingembre –, s'habilla chaudement pour affronter la pluie, rassembla les feuillets apportés par Forrester et quitta l'appartement.

David Quinn était là quand elle arriva, s'abritant du mieux qu'il pouvait sous l'étroite corniche au-dessus de la porte du magasin. Il était trempé, les cheveux plaqués sur le front en mèches fines, qui dirigeaient les petits filets d'eau sur son nez et ses joues.

« David ? fit-elle, comme si elle n'était pas sûre de son identité.

— En personne, et tu es en retard. »

Elle jeta un coup d'œil à sa montre. La montre de son père. Il était neuf heures sept.

« Sept minutes, dit-elle, avant de s'avancer et de glisser la clé dans la serrure, un peu irritée tout de même.

— Je ne me plaignais pas », dit David Quinn.

Annie ouvrit et entra. Elle ôta son manteau, qu'elle laissa tomber derrière la porte, en un tas mouillé et chiffonné. David la suivit à l'intérieur mais n'enleva pas son vêtement trempé.

« Enlève ton pardessus.

— Tu n'as pas l'intention de me demander pourquoi je suis ici ? »

Annie resta un moment à fixer le sol des yeux. Elle n'aimait pas les petits jeux. Les gens y jouaient faute d'avoir mieux à faire ; ou parce qu'ils étaient un peu fous. Elle se demanda à laquelle de ces catégories appartenait David Quinn.

« Alors, pourquoi es-tu ici, David ?

— Parce que je suis un peu fou », dit-il, avant de rire – un rire nerveux qui en disait long sur sa vulnérabilité à ce moment précis.

Annie sourit intérieurement. Au moins il n'était pas là faute d'avoir mieux à faire. Elle le regarda, fronça les sourcils, et dans la seconde son irritation se dissipa. Il avait l'air un peu triste, un peu seul aussi peut-être, et elle se sentit pleine de ce qui ressemblait fort à de la compassion.

« Un peu seulement ? s'enquit-elle.

— Ma foi, complètement fou, si ça se trouve.

— Attends, tu ne vas pas me dire que tu as déjà lu tous les livres que tu as achetés l'autre jour et que tu viens en chercher d'autres ?

— Je voulais parler, dit David après avoir secoué la tête.

— Parler ? Mais de quoi ?

— De tout… de n'importe quoi… peut-être de rien, en fait. »

Annie partit en direction de la cuisine dans le fond du magasin, où elle gardait une serviette-éponge en prévision de jours comme celui-ci. « Alors là, tu m'as l'air effectivement complètement cinglé », lui dit-elle. Elle se retourna avant d'arriver à la cuisine. Il était toujours debout près de la porte d'entrée, les yeux sur elle et la seconde d'après sur les rayons qui l'entouraient. Se sentait-elle menacée ? Était-ce vraiment là ce qu'elle éprouvait ? Elle n'aurait su le dire, car des moments comme ceux-là, on n'en croisait pas tous les jours.

« Que se passe-t-il ? » demanda-t-elle.

Il eut un haussement d'épaules, puis leva la main pour se masser la nuque. « Je crois que je suis un peu perdu, dit-il. En fait, je ne sais pas trop pourquoi je suis venu... Peut-être, ajouta-t-il en la regardant droit dans les yeux, vaudrait-il mieux que je m'en aille. »

Il pivota sur ses talons et attrapa la poignée de la porte.

Annie avança de quelques pas et leva la main.

« Non... », commença-t-elle.

David s'arrêta. Mais ne se retourna pas.

« Ne pars pas, reprit-elle d'une voix soudain adoucie. Dis-m'en un peu plus.

— À quel sujet ?

— Tu as dit que tu étais un peu perdu... Perdu comment ? »

David baissa les yeux. Ses cheveux lui collaient toujours au front. Il avait l'air d'un gamin qui a joué au foot sous la pluie et n'aspire qu'à rentrer chez lui au plus vite.

« Ce déménagement dans le coin... ça change beaucoup de choses, tu comprends ? » Il se tourna vers Annie, et une fois encore se massa la nuque. « J'étais bien installé... du moins c'est ce que je croyais, et puis j'ai décidé de tout changer... À vrai dire, je serais bien en peine de dire pourquoi... »

Il sourit, avant de laisser échapper à nouveau son petit rire nerveux – un son bref et sec.

« J'imagine que je cherchais quelque chose... ou que je fuyais autre chose, dit-il de l'air de quelqu'un qui ne s'adresse qu'à lui-même.

— Alors tu n'as personne à qui parler ? demanda-t-elle, avant de s'approcher encore un peu, soudain enhardie, comme si elle était là sur son territoire et que quelqu'un venait quémander son aide.

— Plutôt pitoyable, non ? »

Annie secoua la tête.

« Non, pas du tout. La vie, c'est les gens. Il y a un début, une fin, et entre les deux, rien d'autre que les gens. On ne peut pas vivre tout seul.

— Tu sembles pourtant bien t'en sortir, toi.

— Ah, mais que sais-tu de moi ? lança Annie, sans cependant paraître sur la défensive. Je pourrais tout aussi bien mener une vie de patachon et faire la fête jusqu'à trois heures du matin.

— Tu pourrais, oui, dit David, mais je n'ai pas l'impression que ce soit ton genre.

— Ça te dirait, un café ? demanda-t-elle en souriant.

— J'en meurs d'envie.

— Alors rincer une ou deux tasses, ce serait trop te demander ? »

Il sourit à son tour. Un sourire chaleureux, humain, et Annie trouva le moment d'une rare perfection.

« Viens », dit-elle en repartant vers la cuisine.

David Quinn hocha la tête et la suivit, tout en ôtant son manteau.

Ils parlèrent pendant pratiquement deux heures. Aucun client dans l'intervalle. Ce ne fut que quand Annie sortit chercher des sandwichs à la boulangerie du bout de la rue qu'elle se rendit compte que l'écriteau n'avait pas été retourné. Encore une première. Une de plus.

Ils parlèrent de sa vie à lui, de sa famille d'abord disséminée à travers New York, puis débordant dans le Connecticut, le Rhode Island et la Pennsylvanie, avant que, au moment de son dixième anniversaire, il se retrouve orphelin. Un incendie domestique. Rapide, brutal. Il y avait perdu ses parents et un frère plus jeune. Il y avait aussi deux frères plus âgés, l'un qu'il n'avait pas revu depuis 1992, l'autre depuis 1989. Il avait perdu son père et sa mère en même temps. Parti pour l'école le temps de passer quelques heures à apprendre la liste des présidents des États-Unis et les formules chimiques de l'eau et du sel, il était rentré pour découvrir que sa vie avait irrévocablement changé. Après cette tragédie, ce qui restait de la famille s'était dispersé, chacun suivant son chemin, comme si se retrouver ne servirait qu'à raviver des blessures dont ils savaient ne jamais devoir guérir. Il avait vécu avec une tante jusqu'à l'adolescence, puis était parti lui aussi. Pour laisser le passé derrière lui sans un regard en arrière. David parlait sans colère ni amertume, sans émotion apparente, et à l'entendre évoquer la chose aussi franchement, aussi brutalement, même, Annie devinait à quel point il avait dû enfouir tout cela profondément en lui. Elle eut un élan d'affection. D'une certaine manière, quelque chose les reliait l'un à l'autre, et, en dépit de la brutalité du phénomène, elle lui en était reconnaissante. Ce fut ensuite au tour d'Annie de lui parler de sa vie, si insignifiante qu'elle fût : la mort de ses parents, le cercle de son existence qui se resserrait de plus en plus.

« Qu'est-ce que tu voulais ? lui demanda-t-il.

— Comment, ce que je voulais ?

— Je veux dire, quand tu étais enfant, en grandissant. De quoi est-ce que tu rêvais ? »

Elle eut un rire bref.

« Tu veux dire, me sauver pour aller au cirque ou un truc de ce genre ?

— Oui, ça ou autre chose. »

Elle garda le silence un moment, pensive, se perdant dans le souvenir d'événements, de gens, mêlant les noms, les visages, les lieux, réussissant à certains moments à les faire coïncider en un ensemble continu et homogène.

« Je voulais écrire…, confia-t-elle. Il me semble me rappeler que je voulais écrire… le grand roman américain, genre. »

Sortant de sa songerie, elle leva les yeux et surprit David en train de l'observer. Il ne la regardait pas, non, il *l'observait*. Elle s'en trouva momentanément déstabilisée, peut-être même un peu perturbée. Il y avait dans ses yeux une intensité, une passion pour tout dire, qu'elle trouva pour le moins déconcertante.

« Qu'est-ce qu'il y a ? demanda-t-elle, soudain mal à l'aise.

— Rien, dit-il en souriant.

— Mais si, dis-moi.

— C'est que... c'est juste que..., commença-t-il, l'air emprunté, comme pris au dépourvu.

— Juste que quoi ?

— Tu es vraiment d'une beauté stupéfiante, Annie O'Neill. »

Elle resta sans voix. Comment réagissait-on à une telle déclaration ? Elle ne se souvenait pas que quelqu'un lui eût jamais dit pareille chose. Elle eut un geste désinvolte de la main pour écarter le sujet.

« Je suis sincère, persista David. Une vraie petite Madeleine Stowe, une Winona Ryder...

— Oh, arrête ! » s'exclama Annie d'une voix coupante, impitoyable.

Elle ne voulait pas de ce genre de compliments, qui lui paraissaient superfétatoires, déplacés.

« Je suis désolé si... »

Elle l'interrompit du même geste de la main. « Oublie ça, veux-tu ? » dit-elle, tout en sachant qu'elle-même n'en ferait rien, ni lui non plus. De toute façon, il y avait maintenant quelque chose dans l'air, qui planait au-dessus de leurs têtes. Il avait franchi une limite et transformé ce qui aurait pu être une amitié sincère et profonde en une réalité qui mettait en jeu la sensualité, le sexe, le désir physique. Pourquoi fallait-il toujours que les hommes en arrivent là ? Pourquoi étaient-ils incapables de laisser une chose en l'état sans la gauchir en introduisant dans l'affaire un élément perturbateur et disgracieux ? Question d'hormones ? De nécessité ?

Annie se tourna vers la fenêtre. Elle aurait voulu qu'il soit dehors, revenir au premier moment où elle l'avait rencontré. Voulu que tout ce qu'elle avait pu dire ou faire pour lui donner l'impression qu'elle serait d'un abord facile soit remisé et rangé bien proprement avec les autres Ah-si-j'avais-su et Si-seulement-j'avais-dit qui semblaient peupler sa vie.

« Je t'ai contrariée, dit-il, mise mal à l'aise… Je suis désolé. »

Elle secoua la tête, puis changea sa façon de voir la chose. C'était tellement plus facile de ne pas lui accorder d'importance, de ne plus y penser. Qui donc avait dit que tous les problèmes auxquels on refuse de faire face sont ceux qui finissent par vous enterrer ?

« Mais pourquoi ? » demanda-t-elle, consciente du ton qu'elle venait d'adopter, de l'émotion qu'elle ressentait. Un sentiment nouveau, plus proche de la colère que de la simple irritation.

« Pourquoi éprouver le besoin de dire une chose pareille ? On était bien, là… à bavarder tranquillement ? Et quoi que…

— Je ne voulais pas…

— Tu ne voulais pas quoi ? Tu ne voulais pas m'embarrasser ? Eh bien, David Quinn, c'est raté… c'est aussi bête que ça. Pourquoi faut-il que les hommes mettent toujours sur le tapis des choses qui n'ont rien à y faire ? »

Il fronça les sourcils, l'air consterné. « C'est quoi, le problème ? demanda-t-il. Qu'est-ce qui te fait si peur ? »

Elle était hors d'elle, à présent. Comment osait-il ?

« Peur ? Tu as le culot de me demander de quoi j'ai peur ?

— Je n'ai fait que dire que tu étais belle… Personne ne te l'a jamais dit avant ? »

Elle le regarda, droit dans les yeux, et y lut une telle franchise, sentit une telle sincérité dans sa question que sa colère retomba d'un coup avant de s'éteindre. Elle disparut aussi vite et aussi inopinément qu'elle était venue. Elle secoua la tête. « Je ne crois pas que quelqu'un ait... » Elle s'interrompit, les mots comme perdus dans une région indéfinissable voisine du cœur.

David tendit la main pour effleurer la sienne.

Instinctivement, elle la retira.

Lui laissa sa main là où elle était, jusqu'à ce que, non sans appréhension, elle abaisse à nouveau la sienne et la dépose dans la paume de David à présent tournée vers le haut. Elle sentit ses doigts se refermer sur les siens, sentit la chaleur de sa peau.

« Pardonne-moi, dit-il dans un murmure. Je suis désolé si je t'ai blessée ou embarrassée...

— Non, ça va », s'entendit-elle dire, comme si sa voix ne venait pas d'elle mais d'ailleurs dans la pièce.

Elle avait presque l'impression de s'observer de l'extérieur. Les angles et les arêtes qu'elle avait discernés se faisaient moins aigus, s'adoucissaient, et elle se disait que, si elle avait été capable de sortir d'elle-même et de se regarder, elle aurait vu une vague silhouette aux contours mal définis.

« Allez, on revient en arrière, dit-il. On rembobine la dernière demi-heure et on repart de là, d'accord ? »

Elle acquiesça d'un hochement de tête, tout en sachant que ses paroles étaient toujours dans l'air, pas loin, et ne pourraient s'effacer. Il lui avait dit qu'elle était belle, et il avait l'air sincère, c'était là une réalité qui ne se laisserait jamais oublier. Comment ne plus lui accorder l'importance qu'elle méritait ?

« On parlait de ta famille, reprit-il, et puis du grand roman américain que tu allais écrire. »

Elle sourit en y repensant.

« Tu avais quel âge, à ce moment-là ? demanda-t-il.

— Douze, treize ans, dit-elle en haussant les épaules. Je ne me souviens pas au juste.

— Et pourquoi voulais-tu écrire ?

— Pour donner aux gens la possibilité de ressentir des choses, j'imagine... des émotions nouvelles, d'avoir des pensées qu'ils n'avaient jamais eues avant, quelque chose dans ce genre. »

Il hocha la tête d'un air compréhensif.

« Quel est le livre qui t'a le plus marquée ?

— Le livre qui m'a le plus marquée ? fit-elle en souriant. Comment répondre à une question pareille ? »

Pourtant la réponse lui vint presque aussitôt, avec une facilité déconcertante, et son sourire s'élargit, son visage se détendit, sa tension retomba.

« Alors, donne-moi un titre.

— *Un moment de répit*, c'est ça le titre. Un livre que mon père m'a laissé... une des rares choses que j'aie de lui. »

Elle effleura la montre à son poignet, et ce fut alors que lui revint en mémoire une image de son père, plutôt indistincte, debout dans le hall d'entrée de leur maison. Dehors, il pleut, comme aujourd'hui. On entend le bruit de la pluie frappant le sol de la terrasse au-delà de la cuisine, et il flotte dans l'air une odeur de cannelle, et une autre odeur difficile à identifier. Il est sur le point de partir, comme toujours. Elle n'a pas plus de cinq ans, peut-être six, à ce moment-là, et si elle avait su alors qu'il n'avait plus qu'un ou deux ans à vivre, elle se serait précipitée vers lui pour lui passer les bras autour de la taille, lui dire qu'elle l'aimait, qu'elle ne voulait pas qu'il reparte, jamais. Elle essaya de se concentrer sur l'image, pour la rendre plus nette, mais il s'agissait davantage d'une impression fugitive que d'une véritable vision.

Elle avait la poitrine serrée, la gorge aussi, et quand elle cligna les paupières, elle sentit ses yeux mouillés.

David lui pressa la main, et ce fut alors seulement qu'elle se rendit compte qu'il ne l'avait jamais lâchée. Un filin qu'on lui lançait. Mince, fragile, mais néanmoins susceptible de la sauver du naufrage. Pour l'amener où, elle l'ignorait, mais à cet instant précis, c'était sans importance. Elle n'était plus seule, et c'était ce qui comptait.

« Ça va ? demanda-t-il, d'une voix douce, compatissante.

— Très bien, dit-elle, avec cependant une réserve dans le ton qui démentait en partie son propos.

— Qu'est-ce qu'il faisait ?

— Qui ?

— Ton père… Qu'est-ce qu'il faisait dans la vie ? »

Annie ne répondit pas tout de suite. Elle essayait de fouiller sa mémoire, à la recherche d'au moins un souvenir. Un homme quittant la maison avec un sac, un fourre-tout, en uniforme peut-être ? Mais en vain.

« Je ne sais pas. Honnêtement, j'ignore ce qu'il faisait. » Sa voix disait assez son incertitude et sa perplexité. Elle avait du mal à croire que l'idée ne lui ait jamais traversé l'esprit jusqu'ici.

« Et ta mère ne te l'a jamais dit ? » s'enquit David.

Annie secoua la tête.

« Tu n'as jamais demandé ?

— Si, j'ai bien dû, dit-elle après une hésitation. J'ai dû lui demander à un moment ou à un autre... et elle a dû me le dire. »

Un silence s'ensuivit, comme pour témoigner de ce que, en cet instant précis, un secret enfoui depuis longtemps venait d'être mis au jour, déclenchant du même coup en elle une vague de panique. Comment avait-elle pu arriver à l'âge de trente ans sans avoir la moindre idée de la profession qu'avait exercée son propre père ?

« C'était peut-être un espion, dit David, avec un sourire qui avait pour but de relâcher la tension.

— Peut-être », répondit-elle, s'efforçant d'adopter la légèreté de ton qu'il semblait vouloir instaurer.

Elle y réussit, partiellement, sans que cela dissipe pour autant l'aura de mystère entourant la question.

« L'énigmatique M. O'Neill », dit David.

Pendant un moment, elle eut l'esprit ailleurs, puis quand elle regarda à nouveau David, elle le vit qui se massait la nuque. Ça ne pouvait être qu'un tic nerveux, qu'il avait du mal à contrôler.

« Ça va ? demanda-t-elle.

— Mais oui... Pourquoi cette question ?

— Ta nuque. Tu n'arrêtes pas de te frotter la nuque.

— C'est douloureux de temps en temps. Juste un peu. »

Annie jeta un coup d'œil à sa montre. Deux heures passées.

Aucun client, pas un seul, malgré l'écriteau qu'elle avait tourné dans le bon sens au moment où elle était allée chercher les sandwichs. Peut-être à cause de la pluie. Ou de la pensée non formulée qu'en un pareil moment elle ne voulait pas être dérangée. Sullivan aurait penché pour la seconde hypothèse.

« Tu ne vas pas travailler ? demanda-t-elle.

— Non, non. Je suis en repos. Mon boulot est imprévisible ; je reste parfois absent des semaines durant. Et en principe, on nous ménage un moment de répit entre deux missions. »

Un moment de répit, songea-t-elle, mais elle s'abstint de tout commentaire. L'atmosphère avait changé, et Annie eut l'impression qu'elle venait de s'aventurer jusqu'à la frange d'une réalité tout à la fois trompeuse dans sa simplicité et complexe dans sa profondeur. Plus tard, en repensant à ce moment, la seule idée qu'elle parut en avoir gardée, et qui résonnait en elle comme une cloche d'église dans l'air vif et tranquille d'un dimanche matin, était qu'elle ne savait rien – absolument rien – de son père. Une question aussi simple que *Que faisait ton père ?* lui avait inspiré toute une série de conjectures à demi formulées, sans aucun lien avec la réalité.

« Je crois que je vais partir », dit bientôt David, et il se leva de sa chaise. Un moment plus tôt, il avait lâché sa main, sans même qu'elle s'en aperçoive. Le filin lui échappait.

« Tu fais quelque chose, ce soir ?

— J'ai quelqu'un qui vient me voir, dit-elle après avoir acquiescé de la tête.

— Un rendez-vous ? demanda-t-il, sans rien d'allusif dans la voix.

— Non, répondit-elle en souriant. Rien de ce genre. J'ai mon club de lecture, ce soir.

— Un club de lecture ?

— Un club de lecture, oui, et ce soir c'est la première réunion.

— Et c'est ouvert à tous ?

— Eh bien, non... un groupe d'initiés triés sur le volet, le top du top, tu vois ? »

David hocha la tête, l'air chagriné.

« Une autre fois, alors ?

— C'est ça... une autre fois. Tu sais où me trouver.

— Oui. Et excuse-moi encore pour tout à l'heure.

— Je ne suis pas... non, plus maintenant, dit Annie en souriant.

— Une autre fois donc, d'accord ? voulut s'assurer David, plus détendu.

— Oui, entendu », accorda Annie après une seconde d'hésitation.

David sourit, l'air satisfait. « À bientôt, alors », lança-t-il avant de se diriger vers la porte.

Elle le suivit, lentement d'abord, mais il avait à peine mis le pied sur le trottoir qu'elle était derrière sa devanture et le regardait s'éloigner. Il ne se retourna pas, et, quelque part, elle en fut heureuse. Elle n'aurait pas aimé lui donner l'impression d'être désespérée ou solitaire – ou pleine d'espoir. L'espoir était une denrée surfaite, ô combien !

Elle se dit qu'il allait peut-être se passer quelque chose, là, maintenant, et se surprit à entamer un petit dialogue avec elle-même.

Est-ce que je devrais ? *Peut-être, peut-être pas.*

Est-ce que je pourrais ? *Je crois, oui.*

Est-ce que je le ferai ? *Je... je l'espère.*

Et puis elle entendit la voix de Sullivan : *Cette histoire de coïncidences, ma chère, c'est de la connerie... Ce sont tes pensées qui sont pratiquement seules responsables des situations dans lesquelles tu te fourres.*

David Quinn disparut au coin de la rue, et Annie se retourna pour parcourir le magasin du regard. Pour la première fois, les murs lui donnèrent l'impression de vouloir se refermer sur elle : l'endroit semblait si exigu, et toutes ces ombres pour si peu d'espace.

Elle s'approcha du comptoir, où se trouvait la liasse de feuillets que Forrester lui avait confiée cinq jours plus tôt. Elle s'empara du téléphone et appela Sullivan, bavarda un moment avant de lui rappeler de venir au magasin à six heures, avant l'arrivée de Forrester. Quand il lui eut assuré qu'il n'oublierait pas, et qu'il serait relativement à jeun, elle raccrocha.

Le magasin était plein à craquer de silence. La pluie s'était arrêtée ; seul lui parvenait le bruit léger de sa respiration. Le calme absolu.

7

Forrester fut ponctuel. Sullivan était déjà dans l'arrière-boutique, hors de vue. Il était à jeun, n'avait pas oublié et, qui plus est, était arrivé en avance. Annie lui en fut reconnaissante, bien plus qu'il n'aurait pu le deviner à voir la nonchalance de son accueil quand il parut à la porte du magasin.

« Bonne journée ? demanda-t-il.

— Très calme », répondit-elle, ayant décidé avant son arrivée de ne pas lui parler de David Quinn.

Indépendamment des doutes qu'elle-même pouvait entretenir au sujet de ce dernier, Annie O'Neill était assez prévenante pour prendre les sentiments de Sullivan en considération. Même si aucune relation intime n'était envisageable entre elle et lui, elle lui était très chère, elle le savait. Il nourrissait à son égard des sentiments d'une nature avunculaire, pour ne pas dire paternelle, et si son comportement devait brutalement changer, et de façon radicale, nul doute qu'il s'inquiéterait. Sa présence au magasin avant l'arrivée de Forrester, le fait qu'il ait réussi à venir, en disaient long sur le souci qu'il avait de son bien-être.

« Alors, notre mystérieux personnage arrive bien à dix-neuf heures ? demanda Sullivan, en passant devant le comptoir pour se rendre dans la cuisine. Je serai là derrière, hors de vue, et si jamais il y a un problème, je sors comme un diable de sa boîte et je le plaque au sol.

— Le type doit avoir soixante-dix ans, Jack..., rétorqua Annie en souriant. Je ne pense pas qu'il puisse y avoir un quelconque problème.

— Charlie Chaplin a engendré son dernier enfant à quatre-vingts ans... Même sur notre lit de mort, nous sommes encore capables de ça, nous. »

D'un geste de la main, Annie lui intima de disparaître, et bien qu'elle crût sincèrement que Forrester ne présentait aucun danger, elle éprouva un sentiment de sécurité à l'idée que Sullivan serait prêt à intervenir en cas de besoin.

Puis Robert Forrester arriva. Même pardessus, même genre de paquet sous le bras, et il eut beau se contenter en entrant d'un sourire et d'un hochement de tête à son adresse, Annie n'en éprouva pas moins une vague sensation de malaise.

Était-ce à cause d'un rêve qu'elle avait fait ? Où il était question d'elle, de Sullivan et d'un enfant ? Elle n'arrivait pas à se souvenir, mais à la vue du vieil homme debout devant elle, son visage si plein de caractère, ses cheveux blancs, elle vit resurgir les images qui s'étaient attachées au récit qu'elle avait lu. L'horreur de Dachau, l'élimination brutale de centaines de milliers d'êtres humains dans un paysage lugubre et abandonné...

« Mademoiselle O'Neill, dit-il, je suis heureux de vous revoir.

— Moi de même, monsieur Forrester », déclarat-elle avec un sourire dont elle sentit qu'il manquait cruellement de naturel.

Il s'approcha d'elle, posa son paquet sur le comptoir, avant de lui demander s'ils pouvaient s'asseoir quelque part.

« Bien sûr », aquiesça-t-elle, en montrant à Forrester la petite table en bois qui occupait l'angle au fond du magasin à droite, celle devant laquelle, une fois par mois, elle était encore assise tard le soir pour mettre à jour son inventaire et rêvasser.

La cuisine n'était pas à plus de trois mètres sur sa gauche, et même si elle ne voyait pas Sullivan, elle savait qu'il était là, savait qu'il entendrait chacune des paroles qu'elle et Forrester échangeraient au cours de ce rendez-vous aussi étrange que délicat.

Forrester apporta son paquet sur la table, ôta son pardessus qu'il jeta sur le dossier de la chaise, et s'assit avec un soupir d'épuisement.

« Vous voulez boire quelque chose ? s'enquit-elle.

— Un verre d'eau, peut-être », dit-il en sortant de sa poche de poitrine un mouchoir avec lequel il s'essuya le visage, le front et la bouche.

Puis, entortillant le mouchoir entre ses doigts, il ferma les yeux un moment et baissa la tête.

« Vous vous sentez bien, monsieur Forrester ? »

Il sourit sans ouvrir les yeux.

« Oui, dit-il d'une voix calme. Il m'arrive d'être un peu essoufflé quand je marche. J'ai pris un train plus tard, cette fois-ci, et il a fallu que je me dépêche pour être à l'heure à notre rendez-vous.

— Vous n'auriez pas dû. Je n'avais pas à m'absenter.

— Mais c'est que nous n'étions jamais en retard, fit-il en rouvrant les yeux. C'était une des premières règles de notre club... jamais de retard. Si on savait ne pas pouvoir être à l'heure, on ne venait pas. Mieux valait jamais que tard, si l'on peut dire. Plus ponctuel et plus professionnel que votre père, il n'y avait pas. »

Annie s'assit.

« Je voulais vous demander quelque chose..., commença-t-elle.

— Pourrais-je avoir un verre d'eau avant, chère madame ?

— Oui, bien sûr... Je suis désolée. »

Elle alla dans la cuisine, prit une bouteille d'Évian dans le réfrigérateur, remplit un verre et, après un coup d'œil et un sourire à l'adresse de Sullivan, revint dans le magasin.

Forrester prit le verre, qu'il vida presque d'un trait. Puis il le reposa après avoir respiré profondément à plusieurs reprises.

« Une question, disiez-vous ?

— Oui, dit Annie en se rasseyant. Mon père... que faisait-il ?

— Ce qu'il faisait ? s'étonna Forrester, en fronçant les sourcils et en souriant en même temps. Vous l'ignorez ?

— Je sens bien que je devrais le savoir, fit Annie, gênée. Et je n'arrive pas à croire que j'aurais pu ne pas le savoir quand il était en vie, ni que ma mère ne me l'ait jamais dit après sa mort, mais il n'y a rien à faire, je n'arrive pas à me rappeler quoi que ce soit.

— Votre père était d'abord et avant tout un ingénieur, un concepteur. Au cours de sa carrière, il a été à l'origine de plusieurs œuvres marquantes réalisées à New York dans les années 1950 et 1960. C'était un homme méticuleux, un perfectionniste, et il a travaillé pour certaines des organisations les plus influentes de l'État. S'il n'avait pas disparu prématurément, je pense qu'il aurait réalisé de grandes choses.

— Un ingénieur, dit Annie.

— En quelque sorte, répliqua Forrester en levant son verre pour le finir.

— Encore un peu d'eau ? demanda-t-elle.

— Non, ça ira », refusa-t-il en agitant la main.

Il s'empara du paquet sur la table, d'où il sortit, comme la fois précédente, une seule feuille de papier. « Une autre lettre pour vous. J'en ai encore deux ou trois quelque part, mais il me faut le temps de les retrouver au milieu du fatras. »

Elle prit la feuille qu'il lui tendait, sentant une nouvelle fois sa poitrine se serrer. Serait-ce là tout ce qu'elle aurait jamais de son père ? Quelques mots d'un étranger, une poignée de lettres plus déroutantes qu'autre chose ?

Le même en-tête barrait le haut de la page : de l'hôtel Cicero.

« Vous avez dit que cet hôtel avait été démoli, remarqua Annie. Était-ce là l'un des projets auxquels il travaillait ? »

Forrester eut une sorte de demi-sourire – une étrange expression. « En un sens. Oui, je suppose qu'on pourrait dire les choses comme ça. »

Annie attendit qu'il s'explique un peu, mais rien ne vint. Forrester se contenta de lui indiquer la lettre avec ce petit geste de présentation qu'elle lui connaissait.

Elle baissa les yeux sur la page.

Cher Cœur,

Tu vas entendre beaucoup de choses. Je le sais. Certaines seront vraies. D'autres pas. Ne crois pas tout ce qu'on dira, et si jamais tu es dans l'incertitude, je te demande de repenser, avant de trancher, aux plus beaux moments que nous avons connus ensemble. Ce que disent les autres ne saurait prendre la place de ce que te dit ton cœur. Je crois que c'est aussi simple que ça. Prends soin de notre fille. N'oublie pas de lui rappeler tout ce qu'elle était pour moi, à quel point je l'aimais. Et n'oublie pas que cela vaut aussi pour toi, parce que tu as toujours été – et seras toujours – tout pour moi.

Chance.

Annie sentit les larmes lui monter aux yeux. Il y avait un tel pouvoir dans ces mots, et, bien qu'elle eût été incapable d'en expliquer la raison, ils la touchaient plus profondément qu'elle ne l'aurait cru possible.

« Qu'entend-il par… "ne crois pas tout ce qu'on dira" ? demanda-t-elle. Qu'est-ce qu'il ne veut pas qu'elle croie ? »

Forrester sourit.

« Je ne suis pas sûr de pouvoir répondre à cette question avec toute la précision nécessaire, mademoiselle O'Neill.

— Mais il a fait quelque chose ? Quelque chose de répréhensible ?

— C'était un homme bon. Très bon, et même s'il y a eu des gens pour dire du mal de lui, nombreux sont ceux qui d'une certaine manière lui ont été redevables de leur vie.

— Leur vie ? dit Annie, qui refoula l'envie de pleurer. Mais quelle vie ? Et qui étaient ces gens qui disaient du mal de lui ?

— Il se battait pour les autres. Mais il rendait la vie difficile à quiconque se mettait en travers de son chemin. Une fois que vous aviez gagné son amitié, rien ne pouvait vous l'enlever... et je suis fier de pouvoir dire que cette amitié, sa confiance aussi, je les avais gagnées, comme il avait gagné les miennes, et du jour où nous nous sommes rencontrés, je n'ai jamais connu personne digne d'autant de respect. »

Annie jeta un nouveau coup d'œil à la lettre. L'écriture en était fluide, presque élégante, et elle songea à la faire analyser par un spécialiste, pour voir ce qu'elle pouvait apprendre de ses ascendants à partir de ce mince fragment de réalité. Elle mit la feuille de côté sur la table.

« Alors, avez-vous lu ce que je vous ai laissé la dernière fois ?

— Je l'ai lu, oui..., dit Annie en hochant la tête. J'ai rapporté le manuscrit, il est là sur le comptoir.

— Alors, dites-moi.

— Que je vous dise quoi ? demanda-t-elle.

— Ce que vous en avez pensé... ressenti.

— D'abord de la peur... de la peur à l'idée que pareille chose ait pu arriver à un être humain, lança-t-elle sans réfléchir, sans le moindre sentiment de gêne. Et à l'idée que les gens puissent ne pas comprendre l'amour...

— Elena et Jozef, dit Forrester. Une union scellée au ciel et détruite dans les feux de l'enfer.

— Elena et Jozef, répéta Annie, qui resta silencieuse un moment, l'esprit vide.

— Et qu'avez-vous pensé d'autre ?

— Je me suis demandé si c'était vrai... une histoire vraie.

— Je n'en suis pas sûr... et je doute que quelqu'un connaisse jamais toute la vérité.

— Il y a donc une suite.

— En effet. Je vous ai apporté deux nouveaux chapitres, rétorqua-t-il en désignant le paquet qui était sur la table, mais je ne crois pas que l'histoire ait jamais été terminée.

— Il en reste beaucoup ?

— Encore trois ou quatre chapitres, peut-être.

— Et vous avez la totalité ?

— Oui, oui. En tout cas, tout ce qui a été effectivement rédigé, à mon avis. Je voulais que vous le lisiez en plusieurs fois, ce qui nous donnerait l'occasion de poursuivre nos discussions. »

Solitude ? s'interrogea Annie. *Est-ce qu'il procède ainsi parce qu'il est seul ?*

« Y a-t-il autre chose que vous puissiez me dire à propos de l'auteur ? Connaissait-il mon père ?

— Pas très bien, je le crains, dit Forrester en secouant la tête. Comme je vous l'ai dit, c'était simplement un des membres du club à l'époque. Je savais peu de choses de lui, vraiment pas grand-chose.

— Il écrit sur la vie d'un tiers comme s'il s'agissait de la sienne, fit remarquer Annie.

— C'est vrai, convint Forrester, mais il faut que vous continuiez à lire... Lisez tout, et peut-être en apprendrez-vous plus sur lui que je ne pourrai jamais vous en dire.

— Vous me laissez donc ces deux chapitres aujourd'hui ? » demanda-t-elle, la voix pleine d'espoir, parce que, pour une raison ou pour une autre, et de façon soudaine, il était devenu impératif de savoir ce qui était arrivé à Haim Rosen quand il avait quitté le Lower East Side pour traverser le détroit et se retrouver dans le Queens en 1952.

Qu'était-il devenu, qui aurait pu justifier le désaveu de Rebecca McCready ? Peut-être que ces pages – l'idée lui en vint après coup – contenaient quelque chose susceptible de la renseigner sur le genre de personne que son père avait fréquenté.

« Oui, dit-il, je vous laisse ces chapitres aujourd'hui, et nous nous retrouverons lundi prochain à la même heure. »

Forrester parlait comme si la chose allait de soi. Aucune incertitude dans sa voix. Il serait ici lundi prochain à dix-neuf heures, et il n'y avait pas le moindre doute dans l'esprit d'Annie qu'elle y serait aussi.

Il s'apprêta à se lever de sa chaise.

« Vous ne voulez pas rester un peu plus ? » demanda-t-elle, les questions sur son père se bousculant dans sa tête. Sans trop savoir pourquoi, elle ne pouvait se résoudre à les poser. Forrester semblait prendre grand soin de ne rien brusquer, de faire les choses à son rythme, et elle ne voulait pas risquer de le froisser. Ce qui signifierait perdre sa confiance, et, partant, la condamnerait à voir disparaître la seule possibilité de renouer des liens avec son père.

« Nos réunions ne duraient jamais bien longtemps », dit Forrester en commençant à enfiler son pardessus.

Annie se leva à son tour.

« Merci d'être venu. Merci pour la lettre... Je vous en suis vraiment reconnaissante, monsieur Forrester.

— Et je vous suis reconnaissant, moi, de la patience dont vous faites preuve à l'égard d'un vieux monsieur solitaire, répondit-il, souriant, et avec ce petit mouvement de tête poli particulier aux Européens. À la semaine prochaine, donc ?

— À la semaine prochaine », dit Annie en tendant la main.

Forrester la lui prit, la retint doucement dans la sienne, tout en la regardant bien en face, et même si aucun sourire ne s'était formé sur ses lèvres, il y avait une telle chaleur dans ses yeux qu'Annie songea qu'elle devrait carrément le serrer dans ses bras. Elle s'en abstint, car ces choses-là ne se font pas. Du moins pas avec quelqu'un comme Annie O'Neill.

Forrester se dirigea vers la porte, s'arrêta le temps qu'Annie la lui ouvre, puis, s'étant retourné, il embrassa le magasin du regard. Il était clair qu'il se remémorait quelque chose.

« Le monde était différent, à l'époque, fit-il remarquer. Les gens prenaient leur temps. On n'avait pas à être toujours à un endroit précis. On s'habillait pour le dîner, on buvait des cocktails à base de whisky et de jus de citron, du gin à la prunelle, et après on fumait un cigare, et toujours on trouvait le temps de parler... »

Forrester balaya à nouveau du regard les rayonnages avant de se tourner vers la rue.

« Prenez soin de vous, mademoiselle O'Neill », dit-il avant de franchir le seuil.

Annie referma derrière lui, au moment où Sullivan sortait de la cuisine pour la rejoindre. Ils restèrent un moment silencieux, regardant le vieil homme se diriger vers le croisement de Duke Ellington et de la 107e Rue Ouest. *Ce pourrait être mon père. Ce pourrait être lui qui s'éloigne, là*, songea Annie, en proie à ce sentiment de perte et de nostalgie, serein et apaisé cependant, qui accompagnait toujours chez elle de telles pensées. Le vent fit voler les cheveux de Forrester, les pans de son pardessus, et on aurait dit un moment qu'une bourrasque allait l'emporter dans les airs. Il disparut au coin de la rue, et Annie se tourna vers Sullivan.

« Allons lire tout ça à la maison », dit-elle.

Sullivan acquiesça d'un signe de tête, avant d'aller récupérer son manteau.

8

L'Amérique en 1952 : un monde différent. La guerre était finie, depuis sept ans maintenant. Truman était président mais verrait son mandat prendre fin en novembre, quand Eisenhower remporterait le plus grand nombre de suffrages populaires jamais atteint en dehors du raz de marée qui avait porté Roosevelt au pouvoir en 1936. Cette élection devait également permettre à deux jeunes hommes politiques d'entrer dans l'arène. Un sénateur de trente-neuf ans, du nom de Richard Milhous Nixon, qui deviendrait le plus jeune vice-président jamais nommé. Surtout connu pour son soutien « patriotique » inconditionnel à la ferveur anticommuniste de McCarthy, Nixon ne compterait guère dans l'esprit du public avant plusieurs années. Et ce serait alors pour une raison bien différente. Ironie du sort, en septembre 1952, quatre mois avant qu'Eisenhower et Nixon entrent en fonctions, le premier aurait déjà à défendre la réputation et la moralité de son vice-président. Celui-ci – accusé d'avoir détourné dix-huit mille dollars d'un fonds de campagne – fut publiquement disculpé, et Eisenhower déclara à cette occasion : « Non seulement l'homme a été innocenté et son honneur restauré, mais à

mes yeux il est plus digne d'estime que jamais. »
Eisenhower, qui mourut en mars 1969, ne vécut pas suffisamment longtemps pour assister à la disgrâce spectaculaire de Nixon et n'eut donc jamais à faire son mea culpa relativement à son ancienne profession de foi. Du côté des démocrates, un jeune homme de trente-cinq ans du nom de John Fitzgerald Kennedy bouleversa toutes les prévisions en remportant le siège de sénateur du Massachusetts contre le républicain Henry Cabot Lodge. Si John Foster Dulles, alors ministre des Affaires étrangères, encouragea la production massive d'armes nucléaires, ce fut surtout la relation tristement célèbre qu'il entretint avec son frère, Allen Welsh Dulles, directeur de la CIA entre 1953 et 1961, qui le signala à l'attention du public. Les deux hommes n'eurent aucun scrupule à détruire la totalité de l'atoll d'Eniwetok dans le Pacifique lors de l'essai d'une bombe H en novembre de cette même année 1952. Tels étaient ceux qui avaient entre leurs mains le destin de l'Amérique.

C'était aussi là l'Amérique, me raconta Haim Rosen, qu'il trouva libre de toute occupation, ne demandant qu'à être occupée, quand il arriva dans le Queens en juillet. Âgé de quinze ans, l'œil aux aguets, la faim au ventre, il commença par se faire un nom au sein d'une petite communauté apparemment peuplée de travailleurs impudents, qui avaient de l'argent à perdre et, en guise de femmes, des harengères au maquillage criard, aux coiffures en choucroute raides de laque et au teint terreux. Il eut tôt fait de se fondre discrètement dans ce mélange composite de bruits, d'odeurs et de couleurs. Après avoir changé son nom en Harry Rose, il devint coursier d'une boîte de paris clandestins, faisant la navette avec tickets et petites sommes en liquide entre les mecs baisés jusqu'au trognon et leurs books. Il se mit à leur niveau, se familiarisa avec leur langue et leurs codes, et ceux qu'il ne parvenait pas à dominer par la force de sa personnalité, il les avait à l'humour et au charme. Il regarda couler le Pactole, les dizaines et les centaines de dollars qui changeaient de main sur un simple hochement de tête, un clin d'œil ou un sourire entendu. Pendant un temps, il nota soigneusement combien d'argent passait entre les parieurs et les bookmakers en une journée, une semaine, un mois, et vit tout ce que cet argent pouvait acheter. Observa les voitures et les poules, les dessous-de-table et les tentatives de corruption. Le tout d'un œil de faucon, s'imprégnant de ce qui l'entourait comme une éponge. Il grappilla ici et là quelques dollars de plus avec des paris sur des matchs de boxe du circuit court, loua un deux-pièces miteux dans Charles Street, sans jamais franchir les limites, toujours ponctuel, toujours scrupuleux au cent *près.*

Il inspirait confiance, et cette confiance, il la méritait. Et quand un des books plus âgés fut terrassé par une crise cardiaque au printemps 1953, Harry Rose, avec un culot monstre, prit la succession du vieux, sans que personne s'avise de s'en plaindre. Il était toujours prêt à payer leurs gains à ses parieurs, à les consoler de leurs pertes, et à la fin de chaque mois, il envoyait à chacun de ses clients une bouteille de whisky bon marché assortie d'une petite carte : Il y aura toujours une autre course. Bonne chance. Harry

Rose. *Ils appréciaient le whisky, appréciaient l'honnêteté de Harry, et, en dépit de ses quinze ans, le traitaient comme un égal, un contemporain, un confident. Il savait toujours qui perdait quoi, avec quelle fréquence, et pourquoi. Il savait quelle épouse de parieur baisait avec quel larbin de bookmaker. Il avait constamment l'œil ouvert et l'oreille qui traînait, bien décidé à se faire des millions.*

Un mois avant son seizième anniversaire, prenant son courage à deux mains et retenant son souffle, il misa tout ce qu'il possédait sur une victoire de Rocky Marciano, qui défendait son titre de champion du monde poids lourds contre Roland LaStarza. Ce qu'il gagna là-dessus, il le remit en jeu sur une victoire de Carl Olson dans son combat contre Randy Turpin pour le titre mondial des poids moyens. Et là, Harry Rose toucha le pactole. Sept mille dollars en liquide, avec quoi il s'installa dans un cinq-pièces sur St Luke. Il était maintenant le roi, dans le coin, l'adolescent prodige, et sa réputation d'honnêteté dans les affaires et d'homme capable de repérer le favori dans une course ou un combat se répandit bientôt comme une traînée de poudre dans tout le Queens et les arrondissements limitrophes. « L'honnête Harry Rose », commença-t-on à l'appeler, et personne ne semblait se formaliser du fait qu'il avait tout juste seize ans, avec son visage d'ado à peine marqué, car, quand ils plongeaient le regard dans ses yeux, c'était un homme de quarante ans qu'ils voyaient, un petit malin qui se trouvait du bon côté du fusil depuis déjà une vingtaine d'années.

Tandis que Marilyn Monroe épousait Joe DiMaggio en janvier 1954, Harry Rose – un petit juif anonyme sorti du Lower East Side, un gamin qui avait réussi à cacher son passé à tous ceux qui avaient cherché à le déterrer – ramena dans son appartement de St Luke une pute du nom d'Alice Raguzzi, qui se chargea de le dépuceler. Alice, petite brune culottée, impétueuse comme un rayon de soleil, venait on ne savait d'où et avait vingt-deux ans. Avec une mère prostituée, un père maquereau, nulle doute que si elle avait été un garçon, elle aurait suivi les traces de son père. En l'occurrence, elle suivit celles de sa mère, laquelle lui apprit tout ce qu'elle savait. Et elle en savait long, la petite Alice, elle qui était capable de jurer ses grands dieux, la main sur son cœur endurci, qu'aucun homme n'avait jamais quitté ses bras sans être comblé. Cette fille ? Elle aurait sucé le chrome d'une barre de remorquage, me disait Harry, elle aurait donné une trique en acier trempé à un mec de quatre-vingt-dix ans, et quand elle s'affairait sur un micheton, elle n'oubliait jamais de répéter son nom plusieurs fois. Histoire de personnaliser la chose, de faire que le type s'en souvienne, parce que, dans son idée, ce qu'on faisait, il fallait le faire en professionnel. Voilà comme elle était, Alice Raguzzi. Elle passa deux jours avec Harry Rose, et quand elle le quitta, elle repartit avec trois cents dollars et une petite lucarne de lumière dans son cœur endurci. Quand Harry parlerait d'elle plus tard, ce serait avec ce sourire sardonique qui lui tordait la bouche et en disait plus que tous les mots réunis.

« *Une fille comme ça, disait-il, mais une fille comme ça devrait être à la tête du pays. Elle en sait plus sur la manière dont fonctionnent les gens que tous les politiciens ou les hommes d'affaires que tu rencontreras jamais.* »

Une remarque comme celle-là m'en disait des tonnes sur Harry Rose, et surtout qu'il était d'abord un être humain, un vrai. Là d'où je venais, les hommes se divisaient en trois catégories : ceux qui étaient bêtes comme des pots – ceux-là, on pouvait les poser dans un fauteuil inclinable, une cannette de bière à la main, leur donner à bouffer une viande non identifiable trois fois par jour et les envoyer ensuite balayer la cour sans qu'ils demandent jamais rien de plus. Dans la deuxième catégorie se rangeaient les types qui ne grandissent jamais. Qui ont toujours été et ne seront jamais que des enfants. Les innocents aux yeux écarquillés, prêts à croire que le monde entier est de leur côté, et qui, quand ils se retrouvent dans une merde noire, te regardent d'un air penaud et se persuadent que c'est juste leur imagination qui vient de leur jouer un tour, et qu'ils peuvent à nouveau convenir que le monde est parfait. Enfin venaient les types comme moi et Harry Rose. On était toujours à la marge, sur la frontière. On vivait pour le plaisir de se sentir vivre. Là où les autres se contentaient d'un ou deux exemplaires de quelque chose, nous, on en voulait une demi-douzaine. Une demi-douzaine de filles, une demi-douzaine de voitures, une demi-douzaine de chèques de paie, même s'il se trouvait qu'ils auraient dû aller à un autre. La vie n'était pas bon marché, j'en conviens, mais – comme pour tout le reste – on pouvait en négocier le prix.

Harry reconnut en Alice Raguzzi une semblable. Elle aussi était un être humain, un vrai, et quand elle parlait Harry écoutait, et quand elle écoutait Harry ouvrait la bouche, et son cœur et sa tête. Il y avait entre eux plus que la sueur qu'ils laissaient sur les draps de son lit trop étroit. Une sorte d'accord tacite comme quoi, si on voulait quelque chose – enfin, si des gens comme Alice et Harry voulaient quelque chose, c'était à eux, et à eux seuls, d'aller le chercher. C'était ainsi que fonctionnait leur monde, et, pour ce qui les concernait, ils n'en connaissaient pas d'autre.

Et Alice ? Elle l'avait trouvé irrésistible, ce jeune Harry Rose, un peu particulier question vision du monde, mais attachant, généreux et respectueux. Aucun micheton ne lui avait jamais donné du « M'dame » avant lui, et elle avait apprécié. Ça lui donnait l'impression de remplir un emploi d'utilité publique, au lieu de se faire simplement enculer pour quelques dollars.

Sa mère lui aurait dit de bien s'occuper d'un jeune de sa trempe. Le genre qui avait du punch et de la résistance, et qui ne quitterait pas les affaires avant longtemps. Le genre à réussir dans la vie, et à ne pas oublier ceux qui avaient un jour cru en lui malgré son jeune âge. Quand il s'élèverait dans le monde, Alice le suivrait, et elle n'était pas loin de penser qu'elle devrait tout faire pour le revoir. L'inconvénient majeur de son commerce, c'était son côté répétitif. Quelle que soit la raison pour laquelle les couilles d'un mec se remplissaient, ça te foutait les boules de voir que tu avais beau les lui vider un nombre incalculable de fois, elles n'arrêtaient jamais de se remplir. Cette idée la faisait sourire, et quand elle souriait, tu te serais damné pour elle. Avec une autre coiffure, un peu de maquillage haut de gamme, Alice Raguzzi aurait pu en remontrer à toutes les petites chéries de Hollywood. Mais Alice était plus futée que ça. Elle avait l'expérience de la rue et des gens, et c'était chez les gens – les vrais, comme Harry Rose – qu'on trouvait la vie.

Deux heures après avoir quitté l'appartement de la rue St Luke, Alice Raguzzi se faisait voler ses trois cents dollars. Celui qui la priva de son argent la priva dans le même temps de quasiment toute sa beauté, en la frappant au visage avec un morceau de bois jusqu'à la rendre méconnaissable. Elle ne pourrait jamais plus retravailler, elle le savait, et huit jours après, alors qu'elle était toujours au St Mary Mercy Hospital à l'angle de Van Horne et de Wiltsey, elle brisa un petit miroir de sac et s'ouvrit les veines. Elle fut retrouvée morte deux heures plus tard par un aide-infirmier du nom de Freddie Trebor. Habitué des paris, Freddie connaissait l'existence de Harry Rose, et même s'il avait juré à Alice Raguzzi qu'il ne divulguerait jamais le nom qu'elle lui avait donné lors de son admission à l'hôpital, il éprouvait un tel sentiment d'horreur devant ce qui lui était arrivé qu'il alla trouver Harry et lui révéla ce qu'elle lui avait dit à propos de son agresseur. Il lui livra un nom – Weber Olson. Harry connaissait cet Olson, avait eu affaire à lui plus d'une fois sur les champs de courses, et quand il dit à Freddie Trebor d'oublier tout ce qu'il avait pu entendre ou voir, quand il lui glissa cent dollars en lui demandant s'il avait bien saisi ce qu'il attendait de lui, Freddie vit dans ses yeux quelque chose que l'on ne se serait jamais attendu à voir dans les yeux d'un gamin de seize ans. Freddie, aussi nerveux que le comptable d'Al Capone, lui donna sa parole, jura sur le lit de mort de sa mère, promit au nom du Père, du Fils et du Saint-Esprit qu'il n'avait jamais, de sa vie, entendu parler d'Alice Raguzzi, de Weber Olson ni de Harry Rose, et quitta l'appartement de la rue St Luke en retenant son souffle. Et, effectivement, il ne dit jamais un mot, même quand la police le questionna à propos de la disparition de Weber Olson une semaine plus tard, même quand elle découvrit Olson dans le sous-sol désaffecté d'un taudis de Young Street, son pénis sectionné enfoncé jusqu'à la gorge et ses yeux dans les poches de sa veste. Freddie Trebor ne savait rien, rien du tout, et deux mois plus tard il quittait le Queens pour émigrer à Brooklyn, dans l'idée que Harry Rose pourrait un jour se mettre dans la tête que son ami Freddie risquait de lâcher une remarque malvenue.

Harry me raconta cette nuit-là par la suite, quand nous eûmes parlé de beaucoup de sujets semblables et qu'une confiance mutuelle se fut installée entre nous. Me dit tout, comme s'il en avait besoin, comme si j'étais un prêtre et lui un pécheur. J'ai reçu sa confession, sans me faire prier, et le partage d'un événement d'une telle importance contribua à nous rapprocher encore davantage.

« Je l'ai trouvé dans un bar, me dit Harry, un bar des quartiers chics, le genre où tu as droit à des

cacahuètes et des bretzels avec ton verre. Il trônait là comme un sultan de mes deux, et dès que j'ai vu son gros cul sur ce tabouret, j'ai su qu'il fallait que je le bute. Il aurait pu être le putain de président des États-Unis que ça n'aurait fait aucune différence, j'ai vu sa tronche bouffie et, quand il a ri, l'intérieur de sa bouche pleine, je me suis dit qu'il fallait à tout prix que je bute cet enculé avant la fin de la nuit.

« *Je suis allé jusqu'au bar, j'ai pris le tabouret à côté du sien et je suis resté là un moment, l'air de rien. Et puis je lui ai dit : "Sacrée montre que t'as là, dis donc. Un truc comme ça, ça doit coûter un max." Ce gros connard a souri comme s'il était en train de se faire sucer le nœud par une pute à cinquante dollars, et il a tourné le poignet pour que je puisse voir l'énorme cadran en or, avec tout en haut un diamant à la place du chiffre 12. "Suisse, qu'il m'a dit, la bouche encore pleine de Dieu sait quelle merde. Or vingt-quatre carats, boîtier compris." J'aurais voulu lui arracher cette putain de saloperie de montre, et moche en plus, et la lui faire avaler, à ce trou-du-cul. La faire descendre avec un bol de bretzels et regarder ce connard s'étouffer. Mais je me suis surveillé, je l'ai complimenté sur sa tocante, avant de lui proposer de lui payer un verre. Ce gros tas a accepté, après il en a descendu deux ou trois autres, et j'ai idée qu'il avait bien dû passer deux bonnes heures à picoler avant que j'arrive parce qu'on ne comprenait plus rien à ce qu'il disait tant il avait l'élocution embarrassée, et là j'ai su que je pouvais le sortir du bar sans même lever un sourcil.*

« Je lui ai dit que je connaissais un endroit sympa dans Young Street. "Avec plein de chouettes nanas, j'ai précisé, mais vraiment chouettes... T'en as entendu parler ?" Ce pauvre con savait rien de rien, et puis il était dans les vapes, alors il m'a suivi, comme un chiot qu'on aurait abandonné, et je l'ai sorti du bar pour l'emmener deux blocs plus loin, dans Young Street. Il était tard, les lampadaires étaient déjà presque tous éteints et personne ne nous a vus... et de toute façon on ne se serait pas retourné sur nous. Deux types bourrés qui essayaient de rentrer chez eux en titubant, qui rigolaient en se racontant des blagues, sans faire de mal à personne. À mi-chemin dans la rue, je me suis arrêté au sommet d'un escalier en pierre qui descendait sur le côté d'un immeuble et menait jusqu'à la cour de derrière. Olson savait pas où il était, ce con, alors je lui ai juste dit de descendre les marches et je l'ai suivi, en restant derrière lui tout le temps, pour l'empêcher de s'échapper. En bas, sur la gauche, y avait une porte à moitié déglinguée. Je me suis placé derrière ce gros enfoiré et je l'ai poussé un bon coup dans le dos. La porte s'est enfoncée sous son poids, et Olson est allé s'étaler par terre, au milieu des crottes de rats et des ordures. Il était tellement soûl qu'il continuait à rigoler tout seul, et je l'ai laissé faire, j'ai même rigolé avec lui, et le salopard a continué à se marrer jusqu'à ce que je lui balance un méga coup de pied dans la tempe. J'ai senti le bout de ma godasse s'écraser sur sa joue, ses dents voler en éclats, et tout à coup il s'est retrouvé à quatre pattes, à gueuler comme un veau, à mugir comme une sirène

d'alerte, crachant du sang et des dents comme un robinet ouvert à fond.

« Fallait que je lui ferme sa gueule, à cet enfoiré, alors j'ai levé le pied et je l'ai abattu de toutes mes forces sur sa nuque. Tout de suite j'ai pensé que je l'avais peut-être tué net, et je me suis mis à genoux pour poser l'oreille contre sa poitrine. Il respirait encore, son cœur cognait comme une locomotive, et pendant un moment je me suis dit que le mec risquait de se relever dans deux ou trois heures, de sortir de ce trou et de partir à ma recherche.

« J'ai pensé qu'y pourrait pas me reconnaître s'il n'y voyait plus rien, et c'est là que j'ai eu l'idée de lui arracher les yeux. Je l'ai retourné sur le dos, je lui ai mis les genoux sur la poitrine et une main autour de la gorge pour l'empêcher de bouger, et puis quand j'ai sorti mon couteau, enfoncé la lame sous le globe oculaire et senti qu'il se détachait, là je me suis dit qu'il fallait qu'y paie pour ce qu'il avait fait à Alice.

« Il a fallu que je le cogne deux, trois fois sur le côté de la tête avec le bout du manche de mon couteau. Ce gros salopard n'arrêtait pas de gigoter et de gueuler, mais à un moment je me relève et je le frappe encore une fois à la tête, et là il se calme d'un coup, bouge pas plus qu'un cadavre, et je finis ce que j'ai commencé. Et puis je fends son pantalon, je lui descends son caleçon, et après lui avoir taillé les burnes pendant un moment, je me retrouve avec son zob dans la main.

« Je suis resté un bout de temps assis par terre à côté du corps. J'ai regardé mes fringues, le sang qui avait giclé sur les jambes de mon pantalon, avec *l'impression que j'étais devenu quelqu'un d'autre. J'ai regardé cet enculé d'mes deux couché là, comme si c'était un autre type qui l'avait cogné à mort et charcuté. Comme si j'étais entré dans un trou noir où plus rien ne comptait, même pas la vie d'un homme, et quand j'en suis sorti, bordel, il était déjà mort. Je ne voyais pas le rapport que je pouvais avoir avec ce que je venais de faire, et ça a duré... longtemps. Y verrait plus le jour, Weber Olson, et c'était moi qui lui avais réglé son compte. Le laissant là avec ses yeux dans sa poche et sa bite dans la bouche. Et voilà, Olson, t'en as fini de baiser les putes... fini de baiser qui que ce soit ou quoi que ce soit, espèce de sac à merde. »*

Voilà ce qu'était Harry Rose ; seize ans à peine, et bien parti pour se faire un nom, après ce baptême du sang.

Harry Rose ne tarda pas à être connu, et les gens savaient qu'un gamin capable d'une chose pareille pour venger une petite prostituée à deux balles était ou cinglé ou d'une loyauté peu commune. Harry Rose n'avait pas tué Weber Olson pour l'argent ou pour le plaisir. Mais pour une question de principe. De principe, ni plus ni moins.

Le bouche-à-oreille fonctionna, et ceux que ses activités intéressaient contactèrent Harry par l'intermédiaire de trafiquants et de partenaires. Harry Rose était là où on pouvait se faire le gros paquet, où les paris de plus de deux ou trois mille dollars étaient honorés, gardés en réserve, servant trois fois de suite sur trois combats différents sans qu'il y ait jamais le moindre retard dans les paiements. Sans compter le poker – gros hommes en sueur, cigares à cinq cents *à la bouche, bouclés dans des arrière-salles enfumées de bars ou de clubs mal famés, mises démarrant à deux cents dollars, sans plafond. Tout cela, et bien d'autres choses encore, s'il prenait la fantaisie à certains de jouer leur vie au jeu. Et ceux-là ne manquaient pas ; Harry Rose les laissait faire, les regardait consumer leur vie en feuilletant les cinquante-deux pages du livre de prières du joueur, et s'il était toujours ponctuel quand il s'agissait de régler ce qu'il devait, il ne l'était pas moins pour ce qui était de ramasser son dû. Et pour ramasser, il ramassait, des brassées d'argent plus ou moins propre, billets usés et billets neufs, sans jamais mettre un dollar en banque, conservant tous ses gains dans des boîtes à chaussures sous les lattes du parquet de son appartement. Certains disaient qu'il y en avait pour des milliers de dollars, d'autres, pour des millions. Personne en dehors de Harry n'a jamais su la vérité.*

Le mois de septembre 1954 vit Rocky Marciano battre Ezzard Charles, couronnant par la même occasion une série de quarante-sept combats sans défaite. Octobre vit le dix-septième anniversaire de Harry, et la veille de l'événement il donna une fête qui resta dans les annales du Queens. On raconta qu'il y avait plus de deux cents invités et que, quand la police était arrivée pour mettre fin aux réjouissances, elle avait trouvé plus d'alcool qu'à la belle époque de la prohibition. Harry, qui était mineur, fut arrêté pour violation de la loi sur la consommation d'alcool. Ce fut le premier clash de Harry avec la justice, et, après l'avoir écouté, les représentants de la loi se montrèrent compréhensifs et le relâchèrent en échange de quelques dollars. On alla même jusqu'à le reconduire à son appartement et à lui dire que, en cas de problème, il n'avait qu'à appeler. Harry leur assura qu'il n'y manquerait pas. Il avait retenu la leçon : tout le monde était à vendre. Prêt à baiser son voisin pour de l'argent. Dès l'instant où l'on avait compris les règles du jeu, on pouvait acheter n'importe qui. Au moment où d'autres gamins de son âge préparaient leurs examens et visaient l'entrée à l'université, Harry Rose – visage d'ange, œil vif et teint frais – était à la tête de cent trente mille dollars en liquide et gérait à lui seul plus de paris que tous les books du Queens réunis.

Il dirigea un temps un trafic de cigarettes et de bas de soie à partir de l'aéroport d'Idlewild, et ce jusqu'au crash de l'avion de ligne italien en décembre 1954. Les mesures de sécurité et les contrôles s'étant nettement renforcés, Harry, qui comprenait les règles aussi bien que n'importe quel caïd, déménagea et ouvrit un bar. Qui fit des petits, trois, puis six, puis huit, et pendant que les jazzmen toxicos fumaient leur hasch mexicain et sniffaient coke et héro dans le tuyau de billets de dix dollars, pendant que les tapineuses racolaient sur les trottoirs en bois, que les ivrognes se faisaient les poches les uns les autres pour rafler tout le papier vert qu'ils pouvaient trouver, Harry, lui, menait la grande vie.

Harry l'Honnête était le roi. Sa réputation n'était plus à faire. Quel que soit le business, il était toujours du côté du manche, et le manche semblait toujours se présenter à lui spontanément.

Les gens disaient que son œil avait un éclat diabolique. Mais la plupart des gens ne savent contrôler ni leur langue ni leur esprit. La vérité, c'était que Harry Rose était un homme d'affaires, un entrepreneur-né, et là où un autre aurait vu un obstacle, lui voyait un tremplin pour atteindre toujours plus grand, plus haut, plus beau. Il prenait tout comme un défi, témoin cette petite histoire qui illustre à merveille sa manière de fonctionner.

Une fois Idlewild fermé au trafic, aérien et autre, une fois la police fermement décidée à mettre son nez dans la merde qui jusqu'à cette date transitait par là en toute tranquillité, Harry se retrouva au chômage, aussi inactif qu'un constructeur de bateaux au Texas. Un autre aurait vécu la chose comme une catastrophe, mais pas notre Harry. « Le malheur des uns, c'est toujours une chance pour les autres », disait-il volontiers avec cette étincelle démoniaque dans les yeux. Voici donc ce qu'il fit. Il se bourra les poches de tout l'argent qu'il avait, se rendit à Manhattan et s'arrêta dans le premier bar qu'il trouva sur la 26ᵉ Rue Est. Y pénétra comme s'il était déjà propriétaire des lieux, demanda à voir le patron, un pédé consanguin d'origine polonaise avec un nom plein de z et de w, genre petite frappe tête à claques.

« J'ai une équipe, lui dit Harry. Une bande d'Irlandais et d'Italiens, au bas mot vingt-cinq ou trente en tout, à quoi tu peux ajouter si ça te dit les cousins, les frères et les sœurs des uns et des autres. Eh bien, figure-toi que moi et mon équipe, y nous plaît assez, ton troquet, et on voulait te faire une offre.

— Il est pas à vendre », répondit la petite frappe.

Harry sourit, fit peut-être un clin d'œil au gars et reprit : « Je comprends bien qu'il est pas à vendre, là tout de suite maintenant, mais faut quand même que tu m'écoutes jusqu'au bout. Un homme d'affaires, un vrai, écoute toujours quand on lui fait une proposition, qu'il en ait envie au départ ou pas, d'accord ? »

L'autre sourit et opina du chef, comme s'il connaissait la différence entre un homme d'affaires et une savate.

« Alors voilà ce que je te propose. J'ai du cash, là, dans mes fouilles, un gros pacson, et ce flouze j'en ai fait des petits paquets de mille dollars chacun. »

Harry plongea la main dans sa poche intérieure et en sortit une liasse de billets verts. La posa sur la table sous les yeux du petit malin.

« Y a là mille dollars, et c'est du bon argent, et ce qu'on va faire, c'est qu'on va attendre là, tous les deux, tranquilles, pendant que j'en mets mille autres sur la table, et puis encore mille, et quand tu penses qu'y en a assez pour acheter ta taule, tu m'arrêtes. »

Harry s'interrompit un instant pour fixer l'autre des yeux.

« Le seul truc, c'est que... à un moment ou à un autre, je vais m'arrêter, et j'irai pas plus loin. Tu sais pas combien de milliers de dollars je suis prêt à mettre sur la table, et j'ai pas l'intention de te le dire, tu vois. Si quand je m'arrête t'es toujours pas d'accord pour vendre, alors je sors d'ici. Et puis ce soir, peut-être demain, ou dans huit jours, tu vas trouver dehors ma bande d'Irlandais et d'Italiens venus pour un cocktail Molotov maison, et on va te réduire ton putain de boui-boui en cendres, et toi avec. »

La petite frappe se mit à rire. Elle se leva de sa chaise, pointa son doigt sur l'ado au visage de gamin, et elle continua à rigoler, tout en gardant le doigt pointé sur Harry, jusqu'à ce que celui-ci sorte un calibre .38 de sa poche et le braque sur le ventre du mec.

« Ça, dit Harry, c'est mon pote Maurice. Maurice est un vrai salopard qui se met en rogne pour un rien et crache du plomb sur les petits rigolos dans ton genre. Alors maintenant, tu reposes ton gros cul sur ta chaise, et tu joues avec moi, espèce de sac à merde. »

Le Polack se rassit, avec la grâce d'un sac de ciment qu'on laisse tomber, et regarda Harry Rose sortir la deuxième liasse de billets de la poche de sa veste.

Le pauvre type se tortillait sur sa chaise comme un ver. Le temps que Harry arrive seulement à cinq mille, il transpirait à grande eau.

L'affaire fut conclue pour six. Six mille dollars pour tout le bazar. Bar, chaises, stock d'alcool, tables de billard, juke-box, frigos, congélateurs et remise. Six mille dollars!

Le mec fila de là sans demander son reste, parce qu'il avait vu l'éclat diabolique dans l'œil du gamin, parce qu'il ne pouvait pas être sûr de la somme que celui-ci était prêt à allonger, et ne pouvait pas davantage soupçonner qu'il n'y avait pas plus d'Italiens que d'Irlandais pour mettre le feu à son estanco.

Il sortit de là avec six mille dollars et la vie sauve, et c'était – pour ce qui le concernait – ce qu'il pouvait rêver de mieux. Vers qui aurait-il pu se tourner? La police? La mafia? Ou alors passer un coup de fil à son grand frère en Pologne et lui demander de rappliquer pour tabasser à mort ce petit con de gamin?

Sûrement pas, ça ne marchait pas comme ça. Il savait qu'il risquait d'y laisser sa peau : un bar, ça peut toujours se racheter, mais pas une vie.

C'était ce qui faisait de Harry Rose quelqu'un de spécial. Il était capable d'y aller au bluff avec les plus forts et de remporter la mise, et rien dans ses yeux ne laissait penser que ce qu'il vous disait pouvait ne pas être la stricte vérité. C'était sa magie, et la raison pour laquelle tout le monde le croyait honnête, alors que, honnête, il ne l'était pas. Harry l'Honnête était capable de vous raconter des craques qui auraient fait rougir de honte le diable en personne.

À l'époque, quand il n'était encore qu'un ado et que le monde s'offrait à lui, pareille démarche pouvait passer pour une bénédiction, mais plus tard, quand une grande quantité d'eau teintée de sang aurait passé sous un grand nombre de ponts en flammes, celle-ci serait peut-être bien à l'origine de sa perte.

9

Sullivan lut la dernière page du chapitre et se redressa sur sa chaise. « Eh ben, bon Dieu ! » s'exclama-t-il. Il se tourna vers Annie, qui le regarda d'un air totalement inexpressif, abattu.

« Fini, dit-elle dans un murmure, je n'en veux plus. Je ne crois pas être capable d'en lire davantage à l'heure qu'il est.

— D'accord, on remet ça à plus tard. »

Il prit le paquet de feuillets et les remit en ordre avant de les poser sur ceux qui restaient à lire. « Sacrée histoire, hein ? Qui part de la Pologne, passe par la libération de Dachau pour arriver aux *Affranchis* de Scorsese. »

Annie opina, le sourcil froncé, avant de changer complètement de sujet.

« Reste, dit-elle, reste encore un peu. Je commande chez un chinois et je le fais livrer, d'accord ? »

Sans attendre sa réponse, elle se dirigea vers le téléphone pour appeler le restaurant.

Elle était sortie de sa lecture secouée, les nerfs à fleur de peau. Ce n'étaient pas tant les événements racontés qui l'avaient troublée que le fait qu'il s'agissait d'une histoire vraie, d'un homme de chair et d'os qui avait existé pour de bon et qui, dans les seize ou dix-sept premières années de sa vie, avait vécu davantage que dix hommes réunis. Plus tard dans la soirée, au moment où elle rangeait les restes du repas dans le réfrigérateur, elle regarda par la fenêtre dans l'obscurité derrière la vitre et surprit son reflet. *Comme un fantôme*, songea-t-elle. *Je pourrais passer toute ma vie ici et connaître le sort de ces New-Yorkais anonymes dont personne ne sait qu'ils sont morts tant que l'odeur du cadavre ne dérange pas les voisins – et personne ne s'en porterait ni mieux ni plus mal. Combien viendraient à mon enterrement ? Sullivan, David Quinn peut-être, John Damianka et sa nouvelle petite amie ? Et qu'est-ce qu'un prêtre pourrait bien trouver à dire ? Elle tenait une librairie. Elle était gentille. Elle avait pensé un jour recueillir un chat perdu mais avait finalement décidé de n'en rien faire.*

Annie secoua la tête. Une vie dont il n'y avait guère lieu d'être fière. Qui, pour tout dire, n'avait de vie que le nom.

Sullivan resta à bavarder un moment – de tout et de rien – avant de lui souhaiter bonne nuit, et bien qu'il proposât, machinalement et comme à son habitude, une partie de cartes et un verre avec ses amis chez McKintyre au croisement de Schaeffer et de la 105e, Annie déclina l'invitation comme à son habitude, mais pas machinalement ; son refus cette fois-ci relevait d'un choix conscient. Elle avait envie d'être seule, et au milieu des ombres et des silences familiers de son quatre-pièces, elle resta immobile à écouter le vent charrier la pluie de la côte à l'intérieur des terres, une pluie qui peindrait la ville de son monochrome uniforme.

Elle pensa à Robert Forrester, à Harry Rose ; à David Quinn et à Jack Sullivan ; à Elena Kruszwica et à Jozef Kolzac… et ils lui parurent tous aussi réels les uns que les autres, et tous – de façon alarmante – plus réels qu'elle-même.

Puis elle pensa à son père, l'ingénieur. Frank O'Neill, et ses lettres, qui éveillaient tant d'agitation et réveillaient tant de souvenirs, cet homme qui lui avait donné la vie avant de disparaître sept ans plus tard. Pourquoi ? Pourquoi aussi rapidement ? Et pourquoi sa mère lui avait-elle livré aussi peu d'informations sur celui qu'elle avait aimé avec tant de passion et qui lui avait brisé le cœur ? Autant de nouvelles questions, et, dans leur sillage – telles des ombres –, un cortège d'émotions nouvelles : tristesse, chagrin, perte, nostalgie, passion, promesse, espoir. Et désir ? Désir de vivre ? Désir de sentir quelque chose… quelqu'un, peut-être ?

Il y avait eu des moments où, certes, elle n'en avait pas été très loin. Elle avait trente ans, n'était pas sans expérience des difficultés inhérentes à la fréquentation de ces êtres compliqués que sont les hommes. Au lycée, il y avait eu Tom Parselle, studieux et féru de lecture, qui lui récitait des poèmes et faisait de son mieux pour la courtiser, mais Tom n'avait ni la passion ni le courage nécessaires pour la séduire et la mettre dans son lit. Leur relation avait duré presque un an et demi, et s'ils s'étaient embrassés, jamais ils n'étaient allés plus loin.

Dix-huit ans, la tête farcie de littérature, elle s'était laissé emporter par Ben Leonhardt, la parfaite antithèse de Tom. Ben était un anachronisme, tout autant qu'elle, et c'était peut-être le sentiment d'être des individus un peu en marge qui les avait attirés l'un vers l'autre. C'était le mot qui convenait : attirés. Ben était d'une famille fortunée de la haute bourgeoisie, un père banquier, une mère qui passait son temps à organiser des soirées caritatives et des dîners à thème, et Ben avait rejeté les valeurs et le vernis de son milieu avec la dernière énergie. Moins d'une semaine après leur première rencontre, elle couchait avec lui, folle amoureuse, et pourtant, tout au long des deux années que dura leur liaison, l'impression qu'il manquait quelque chose ne la quitta jamais. Impression qui fut confirmée quand Ben, nanti d'une bourse pour Harvard obtenue sur concours, tomba dans l'ornière des espoirs que l'on nourrissait pour lui et se lança dans des études de droit. Pour autant qu'elle le sût, il travaillait maintenant dans le quartier des affaires : costumes Hugo Boss, cravates Armani, chemises Brooks Brothers sur mesure, mocassins en veau cousus main et week-ends dans les Hampton.

Après Ben, il n'y eut personne avant sa vingt-troisième année ; ce fut alors qu'apparut un jour Richard Lorentzen, sorti de nulle part, qui réussit à la persuader qu'il était l'homme de la situation. Ce n'était pas le cas, mais il fallut à Annie presque un an pour prendre conscience de cette vérité simple et pourtant irréfutable. Richard dégageait la tension d'un ressort de montre suisse comprimé au maximum. Tout avait de l'importance, et bien qu'au début elle crût que son attention aux plus petits détails, les questions sans fin, les emplois du temps et les agendas joints à un sens précis de l'organisation devaient plus à son propre sentiment d'insécurité qu'à toute autre chose, elle ne tarda pas à comprendre que seule la jalousie nourrissait Richard Lorentzen. Où était-elle allée ? Avec qui ? Une amie ? Comment s'appelait-elle ? Qu'avaient-elles fait ? Elle le supporta jusqu'au jour où elle en eut assez et lui déclara qu'elle avait mieux à faire de sa vie que de venir au rapport tous les quarts d'heure. Si c'était ce qu'elle avait voulu, elle se serait engagée dans l'armée. Mais il était obsédé et il la poursuivit pendant cinq longs mois, se matérialisant devant elle n'importe où dans la rue, au courant de toutes ses habitudes et de son emploi du temps et les observant à la lettre. Elle fit des efforts pour en changer, pour partir de chez elle à des heures différentes, emprunter des trajets différents. Pour finir, elle lui annonça, au carrefour de Columbus et de la 99e Rue Ouest, que, s'il ne la laissait pas tranquille, elle réclamerait une injonction. Il s'exécuta. Trouva quelqu'un d'autre. Elle les vit ensemble un mois ou deux plus tard, la pauvre fille avait l'air traqué d'un enfant victime de violences.

Il lui fallut deux ans pour que lui revienne le sentiment de faire de nouveau partie du monde, pour se défaire de l'idée que tous les hommes étaient détraqués, d'une manière difficile à décrire et cependant bien réelle, et puis elle se lança, les yeux et le cœur grands ouverts, dans une relation avec Michael Duggan. Michael avait tout le bon qu'il y avait eu dans ses prédécesseurs et très peu du mauvais. Il enseignait au Barnard College, en langue et littérature anglaises, ils avaient donc quelque chose en commun. Michael était écrivain, qui plus est un bon, et même s'il n'avait pas encore été publié à l'époque, et ne l'était d'ailleurs toujours pas, elle était à peu près sûre qu'il y parviendrait un jour. Ils restèrent ensemble moins d'un an, et bien qu'Annie fût convaincue n'y être pour rien et n'avoir rien à se reprocher dans l'affaire, lui s'était montré suffisamment vorace pour aller rechercher les étreintes d'une de ses étudiantes. Michael avait trente-trois ans, l'étudiante – une gamine de dix-neuf ans incroyablement délurée et sûre d'elle du nom de Samantha Wheland – lui avait apparemment fait une pipe dans son bureau de Barnard. Ce fut du moins ce que conclut Annie de l'explication filandreuse dans laquelle il s'était lancé quand il l'avait larguée.

Les circonstances de ce fiasco avaient stoppé Annie dans ses élans. Elle avait vingt-sept ans, sa mère était morte depuis sept ans, son père depuis près de vingt, et une fois de plus elle se retrouvait seule. Elle n'avait jamais fait l'amour avec quelqu'un sur son lieu de travail, pas de sodomie avec huile d'olive en guise de lubrifiant, pas de séance de baise dans un ascenseur. Des pipes, oui, et même à quatre pattes, comme une vulgaire prostituée de Chicago, mais elle estimait que ce genre de traitement devait être réservé aux types qui comptaient un peu plus que les partenaires occasionnels d'une partouze de samedi soir. Et c'était peut-être là tout le problème. Peut-être que si elle avait été un peu moins lumières-éteintes-position-du-missionnaire, elle aurait pu garder l'un des hommes qui étaient passés dans sa vie. Mais, avec le recul, elle se demandait si un seul d'entre eux s'était montré à la hauteur, s'était approché de près ou de loin de ce à quoi elle aspirait. Tous, sauf Michael, laissaient à désirer, et même lui n'avait demandé qu'à se révéler sous son vrai jour quand Samantha Wheland était entrée en scène. Et puis, il y avait la question des enfants. C'étaient eux le vrai test, non ? Ne pouvait-on pas dire qu'on aimait vraiment un homme dès l'instant où on commençait à envisager d'avoir des enfants avec lui ? Le sexe n'était pas tout, et même si cela comptait pour beaucoup, c'était loin d'être aussi capital et fabuleux que voulaient bien le dire ses copines de fac.

Elle se souvenait de soirées passées avec certaines d'entre elles, de leurs conversations sur les stars de cinéma, sur leurs idoles – Kevin Costner, Robert Redford, Jon Bon Jovi et les autres. Détaillant ce qu'elles auraient adoré leur faire. Carrie-Ann Schaeffer avait demandé à Annie quel était son préféré, celui avec lequel elle aurait aimé passer une nuit, et Annie – tranquillement, d'une voix tout à fait posée – avait répondu : Frank Sinatra. « Mais il est... enfin, il est vieux, quoi ! » s'était écriée Carrie-Ann, et Annie avait souri avant de dire qu'elle aimerait parler avec lui, juste lui parler, rien d'autre. « Juste lui parler ? » avait demandé Carrie-Ann, une incompréhension outrée lui plissant le visage. « Ben oui, avait répondu Annie, lui parler, rien de plus. » « Glauque », tel avait été le commentaire de Carrie-Ann, qui avait ensuite précisé à Grace Sonnenberg qu'Antonio Banderas pouvait quant à lui « la lui mettre dans le cul » s'il fallait en passer par là.

Son esprit se remplit une fois de plus d'images de David Quinn, des mots qu'il avait libérés dans le creux de cet instant... quand il lui avait dit la trouver belle. Quelqu'un qui – peut-être, juste peut-être – serait le genre d'homme qu'elle pourrait envisager comme père de ses enfants.

Elle se déshabilla un peu avant minuit, et, une fois nue dans son lit, imagina une présence à son côté – un être sans nom et sans visage ; qui la touchait, la prenait dans ses bras, l'embrassait, qui sait. Elle ferma les yeux et repensa à Tom Parselle, Ben Leonhardt, Richard Lorentzen et Michael Duggan et, pour la première fois de sa vie, soupçonna qu'une bonne partie des problèmes venait sans doute d'elle. Ils lui avaient fait don d'eux-mêmes, mais, elle, avait-elle répondu avec le même désir, la même passion ? Les exigences de Richard Lorentzen trouvaient-elles leur origine dans la seule jalousie, comme elle avait réussi à s'en convaincre, ou bien n'étaient-elles motivées que par le besoin d'obtenir d'elle quelque chose en retour ? Il avait tout donné, et elle s'était arrangée pour le tenir constamment à distance.

Annie O'Neill ouvrit les yeux. Elle n'arriverait pas à s'endormir, elle le savait, et, quittant la tiédeur de son lit, elle se rendit pieds nus à la cuisine où elle resta debout un moment, au milieu du silence voilé d'ombres. Elle ouvrit la porte du réfrigérateur, et un coup d'œil sur sa droite lui révéla le reflet de son corps nu dans une glace suspendue à côté de la porte de la chambre. Elle se retourna et se fit face, son image reflétée dans le clair-obscur ; surmontant un sentiment initial de gêne, elle leva le bras pour rejeter ses cheveux en arrière. Elle regarda son visage, ses seins, l'inclinaison de ses côtes au-dessus de son ventre, et, en dessous, le triangle sombre du pubis. De sa main droite, elle effleura ses seins, l'un après l'autre, puis de ses doigts tendus se mit à tracer des cercles sur le haut de ses cuisses. Elle frissonna, ferma les yeux et, l'espace d'un moment, n'entendit que le bruit de sa respiration.

Annie ouvrit les yeux, regarda son reflet encore un instant avant de refermer la porte du réfrigérateur. La cuisine se retrouva d'un coup noyée dans l'obscurité. Elle se laissa engloutir, silencieusement, sans résister, envahie d'un sentiment de solitude qui gomma tout le reste. Si elle avait eu le choix, c'est à David Quinn qu'elle aurait voulu parler. Tout en sachant qu'elle en aurait été empêchée, même si elle avait trouvé le courage nécessaire, dans la mesure où elle n'avait aucun moyen de l'atteindre, de le trouver, ce qui rendait sa solitude d'autant plus pesante.

Elle poussa un soupir, profond, débilitant, et retourna se coucher, resta allongée là pendant que la pluie recouvrait la ville d'un voile d'ombre, amortissant les bruits, les couleurs, brouillant les images. Il y avait des gens là, dehors – des centaines, des milliers, des millions de gens –, et elle pensa que, fondamentalement, ils poursuivaient tous la même quête. Celle d'un être qui les écouterait, les comprendrait, saurait apprécier ce qu'ils étaient vraiment. Car tous étaient des êtres à part entière, mais qui s'en souciait ?

Elle ferma les yeux, dormit, d'un sommeil sans rêve.

Vidée même de ses rêves.

10

Le magasin ouvrit tard le mardi matin, et ferma de bonne heure. Le mercredi, la pluie s'était intensifiée, et à l'horizon un orage menaçait New York de ses nuages noirs. Annie resta chez elle, vêtue d'un pantalon de survêtement et d'un tee-shirt informe, à écouter Sinatra et Barry White. Elle finit les restes du chinois du lundi soir : nouilles froides et poulet au miel et au citron gélatineux. Elle lut par intermittence des extraits et des bribes d'au moins une douzaine de bouquins : Steinbeck, Hemingway, Francine Prose et Adriana Trigiani, poèmes de Walt Whitman et de William Carlos Williams, tout en s'interrompant pour des allers et retours entre la cuisine et sa chambre. Puis elle prit *Un moment de répit* de Nathaniel Levitt. Suivit du doigt l'inscription sur la page de garde – *Imprimé en 1836 par Hollister & Sons, Jersey City, relié par Hoopers, Camden*. Et en dessous – indubitablement de la même main que celle qui avait rédigé les lettres apportées par Forrester : *Annie, pour quand le moment sera venu. Papa. 2 juin 1979*. Elle relut le livre de bout en bout, et même si c'était sans doute la dizième fois, elle trouva dans le mouvement et le rythme de la prose, la simplicité de l'histoire, quelque chose qui la toucha comme jamais auparavant. Amour perdu, et retrouvé. Comme disait Sullivan, mieux valait aimer et perdre ce qu'on aime que ne jamais connaître l'amour. Elle approcha le livre de son visage, sentit l'odeur du temps dans les pages, le grain du maroquin sur sa joue, et, un moment, eut envie de pleurer. *Pour quand le moment sera venu...* Qu'avait-il voulu dire ? Quel moment ? Et quand viendrait-il ?

Sullivan passa la voir deux ou trois fois, lut sans peine sur son visage qu'elle préférait être seule, et, d'un bref hochement de tête, d'un simple sourire, lui fit entendre qu'il était là si elle avait besoin de lui. Ce n'était pas le cas. Elle ne voulait personne, pour le moment. Elle voulait être seule avec elle-même, trouver quelque chose en elle susceptible d'expliquer pourquoi ces trente dernières années lui semblaient aujourd'hui si creuses et dépourvues de sens.

Le jeudi, elle retourna au magasin, d'assez bonne heure, arrivant un peu après huit heures et demie, et quand elle eut enlevé son manteau, préparé le café et qu'elle fut revenue au comptoir, elle resta là au milieu de ses livres, ses milliers de livres usagés, à se demander s'il était possible qu'il n'y eût jamais rien d'autre dans sa vie. Elle se sentait désorientée, comme un enfant qui a perdu ses parents dans la foule, et quand David Quinn apparut sur le seuil du magasin, sa silhouette familière se découpant dans la lumière qui venait de la rue, elle pensa qu'elle n'avait jamais été aussi heureuse de voir quelqu'un.

Elle sortit de derrière le comptoir. « David ! »

Il sourit, s'avança.

« Ça va ? demanda-t-il.

— Ben oui... Pourquoi cette question ?

— Je suis passé hier, la boutique était fermée... J'ai pensé que tu étais peut-être malade.

— J'ai pris une journée de congé, dit-elle. La première depuis des années.

— Mais... ça va ? demanda-t-il à nouveau.

— Oui, oui..., commença-t-elle, et puis, instinctivement, presque comme si ses lèvres commandaient à ses mots sans que son cerveau intervienne, elle ajouta : Mais encore mieux maintenant que tu es là. »

Il était habillé de la même façon que la dernière fois et la fois d'avant. Son allure, l'expression de son visage au moment où il vint vers elle, lui donnèrent un sentiment de familiarité rassurante, et quand il s'appuya sur le comptoir et lui sourit, elle aurait voulu pouvoir tendre la main et le toucher, comme pour s'assurer qu'il était bien là, qu'il était bien réel.

« Et si tu te prenais un autre jour ? proposa-t-il. On pourrait aller dans les magasins, gaspiller un peu d'argent. Je porte les mêmes frusques depuis la fin de la semaine dernière, et, si tu veux savoir, je n'ai même pas pris la peine de déballer le gros de mes affaires.

— Alors, allons les déballer, dit-elle. Je peux te donner un coup de main pour t'installer.

— Dans mon appartement ? demanda-t-il, un peu surpris.

— Non, à la superette du coin, David... Où veux-tu que ce soit ?

— Tu veux venir m'aider à déballer mon bazar ?

— Oui, je veux faire quelque chose d'utile... et pas passer ma journée enfermée ici à attendre que quelqu'un veuille bien venir acheter un bouquin. »

David hocha lentement la tête, ses pensées courant trop vite pour qu'il puisse les rattraper, puis il regarda Annie droit dans les yeux et dit : « D'accord, allons-y... Pourquoi pas, bon sang ? »

Elle retourna l'écriteau, ferma la porte à clé, et à l'angle de la 107e Rue Ouest ils prirent un taxi qui les emmena de l'autre côté de Morningside Park. Sous la conduite de David, ils descendirent la rue jusqu'à l'entrée surélevée d'un grand immeuble en grès. Deux étages, un couloir et, au bout à droite, un autre couloir menant à une seule porte au fond.

« Voilà, c'est chez moi », annonça-t-il en sortant un trousseau de clés. Il ouvrit, pénétra dans le hall et attendit qu'elle le suive.

Annie entra lentement, probablement les yeux écarquillés, et même si le moment était chargé d'attente et d'excitation, sa prudence innée refit aussitôt surface, accompagnée de l'impression diffuse de marcher sur des œufs. Que faisait-elle ici ? Cet homme, elle le connaissait à peine. Mec sympa ou tueur en série ? Charmant ou dangereux ? Elle avança encore d'un pas, hésitante, tandis que la porte semblait se refermer derrière elle au ralenti. Le pêne heurta soudain la gâche puis s'enclencha d'un coup sec, et elle bondit intérieurement. Mais au nom du ciel, qu'était-elle en train de faire ?

« Enlève ton manteau, dit-il. Je vais nous faire du café. »

Elle se trouvait dans une grande pièce apparemment vide. Une seule chaise, placée près de la baie vitrée qui courait sur toute la largeur du séjour. L'endroit aurait été un paradis pour un peintre, avec ce flot de lumière qui, filtrant à travers le verre, baignait tout l'espace de son éclat jaune. Sur la droite, contre le mur du fond, étaient empilés une demi-douzaine de cartons, et au sol devant eux un tapis roulé sur lui-même, ainsi qu'une malle en bois et une petite valise avec des étiquettes encore attachées à la poignée.

La pièce sentait un peu le renfermé, donnait l'impression d'être inoccupée, et, en se dirigeant vers la baie, elle s'arrêta à côté de la chaise et regarda par terre. Les livres qu'il avait achetés au magasin étaient dans leur sac plastique d'origine, et, en se penchant, elle constata que le ticket de caisse était toujours à l'intérieur. Il les avait déposés là, et manifestement ils n'avaient pas bougé depuis.

« Pas un gros lecteur, hein ? »

Elle se retourna brusquement, sursautant au son de sa voix. À nouveau, elle se sentit traversée par l'inquiétude.

« Je voudrais lire, pourtant, je me dis que je vais m'y mettre, mais chaque fois je trouve autre chose à faire. » Il approchait, une tasse dans chaque main, et, quand il arriva devant elle, il se pencha pour les poser sur le sol, avant de tendre la main.

« Tu me donnes ton manteau ? »

Elle l'ôta après avoir acquiescé d'un sourire un peu gêné. Elle le lui tendit, et il alla le placer sur les cartons empilés derrière le tapis. Il s'empara d'une chaise pliante qui était là et l'installa après être revenu vers elle.

« Assieds-toi », dit-il, ce qu'elle fit, sentant monter en elle une nouvelle forme de tension. Tout était nouveau, en fait. Elle était là avec un homme, un individu qu'elle connaissait à peine, et l'intimité qu'elle sentait s'installer entre eux la troublait profondément.

« Tout ce bazar, expliqua-t-il, indiquant du geste les cartons entassés contre le mur, est resté tel quel depuis que j'ai emménagé. » Il regarda une porte qui se trouvait sur sa droite.

« Par là, c'est la chambre, la porte là-bas c'est la salle de bains, et là, la cuisine, précisa-t-il avec un signe de tête en direction de l'endroit d'où il était venu avec ses deux tasses. J'ai juste sorti quelques draps, une couverture, mon réveil, deux ou trois tenues, et ça s'est arrêté là... La relation que j'entretiens avec mes possessions, j'imagine qu'elle trahit ma mentalité d'hôtel.

— Ta quoi ?

— Ma mentalité d'hôtel, dit-il en souriant. J'ai passé tellement de temps dans des hôtels que j'en ai oublié comment on s'occupe de soi. »

Annie prit sa tasse et but quelques gorgées. Le café était fort, mais bon. Elle en savoura l'arôme, la chaleur qui se répandait dans son corps, et par-dessus le bord de sa tasse observa David Quinn occupé à contempler le vide de son appartement. *Peut-être*, se dit-elle, *que cet homme est aussi seul que moi, mais d'une manière différente*.

« Alors, quand est-ce que tu retravailles ? demanda-t-elle.

— J'attends qu'on m'appelle, répondit-il avec un geste d'ignorance. Il faut que je sois prêt à partir dès que je reçois l'appel. Ça peut être n'importe où. Terre-Neuve, Alaska, la côte Pacifique. Le plus loin que je suis allé jusqu'ici, c'est Southampton, en Angleterre.

— Tu es allé en Angleterre ?
— Pour un temps, oui.
— C'est comment ?
— Pas mal... Les gens sont bien, différents. »

Il s'interrompit, comme à la recherche de souvenirs – des images, des sons. « Le pays est sombre, te donnerait presque une sensation de claustrophobie, et il pleut beaucoup. Ils sont solides, les Anglais, presque durs. Pas superficiels ni frivoles. Ils savent ce qu'ils veulent et font tout pour l'avoir. Ils ont de la persévérance et ne se laissent pas emmerder par les étrangers. »

Annie éclata de rire. Elle aimait ce type, ce David Quinn. Il semblait authentique, sans prétention. Semblait être le genre d'homme à avoir des idées bien arrêtées et à les exprimer sans fard. Il aimait la vérité.

« Mais, dis-moi, qu'est-ce qui t'a poussé à venir dans le quartier ? lui demanda Annie. Pourquoi ne pas être resté dans l'East Village ? »

David haussa les épaules, finit son café et reposa la tasse par terre. De sa poche de veste il sortit un paquet de cigarettes, en alluma une, avant d'utiliser la tasse vide comme cendrier. « Je suppose que j'avais envie de bouger, mais je suis trop timoré pour y aller à fond et changer carrément d'État. Je voulais rester dans le coin de Central Park, et un jour j'ai pris un taxi pour venir ici, et j'ai été séduit par l'atmosphère cultivée et intello. J'avais l'impression de voir partout des bistrots pleins d'étudiants attablés devant des brioches et des cappuccinos, en train de lire Whitman et William Carlos Williams... »

Annie leva les yeux, frappée par la coïncidence avec ses propres lectures.

« ... et j'ai éprouvé une sensation bizarre... comme le type qui est resté parti longtemps et qui un beau jour revient chez lui.

— Mais... tu n'as jamais vécu ici ?

— Non, c'est vrai. East Village un jour, East Village toujours.

— Et le coin te plaît ?

— Beaucoup. J'ai l'impression d'avoir plus d'épaisseur, ici. Les gens me regardent, et je crois qu'ils me prennent pour un prof de Barnard, ou quelqu'un qui suit des cours à Columbia.

— Tu n'as jamais pensé à reprendre des études, à faire autre chose ?

— Eh bien si, si tu veux savoir, dit David, dont la voix trahissait une certaine surprise, comme si le fait qu'on puisse le lui demander le laissait perplexe. J'y ai bel et bien pensé, mais sans jamais passer à l'acte. Peut-être qu'il me faudrait un peu de sang anglais. »

Il sourit, tira sur sa cigarette, et, pendant un temps, tous deux restèrent silencieux.

Plus tard, une fois seule, Annie se demanderait pourquoi elle avait rompu ce silence en posant cette question. Peut-être s'était-elle sentie mal à l'aise, trop consciente du vide autour d'elle et avait-elle éprouvé le besoin de le remplir. Elle ne savait pas pourquoi, ne comprendrait peut-être jamais la raison qui l'y avait poussée, toujours est-il qu'elle la posa.

« David ? »

Il leva les yeux sur elle.

« Est-ce qu'il t'arrive de te sentir seul ? »

Il sourit, de nouveau ce sourire chaleureux et sincère qui en disait plus sur son compte que bien des mots.

« Sans arrêt, dit-il d'une voix douce, presque un murmure.

— Pourquoi tu ne sors pas, tu ne rencontres pas des gens, et puis... comment se fait-il que tu n'aies pas de petite amie ou quelque chose ?

— Quelque chose ? Comme quoi, par exemple ?

— Bof, tu vois bien ce que je veux dire.

— Oui, bien sûr. L'humour comme stratégie de défense, je connais.

— Alors, explique. »

David eut un haussement d'épaules.

« La peur, peut-être ?

— La peur ?

— Oui, la peur. L'appréhension serait sans doute un mot plus juste, mais ce n'est qu'une autre facette de la peur, non ?

— Attends, la peur de quoi ?

— De voir que ce avec quoi tu te retrouves est finalement pire que le rien que tu avais avant. La peur d'être rejeté, de perdre tout ce que tu as pu trouver, d'être jugé par les autres, la peur d'être découvert...

— Découvert ?

— Eh oui, par un autre qui se rendra compte que tu n'es pas l'être parfait pour lequel il t'avait d'abord pris... que tu as tes mauvais moments, des habitudes ou des travers pénibles à supporter.

— D'accord, mais c'est ce qui arrive dans toute relation amoureuse, ou même dans toute amitié, non ?

— Oui, bien sûr, mais c'est aussi ce qui est le plus effrayant quand tu t'engages dans une relation de ce genre sans savoir ce qui t'attend.

— Tu dois quand même accepter le fait que, quelle que soit la personne avec laquelle tu te retrouves, elle a forcément les mêmes doutes, les mêmes réserves, et qu'il faut prendre en même temps que donner.

— Oui, certes, mais la peur dont je parle, elle est présente dès le début, non ? Dès les premiers jours, les premières heures, même, tout ce à quoi tu penses, c'est ce que l'autre va penser de toi.

— Un peu égocentrique, tout ça, non ?

— Non, je ne crois pas… Ça traduit plutôt le désir de voir l'autre t'aimer autant que tu l'aimes, la crainte aussi de faire ou de dire quelque chose qui risque de l'éloigner de toi. Nous avons tous nos obsessions, et elles se manifestent parfois à l'improviste.

— Tu donnes l'impression d'avoir perdu ta foi en la nature humaine.

— Pas vraiment, non. Je pense simplement que, quelque part, nous avons tous peur de l'inconnu, de l'incertitude qui préside à toute nouvelle rencontre, aux efforts que nous faisons pour deviner qui est vraiment l'autre, et si on peut ou non lui faire confiance.

— Tu ne fais pas confiance aux gens, alors ?

— Et toi ?

— Je crois que si.

— Tu crois ?

— Oui, répéta-t-elle. Je crois que oui.

— Tu me fais confiance, à moi ?

— Je ne te connais pas assez pour répondre à cette question, dit-elle, en regardant David Quinn droit dans les yeux.

— C'est exactement ce que je voulais dire. Ce pourrait être là le début d'une amitié, non ?

— Effectivement.

— Bon, on a un moment pour faire plus ample connaissance, pour poser des questions, écouter les réponses – pas seulement les mots eux-mêmes qui sont échangés, mais le sens profond qu'ils peuvent avoir, et après on forme notre jugement. Il fallait bien que je t'inspire un minimum de confiance pour que tu proposes de venir ici avec moi, tu es d'accord ?

— Oui, évidemment.

— Alors, c'est que tu me fais confiance.

— D'accord. Je te fais confiance.

— Jusqu'à quel point ?

— Jusqu'à quel point ? Je ne sais pas... Ça se mesure comment, la confiance ? »

David se laissa aller en arrière sur sa chaise.

« Tu vas voir, je te propose une petite expérience.

— Quel genre ?

— Un test pour mesurer la confiance. »

Annie fronça les sourcils.

David se leva, traversa la pièce et alla jusqu'à la porte qui menait à la chambre. Il revint un instant plus tard, un foulard à la main. « Assieds-toi bien droite, demanda-t-il. Détends-toi et ferme les yeux. »

Annie s'agita sur sa chaise, mal à l'aise.

David se pencha sur elle, la regarda droit dans les yeux.

« Aie confiance en moi.

— Tu joues au médecin, c'est ça ?

— Allez, on fait bonne figure sous la pression, mademoiselle O'Neill », dit-il en lui souriant.

Elle se cala contre le dossier, ferma les yeux, tout en se demandant ce qu'elle faisait là, et pourquoi.

David passa derrière elle, et après lui avoir écarté les cheveux du front, lui couvrit les yeux avec le foulard et le noua lâchement sur sa nuque.

« Qu'est-ce que tu fais ?

— Je te bande les yeux, c'est tout. »

Et Annie sentit ses mains sur ses épaules.

Elle se raidit de tout son corps, tandis qu'une voix résonnait dans sa tête et lui criait : *Mais qu'est-ce que tu fous, bon Dieu ? À quoi tu joues, enfin ?*

« Alors, c'est ça l'expérience ? » demanda-t-elle, consciente de l'appréhension et de l'inquiétude qui devaient transparaître dans sa question. Elle aurait voulu arracher le foulard, mais la candeur avec laquelle il l'avait attirée dans ce jeu lui donnait envie de le poursuivre jusqu'au bout.

Et s'il te tuait ? Si c'était vraiment un dangereux sociopathe ? Qui sait que tu es ici ? Y a-t-il quelqu'un qui sache où tu te trouves en ce moment ?

« Tu vas rester assise là pendant une minute, dit David. Je vais chronométrer, exactement soixante secondes, et pendant cette minute, tu ne dois ni bouger ni parler, d'accord ?

— Et toi, pendant ce temps, tu fais quoi ?

— Ça, je ne vais pas te le dire.

— Tu ne veux pas me le dire ?

— C'est bien ça... Tu dois juste me faire confiance, d'accord ? »

Annie ne dit rien pendant un moment.

« Alors, c'est d'accord ? lui demanda-t-il à nouveau.

— D'accord.

— Très bien, la minute démarre. Trois, deux, un, c'est parti. »

Annie ressentit aussitôt le désir de bouger, mais s'abstint. Elle resta assise, immobile, chaque muscle de son corps aussi tendu que le cuir d'une lanière de fouet. Elle essaya d'imaginer ce qui avait bien pu la pousser à venir ici en premier lieu, et à se prêter à ce jeu ridicule.

Et puis elle pensa à David. Elle avait senti sa présence derrière elle quand il lui avait noué le foulard sur la nuque, mais où était-il maintenant ?

Toujours derrière elle, ou ailleurs ?

L'espace de quelques secondes, elle retint sa respiration dans l'espoir d'entendre la sienne et de pouvoir ainsi localiser sa position, mais il n'y avait rien, uniquement le vide immense de la pièce et la conscience qu'elle était assise près de la fenêtre. Seule, les yeux bandés, dans l'appartement d'un presque inconnu.

La minute est forcément écoulée, à présent, songea-t-elle. *Qu'est-ce qu'il fabrique ?*

Et où est-il en ce moment ?

Elle tourna la tête sur le côté, pour essayer de percevoir la différence d'intensité lumineuse entre la fenêtre et les murs. Mais elle ne voyait rien. Le noir complet.

On en est à combien de secondes ? s'interrogea-t-elle, sans avoir aucun moyen de le savoir. Elle aurait dû commencer à compter dans sa tête quand il lui avait bandé les yeux. *Mais, bon Dieu, pourquoi est-ce que je n'y ai pas pensé ?*

Peut-être qu'une minute était passée, peut-être même deux, et qu'il la laissait là dans ce silence juste pour la paniquer.

Elle sourit. Non, il ne ferait pas ça, tout de même... quoique... Qu'est-ce qu'elle en savait ? C'était trop, il fallait que ça s'arrête, cette connerie.

Elle aurait voulu dire quelque chose, n'importe quoi. Elle commença à remuer les lèvres, avant de se retenir. Et si ce n'était après tout qu'un simple jeu de société ? Et qu'au bout seulement de trente secondes elle abandonnait déjà la partie ? Était-ce là une manière de mettre sa résolution à l'épreuve ? Existait-il une raison autre que celle que lui avait donnée David ?

Elle fut alors incapable de se retenir, la tension lui comprimait la poitrine au point qu'elle n'arrivait plus à respirer. Elle avait envie de hurler, de dire quelque chose, d'entendre quelque chose... n'importe quoi.

« Da... David ? »

Le son de sa propre voix lui évoqua celle d'un enfant perdu et effrayé. Mais elle ne saisit rien d'autre.

« David ? »

Elle n'avait pas entendu un bruit, là ?

Elle tourna la tête vers la droite, sentit la pression du bandeau.

Le bruit d'une respiration ? Était-il plus près maintenant... et s'approchant de plus en plus ?

Et puis la colère la saisit, le sentiment d'être abusée, manipulée, ridiculisée. Elle sentit le rouge lui monter aux joues, sa poitrine se contracter. Et toujours, cette sensation de paralysie qui semblait remonter le long de sa colonne vertébrale jusqu'à la nuque.

« David ! » lança-t-elle d'un ton sec.

À nouveau le silence, rien qui indiquât où il se trouvait, ni s'il était même encore là.

Elle avait l'impression d'avoir des fourmis dans tout le corps, mais c'était une sensation de froid, d'intensité variable, qui lui donnait la chair de poule. Elle sentait la tension envahir ses épaules, sa nuque, et l'envie de vomir lui monter à la gorge.

« David ! lança-t-elle de nouveau, la voix vibrante de peur. David… Mais bon Dieu, où tu es ? »

Silence.

Un silence noir et lourd.

Elle leva la main et arracha le foulard.

David Quinn était assis juste en face d'elle, exactement comme quand ils bavardaient tranquillement.

« Trente-sept secondes, dit-il, les yeux toujours sur sa montre.

— Impossible ! protesta-t-elle. Tu ne me feras pas croire qu'il s'est passé seulement trente-sept secondes.

— Trente-sept, exactement. »

Elle roula le foulard en boule et le jeta au sol.

« Alors, tes impressions ? demanda-t-il.

— Rien de bien particulier…, dit-elle en secouant la tête.

— Non, dis-moi. Ça fait partie du jeu… Tu dois me dire à quoi tu pensais.

— Je ne sais pas, répondit-elle, soudain un peu gênée.

— Tu avais peur ?

— Oui, j'avais peur, reconnut-elle.

— De quoi ?

— De ce que tu pouvais faire.

— T'étrangler, par exemple, ou te planter un couteau dans la poitrine ?

— Oui, ce genre de chose... Mais j'en ai vraiment plein le dos, tu sais, je ne trouve pas ça drôle du tout.

— Je suis désolé, dit David en souriant.

— Ça devient une habitude, chez toi.

— Quoi donc ?

— De t'excuser sans arrêt.

— Tu as raison, ce n'était pas honnête de ma part. Un peu rude comme méthode simplement pour prouver ce qu'on avance.

— Et tu voulais prouver quoi, au final ?

— Que l'on imagine toujours le pire. Il semblerait que ce soit inscrit dans la nature humaine, cette tendance à imaginer le pire. Mais c'est aussi l'influence des médias, des films, de la télé... on nous amène à croire que dans chaque coin sombre se tapit un individu préméditant un mauvais coup. »

Annie fronça les sourcils.

« Quel âge as-tu ? demanda David. Vingt-sept, vingt-huit ans ?

— Trente, dit Annie, secrètement flattée de se voir ainsi rajeunie.

— Tu as toujours vécu à New York ?

— Oui.

— Alors, trente ans de vie à New York, réputée pour être l'une des villes les plus dangereuses au monde, on est bien d'accord ? »

Annie acquiesça d'un hochement de tête.

171

« Et maintenant, combien de fois au cours de ces trente années as-tu été personnellement témoin d'un acte de violence, quelqu'un qui se serait fait tuer, ou agresser ? »

Annie réfléchit un moment, puis esquissa un sourire.

« Alors ? demanda David en souriant à son tour.

— Un jour, alors que j'étais encore ado, quinze, seize ans peut-être, je traversais Central Park avec ma mère, et on est tombées sur un gars qui jouait de la guitare. Il était assis là, sans rien demander à personne, occupé à gratter ses cordes et à chanter deux ou trois airs ; les gens s'arrêtaient un moment pour écouter et lancer quelques pièces dans l'étui de son instrument. Et puis, tout à coup, cet autre type arrive, en complet-veston, tu imagines, et voilà qu'il arrache à l'autre sa guitare et lui en assène de grands coups sur le dos et la tête. »

Annie ne put s'empêcher de s'esclaffer en revoyant le type en costard s'attaquant à un pauvre musicien de rue qui faisait la manche et le frappant avec sa guitare.

David souriait toujours.

« Et les coups de guitare continuent à pleuvoir, et chaque fois, on entend vibrer les cordes. *Clong ! Clong !* »

Annie se mit à rire plus fort, bientôt saisie d'un fou rire irrépressible, et en quelques instants elle et David Quinn étaient pliés en deux, les yeux pleins de larmes.

« Et elle se termine comment, ton histoire ? finit par demander David.

— Le pauvre gars se sauve en courant, abandonnant veste, argent et guitare, pendant que le type au costume lâche l'instrument par terre, tire sur son veston et sa veste pour remettre de l'ordre dans sa tenue et part tranquillement. Quand il passe devant nous, ma mère le regarde d'un air médusé et scandalisé, et lui se tourne et lance : "Qu'ils aillent se faire foutre, les Beatles !" Là-dessus, il s'éloigne le long de l'allée et disparaît.

— "Qu'ils aillent se faire foutre, les Beatles", hein ? demanda David.

— C'est ça, c'est bien ce qu'il a dit. »

Annie riait toujours, se remettant peu à peu, puis elle regarda David et se dit qu'elle n'avait peut-être pas grand-chose à craindre de ce côté-là, rien en dehors de ce qu'elle-même pouvait imaginer.

« Et c'est là toute ton expérience de première main en matière de violence ? interrogea David.

— Ben oui.

— On ne peut pas dire que ça aille chercher bien loin quand on sait qu'on a affaire à une des villes les plus dangereuses au monde, tu ne trouves pas ?

— Sans doute pas, non, dit-elle en haussant les épaules.

— Alors, tu vois où je voulais en venir ? Tout ce dont nous avons peur est en nous, dans ce que nous imaginons, dans ce qu'on appréhende de trouver si on scrute un peu trop longtemps l'obscurité. »

Annie regardait David parler. C'était vraiment à elle qu'il s'adressait, et pas à lui-même, contrairement à tant d'hommes. S'il s'exprimait avec autant de passion, ce n'était pas parce qu'il pensait avoir quelque chose d'important à dire, ni parce qu'il aimait s'écouter parler. Non, c'était parce qu'il croyait sincèrement en ce qu'il disait, et il y avait si peu de gens dans ce cas de nos jours qu'elle trouvait la chose admirable.

« Alors tout ce que tu as pu croire que j'étais en train de faire pendant que tu avais les yeux bandés…, commença David.

— … était juste un produit de mon imagination, c'est ça ? l'interrompit Annie.

— Absolument. »

En le regardant, elle prit conscience de l'intensité de son expression, et, dans le silence qui s'ensuivit, elle sentit cette tension, ce sentiment d'une présence autour d'eux, et pourtant là où auparavant il y avait eu appréhension et inquiétude, elle percevait à présent quelque chose d'étrangement… d'incontestablement sexuel ?

Elle se sentit rougir.

« Ça va ? demanda David.

— Ça va. Un peu trop chaud, peut-être.

— Enlève ton pull, alors. »

Instinctivement, Annie essaya de se rappeler ce qu'elle portait en dessous. Un tee-shirt, un chemisier ? Un tee-shirt en coton, à manches longues, et tout en faisant passer son pull par-dessus sa tête, elle cherchait désespérément à savoir s'il était propre.

Le pull ôté, elle le plia soigneusement et le posa par terre, puis elle baissa la tête pour tirer sur le tee-shirt, et s'assurer qu'elle était présentable.

« Un peu plus de café ? demanda David.

— Non, ça va, merci. »

Un nouveau silence s'installa, qu'elle interrompit en demandant :

« Alors, je croyais qu'on était venus pour déballer tes affaires. C'est ce qu'on fait maintenant ?

— C'est ce que tu veux faire ? s'enquit David.

— Pas vraiment, non, dit-elle, souriant à son tour.

— Alors, de quoi avez-vous vraiment envie, mademoiselle O'Neill ? »

Il se pencha un peu plus près.

Elle se sentit rougir à nouveau. Secoua la tête.

« Réponds-moi, insista-t-il. Qu'est-ce que tu aurais vraiment envie de faire, là, tout de suite ?

— Je voudrais... Je veux que tu...

— Que je quoi ? Que je fasse quoi ?

— Que vous m'embrassiez, monsieur Quinn, voilà ce dont j'ai envie. »

Il ferma les yeux une seconde, une fraction de seconde, mais dans ce court instant, toutes les pensées, les sentiments, les émotions, les sensations et les désirs qu'elle avait pu éprouver l'envahirent à la vitesse de l'éclair.

Il descendit de sa chaise, vint s'accroupir devant elle, les yeux ouverts, et de sa main droite lui effleura la joue.

Annie ferma les yeux. Poussa un long soupir. Deux corps qui se touchent.

Elle sentit la tiédeur de sa peau, la pression de ses doigts contre sa joue, et maintenant sa main remontait lentement au-dessus de son oreille, ses doigts se perdaient dans ses cheveux. Puis il l'attira doucement à lui. Elle garda les yeux clos, mais sentit son visage approcher du sien, le bout de son nez frôler sa joue, et, un moment, il lui sembla qu'il l'aspirait, l'absorbait tout entière. Son odeur était là, mélange de cuir et de cigarette, avec, en arrière-plan, quelque chose d'agréablement chaud et musqué.

Sa bouche effleura la sienne. Sans savoir pourquoi, elle eut soudain envie de pleurer, puis ses lèvres se posèrent sur les siennes, et, d'abord hésitante, résistant à cette pression, elle se détendit peu à peu, entrouvrit la bouche et laissa le bout de sa langue suivre le tracé de sa lèvre inférieure. Elle entrouvrit la bouche un peu plus, puis elle le sentit tout contre elle, les seins pressés contre sa poitrine. Et quand la main gauche de David se posa sur sa hanche, une force si puissante s'empara d'elle qu'elle aurait pu aisément en oublier de respirer.

Elle l'embrassa. Elle embrassa David Quinn, sa langue à la rencontre de la sienne, sa bouche se livrant complètement, et il l'embrassa avec une telle douceur, une telle sensibilité, et nonobstant une telle passion, qu'elle crut un moment perdre l'équilibre et s'écrouler sur le parquet. Mais il était là, devant elle, et elle leva les mains pour les refermer sur son visage, s'accrocha à lui, et quand elle glissa de la chaise et tomba à genoux, elle eut l'impression que tout se déroulait au ralenti. Les bruits, les odeurs, les couleurs derrière ses paupières baissées... et elle fut incapable de se rappeler avoir jamais été aussi proche de quelque chose.

Pour finir, bien qu'elle s'en défendît, il relâcha son étreinte. Il se redressa, et elle s'imagina à l'autre bout de la pièce en train d'observer cet homme et cette femme agenouillés, les mains de chacun encerclant le visage de l'autre, les yeux ouverts, tandis qu'ils se regardaient en silence sans savoir quoi dire.

Ce fut elle qui finit par parler.

« Merci. »

Il sourit, la serra contre lui et, pendant ce qui sembla une éternité, la retint là, entre ses bras.

Annie O'Neill eut la conviction de ne jamais avoir éprouvé un tel sentiment de sécurité.

11

Un peu plus tard, de nouveau seule, elle chercha à se rappeler comment les deux ou trois heures suivantes avaient pu s'évanouir aussi vite. Ils avaient parlé – elle s'en souvenait fort bien –, mais quand elle se retrouva chez elle, dans son bain, plongée dans une eau tiède qui accentuait son sentiment de sécurité, elle fut incapable de se remémorer les paroles prononcées ni les sujets évoqués, ni même la manière dont les minutes s'étaient écoulées. Il ne s'était pas montré insistant, ne l'avait pas entraînée dans sa chambre, même si elle était prête à s'abandonner – volontiers et sans résistance. Elle pensait qu'il avait agi de la meilleure façon possible en s'en tenant là après avoir accédé à sa demande. Il lui avait accordé ce simple baiser, et elle lui en était reconnaissante.

Si Sullivan avait été chez lui, sans doute serait-elle allée lui raconter ce qui s'était passé : sa visite à l'appartement de David Quinn, le baiser. Mais il était absent, et elle en éprouva un certain soulagement. Il y avait des choses qu'il valait parfois mieux garder pour soi.

Quand l'heure était venue de quitter David, celui-ci avait appelé un taxi sur son portable. Il l'avait accompagnée jusque dans la rue, s'était arrêté un moment pour la regarder, sans un mot, puis il avait ouvert la portière de la voiture avant de la refermer sur elle. Elle l'avait vu, toujours debout sur le trottoir, dans le rétroviseur extérieur, et elle avait résisté à la tentation de le regarder par la vitre arrière jusqu'à ce qu'il disparaisse – il avait attendu patiemment que le taxi tourne au coin de la rue –, alors elle s'était laissée aller contre le dossier de la banquette, avant de pousser un long soupir.

Le temps d'arriver chez elle, il faisait nuit, il devait être plus de huit heures, et elle s'était fait couler un bain avant de se déshabiller. Elle se noua les cheveux sur la nuque et resta un moment à fixer son visage dans la glace au-dessus du lavabo. Elle se sentait nue, pas juste littéralement, mais au sens de mise à nue. Ses traits – ses yeux, son nez, sa bouche – étaient on ne peut plus révélateurs. Ce n'étaient pas seulement les détails des dernières heures – ses désirs, ses attentes, ses inquiétudes et le sentiment qu'elle s'était tenue au bord d'un précipice, avait regardé au fond de l'abîme avant de reculer lentement – mais l'ensemble de sa vie qui se lisait là. Était-ce ce que David avait voulu dire quand il avait parlé de la peur d'être découvert ? Il avait mis au jour quelque chose en elle, et, pour tout dire, elle en prenait conscience : elle était seule, pleine du désir de l'autre, et quand il avait tendu la main, elle s'était davantage livrée que dans les dix années qui avaient précédé. Elle avait été surprise de sa disponibilité, de la facilité avec laquelle elle s'était laissé conduire, mais en s'arrêtant tout de même à la frontière, avant de revenir sur ses pas. La tentation et la passion avaient affleuré à la surface de son être, mais elle conservait une certaine réserve qui ne lui aurait permis d'avancer que de quelques pas avant de s'immobiliser, de juger de la situation en retenant son souffle, pour finalement battre en retraite. Était-ce cela, l'amour ? Était-elle, tout compte fait, en train de *monter* amoureuse ?

Elle sourit à cette idée, détailla les petites pattes-d'oie qui se formaient au coin de ses yeux et les rides d'expression autour de sa bouche, et se prit à souhaiter que son père fût là.

Comment ça va, Annie ?

Ça va, papa... et toi ?

Bof, je n'ai pas à me plaindre. Mais parlons un peu de toi... comment s'est passée ta journée ?

J'ai rencontré un homme, papa, un homme dont je pourrais peut-être bien tomber amoureuse.

Tu m'en diras tant... Parle-moi un peu de lui.

Que t'en dire... Il est passionné quand il parle, intelligent, sensible je crois, mais il y a une lueur dans ses yeux qui me dit qu'il vaut mieux ne pas chercher à le contrarier.

J'ai connu des gens comme ça.

Raconte-moi, papa... raconte-moi ta vie, ce que tu faisais, qui tu étais, pourquoi tu as disparu si brutalement.

Je ne peux pas, mon cœur... Je le ferais si je le pouvais, mais c'est impossible.

Et pourquoi ?

Il y a des règles, ma chérie. Il y a des règles.

Mais quelles règles ?

Les morts ne dénoncent jamais les morts... C'est la règle la plus simple qui soit.

Annie O'Neill vit son sourire s'estomper. Elle se tourna et ferma les robinets de la baignoire. Elle ôta son peignoir et se glissa dans l'eau. Renversa la tête en arrière et ferma les yeux, mais elle avait beau faire de son mieux, elle n'arrivait pas à effacer le visage de David Quinn de son esprit. Il la regardait derrière ses paupières fermées. Son sourire. Son geste pour se masser la nuque. Et puis, à mesure qu'il s'approchait, elle sentait son odeur – musc, café, cigarette, le tout enrobé de chaude virilité. Et quelque chose d'autre : l'ombre d'une appréhension, un doute quant à ses motivations, ses intentions à son égard. Que cherchait-il ?

Annie soupira. L'eau était profonde. Elle avait envie de rester là. D'un haussement d'épaules, elle chassa ses pensées sans consistance. Cette fois-ci, elle n'allait pas se dédire. Elle irait de l'avant, et si David Quinn choisissait de l'accompagner, alors qu'il en soit ainsi. Elle se sentait en sécurité, protégée. *Désirée.*

Elle resta où elle était jusqu'à ce que la faim la fasse sortir de son bain et la pousse vers la cuisine. Elle s'essuya, entortilla une serviette autour de ses cheveux. Enfila une culotte et, sans rien d'autre sur elle, passa dans la cuisine et se mit en devoir de préparer une salade, alluma le four pour faire réchauffer une baguette, sortit du fromage et du jambon fumé du réfrigérateur.

Debout devant le plan de travail, la fenêtre sur sa droite, elle surprit quelque chose du coin de l'œil. Remarqua des lumières allumées à l'étage au niveau du sien dans l'immeuble d'en face. C'était la première fois depuis des semaines. Tous les appartements avaient été vidés pour être refaits par un promoteur immobilier qui avait acheté le bloc et souhaitait réhabiliter l'ensemble. Peut-être avait-on commencé les travaux ? Mais il était bien tard pour qu'il y eût encore des ouvriers.

Intriguée, elle cligna les yeux pour mieux voir et remarqua quelqu'un, à peine visible à cette distance. Un homme, qui ne regardait pas dans sa direction, son attention retenue par ce qu'il était en train de faire, et un moment Annie resta là, le haut de son corps nu pleinement distinct derrière la vitre. Un instant distraite par l'idée qu'elle suivait, elle détourna le regard, avant de le ramener sur les fenêtres de l'immeuble d'en face.

L'homme était à présent debout à la fenêtre.

Il la regardait. Il n'y avait pas à s'y tromper.

Il se déplaça légèrement sur la gauche, et du dos de la main s'essuya le front. Annie le sentait qui plissait les yeux pour mieux voir, manifestement incrédule. Une femme nue à sa fenêtre, à une vingtaine de mètres de lui, immobile.

Annie – soudain consciente de sa nudité, de la rougeur qui lui envahissait les joues, d'un désagréable sentiment de gêne – s'écarta sur la gauche, recula de trois pas et éteignit la lumière. Se précipitant dans la chambre, à peine capable de contenir son humiliation, elle enfila un sweat-shirt et un pantalon, arracha la serviette de ses cheveux qu'elle garda un moment serrée contre sa poitrine. Elle respirait difficilement, la honte lâchant prise malgré tout peu à peu. Mais à quoi avait-elle pensé ? Qu'avait-elle fait ? Elle retourna à pas craintifs dans la cuisine et alla se placer à droite de la fenêtre. Prenant toutes ses précautions et certaine que l'homme ne pourrait pas l'apercevoir, elle plongea les yeux dans l'obscurité. Il était toujours là. Est-ce qu'il secoua la tête à cet instant ? Peut-être incrédule devant la chance qu'il avait eue, ou bien pris du soupçon qu'il avait rêvé ?

Annie commença à reculer, avec l'envie de rentrer sous terre, puis elle s'arrêta. Se sentait-elle humiliée à ce point ? Était-elle une perverse sexuelle ? Elle se sourit à elle-même et s'imagina en train de tout raconter à Sullivan : son rendez-vous avec David, sa station nue devant la fenêtre de sa cuisine histoire d'exciter le type d'en face. Qu'est-ce qu'il en aurait dit, Sullivan ?

Allez, chérie, fais-toi plaisir... Je t'ai toujours dit que tu devrais te lâcher un peu.

Et puis il serait parti d'un rire gras, ajoutant qu'il allait tenter de se faire embaucher par l'entreprise chargée des travaux dans l'immeuble d'en face.

Annie ouvrit la porte du réfrigérateur, la laissa entrouverte, finit de préparer son repas dans la lueur pâle de l'ampoule et emporta son assiette au salon.

Elle s'assit devant la table, une table qu'elle n'avait jamais partagée avec quiconque en dehors de Sullivan. Devait-elle inviter David Quinn ici, dans son appartement ? Voulait-elle vraiment de cet homme dans sa vie ? Était-ce le bon ?

Se pouvait-il que ce fût le bon, enfin ?

Et qu'aurait-il pensé, lui, si elle lui avait raconté comment elle avait exhibé ses seins devant le type d'en face ?

Elle rit intérieurement, mangea sa salade et, pour tout dire, constata qu'elle s'en moquait éperdument.

Une heure s'écoula, peut-être un peu plus, puis elle entendit un léger tambourinement à sa porte. Elle se leva pour aller ouvrir, mais avant qu'elle ait eu le temps d'arriver, la poignée tournait, et Sullivan entrait, le visage congestionné. Il resta un moment silencieux.

« Ça va ? demanda-t-il.

— Ça va, pas de problème, dit Annie, qui songea un instant à lui raconter sa récente aventure.

— Tu veux un peu de compagnie ?

— Oui, j'en ai besoin… Allez, entre.

— J'allais rentrer chez moi et regarder un moment la télé quand je me suis dit qu'on pourrait peut-être lire le truc que t'a apporté ce vieux ; tu sais, la deuxième partie. »

Annie hésita avant de répondre. Les heures qu'elle avait passées avec David lui avaient ôté cette histoire de la tête, et maintenant qu'elle y repensait, elle sentait un nuage noir se former à la périphérie de sa conscience. Elle aurait voulu refuser, dire à Sullivan qu'elle avait passé une bonne journée, une des meilleures depuis longtemps, et qu'elle n'avait pas envie d'en gâcher le souvenir en retournant dans un univers aussi sombre et terrifiant.

En même temps, elle n'arrivait pas à se défaire d'une impression quelque peu macabre, si bien que, malgré son envie de décliner l'offre, elle se surprit en train de dire : « Oui, d'accord… viens t'asseoir à côté de moi. »

Puis une autre idée lui vint : n'était-ce pas là un moyen pour elle de faire en sorte que Sullivan ne se sente pas rejeté ? Était-ce ce qu'elle aurait ressenti si son père était venu lui parler d'un problème sérieux alors qu'elle n'était pas d'humeur ? Était-ce là ce que l'on faisait habituellement pour les gens qui vous tenaient à cœur ? Leur accorder du temps, leur témoigner de la considération ?

Oui, se dit-elle. *C'est là ce qu'aurait fait ma mère. Donne autant que tu prends, aurait-elle dit, et elle aurait eu raison. Raison d'aimer mon père comme elle l'avait fait. Raison de se consacrer à ceux qu'elle chérissait même si cela devait bouleverser sa propre vie.*

Sullivan entra. Il lui proposa de préparer du thé, et Annie accepta. Il s'acquitta de la tâche, et ils s'assirent ensuite côte à côte sur le canapé, Annie appuyant la tête sur sa large épaule comme si c'était une ancre susceptible de l'accrocher au réel.

Elle avait pris les pages sur le bord de la table pour les poser à côté d'elle, et, une fois Sullivan installé, elle s'en empara, les tourna l'une après l'autre, y jetant un coup d'œil à mesure comme pour se plonger dans l'atmosphère.

« Prêt au pire ? demanda-t-elle à Sullivan.

— Autant que je le serai jamais », dit-il d'un ton calme.

Puis ils dirigèrent leur regard sur la première page et entamèrent leur lecture.

12

C'est début 1955 que j'ai fait la connaissance de Harry Rose. À cette époque, j'avais pour nom Johnnie Redbird, et même si j'étais de Staten Island, et donc un étranger aux yeux des New-Yorkais, il y avait chez moi quelque chose qui retint l'attention de Harry. J'étais au pied d'une maison de jeu plutôt louche, ne demandant rien à personne, occupé, autant que je me souvienne, à compter les quelques dollars que je venais de me faire sur une course. Et voilà que ce gamin arrive, et même s'il avait bien trois têtes de moins que moi, il paraissait inexplicablement plus grand. Je ne vois pas d'autre façon de le décrire. Il portait un costume taillé sur mesure, col cousu main et tout, et ses cheveux, courts à l'arrière, lui retombaient sur le devant pratiquement jusqu'aux yeux. Il me regarda, me fit une sorte de salut muet de la tête en passant devant moi et monta les marches qui menaient à la véranda. Une lueur dans ses yeux suggérait une douleur rentrée et une mélancolie telle qu'il donnait l'impression de porter une souffrance sans rapport avec son âge.

Quand il ressortit, je dirais au bout d'un quart d'heure, il me fit à nouveau son petit signe de tête.

Il s'arrêta au pied des marches, à côté de moi, et me dit : « L'argent, ça va, ça vient, pas vrai ? »

Je m'apprêtais à allumer une cigarette, et j'en proposai une au gamin, qui la prit. Je me souviens qu'il n'a pas détourné les yeux quand je lui ai donné du feu. Ne m'a pas lâché du regard une seconde, et cet air qu'il avait a réussi à me mettre, moi, Johnnie Redbird, mal à l'aise. Je n'étais pas le premier venu : j'en avais allongé plus d'un dans sa boîte à viande froide, n'avais pas cillé le jour où j'avais coupé les doigts à un parieur qui me devait trente-cinq dollars. J'y étais allé au cutter : sept doigts, cinq dollars par doigt, toujours réglo. Mais là, dans mon costume sombre, ma chemise blanche, ma cravate en soie, un calibre .38 glissé dans la ceinture de mon pantalon, une tête que l'on aurait pu dire taillée dans du grès de l'Arizona... moi, Johnnie Redbird, un type dont on aurait pu montrer le portrait aux enfants pour leur faire peur, leur faire manger leurs épinards et aller se coucher de bonne heure, je veux bien être pendu si je n'ai pas eu l'impression d'être tombé sur un gars qui pourrait me donner du fil à retordre.

Méfie-toi des petits, avait pour habitude de dire un de mes vieux copains. Méfie-toi de ces avortons qui ressemblent à rien dans un costard. C'est des rapides, et ils sont increvables. Toujours survoltés, prêts à partir à la moindre étincelle comme une fusée de feu d'artifice. Oui, mon vieux, les petits, il faut s'en méfier, parce qu'ils ont dû se bagarrer plus dur que les autres pour s'imposer.

« Perdu quelques dollars ? j'ai demandé au gamin.

— Perdu, gagné, je m'en fous, dit-il en riant.

— Tu joues ou tu prends les paris ?

— Un peu des deux, avança-t-il en tirant sur sa cigarette et en regardant à droite et à gauche dans la rue.

— Tu restes sur ton territoire ou tu passes les frontières ?

— La souplesse, y a que ça, riposta le gamin avant de se tourner vers moi et de m'adresser un drôle de sourire qui affectait sa bouche mais pas ses yeux. La souplesse, c'est le secret de la réussite.

— Ah bon ?

— Sûr, garanti, assura-t-il avant de tirer une nouvelle bouffée.

— T'opères seul ou t'as une équipe ? »

Le gamin se tourna vers moi. Il me regarda de biais avec ses yeux de vieux de soixante-cinq ans qui en a vu de toutes les couleurs. « T'as une valise encore pleine de questions comme celles-là, dis-moi, ou t'as juste besoin de quelqu'un avec qui causer ? »

Je m'écartai d'un pas. Je sentais la pression du calibre .38 contre la ceinture de mon pantalon. « Juste envie de causer un peu, t'as pas à chercher plus loin. » Je me disais que je pouvais descendre le gamin sur place avant même qu'il ait compris d'où venait le vent.

Il haussa les épaules.

« Je vais te dire une chose : les gens, aujourd'hui, passent beaucoup trop de temps en parlottes, alors qu'ils pourraient faire des choses bien plus utiles.

— Comme quoi ?

— Ramasser le blé, par exemple. »

J'acquiesçai d'un signe de tête. Là-dessus, je ne pouvais qu'être d'accord avec lui.

« T'en ramasses assez, toi ? me demanda-t-il.

— Est-ce qu'on en a jamais assez, de cette denrée ? » dis-je en riant.

Le gamin voulut bien rire aussi.

« Je me présente : Harry Rose, dit-il. T'as peut-être entendu parler de moi ?

— Pas plus de toi que de ta sœur. »

Là, il fronça les sourcils.

« J'ai pas de sœur.

— C'est te dire si j'ai entendu parler de toi. »

Le gamin ne se formalisa pas de la petite pique.

« Alors, tu me demandais si j'avais une équipe ?

— Absolument. Je voulais juste savoir si tu travaillais en solo ou si t'avais une équipe.

— Ça dépend. Mais je suis du genre à penser qu'il y a plus d'une affaire où deux têtes valent mieux qu'une. Et toi ?

— Eh ben, en ce moment je cherche un partenaire. Histoire de secouer le quartier, de le racketter un peu, quoi. »

Harry Rose hocha la tête, avant de se tourner et de me fixer de ces yeux de vieux qui vous mettaient mal à l'aise. « On pourrait se partager un cinquième d'un gros coup et voir s'il y a moyen de tirer profit d'une association. »

Le gamin était réglo. Il avait du cran.

« On pourrait, oui.

— On marche un peu, le temps de trouver un endroit où causer, ça te va ?

— Impec », dis-je, et je me mis en mouvement.

Pendant tout ce temps, sa main n'avait pas quitté sa poche, et quand on a commencé à s'éloigner, il l'a ôtée et j'ai vu qu'elle tenait un cran d'arrêt à longue lame. Il a replié le couteau et l'a remis dans sa poche.

« La lame t'aurait transpercé l'œil avant que t'aies eu le temps de sortir ton pistolet », dit-il tranquillement, et même si j'ai pensé qu'il se la racontait, qu'il prenait ses rêves pour la réalité, j'ai été impressionné par les couilles du gosse.

On s'est mis en route. Johnnie Redbird, un mètre quatre-vingts, genre armoire à glace, cheveux sombres et tronche deux fois plus carrée que la normale, et Harry Rose, une bonne douzaine de centimètres en moins, cheveux blonds gominés et plaqués sur le crâne, avec une frange qui lui retombait sur le front, plutôt pas mal, à condition de ne pas le regarder en face, le genre de duo mal assorti qu'on voit dans les numéros de cirque, avec nos costumes, nos chaussures en cordovan, le cœur et l'esprit pourris jusqu'à la moelle, habités d'une noirceur envahissante. On a longé trois blocs et on s'est assis dans un bar, et on a parlé comme si on n'avait pas beaucoup de temps devant nous, bourrés l'un et l'autre d'idées de combines, de magouilles, d'arnaques, excités par l'alcool et prêts à en découdre avec tout le monde et n'importe qui pour obtenir ce qu'on voulait. On s'est trouvés comme des frères, et de même qu'il y avait eu cette attirance instinctive et difficile à expliquer entre Harry Rose et Alice Raguzzi, une relation du même genre s'est établie entre moi et ce gamin sorti de nulle part.

Et moi ? direz-vous. Moi aussi j'avais mon histoire. J'avais vingt-deux ans, je venais de Staten Island, mais ce n'était pas là que j'étais né. Ma mère, une prostituée dotée d'un compteur sous la jupe, était originaire du comté de Cabarrus, en Caroline du Nord. Mon père était un micheton anonyme et qui le resterait dont ma mère parlait en disant qu'il « valait pas mieux qu'une merde de chien », et la pièce dans laquelle j'avais grandi était un bouge puant la transpiration, au papier peint décollé et au plancher suintant l'humidité, où les pervers et les junkies venaient se soulager de la tension du monde en cognant sur une pute avant de la sodomiser. Combien de fois j'ai entendu ma mère crier ? J'ai perdu le compte. Il y avait peut-être, après tout, des ressemblances entre mes années d'enfance et celles de Harry Rose. D'accord, ma piaule n'était pas à Dachau, et ma mère faisait ce qu'elle faisait pour de l'argent, et pas pour sauver sa peau ou celle de son fils, mais nos expériences étaient suffisamment proches pour que notre vision du monde s'en trouve gauchie et mise à mal à tout jamais. L'exploitation de l'homme par l'homme, où chacun était prêt à se prostituer, à baiser son voisin pour du fric. Je croyais peut-être que c'était l'ordre normal des choses, je n'en sais rien, et aujourd'hui, honnêtement, je m'en fous. Ma mère est morte quand j'avais douze ans, fin de l'épisode.

Trois mois après sa mort, j'ai eu affaire à la police du comté de Cabarrus pour une histoire d'enjoliveurs volés dans un magasin d'accessoires automobiles. Si vous voulez tout savoir, j'aimais bien leur allure. Je serais incapable de vous dire pourquoi je les ai volés, mais je l'ai fait, et j'en ai pris plein la gueule. Ce fut là le début d'une relation longue et soutenue avec les représentants de la loi. Je savais ce qu'ils cherchaient, et ils savaient d'où je venais, alors dès que j'ai pu, j'ai filé, adieu la Caroline du Nord et bonjour New York. Pourquoi Staten Island ? Parce que c'était le terminus du train, celui qui m'avait gentiment pris à son bord. J'ai voyagé avec des vagabonds et des clodos, je les ai vus voler leurs propres compagnons de voyage pendant leur sommeil, se mettre les entrailles en feu avec leurs bouteilles, dormir sur le charbon en route vers les aciéries de Pittsburgh et essayer d'échapper aux flics en uniforme qui voulaient les coincer, tandis que le train fonçait dans l'obscurité d'un avenir inconnu. Quant à moi, je me lançais dans cet avenir sans rien savoir, les yeux écarquillés, la faim au ventre, tout comme Harry Rose, en pensant que l'Amérique qui m'attendait ne pourrait qu'être meilleure que celle que je quittais.

Il y eut des jours où je ne mangeais pas. Pas une bouchée de toute la journée. Des jours aussi où je volais plus de nourriture que j'étais capable d'en porter et où je me gavais à m'en rendre malade. Et puis il y eut ce jour où je tuai un homme pour dix-sept dollars et des poussières dans une impasse près de Woodroffe's Poker Emporium. Dix-sept dollars et quelques cents, c'était beaucoup d'argent, assez en tout cas pour tuer, sans compter que le type était gros, qu'il puait comme un porc et que c'était le genre de connard qui croyait tout savoir et venait au bordel pour enculer ma mère. Je l'ai tué avec un démonte-pneu, lui ai mis la cervelle en bouillie. Et quand j'ai fait gicler à coups de pied ce qui lui sortait de la tête, je me suis dit qu'il n'y avait rien de plus délectable au monde.

Plus tard, quand Harry m'a parlé de Weber Olson, il m'est apparu que ce que nous avions vécu était tout à fait comparable et c'est ce qui nous a rapprochés, j'imagine. Non pas que la vie comptât pour rien, avait dit Harry, mais une vie pouvait toujours se négocier. À cette époque, une vie, pour moi, ne valait pas plus de dix-sept dollars et des poussières. Pour Harry, la vie de Weber Olson avait été une question d'honneur, d'orgueil et de simple justice. Nous voyions les choses à notre manière à nous. Harry Rose les voyait avec les yeux effarés et terrifiés d'un gamin dont la mère était battue et torturée jour après jour par un tortionnaire nazi. Moi je les voyais sous un jour un peu différent, mais d'une certaine façon la lumière venait du même spectre et projetait le même genre d'ombres.

J'ai filé comme un beau diable de cette impasse près de Woodroffe's Poker Emporium. Et je me suis planqué. Je savais qu'il y aurait des questions, que la justice s'intéresserait à moi, mais la justice, je la connaissais, et elle me connaissait aussi, moi et les types dans mon genre, alors j'ai traversé le Bayonne Bridge pour aller à Jersey City, où j'ai dormi à la dure dans Liberty State Park pendant huit jours. Ensuite, j'ai poussé jusqu'à Hoboken, où je me suis fait piquer en train de voler un vendeur de journaux sur Bergenline Avenue. Envoyé direct dans un centre de détention pour mineurs. Un enfer, cette taule. Imaginez quinze cents gamins à moitié dérangés, enfermés avec une bande de matons pédophiles.

J'y suis resté trois semaines, avant de prendre la tangente. Incapable d'en supporter davantage. L'endroit était un énorme complexe de bâtiments d'un ou deux étages, avec des murs hérissés de barbelés, des projecteurs, des miradors et Dieu sait quoi encore. Les matons n'étaient pas armés, bordel, on n'était que des gamins, mais ils maniaient la matraque comme personne, s'entraînaient le soir après la fermeture des cellules, pouvaient en balancer une à la moindre provocation et descendre un gosse en pleine course sans se poser de question. Je suis entré là-dedans, les yeux et les oreilles aux aguets. En quelques jours, j'avais repéré les points faibles, les brèches dans le système. Ils nous répartissaient en chaînes de forçats de dix ou douze, reliés les uns aux autres par des fers aux chevilles. On sortait de ce trou le matin à cinq heures, on marchait un kilomètre ou deux, et après avoir été régalés d'un verre d'eau, on se mettait au boulot. On nous faisait déblayer les cailloux et les graviers de la chaussée devant les gars qui venaient refaire le bitume. Fumée d'enfer, feux qui se déclaraient dans les broussailles et les fourrés à mesure qu'ils appliquaient leur saloperie sur le sol, et nous on courait avec nos seaux d'eau pour les déverser sur les bords de la couche de goudron avant que les choses tournent mal et que la garde nationale soit appelée en renfort.

C'était éreintant, on suait comme des mécaniciens de locomotive, mais c'était à ces moments-là qu'ils étaient obligés de nous enlever les chaînes. Un jour, j'étais là, au bord de la route, quand un arbre a pris feu, déclenchant la panique. Les gardiens gueulaient comme des perdus au milieu de la fumée et de la saleté qui se dégageaient de la route, et les dix ou douze qu'on était se précipitaient, hurlant et trimbalant leurs seaux pour éteindre le feu. Ça nous a pris une bonne heure, d'éteindre le bordel, et à la fin j'étais noir de la tête aux pieds, et avant qu'ils aient eu le temps de rassembler notre équipe pour nous compter, un autre arbre s'enflammait de l'autre côté de la route et on a tous filé comme des lièvres pris en chasse.

Je me suis couché par terre, et je suis resté là à attendre, le temps que les gamins et les gardiens aient dégagé du bord de la route, et puis j'ai ramassé une ou deux poignées de cette cendre noire imprégnée de bitume, et j'ai commencé à me frotter la peau avec, avant d'en passer sur mes vêtements, mes mains, mon visage, mes chaussures. Je me suis caché dans les broussailles, où je suis resté sans bouger, comme l'Indien en bois qui sert d'enseigne aux bureaux de tabac. C'est à peine si je pouvais respirer, pas seulement parce que je ne voulais pas faire de bruit, mais parce que j'avais toute cette merde dans les yeux, le nez, la bouche. J'ai failli tourner de l'œil à cause de la chaleur, et avec tous les pores de ma peau bouchés par cette saloperie, j'ai cru un moment qu'elle risquait de sécher et de me laisser raide comme un piquet jusqu'à ce que quelqu'un arrive et me trouve étouffé et pétrifié sur place.

L'incendie faisait toujours rage, et j'ai profité du chaos ambiant pour me barrer. J'arrivais à avancer – non sans mal, mais plus je courais, plus j'allais vite –, et puis j'ai traversé une rivière à gué et j'ai nettoyé le plus gros de la merde dont j'étais couvert. J'ai continué à courir, courir vers le futur et une autre vie.

J'ai traversé l'Hudson pour entrer dans Manhattan et je me suis caché dans un immeuble délabré à un jet de pierre du Yankee Stadium sur Tremont Avenue. Tard le soir, on entendait la foule beugler. J'ai su ce que c'était que d'être seul. Celui qui connaît le bruit de la solitude, celui-là, je peux le regarder droit dans les yeux. Celui qui a souffert de la faim, trois jours de putain de jeûne sans une miette, celui-là, je peux lui parler, et il me comprendra. C'est peut-être des trucs comme ça, des bricoles, qui ont fait que Harry Rose et moi on s'est retrouvés sur la même longueur d'onde bien des années plus tard.

Après, j'ai volé, triché, arnaqué et réussi à survivre avec presque rien. Mes démêlés avec la justice sont devenus mon fonds de commerce, un des risques du métier, et quand je suis tombé sur Harry, j'avais un casier long comme le bras et rien à envier à personne, côté réputation. On me craignait. Et ça me plaisait. J'avais accompli quelque chose. Je m'étais fait un nom. J'étais un type dangereux. Toujours prêt à franchir les limites, ma réputation me précédait, et je pensais que pour que quelqu'un se mette en travers de mon chemin il fallait qu'il ait des couilles en Inox. Mais des couilles de ce genre, c'est lourd, et quand elles tombent, elles font un bruit d'enfer.

J'ai raconté tout ça à Harry, et, en échange, Harry m'a parlé de lui. Ça a fait tilt entre nous. On s'est retrouvés accolés comme les deux faces d'une fausse pièce. On aurait pu être frères. Jumeaux, même. En fait, on aurait pu être tout ce qu'on voulait, et on voulait beaucoup.

Comme je l'ai dit, on était début 1955, une période de prospérité exaltante. La guerre était terminée, les survivants étaient rentrés au pays, et l'Amérique s'efforçait de se convaincre qu'elle était grande, qu'elle était chic, riche et cultivée. Elle nous apparaissait à nous comme une veuve dipsomane, trop grosse et souffrant de varices, prête à s'allonger devant le premier étalon qui lui témoignerait un semblant d'intérêt. L'intérêt, nous l'avions, nous étions prêts à baiser n'importe qui pour du pognon, et l'Amérique était demandeuse comme personne.

Harry se trouva une nana, une pin-up de magazine qui travaillait dans un bar louche de Vine Street, une fille superbe qui chantait comme une casserole, et on s'est installés tous les trois dans l'appartement de St Luke. J'assurais la protection de Harry, et je faisais mon boulot comme un pro, et quand les gamins revenaient avec moins que prévu, quand tout le pognon n'était pas au rendez-vous, je leur tombais dessus à bras raccourcis jusqu'à ce que les compteurs soient remis à l'heure. Harry ne réclamait jamais d'explications, je ne lui en donnais pas, et pendant les années où nous avons vécu et travaillé ensemble, il n'a jamais rien su de mes méthodes de travail – le genre de détails que vous-même auriez peut-être envie de savoir et dont je vous parlerai peut-être un jour. Ce sont là des choses que je ne dirai que de vive voix, car les écrire risquerait de vous détourner de moi. Je n'écris que ce que, à mes yeux, vous avez besoin de connaître, et il faut que vous sachiez tout sur Harry

Rose. Encore un peu de patience, c'est tout ce que je vous demande.

La fille de Harry, la chanteuse, s'appelait Carol Kurtz. « Indigo Carol », pour les fêtards qui écumaient les tripots et les speakeasys en quête de rigolades et de coups faciles. Originaire du New Jersey, elle était partie de chez elle trois ans plus tôt pour la Californie, avant de refaire le voyage en sens inverse jusqu'à New York, d'où elle n'avait plus bougé. Peut-être que si le hasard avait voulu que Harry Rose se trouve dans un autre bar un autre soir, elle s'en serait sortie, mais Harry l'a vue, et Harry obtenait toujours ce qu'il voulait, et ce qu'il voulait, c'était Carol Kurtz. Certains disaient qu'elle ressemblait à Marilyn, d'autres à Veronica Lake. Pour Harry, elle était le paradis fait femme, en bas nylon bon marché et fausse fourrure. Il la sortit du circuit, lui donna l'argent et la liberté, un nom, un visage et un sentiment d'appartenance. Elle appartenait en fait à Harry Rose, et celui qui s'avisait de la regarder de façon un peu trop appuyée avait affaire à moi et à un calibre .38 à canon court. Quant à moi je pensais que Carol était pour Harry un moyen de retrouver Alice Raguzzi. Elles n'avaient pas du tout la même allure, c'est vrai, mais côté personnalité, elles auraient pu être jumelles. Carol était une fille futée qui savait où était son intérêt, et elle traitait Harry avec tout le respect qu'il méritait. De son côté, Harry faisait de même. Il la traitait en être humain, doué d'un cœur, d'un esprit et de sentiments. Elle était aussi rapide que lui pour comprendre les choses, et Harry l'appréciait pour ça. Elle n'avait pas son pareil pour raconter des histoires sales, et si elle avait décidé de jouer avec toi à celui qui roulera le premier sous la table, elle allait jusqu'au bout. Jamais vu une fille s'enfiler autant d'alcool et rester muette comme une carpe.

J'aimais Carol, moi aussi, mais pas au sens biblique. Carol, c'était la femme de Harry, et on n'y touchait pas, et quand je les voyais ensemble, force m'était de reconnaître que j'étais la dernière roue du char. Moi, j'étais le business, Carol, le plaisir, mais ce n'est pas pour autant qu'elle n'était pas de la famille, pour moi. Elle restait à sa place, moi à la mienne, c'est ce que voulait Harry. Et je n'avais pas envie de tout foutre par terre.

On se débrouillait bien, Harry, Carol et moi. Il fallait nous voir investir les rues et les trottoirs du Queens comme des flics de la brigade antigang, et dépenser l'argent comme si c'était nous qui fabriquions les billets, comme si la Réserve fédérale se trouvait dans nos poches arrière et que nous avions le monde pour centre commercial. On conduisait des Cadillac et des limousines, on mangeait chez De Montfort et Gustav, où les serveurs étaient des garçons[1], et le Rothschild à quarante biftons la bouteille coulait à flots. C'était la grande vie, telle qu'on l'avait toujours voulue, et jamais un mot échangé sur le passé de Harry Rose, les années d'avant, les horreurs dont il avait été témoin dans son enfance et les marques qu'elles lui avaient laissées au cœur.

---

1. En français dans le texte.

Et puis, changement brutal. 1955 vit la mort de Charlie Parker ; une guerre civile dans un bled paumé du nom de Saigon ; Ike hors course pendant presque deux mois après un infarctus du myocarde ; et le suicide de James Dean à vingt-quatre ans. Sugar Ray Robinson reprit son titre de champion du monde poids moyen en décembre, et Noël arriva une fois de plus. Un froid mordant, âpre, obstiné, qui nous vit Harry et moi nous transporter quelques jours dans le nord de Manhattan pour ramasser l'argent des paris de ceux qui avaient cru que Carl Olson conserverait son titre. Nous sommes restés absents moins d'une semaine, cinq jours en fait, mais quand nous sommes rentrés – avec soixante-dix mille dollars en poche –, Carol Kurtz avait disparu.

C'est moi qu'on chargea des recherches. Au bout de trois jours, je rentrai avec une triste nouvelle, le cœur lourd, la mort dans l'âme. C'était moi qui avais identifié le corps, violé et étranglé, de Carol Kurtz à la morgue, et moi qui avais délié quelques langues quand il avait fallu donner des noms et partager quelques vérités. Karl Olson, le frère de Weber, un racketteur de South Brooklyn, un vrai sauvage côté règlement de dettes et ramassage de pots-de-vin, qui, par conséquent, ne s'était pas fait que des amis sur le territoire de Harry Rose, était venu venger son frère. Quand tu veux te venger, tu creuses deux tombes, *disent les Siciliens*, une pour celui que tu vises, une autre pour toi. Harry Rose et moi, on est allés à Brooklyn, dans une berline banale, des vêtements tout aussi banals, histoire de passer inaperçus, et on n'a pas tardé à* *dénicher l'endroit où Karl Olson était allé se planquer.*

Nuit du 23 décembre 1955 : pluie battante sur les trottoirs, éclairs zébrant l'obscurité, deux types entrent par les fenêtres en sous-sol du Chesney Street Hotel, dans le sud de Brooklyn, munis d'une corde, d'un tournevis et de marteaux. Ils démolissent deux des hommes de main d'Olson, avant de réveiller celui-ci et de l'attacher à une chaise. Ils lui fourrent son caleçon dans la bouche, puis l'un des deux lui écrase les dix orteils méthodiquement à coups de marteau et l'autre lui perce des trous dans les mains à l'aide du tournevis. Quand il tourne de l'œil, ils le font revenir à lui avant de recommencer à le torturer jusqu'à ce qu'il s'évanouisse de nouveau. Le cœur du mec finit par lâcher, mais c'était un costaud, Olson, un vrai cheval, et il aura tenu pratiquement deux heures avant que la douleur ait raison de lui.

Rose et moi, on avait commis un meurtre avec préméditation, avec la vengeance pour mobile, certes, mais un meurtre quand même, et, bien qu'Olson n'ait jamais été réglo quand il s'agissait de régler les parieurs, pour les questions touchant à la justice il était aussi à cheval sur les principes qu'un vieux donneur de leçons de morale. Ceux qui m'avaient parlé au cours de mon enquête chantèrent la même chanson à la justice, et la veille de Noël, pendant que la neige tombait sur le toit de l'appartement de St Luke, la police fit voler notre porte en éclats et nous embarqua tous les deux. Pots-de-vin mis à part, il n'y avait pas grand-chose qu'on puisse faire pour Harry Rose ou moi ; les paris, le jeu, l'alcool, les combats, les putes, les speakeasys et les clubs de jazz, la coke et la mexicaine qui circulaient de main en main sous les tables tachées de bière dans des bars louches... tout ça pouvait s'oublier moyennant cent dollars de plus par mois aux œuvres de la police, mais pas un meurtre. Un meurtre, c'était un meurtre, et il n'y avait pas à revenir là-dessus.

Alors, j'ai plongé, pas par choix, mais parce que j'avais l'impression de devoir quelque chose à l'histoire. Les flics n'ont pas demandé leur reste pour me coincer. On a ressorti les vieilles affaires, les embrouilles de mon passé qui semblaient maintenant vouloir me rattraper. Putain, j'étais toujours fiché pour cette histoire d'évasion du centre de détention pour mineurs, et ils voulaient régler la question une bonne fois pour toutes, mettre leurs comptes à jour et de l'ordre dans la maison. C'était Harry qui leur graissait la patte, pas Johnnie Redbird, et quand il leur a fallu choisir entre lui et moi, ils n'ont pas hésité longtemps. Ils voulaient ma tête, ils voulaient leur saint Jean-Baptiste, et ils l'ont eu, bordel. Harry a graissé plus de pattes qu'il n'en avait jamais graissé de sa vie, et avec un bon avocat et un juge grassement soudoyé, on m'a fait cadeau de la préméditation. Pas de chaise électrique, la perpétuité. On m'a envoyé à Rikers Island pour y attendre mes vieux jours dans une cellule de deux sur deux. Et Harry Rose a fermé l'appart, revendu ses licences sur ses bars et ses clandés en tout genre et transféré ses affaires dans le Sud. Il a disparu de la circulation pendant deux ou trois ans, a fait tout ce qu'il a pu pour m'aider à survivre – visites, dollars, services que de toute façon il me devait. La loyauté, c'était son point fort, peut-être aussi ce qui causerait sa perte, mais Harry Rose se souviendrait toujours de l'homme qui était venu à la barre, avait prêté serment et baissé la tête à l'énoncé du verdict.

Le 25 avril 1956, Rocky Marciano, toujours invaincu, raccrochait définitivement. Quarante-neuf victoires en quarante-neuf combats, et seuls cinq adversaires avaient survécu jusqu'à la fin du dernier round. Rocky Marciano avait entendu le gong sonner la fin d'une belle époque et s'était sagement retiré.

Comme Harry Rose, finalement, ce gamin sorti d'un enfer avec cette seule idée : être libre. Quand nous nous étions connus, on n'avait pratiquement rien, et nous nous sommes quittés sans beaucoup plus.

« L'argent, ça va, ça vient », disait Harry Rose, mais, quoi qu'il dise, on ne savait jamais s'il fallait le prendre au sérieux.

Le silence s'installa quand ils eurent terminé leur lecture. Pendant tout ce temps, Annie avait gardé la tête posée sur l'épaule de Sullivan, et ce ne fut que quand celui-ci tourna la dernière page qu'il se rendit compte à quel point il était endolori.

Annie bougea un peu pour le laisser se redresser. Il resta là une seconde sans rien dire, avant de sourire.

« Pourquoi le vieux bonhomme veut-il que tu lises ce truc, à ton avis ? demanda-t-il.

— Je ne sais pas, Jack. Je me suis déjà posé la question, et je n'aime pas trop les réponses qui me sont venues à l'esprit. »

Sullivan ne réagit pas.

« Quand il est venu la première fois, reprit Annie, j'ai trouvé son attitude troublante... On aurait dit, à sa façon de me regarder, qu'il me connaissait.

— Tu crois que...

— Non, Jack, pas de ça. Je ne veux même pas savoir ce que tu t'apprêtais à dire. Tout ce que je sais, c'est que je refuse d'en parler ce soir, d'accord ?

— D'accord, Annie, dit Sullivan doucement. D'accord. »

Il resta jusqu'à minuit passé. Plus tard, une fois couchée, Annie l'entendit parler tout seul à travers la cloison. Il lui fallut un moment pour comprendre que c'était en fait la télévision. Elle en fut soulagée ; elle ne voulait surtout pas à cet instant que Sullivan se mette en tête de fouiller son passé.

Une demi-heure plus tôt, il s'était remis à pleuvoir, et, bien au chaud sous sa couette, elle avait écouté la pluie éparpiller ses empreintes sur le toit au-dessus d'elle. Il y avait dans ce bruit quelque chose d'infiniment réconfortant, d'unique et d'intemporel. Elle se demanda s'il avait existé dans son enfance et s'il lui avait procuré la même sensation. Elle conservait si peu de souvenirs de ces années, peu nombreuses certes mais qu'elle avait bien dû partager avec son père. Il devait venir dans sa chambre le soir – tous les pères le font, non ? Il devait la border, peut-être lui lire une histoire et puis, après avoir éteint la lumière, se pencher et l'embrasser sur le front.

Bonne nuit, Annie.

Bonne nuit, papa.

Dors bien... Fais de beaux rêves.

Merci, papa.

Et puis elle s'endormait, rassurée par sa présence. Peut-être avait-il l'odeur de David Quinn : un mélange de cuir, de tabac et de café, une trace de musc, mais en plus paternel, plus affectueux.

Tous ces moments doivent être là quelque part, se dit-elle en glissant dans le sommeil... *Mais pourquoi suis-je incapable de me rappeler un seul d'entre eux ?*

13

Nouveau changement. Sans doute anecdotique pour d'autres, mais capital pour Annie. Elle se réveilla à l'heure habituelle, et bien qu'elle se fût attendue à voir aussitôt défiler dans sa tête ce qu'elle avait lu la veille en compagnie de Sullivan, ce ne fut que sous la douche que les images lui revinrent. Et, bizarrement, avec moins d'intensité et de fièvre qu'auparavant. Devenait-elle insensible à ce qu'elle lisait ? Elle n'avait plus ce sentiment de malaise et d'inquiétude, et se demandait simplement, en repensant à ces hommes, Harry Rose et Johnnie Redbird, quel effet cela pouvait faire de mener une vie comme la leur. Une vie si pleine de toutes les émotions possibles, les bonnes comme les mauvaises, les terrifiantes comme les exaltantes, qu'il n'y avait pas place pour les inquiétudes et les interrogations. La vie se précipitait sur vous à une telle vitesse qu'il fallait prendre le train en marche ou passer sous les roues.

Le vendredi matin, elle quitta son appartement à la même heure qu'à l'accoutumée, mais partit dans la direction opposée, marchant, sans but ni intention particulière, le long de Cathedral Parkway jusqu'à Amsterdam Avenue, puis jusqu'à la 97ᵉ Rue Ouest, avant de tourner à gauche dans Columbus Avenue. Le magasin était à présent à quatre blocs derrière elle, son appartement à sept ou huit. Elle pensa à John Damianka faisant son apparition à l'heure du déjeuner avec un grand sandwich suintant la mayonnaise, cherchant à voir à l'intérieur du magasin fermé par la porte vitrée et se demandant si Annie était malade. Ça lui ressemblait si peu, à Annie.

Elle se surprit en train de sourire à cette idée et poursuivit sa route. Arrivée à la 96e Rue, elle décida de prendre le métro, la ligne 59e Rue/Columbus Circle, et quand elle monta le wagon était pratiquement vide. D'ordinaire, elle aurait choisi un siège à l'écart des autres passagers, mais cette fois-ci elle s'assit sans même réfléchir, et quand elle leva les yeux au moment où la rame démarrait, ce fut pour voir un jeune prêtre en face d'elle. Vêtu d'un pantalon noir, d'une chemise noire et d'un col d'ecclésiastique blanc, ainsi que d'une veste en cuir usée. Une sacoche en daim ornée de glands sur le bord inférieur pendait à son épaule, d'où dépassait une masse compacte de feuillets et de carnets. Il lisait, et, en glissant un œil aussi discret que possible, Annie reconnut la couverture de *La Tache*, de Philip Roth. Elle fronça les sourcils, un peu interloquée, avant de remettre en question ses préjugés : pourquoi un prêtre ne s'intéresserait-il pas à un tel ouvrage, qu'elle-même n'avait d'ailleurs pas lu. Comme si ses lectures devaient nécessairement se limiter à la Bible ou aux « notes concernant l'Évangile selon saint Luc. Première partie ».

Elle leva les yeux. Le jeune prêtre la regardait, avec un sourire chaleureux et sincère, qu'elle lui rendit. Il ne pouvait guère avoir plus de vingt-deux, vingt-trois ans, les cheveux noirs, le visage carré, les traits bien découpés. Ses yeux étaient d'un bleu surprenant, et à la façon dont il se tenait assis, à son port et à son allure, on devinait l'homme qui devait prendre soin de lui physiquement. Club de gym deux ou trois fois par semaine, basket peut-être, ou quarterback dans l'équipe du monastère ?

Il était beau garçon, indubitablement, et Annie se surprit à se demander ce qu'un jeune homme comme lui pouvait bien faire de toutes ses hormones.

Elle rougit à l'idée et conçut quelque honte à associer ainsi un prêtre à un fantasme sexuel.

« Vous l'avez lu, ce livre ? » demanda-t-il tout à coup.

Annie le regarda, d'un air sans doute manifestement surpris.

« Euh... non, je ne l'ai pas lu, répondit-elle.

— C'est vraiment quelque chose.

— Ah bon ? dit-elle, se demandant quel genre de conversation elle allait devoir endurer de la part d'un ecclésiastique.

— C'est l'histoire d'un homme de soixante et onze ans qui a une liaison avec une femme de ménage deux fois plus jeune que lui. Il la voit passer la serpillière un jour dans le bureau de poste, et il finit par coucher avec elle. Qu'est-ce que vous dites de ça ? »

Annie haussa les épaules. Lui demandait-il comment elle jugeait la différence d'âge d'un point de vue moral ? Ou bien sa question portait-elle sur le fait qu'ils avaient eu une liaison ? Elle opta pour la réponse la moins risquée qui lui vint à l'esprit : « Je ne l'ai pas lu, voyez-vous... je ne sais pas quoi vous répondre. »

Le jeune et bel homme d'Église tenait de toute évidence à engager la conversation, parce qu'il sourit et dit : « Je ne parle pas du livre en lui-même, mais de l'idée d'un type de soixante et onze ans baisant une femme de trente-quatre ans. »

La bouche d'Annie s'ouvrit toute grande. Avait-elle bien entendu ? Avait-il vraiment dit « baisant » ?

« Je... je suppose que c'est une question de besoins et de désirs personnels.

— Ah, le péché de chair, dit le prêtre d'une voix grave et sérieuse, tout en adressant un clin d'œil à Annie. Et pourquoi pas, bon Dieu ? On n'a qu'une vie, et si on se conduit bien, on va au ciel, même si, pour être honnête, moi-même je ne sais pas comment on peut bien se conduire en permanence. Si on déconne, on va brûler dans le soufre de l'enfer pour l'éternité. Qu'est-ce qu'on a à perdre ? Je descends dans deux rues d'ici, et vous ne me reverrez jamais. »

Il éclata de rire, enleva de ses genoux sa sacoche à glands et se pencha en avant. « Alors, qu'est-ce que vous en dites ? Vous feriez ça avec un type deux fois plus âgé que vous ? »

Annie pensa à Jack Sullivan, puis entrevit l'image fugace de Robert Forrester... Elle en resta une seconde interdite, sentant que ce ne serait pas l'âge de celui-ci qui présenterait un obstacle, mais que la seule pensée d'un rapport de ce genre avec lui avait quelque chose d'incestueux. Elle aurait eu l'impression de coucher avec son oncle... ou son père ? Puis elle lui répondit.

« Je suppose que ça dépendrait de l'homme, et de mes sentiments pour lui.

— Oui, bien sûr, fit-il en se renversant contre son dossier et en lui adressant un sourire engageant.

— Je voulais vous demander quelque chose, dit Annie, un peu enhardie, et soulagée de voir que cette conversation n'allait pas se poursuivre au-delà de quelques minutes.

— Allez-y.

— Est-ce que vous me parlez de sexe parce que vous êtes tenu à l'abstinence ? »

Le prêtre sourit, puis éclata carrément de rire, et son rire remplit le wagon, noyant le bruit des roues sur la voie en dessous d'eux.

« Je pratique, rassurez-vous. Pas plus tard que ce matin, en fait... Un sacré bon moment, si je puis me permettre. Il se pourrait bien que je l'épouse, cette fille... une fille fantastique capable de s'éclater au lit avec un prêtre sans tomber dans ces conneries moralisantes qui font que tant de gens culpabilisent à mort. »

Annie secoua la tête. Elle n'arrivait pas à croire à une telle conversation. Cet homme ne pouvait pas être un vrai prêtre ! Entre le livre qu'il lisait, la sacoche en daim avec ses glands... Et puis quel genre de notes un prêtre pouvait-il avoir à pondre qui justifiait qu'il les trimballe avec lui dans un sac à bandoulière ?

Ne pas oublier d'avoir des conversations hyper provocatrices avec des jeunes femmes seules dans le métro. Ne pas oublier de dire que non seulement je couche mais que je peux m'éclater au lit avec une fille qui ne culpabilise pas le moins du monde. Dire quatre Je vous salue Marie et trois Notre-Père après m'être branlé dans les toilettes de la chapelle. Un carton de lait, une douzaine d'œufs, un tube de lubrifiant vaginal et trois paquets de préservatifs, s'il vous plaît. Oh, et puis ne pas oublier de dire au père O'Reilly que sœur Martha a un vibromasseur.

Annie eut un petit sourire, incapable de dire quoi que ce soit, et, un moment, elle regarda par la vitre sur sa gauche, souhaitant désespérément voir le prêtre disparaître.

« Je suis désolé, dit-il d'une voix douce. Je vous ai mise dans l'embarras ?

— Non, non, vous m'avez juste prise au dépourvu. »

Il soupira. « On me reproche constamment mon franc-parler, vous savez. »

Annie se cala sur son siège. Elle ne voulait surtout pas le regarder. Elle n'avait présente à l'esprit que la folle partie de jambes en l'air qu'il s'était offerte le matin même avant d'enfiler sa chemise et de mettre son col, de prendre sa veste en cuir et son sac à bandoulière et de descendre dans le métro.

Mais, après tout, de quel droit se permettait-elle de juger les autres ? Elle qui, pas plus tard que la nuit dernière, était restée nue à la fenêtre de sa cuisine pendant qu'un homme dans l'immeuble d'en face, médusé, la dévorait des yeux. Peut-être devrait-elle raconter ça au prêtre.

Pardonnez-moi, mon père, parce que j'ai péché. Je ne me suis jamais confessée de ma vie, mais je m'y sens obligée aujourd'hui parce que hier soir je suis restée nue à ma fenêtre, laissant un inconnu me mater les seins. Et, pour être tout à fait franche, après le premier moment d'embarras et de honte, j'ai éprouvé quelque chose qui ressemblait fort à une épiphanie, une catharsis peut-être, à l'instar de Paul sur le chemin de Damas. Ah, j'allais oublier. Quand vous m'avez regardée au début, je vous ai imaginé en train d'en suer une dans un club de gym et je me suis dit que vous deviez être dans une sacrée forme sous le col et le crucifix...

Elle décida de n'en rien faire.

Le prêtre jeta un nouveau coup d'œil à son livre et dit :

« Quand on lit ça, on ne peut s'empêcher de penser aux types de soixante-dix ans qu'on connaît autour de soi, et ça paraît dingue que les pulsions soient encore là à cet âge.

— Charlie Chaplin a engendré son dernier enfant alors qu'il avait quatre-vingts ans, fit remarquer Annie.

— C'est vrai, vous avez raison, reconnut-il en hochant la tête, avant d'ajouter : Ah, c'est là que je descends », au moment où le train allait s'arrêter.

Il se leva et lança en passant devant elle : « Faites attention à vous... Et n'oubliez pas : ce n'est pas un péché si un autre n'a pas à souffrir dans l'affaire, d'accord ? »

Annie leva les yeux. Le sourire engageant. Les yeux d'un bleu étonnant. Sous la chemise et le col blanc, un corps martyrisé dans la salle de gym. Une folle séance de baise de grand matin avec une fille décomplexée. Elle eut un faible sourire. « Je n'oublierai pas », dit-elle tout en se reprochant intérieurement ses vilaines pensées.

La rame repartit. Elle ferma les yeux. Pensa à David Quinn et se demanda si quelqu'un risquait de souffrir dans l'affaire, si, simplement, elle vivait ce qu'on appelait communément la vie, ou si elle repoussait les murs un peu trop loin. Que ferait-elle si elle devait se retrouver à nouveau avec David Quinn dans une situation critique ? S'il lui faisait des avances dépassant la simple amitié ? Certes, elle l'avait embrassé, mais elle en avait embrassé d'autres avant lui, et plus d'une fois encore, pour autant les choses en étaient restées là. Elle était maintenant face à un choix, car elle sentait bien que David, lui, n'hésiterait pas, ou alors elle n'avait rien compris. Elle avait le pouvoir de faire évoluer les choses dans le sens qu'elle voulait. Allait-elle reculer ? Refuserait-elle bien poliment ses attentions ? Ou bien saisirait-elle l'occasion ? Elle se sentait incapable de répondre à cette question tant que le moment ne serait pas venu, s'il venait jamais, et la seule idée de ce moment lui faisait battre le cœur. L'appréhension… non, la peur était là, bien présente, mais n'était-ce pas cette peur, précisément, qui lui avait toujours interdit ce qu'elle voulait vraiment ? Et comment la vaincre, cette peur ? En acceptant de vivre la vie, peut-être ? En faisant justement la chose dont on avait peur ? Elle le croyait. Elle croyait vraiment qu'il en était ainsi. Puis elle se demanda pourquoi elle avait fini par prendre ce métro, pourquoi elle était restée assise en face de ce prêtre, et comment il avait bien pu s'imaginer qu'elle serait prête à discuter d'un tel sujet avec lui.

« Ce sont tes pensées qui sont pratiquement seules responsables des situations dans lesquelles tu te fourres », lui aurait rappelé Sullivan.

Mais ça, elle ne voulait pas qu'on le lui rappelle. On était vendredi, elle avait envie que la semaine se termine vite pour ne pas avoir à se sentir trop coupable d'avoir laissé le magasin fermé. Elle avait besoin d'un peu de temps et d'espace. C'était ça : un peu de temps et d'espace pour être elle-même, pour se retrouver, recoller les morceaux et comprendre ce qui était en train de lui arriver. Quelque chose avait changé, c'était certain, et bien qu'elle fût incapable de situer avec précision le moment du changement, elle supposait que plusieurs facteurs avaient dû jouer pour le provoquer : le souci qu'elle se faisait pour Sullivan et le marché qu'ils avaient conclu, David Quinn, bien sûr, et aussi Forrester. Celui-ci devait revenir lundi prochain, et apporter peut-être une autre lettre, le quatrième chapitre du livre, et Dieu sait que cette histoire l'intriguait. Haim Rosen, alias Harry Rose, qui semblait avoir arraché des poignées de vie pour les dévorer avant même ses vingt ans. Elle voulait savoir ce qui allait lui arriver, à lui et à son ami Johnnie Redbird, sans doute encore emprisonné quelque part aujourd'hui pour un meurtre qui semblait totalement justifié. Quelqu'un avait dû souffrir. Quelqu'un était mort. Mais était-ce juste ? Elle se demanda ce que le prêtre aurait dit à ce sujet. Elena Kruszwica devait-elle être condamnée pour avoir tué l'officier SS ? L'homicide justifiable existait-il ? Pouvait-on excuser un crime commis dans le seul but de rééquilibrer la balance ou d'empêcher la perte d'une autre vie ? Elle se dit que oui, que Dieu comprendrait. Johnnie Redbird et Harry Rose avaient tué Karl Olson parce que celui-ci avait lui-même sauvagement tué Carol Kurtz. Puis Johnnie avait payé pour les deux, ce qui signifiait que Harry lui devait la vie. Qu'allait-il leur arriver, à ces gens ? Elle aurait voulu qu'ils restent des personnages de fiction, tout en reconnaissant qu'ils étaient tout de même représentatifs de tout ce qu'impliquait la condition humaine. L'amour et ses tragédies, la foi et la passion, la jalousie, la colère, la haine, et, pour finir, la mort. C'étaient des thèmes exaltants, enivrants, qu'elle voyait mis en scène dans son esprit tandis que le métro traversait le quartier des théâtres en direction de Chelsea. Elle décida de descendre à Greenwich Village, pour passer quelques heures à déambuler sans but ni intention bien définie, ce qui – à ce moment de sa journée, peut-être de sa vie – lui semblait seul digne d'intérêt.

Presses universitaires de New York, Barnes & Noble sur Broadway, puis quartier des antiquaires, retour sur la 5e Avenue, maison de Mark Twain, Washington Square... quelque part au cours de ses déambulations, le jour finit par sombrer, et, tandis que le soir se refermait sur elle, et qu'elle commençait à avoir mal aux pieds, elle redescendit dans le métro et rentra chez elle.

Elle retrouva non sans déplaisir les bruits et les odeurs de son immeuble en montant l'escalier. C'était là son chez-elle, et, après tout, là où le cœur bat est le foyer. Des années plus tôt, dans son enfance, elle avait dû éprouver la même sensation à son retour de l'école. Sans doute. Mais elle était incapable de s'en souvenir. Avait, pour quelque raison inconnue, soigneusement plié ces souvenirs avant de les remiser dans un coffre de mariée d'où ils n'étaient jamais ressortis. Pourquoi avoir choisi d'oublier ? Y avait-il dans son passé lointain quelque chose de si terrifiant qu'elle avait jugé plus sûr de tout effacer d'un coup ? Elle l'ignorait, mais, en ce moment précis, cela lui était égal. Elle était lasse, physiquement et mentalement, et ne souhaitait rien d'autre pour l'instant que le silence et un peu de chaleur, peut-être la compagnie de Sullivan pendant une heure ou deux avant d'aller se coucher.

Elle frappa à sa porte sans obtenir de réponse. Ou il était sorti, ou il était ivre mort. S'il se réveillait ou rentrait, elle l'entendrait et l'inviterait à venir la rejoindre, mais ce serait pour plus tard – après une tasse de café, un peu de télé et un moment passé à rêvasser.

Elle pénétra dans son appartement et jeta son foulard et son manteau sur une chaise près de la porte d'entrée. De la fenêtre de la cuisine, elle aperçut des lumières dans l'immeuble d'en face. Il y avait là-bas plusieurs personnes rassemblées. Peut-être que le type avait invité quelques amis, acheté deux ou trois packs de bière et des pizzas, dans l'idée que la petite brune pourrait refaire une apparition sans rien d'autre sur elle qu'une serviette de bain sur la tête.

Elle sourit intérieurement, brancha la cafetière et retourna dans la pièce de devant.

14

Annie ?

Elle entendait une respiration, puis lui parvint une vague odeur d'alcool et de cigarette.

« Papa ? murmura-t-elle. Papa ? »

Annie... réveille-toi...

Une main se posa sur son épaule, et bien qu'elle sentît une force la pousser, fermement mais avec une indéniable douceur, à retomber dans le sommeil, elle résista, lutta pour ouvrir les yeux et vit Sullivan penché sur elle, souriant, ouvrant la bouche pour ajouter quelque chose.

Elle leva la main pour l'en empêcher. « Donne-moi un moment », chuchota-t-elle.

Se retournant avec difficulté sur le canapé, elle se mit sur son séant. Elle regarda Sullivan, l'œil vague, un goût métallique dans la bouche, avant de refermer les yeux et de prendre une profonde inspiration.

« Café ? demanda-t-il.

— S'il te plaît, Jack. »

Il disparut quelques minutes, et tandis qu'il s'activait dans la cuisine, elle s'efforça de revenir à la réalité.

« Il est quelle heure ? lança-t-elle.

— Pas loin de dix heures, répondit Jack, qui s'encadra dans la porte, un petit plateau à la main avec tasses, sucre et crème. Tu le veux noir ? ajouta-t-il en le posant sur la table.

— Juste une goutte de crème, s'il te plaît. »

Il tira une chaise à lui et s'installa en face d'elle, lui tendit sa tasse, qu'elle garda un moment à la main avant de boire.

« Ça va ? demanda-t-il, de ce ton – un peu paternel – qu'il adoptait parfois quand le souci qu'il avait de son bien-être prenait le pas sur la simple amitié.

— Oui, ça va, dit-elle en hochant la tête. Un peu fatiguée, peut-être.

— Ça se voit. Tu as ouvert le magasin, aujourd'hui ?

— Non, pas aujourd'hui.

— Tu es allée où ? demanda-t-il.

— *Downtown*. Greenwich Village.

— Une raison particulière ?

— Non, aucune.

— Ce qui est parfois la meilleure des raisons, non ? dit Jack en souriant.

— C'est vrai... la meilleure.

— Tu veux que je m'en aille ? s'enquit Jack en se penchant en avant. Tu veux que je te laisse ?

— Non, reste. Raconte-moi une histoire.

— Une histoire ?

— Oui, une histoire, mais pas quelque chose de macabre... Je suis pas d'humeur, ce soir.

— D'accord. Laisse-moi réfléchir. »

Annie s'installa confortablement sur le canapé, ramena les genoux sous le menton, tint sa tasse sous son nez pour en savourer l'arôme et la chaleur et ferma les yeux. Elle imagina qu'elle était une toute petite fille, qu'il neigeait dehors, que le vent balayait le porche de ses hurlements, comme quelque fantôme en colère réclamant qu'on le laisse entrer. Son père était là, qui la protégeait, l'entourait, et lui racontait une histoire pour qu'elle s'endorme. Puis une autre impression lui vint, fugitive mais bien réelle : à force de chercher à évoquer la présence de son père et son visage, ce fut celui de Robert Forrester qui lui apparut. Elle essaya de chasser cette vision, mais celle-ci était tenace, implacable. Elle s'obligea à se concentrer sur la voix de Sullivan à l'exclusion de tout le reste, et ce fut elle qui lui permit finalement de se libérer de l'image.

« Mars 1969, disait Sullivan. C'est en mars 1969, quatre mois après mon retour du Vietnam, que je suis parti à Haïti. Haïti est une république des Antilles, qui fait partie de l'île d'Hispaniola, ancienne colonie espagnole, aujourd'hui appelée Saint-Domingue, et ce depuis l'arrivée des Français, qui amenèrent des esclaves africains pour cultiver la canne à sucre dans le nord de l'île. Jusqu'à la rébellion des années 1780, ils comptèrent parmi les producteurs de café et de sucre les plus riches du monde, et puis les Français et les Britanniques s'en sont mêlés, il y a eu une guerre civile entre les Noirs, les mulâtres et les Haïtiens blancs, et ce n'est qu'en 1804 que les Noirs obtinrent leur liberté et que l'île fit partie de la grande Amérique. Le catholicisme dans lequel ils avaient grandi n'avait jamais effacé le vaudou. Derrière n'importe quel pan du tissu social et culturel du pays flottait le fantôme du vaudou. Ils pratiquaient *l'obi*, la magie occulte, un mélange de symbolisme catholique et de cette magie noire exercée par les chamans qui avaient débarqué d'Afrique avec les Français. Les convictions religieuses importées d'Afrique étaient appelées *Gine*, et les Haïtiens croyaient que des esprits du nom d'*iwa* accompagnaient les chamans et pouvaient prendre possession du corps d'un homme et communiquer par son intermédiaire. Il y avait aussi des gens qu'on nommait les Medsen Fey, les médecins des feuilles, qui disaient avoir le pouvoir de communier avec les esprits des plantes.

« Nous avons débarqué à Port-au-Prince. J'étais encore sous le choc de tout ce que j'avais vécu au Vietnam. Il y avait avec nous un type plus âgé, un journaliste anglais du nom de Len Sutton. Len était allé partout où un homme peut aller ; il avait entre cinquante et cinquante-cinq ans, et on aurait dit qu'il avait quelque chose dans la poitrine : son corps tout entier se raidissait et il était pris de quintes de toux qui n'en finissaient pas. Il avait vu quantité de médecins, y compris ceux de Harley Street à Londres, mais d'après eux, rien ne clochait. Il n'empêche que de temps en temps, on le voyait brusquement se plier en deux, comme un mec qui a une crise cardiaque, et personne ne pouvait rien faire pour le pauvre bougre. »

Annie remua légèrement, ramena ses genoux plus près contre sa poitrine et posa sa tête sur ses bras repliés.

« On est descendus dans un hôtel de la périphérie de Port-au-Prince, poursuivit Sullivan. Len partageait une chambre avec moi, et à deux reprises au cours des quatre ou cinq jours que nous avons passés là-bas, je l'ai vu succomber à ces crises. Qui duraient entre dix minutes et une demi-heure : il restait allongé, souffrant le martyre, sans pouvoir parler ni même bouger, et puis ça passait aussi vite que c'était venu. Tout à fait par hasard, j'en ai parlé à un des employés de l'hôtel, un Haïtien noir, appelé François l'Ouverture, et il m'a dit qu'il allait faire venir sa sœur. Elle est médecin, ta sœur ? je lui ai demandé, et François s'est mis à rire, un hennissement de cheval. Et voilà qu'il me raconte que sa famille remonte à Toussaint l'Ouverture, l'homme qui avait mené la rébellion des esclaves au début du XIXe siècle et qui avait apporté la liberté aux Noirs. Notre lignée possède un grand pouvoir, me dit-il. Nous sommes des Medsen Fey. Pardon ? je lui dis. Oui, Medsen Fey, les médecins des feuilles. Et on peut guérir ton Anglais s'il accepte de s'ouvrir à l'*obi*.

« J'ai rapporté à Len ce que m'avait dit le gars, et il m'a rétorqué qu'il était ouvert à tout et n'importe quoi si ça pouvait le soulager. Aussi sec, je vais trouver François, qui s'en va chercher sa sœur et revient avec une petite gamine, qu'il appelle Loulou Mambo. Elle a dans les douze, treize ans, pas plus, mais quelque chose dans son allure, une lueur dans ses yeux, me donnent l'impression de m'adresser à une personne de quatre-vingts ans qui a tout vu et n'a plus rien à apprendre de la vie. Elle nous dit, à Len et à moi, qu'ils ont des *iwa* dans sa famille, qu'elle appelle des *"zanset yo"*, et que ce sont des esprits ancestraux qui les habitent depuis leur arrivée en Afrique. Elle nous raconte aussi que les ancêtres comprennent la souffrance humaine parce qu'ils ont été un jour humains eux-mêmes et qu'ils ont reçu le pouvoir des *iwa* et peuvent guérir les gens directement par l'intermédiaire des Medsen Fey.

« Tu imagines, la gamine qui s'assied à côté de Len Sutton, lui pose la main sur le front et lui dit qu'un esprit en colère l'habite. C'est un de tes propres ancêtres, lui dit-elle. Un de tes ancêtres a été tué d'une balle dans la poitrine. Len Sutton en reste bouche bée. Il n'en croit pas ses yeux, ni ses oreilles. Mon grand-père... dit-il, mon grand-père a été abattu d'une balle dans la poitrine, pendant la guerre. En 1901, la guerre des Boers. Mon père avait treize ans quand il est mort. Et la gamine de lui révéler le nom de son grand-père et la façon dont il est mort, et de continuer en disant que c'était un bon soldat, mais qu'il combattait pour de mauvaises raisons, et qu'il était lui-même convaincu de se battre pour de mauvaises raisons. Il se sentait coupable, dit la petite, et c'est cette culpabilité qui a causé sa mort. Qu'est-ce que je peux faire, alors ? lui demande Len Sutton. La gamine sourit. Faire ? Qu'est-ce que tu peux faire ? Ça n'a rien à voir avec ce que tu peux faire, l'Anglais, mais avec ce que tu es. Tu es ici pour de mauvaises raisons, et il y a en toi la peur d'avoir passé ta vie à agir pour les *mauvaises* raisons ; quand tu seras prêt à accepter cette vérité et à vivre pour les *bonnes* raisons, alors ta souffrance cessera.

« Len a la tête de quelqu'un qui vient de se prendre une grande claque. François s'approche et nous dit que sa sœur est une puissante Medsen Fey, qu'elle dit la vérité, que c'est son *"met-tete"*, le maître de sa tête, qui se charge de la guider de la naissance à la mort. Il nous raconte que chaque Medsen Fey naît avec en lui un *iwa* en particulier qui vit dans son sang et agit comme son guide et son protecteur. Il dit que l'*iwa* de sa sœur a ramené plus d'un homme à la santé en lui évitant la folie, et que si l'Anglais ne veut plus souffrir, il devrait suivre le conseil de Loulou Mambo.

« Tout ça, moi, j'y crois, je crois tout ce que raconte la fille ; Len, lui, a des doutes. Il est journaliste, l'a toujours été, et voilà que cette gamine lui dit de renoncer à sa vie, de faire ce qu'il pense être juste, et qu'alors son mal disparaîtra. Une fois François reparti avec sa sœur, Len me dit que tout ça, c'est des conneries à dormir debout, et au moment où ces mots franchissent ses lèvres, il est pris d'une crise épouvantable qui le fait tomber du lit. Il reste là par terre, à hurler de douleur, et moi, je suis debout au-dessus de lui, comme un débile mental qui va se pisser dessus, sans savoir quoi dire ni quoi faire. Je repense à ce qu'a dit la fille et je me penche sur Len pour lui crier : Laisse tomber ! Laisse tomber ton boulot ! Appelle le journal et dis-leur que tu démissionnes ! OK ! qu'il me crie. OK, j'arrête ! Les mots ne sont pas sitôt sortis de sa bouche que la crise passe. D'un coup, il a plus mal, comme ça. Et il ouvre grand les yeux et il se met à pleurer.

« Plus tard, je lui ai demandé pourquoi il était devenu journaliste ; il m'a répondu qu'il n'en savait rien, n'avait jamais vraiment compris pourquoi, parce que, en réalité, il détestait ce boulot. Après, j'ai voulu savoir ce qu'il avait l'intention de faire de sa vie, et ce qui, à son avis, le rendrait heureux, et là, il me répond qu'il a toujours eu envie de travailler avec des animaux, dresser des chiens ou des chevaux... peut-être acheter une ferme en Angleterre et cultiver des trucs. Je lui dis que c'est ce qu'il devrait faire, qu'il devrait suivre les conseils de Loulou Mambo, et il me rétorque qu'il en a bien l'intention.

« Trois jours plus tard, il repartait pour l'Angleterre, et je n'ai jamais plus entendu parler de lui. »

Annie sourit, les yeux toujours fermés, les genoux toujours ramenés contre sa poitrine.

« Mais, dit tout bas Jack Sullivan, je suis certain qu'il a vécu heureux.

— C'est une histoire vraie ? demanda Annie.

— Aussi vraie que je m'appelle Jack Sullivan.

— Tu as eu une sacrée vie, pas vrai, Jack, commenta Annie sur le ton de l'affirmation plus que de l'interrogation.

— Sacrée vie, oui, mais peut-être pas vraiment celle que j'aurais aimé avoir. »

Annie ouvrit les yeux, se pencha en avant et étendit les jambes. « Qu'est-ce qui te manque ? Qu'est-ce que tu aurais fait différemment ?

— Une famille. J'ai toujours rêvé d'une famille, mais toujours pensé aussi qu'il n'aurait pas été juste de lui infliger la hantise de ne jamais savoir où j'étais ni même si j'étais encore vivant.

— Mais tu as fait ce que tu as fait parce que tu estimais que c'était juste.

— Sans doute.

— Sans doute ? Pas mieux ? »

Sullivan se redressa sur sa chaise et poussa un soupir.

« Quand tu arrives à mon âge, il y a des moments où tu as envie de regarder en arrière. Tu repenses à ce que tu as fait et ce que tu as dit aux gens, et tu te demandes si tes priorités étaient les bonnes, si tu n'aurais pas pu agir autrement pour améliorer les choses, et tu en viens bientôt à la conclusion que c'était comme ça, c'est tout, et que, même si tu t'y étais pris différemment, tu n'as aucun moyen de revenir en arrière et tu ne peux rien y changer. Une sorte de fatalisme, si tu veux. Tu fais avec, et tu espères que tu en sortiras un peu plus sage et qu'on te donnera une deuxième chance.

— L'idée est jolie, fit Annie en souriant.

— Il reste quand même une chose. »

Annie leva un sourcil interrogateur.

« Je peux dire en toute honnêteté que je n'ai pas eu une vie genre "Ah, si j'avais...", dit Sullivan.

— Une vie genre "Ah, si j'avais..." ?

— Oui, tu vois bien ce que je veux dire. Le genre de vie où tu ne cesses de te demander quand tu regardes en arrière ce qui se serait passé si tu avais agi comme ci ou comme ça, si tu avais dit oui au lieu de non, et, après avoir passé autant de temps avec des gens sur le point de mourir, laisse-moi te dire une chose : quand quelqu'un sait qu'il va mourir, quand il en est absolument sûr, tu sais de quoi il parle ? »

Annie secoua la tête.

« Eh bien, il parle de ce qu'il n'a pas fait, de toutes les choses qu'il n'a pas faites. Crois-moi si tu veux, dans ces moments-là, les gens ne parlent pas de ce qu'ils ont fait, des endroits où ils sont allés, des gens qu'ils ont connus... ils parlent des endroits qu'ils n'ont jamais vus, de la fille qu'ils auraient dû épouser, et comme dirait une petite Haïtienne de douze ou treize ans appelée Loulou Mambo, ce qui fait vraiment mal aux gens c'est de penser qu'il y avait des choses qu'ils savaient être justes et sur lesquelles ils ont transigé. »

Sullivan prit un air grave avant d'ajouter :

« Comme toi.

— Comme moi ? reprit Annie en fronçant les sourcils.

— Je t'ai dit quelque chose l'autre soir, à propos d'un marché... et, ce marché, il tient toujours.

— Tu t'arrêtes de boire le jour où j'ai une relation sérieuse avec quelqu'un ?

— Je ne te parle pas d'une relation "sérieuse", dit Sullivan en secouant la tête. Le sérieux, dans ce genre d'affaire, ça n'a jamais signifié grand-chose pour moi. Je te parle simplement de quelque chose qui aurait de la consistance, qui aurait vraiment un sens pour toi. »

Annie sourit.

« Attends..., fit Sullivan. Le type aux trois bouquins ?

— Le type aux trois bouquins.

— Tu l'as revu ?

— Oui.

— Et vous avez... tu vois ce que je veux dire.

— On a baisé, c'est ça ? »

Sullivan éclata de rire.

« Mon Dieu, mon Dieu, mademoiselle O'Neill, du diable si je me souviens vous avoir jamais entendue employer ce mot.

— Eh bien, c'est chose faite. Et puis je recommence, tiens. Baiser, baiser, baiser, baiser ! Maintenant, pour répondre à ta question, non, on n'a pas baisé... mais on a le temps.

— Bon, ça me va, dit Sullivan en approuvant du chef.

— On est d'accord, alors, fini d'acheter du Crown Royal ? Je pense que tu en as assez chez toi pour voir venir.

— Ça veut dire que tu vas respecter le marché ?

— Mais c'est vous qui l'avez proposé, monsieur Sullivan, dit Annie en souriant. C'est à vous de vous y tenir.

— Entendu. Tu te débrouilles pour que ça marche de ton côté, Annie, et je te jure de ne plus boire une goutte. »

Sullivan tendit la main. Annie la prit, la retint un moment, avant de sourire.

« Tu es vraiment un ami, Jack. Le meilleur que j'aie jamais eu.

— Pareil, dit Sullivan, qui tendit la main pour effleurer son visage et la laissa un instant posée sur sa joue. Alors, quand est-ce que tu le revois... il s'appelle comment, déjà ?

— David, David Quinn... Et je ne sais pas quand je le reverrai.

— Tu as son numéro ?

— Non, pas de numéro.

— C'est plutôt mal engagé, dis-moi.

— Mais il se pointera au magasin lundi ou mardi.

— Si tu y vas toi-même.

— Lundi, j'y serai... j'ai une autre réunion du club de lecture, tu te rappelles ?

— C'est vrai, dit Sullivan. Une autre réunion. Bon Dieu, jeune fille, tu commences à avoir une vie sociale endiablée.

— N'est-ce pas ? Je te ferai remarquer que je ne fais que suivre tes conseils.

— Fais attention à toi, quand même, hein ?

— Je ne suis plus une gamine, Jack. »

Sullivan resta silencieux un instant, avant de la regarder dans les yeux. « Parfois, si. » Même s'il n'y avait rien de critique ni de blessant dans sa remarque, Annie en conçut une certaine irritation.

« Je suis assez grande pour prendre soin de moi, lança-t-elle un peu sèchement.

— Oui, je sais. Mais je tiens à m'assurer qu'il y aura quelqu'un d'autre pour le faire aussi.

— T'inquiète pas, Jack, ça va aller.

— Je suis là en cas de besoin, dit Sullivan en souriant. Toujours là pour toi, Annie.

— Je le sais, Jack... Mon esprit ancestral, mon guide *iwa*.

— Ton *iwa*, répéta-t-il, toujours souriant. Bon, je me tire... il me reste bien cinq ou six bouteilles à vider avant que tu te fasses baiser pour de bon. »

Annie se servit d'un des coussins sur lesquels elle était appuyée pour le lui lancer au moment où il atteignait la porte. Il évita le projectile, ouvrit et referma derrière lui en riant.

« Hurle comme une damnée pour que je sache quand je devrai arrêter de picoler, jeta-t-il du couloir.

— Espèce d'enfoiré ! » cria-t-elle en retour, mais il avait déjà claqué sa porte.

15

Annie ouvrit le magasin le samedi matin. Tard, mais elle ouvrit quand même. Elle n'y alla pas par obligation ni parce qu'elle en avait envie, mais parce qu'elle espérait que David passerait. En refermant la porte derrière elle, elle vit une banale enveloppe sur le paillasson ; elle la ramassa, la retourna et vit son nom au dos, Annie.

Elle savait ce qu'elle allait lire avant même de l'ouvrir.

Vendredi 30

Chère Annie,
J'ai eu un appel. Je dois partir tout de suite. Sans doute juste pour deux ou trois jours. Devrais être de retour au début de la semaine prochaine. Prends soin de toi.
Bien à toi, David.

Elle relut le billet, ses yeux attirés par les deux derniers mots : *Bien à toi, David.*

S'agissait-il de la salutation banale que l'on trouvait au bas de tant de mots informels – ou cela voulait-il dire autre chose ?

Bien à toi, David.

Mais était-ce si important de savoir ce que cela voulait dire ? Question difficile, s'il en était, qui s'adressait au cœur, à l'âme, qui sait. Cela signifiait-il quelque chose pour elle ?

La question était posée ; la réponse ne se fit pas attendre. Oui, c'était bel et bien important. Cela signifiait bel et bien quelque chose pour elle, ou plutôt elle-même tenait à ce qu'il en fût ainsi. La perfection n'existait pas chez l'être humain, pas plus chez l'homme que chez la femme, mais ce David Quinn était suffisamment consistant pour qu'elle se sente à même de construire une relation avec lui. N'y avait-il pas toujours le risque de se tromper ? Une chance de perdre ? Bien sûr que si. Mais après tout... la vie, c'était ça.

Elle remit le mot dans l'enveloppe, qu'elle garda un moment dans sa main avant de la fourrer dans une poche de son jean. Si elle portait un jean aujourd'hui, ce n'était pas par hasard. Un jean et un tee-shirt, c'était une silhouette, des contours, des formes. Aujourd'hui, elle n'était pas réduite à un pull informe sur une jupe en laine qui lui battait les mollets. Elle se sentait féminine comme jamais, et se résigna à rester seule à le sentir.

Elle rentra ses dernières acquisitions dans son ordinateur, mit son stock à jour, mais, sans raison bien définie, elle s'arrêtait à chaque nouveau livre qu'elle prenait dans la main, le temps de lire les inscriptions sur les pages de garde, dans certains cas les remerciements et les dédicaces.

Ce livre est dédié à Martha, qui a toujours su être là.

Ce livre a été écrit pour beaucoup de gens, que je ne saurais tous nommer, mais dont on peut dire à coup sûr qu'ils avaient quelque chose de magique, et pour cette seule magie, j'ai contracté une dette envers eux que je ne serai jamais en mesure de rembourser.
Pour Daniel, Kelly et Frederick.
Pour mon agent, LeAnnie Hollander.
Pour mon éditeur chez Huntseckers, Gerry Liebermann.
D'abord et avant tout pour ma femme, Catherine, qui m'a persuadé que j'y arriverais.

Annie suivait les noms du doigt, tentait de mettre un visage dessus, une voix, d'imaginer les moments où ces personnes avaient écouté, conseillé, critiqué, approuvé. Elle leur donnait non seulement un visage, mais des traits de caractère, des manies, des bizarreries de comportement. Le Gerry de chez Huntseckers portait des chaussettes Homer Simpson et un costume Brooks Brothers. Il fumait des petits cigares qui empestaient, et il insistait pour laisser la fenêtre de son bureau grande ouverte même par moins cinq. C'étaient des gens qui avaient une vie, une vraie, si réelle que la réalité qu'elle dégageait avait le pouvoir d'affecter la vie des autres. Ils avaient des rêves ; et à leur manière, autant David Quinn que Robert Franklin Forrester avaient ouvert la porte à ses propres rêves.

Cette fois-ci, elle était bien décidée à s'engager, la tête haute, les yeux grands ouverts, la mâchoire et les poings serrés, et à affronter tout ce qui se présenterait. Elle avait passé trop de temps à l'arrière-plan, trop de temps à ruminer dans l'ombre, à attendre que quelqu'un appelle son nom et la sorte de l'anonymat. Si on tenait à quelque chose, alors il fallait le prendre. C'était bien ça, non ? C'était là le principe qui semblait dicter leur comportement à Harry Rose et à Johnnie Redbird. Et Sullivan aurait été d'accord avec eux sur ce point, sinon sur tous les autres, et Sullivan était bien pour elle ce qui ressemblait le plus à un véritable ami. Si on ne pouvait pas faire confiance à ses amis, alors à qui ? Avec son expérience, son petit jeu de société, David lui avait démontré quelque chose qui avait du sens. Puis elle lui avait demandé de l'embrasser, et il s'était exécuté, sans chercher à pousser son avantage. Elle lui avait fait confiance, et il n'en avait pas abusé. Ce n'était pas grand-chose, sans doute, mais est-ce que tout ne commençait pas petitement, pour pouvoir grandir ensuite ? Et Forrester, pouvait-elle lui accorder une même confiance ? Elle ne savait rien d'eux, mais chacun à sa manière – David avec des mots, Forrester avec des lettres de son père et une histoire qui excitait au plus haut point son imagination – avait contribué à détruire une partie de la façade, de ce visage qu'elle montrait au monde depuis toujours. Et qui n'était pas son vrai visage, mais un amalgame de tout ce qu'elle croyait que les autres attendaient d'elle, semblable en cela au contenu d'une valise dans laquelle on cherche une tenue à porter selon l'occasion. Parfois ces tenues lui allaient, parfois non.

Telles étaient, parmi d'autres, les pensées qui l'agitaient, et, chaque fois qu'une silhouette passait devant le magasin, elle se prenait à espérer que la sonnette de la porte allait tinter, qu'un client allait entrer, dans sa boutique et dans sa vie, apportant avec lui une parcelle du monde extérieur qu'elle pourrait partager.

Mais le matin s'écoula sans qu'un visiteur se présente, et elle s'interrogea sur le rôle qu'elle-même avait joué dans cet isolement qui était le sien.

Un peu avant treize heures, Annie ferma et rentra chez elle. Elle regarda un moment un vieux film en noir et blanc à la télé, vint à bout d'un bon demi-litre de glace cappuccino, et quand elle eut fini traversa le palier pour aller frapper à la porte de Sullivan.

Il n'était pas chez lui, sans doute dans un bar en bas de la rue, et, tout en se demandant si elle n'allait pas sortir le rejoindre, elle resta un moment sur le palier plongé dans le silence.

Un bruit se fit entendre : la porte de l'immeuble s'ouvrit, se referma brutalement, et il y eut des pas dans l'escalier.

Pas ceux de Sullivan. Qu'elle connaissait pour les avoir entendus jour après jour et plusieurs fois par jour depuis qu'elle habitait ici. C'était quelqu'un d'autre, et comme il n'y avait que deux appartements à son étage, le sien et celui de Sullivan, la personne qui montait les marches en ce moment ne pouvait être qu'un inconnu.

Un frisson d'appréhension lui parcourut la nuque. Elle jeta un coup d'œil sur sa droite, en direction de la porte de son appartement, et même si, instinctivement, elle sentait qu'elle devait se précipiter à l'intérieur, refermer et tirer les verrous derrière elle, une autre force la retenait sur place.

Qu'est-ce que tu fais, Annie ?

La voix de sa mère.

Rentre, rentre à l'intérieur... Tu cherches les ennuis... Tu ne sais pas qui ça peut être...

Annie serra les poings machinalement.

Elle recula d'un pas, presque comme si elle voulait se fondre silencieusement dans les ombres qui noyaient le haut de la cage d'escalier. Elle recula encore d'un pas, puis d'un troisième, avant de se heurter au mur. Qui était froid, dur, résistant.

Ce qu'elle éprouvait en ce moment, elle l'avait déjà éprouvé.

Les bruits de pas s'accéléraient, s'amplifiaient, et bientôt elle n'entendit plus rien en dehors de ces claquements de pied sur les dernières marches, qui montaient vers elle.

Un gémissement lui échappa.

Où avait-elle déjà éprouvé ça ?

Et puis le déclic se fit. L'appartement de David. Le tour qu'il lui avait joué en lui bandant les yeux.

Elle regarda sa porte, se maudit de ne pas s'être précipitée pour se boucler à l'intérieur.

Elle sentit le froid l'envahir, sa peau se tendre. À nouveau cette vague de nausée dans la poitrine. Elle commença à haleter, et, quand elle ferma les yeux, ce fut pour plonger dans la même obscurité sans fond que celle qu'elle avait connue derrière le bandeau.

Elle vit se découper l'ombre de l'inconnu...

Peut-être le type d'en face, venu voir ce que fabriquait sa strip-teaseuse...

Puis elle se retrouva assise par terre après avoir glissé le long du mur, les jointures blanches, les ongles de sa main droite enfoncés dans la paume jusqu'au sang.

Elle ferma les yeux, retint son souffle, attendit que l'intrus se fît connaître, fît ce pour quoi il était venu...

Le bruit des pas avait tout des battements d'un cœur épouvanté – le sien, qui tapait dans sa poitrine, de plus en plus fort, de plus en plus vite, et les pulsations du sang à ses oreilles...

Exactement comme dans l'appartement de David... exactement, mais en pire, parce que cette fois-ci elle entendait quelqu'un approcher, et cette fois-ci c'était elle qu'on venait chercher...

Il n'était plus qu'à quelques secondes, voire moins, à peine le temps du prochain battement de cœur qui cognait déjà dans sa poitrine...

« Annie ? »

Le son qui s'échappa d'elle quand elle ouvrit les yeux tenait d'un hurlement où se mêlaient l'horreur et la stupeur. L'émotion contenue enfin libérée.

Elle leva les yeux.

« Annie... mais qu'est-ce que tu fais par terre ?
— David ? »

Il s'avança ; il la surplombait, la main tendue.

Elle la prit, les yeux écarquillés, le visage exsangue, et quand elle se redressa, elle ne put que laisser ses bras la serrer contre lui.

« Qu'est-ce que tu fais ici ? demanda-t-elle. Mais qu'est-ce que tu fais ici, David ? répéta-t-elle d'une voix où perçait la peur.

— Bon sang, tu trembles comme une feuille. Entrons, tu veux..., dit-il avant de s'interrompre, hésitant, regardant à gauche, puis à droite.

— Là », dit-elle en désignant du geste son appartement.

L'instant d'après, il l'avait poussée à l'intérieur et refermait la porte derrière eux.

« J'ai eu ton mot, dit-elle, fouillant la poche de son jean pour le retrouver.

— Ma mission a été annulée. Ils ont dû trouver quelqu'un plus près... On m'a appelé pour me dire que le boulot était annulé. »

Il resta un moment à la regarder, puis parcourut la pièce des yeux, hochant la tête d'un air appréciateur. « Sacré endroit, Annie... vraiment chouette. Les tons, la déco, c'est toi ? »

Elle fit oui de la tête, surprise, voire interloquée, qu'il puisse remarquer ce genre de chose, d'autant qu'il semblait avoir oublié à quel point elle était encore bouleversée.

Son regard revint vers elle.

« Bon sang, je t'ai vraiment fait peur, hein ?

— Un peu, oui. »

Elle esquissa un sourire qui s'effaça presque aussitôt, tandis qu'elle fronçait les sourcils et inclinait la tête de côté. « Mais comment se fait-il que tu sois là... ? Comment as-tu trouvé mon adresse ? » Un moment de trouble, fugace, le sentiment d'être menacée, envahie. C'était à peine si elle connaissait cet homme quand elle était allée chez lui, et voilà qu'à présent il était là, dans son saint des saints, et, pour être franc, sans qu'elle le connût davantage.

« L'annuaire, dit David. Tu es la seule "A. O'Neill" dans le quartier. »

Annie hocha la tête. Elle était toujours, et visiblement, secouée.

« Je peux m'en aller, proposa-t-il. Je suis passé au magasin, mais tu avais déjà fermé. Si tu veux que je parte, je m'en vais tout de suite. Je suis désolé de… »

Annie leva la main.

« Non, ça va… Écoute, je ne sais pas ce qui m'a prise. Je suis sortie voir si Sullivan était là et j'ai entendu quelqu'un monter l'escalier, et alors, je ne sais pas pourquoi, je suis restée plantée là comme une demeurée.

— Sullivan ? demanda David. C'est… c'est quelque chose comme ton chat ou… ? »

Annie éclata de rire.

« Non, c'est pas un chat, Sullivan… C'est mon voisin.

— Ah bon, ton voisin… Et le chat alors, il est où ?

— Le chat ? Mais je n'ai pas de chat. »

David fronça les sourcils.

Annie rit de nouveau. « Pas de chat, David. Juste un voisin. Du nom de Sullivan… Fin de l'histoire. »

David hocha la tête, le sourcil toujours froncé.

« Alors, tu ne veux pas que je m'en aille ?

— Non, je ne veux pas que tu t'en ailles.

— Ce qui veut dire que tu veux que je reste, c'est bien ça ?

— Tu joues à quoi, là ? À qui sera le plus bête ? Oui, j'aimerais que tu restes. Enlève ton manteau, assieds-toi, mets-toi à l'aise. Un thé, un café ?

— Un thé, oui, ce serait bien », dit David en ôtant son manteau.

Il posa son vêtement sur la chaise à côté de la porte d'entrée, parcourut une fois encore la pièce des yeux avant de la traverser. Il s'assit à la table où Annie et Sullivan avaient passé tant d'heures à bavarder, à parler d'eux-mêmes, à dévoiler leurs pensées dans un doux climat de confiance réciproque.

Annie s'arrêta sur le seuil de la cuisine et regarda derrière elle, surprise par l'aspect nouveau qu'avait pris la pièce avec l'arrivée d'un étranger.

David leva les yeux dans sa direction.

« Qu'est-ce qu'il y a ?

— Rien, David…, dit-elle en souriant. Cool, Raoul, d'accord ?

— D'accord, je me détends. Et toi, ça va, maintenant ?

— Bien, très bien. »

Annie le laissa au milieu de ses tons coordonnés et de ses possessions révélatrices et alla préparer le thé. Elle n'en eut que pour quelques minutes, mais quand elle revint dans le séjour, elle le trouva en train de regarder dans le rack à CD.

« Sinatra, dit-il.

— Tu aimes ?

— J'adore », enchérit-il en se tournant vers elle.

Elle examina son visage. Il était sincère. David Quinn adorait Frank Sinatra.

« Mets-en un, si tu veux. »

David sortit le CD de son boîtier, brancha la chaîne, et quelques instants plus tard Frank les rejoignait dans la pièce avec son inimitable version de *I've Got You Under My Skin*.

« Los Angeles, 30 avril 1963.

— Pardon ? fit Annie en s'asseyant à la table.

— Le disque, reprit David en venant s'asseoir en face d'elle.

— Parce que tu sais ça ? demanda Annie, incrédule. Le lieu et la date de l'enregistrement ?

— Absolument, répliqua David. Tu trouves ça vraiment lamentable ? »

Elle sourit, eut un petit rire étouffé. Elle était touchée. Il venait de partager quelque chose avec elle, quelque chose de personnel.

« Tu me demandes si le fait que tu saches où et quand ce morceau a été enregistré me paraît lamentable ?

— Heu... Pas totalement, mais un peu, peut-être ? »

Elle prit un air sévère. « David, c'est peut-être bien le truc le plus lamentable que j'aie jamais entendu. »

Il resta un instant sans voix, jusqu'à ce qu'Annie éclate de rire, et alors il se joignit à elle, pendant que la voix de crooner de Sinatra distillait « I've got you deep in the heart of me... » comme si les paroles avaient été écrites spécialement pour ce moment.

Puis il n'y eut plus aucun bruit en dehors de cette voix, et, même si Annie O'Neill vivait dans cet appartement depuis bientôt sept ans, même si elle avait elle-même choisi tout ce qu'il renfermait, chaque coussin, chaque tenture, chaise ou lampe, après maintes hésitations et mûre réflexion, cet environnement lui faisait une étrange impression.

Elle regarda David Quinn, cet homme qu'elle ne connaissait que depuis huit jours, et découvrit que sa présence ici était un événement marquant. Richard Lorentzen était venu avant lui, de même que Michael Duggan, mais ils n'avaient en rien affecté la façon dont elle vivait son appartement. David Quinn, lui, n'était pas là depuis cinq minutes que déjà un changement s'était opéré. Un changement incontestable.

« Merci d'être venu, dit-elle. Même si tu es un peu pitoyable, j'apprécie que tu sois passé me voir. »

David sourit, tendit une main qu'il referma sur la sienne, se pencha en avant.

« Tu n'embrasserais pas le pitoyable petit bonhomme, Annie ? » murmura-t-il.

Voilà, le moment était venu, il était là, à portée de main. Le moment auquel elle avait pensé dans le métro, une fois le prêtre descendu. Celui qui réclamait une décision de sa part, parce que c'était maintenant à elle de choisir – le cueillir, ou le laisser passer.

Elle scruta le visage de David, ses yeux, essaya de voir au travers ce qui pouvait se nicher de l'autre côté, et de capter le message que transmettait son expression. Il n'existait aucun moyen de le découvrir, mais il en irait toujours ainsi, de toute façon, et si elle ne saisissait pas l'occasion qui s'offrait, elle ne connaîtrait jamais que la vie genre « Ah, si j'avais... » dont lui avait parlé Sullivan. Quand par la suite elle repenserait à ce moment, elle ne manquerait pas de le regretter.

Des crampes lui nouaient l'estomac. Elle avait les mains moites. Chaque muscle de son corps était tendu à l'extrême. Elle ferma les yeux lentement, les rouvrit, prit une profonde inspiration. Se demanda une dernière fois si cet homme représentait une bénédiction ou un réel danger... mais la réponse ne vint pas, et elle savait que, dût-elle attendre une éternité, seul le silence lui répondrait.

Ce fut alors qu'Annie O'Neill se pencha en avant, effleura le visage de David, referma la paume de la main sur sa joue, ouvrit les doigts et les laissa courir dans ses cheveux, avant de l'attirer à elle.

La sensation fut différente, tout en étant la même, bizarrement, que la fois précédente – quand ils s'étaient trouvés dans l'appartement vide où il avait entreposé ses affaires. Cette fois-ci, cela se passait chez elle, au milieu de *ses* affaires. Et simplement parce qu'ils étaient chez elle, les choses étaient d'une certaine manière plus lourdes de sens, et quand ses lèvres rencontrèrent les siennes, quand elle sentit la pression de son visage contre le sien, et la vague d'émotion qui la submergea à ce contact, elle dut faire un immense effort pour se retenir de lui arracher sa chemise et de l'entraîner sur le sol.

Pour finir, après un intervalle où le temps parut suspendu, elle s'écarta de lui.

Il ne lui lâcha pas la main, et quand elle se leva, il se leva avec elle, et quand elle commença à s'éloigner de la table, il la suivit sans poser de question, et, quand elle le fit passer devant la cuisine, en direction de la porte au fond de la pièce, rien dans son expression ne donnait à penser qu'il mettait en question le bien-fondé de sa démarche.

Une fois le seuil de la chambre franchi, son lit derrière eux, des vêtements éparpillés sur le bas du matelas et sur un profond fauteuil qui se trouvait à côté, elle l'attira de nouveau à elle, sentit la pression de ses seins contre son torse, la sensation presque douloureuse qui lui labourait le ventre, la tension qui lui nouait la gorge.

Il avait maintenant les mains sur ses hanches, ses doigts s'enfonçaient dans sa chair, il glissa sa cuisse entre ses jambes qu'elle referma autour de lui, et, avec l'impression de partir à la renverse, elle sentit ses mollets frôler le bord du matelas ; de sa main droite elle poussa par terre les vêtements qui jonchaient le lit et se laissa tomber.

Il tomba avec elle, et elle sentit son poids, bizarrement à peine perceptible, sur son corps, puis la main de David qui glissait de sa taille vers ses cuisses, ses doigts tirant sur le tee-shirt pour le dégager de la ceinture du jean, avant de le soulever derrière, puis de le faire passer par-dessus sa tête dans un mouvement rapide et disparaître. Elle trouva les boutons de sa chemise, qu'elle déboutonna, puis il l'aida à son tour, et elle sentit la chaleur de sa peau, la texture un peu rêche des poils sur sa poitrine...

Son jean, son soutien-gorge, son pantalon, son caleçon, ses chaussures, ses chaussettes, les vêtements tombés du lit, et quelque chose de plus intime, de plus personnel au milieu de tout ça, elle-même, respirant d'abord avec difficulté sous son poids, puis libérée quoique retenue prisonnière, sentant la tête de l'homme appuyer sur son ventre, ses mains lui caresser les seins, les mamelons gonflés, le dos cambré, et puis la sensation de cette langue qui trace une ligne fine de son nombril vers le bas, toujours plus bas...

Une grande chaleur qui l'envahit, comme un flot indescriptible et indifférencié l'inondant au ralenti, quand sa bouche la touche, que ses doigts la pénètrent avant de s'enfoncer...

Elle se retourne, sent les muscles de ses cuisses se tendre au moment où elle le touche, referme la main sur son sexe, l'embrasse sur le ventre, puis sur le dos, quand il se retourne à son tour. Assise maintenant, elle prend un mamelon dans sa bouche et sent l'homme soupirer en silence, puis, baissant la tête, elle le prend dans sa bouche, une expérience qui, sans être nouvelle, reste plus lourde de sens que jamais auparavant. Jamais elle n'a été aussi proche d'un autre être.

Il la retourne sur le dos, puis il est sur elle, ses mains lui agrippant les hanches, il se colle à sa jambe, glisse sur le côté et la pénètre. Elle le sent qui s'enfonce en elle, toujours plus loin. Les larmes lui montent aux yeux, elle rit, lui semble-t-il, et il se met en mouvement, un mouvement qui recèle quelque chose que l'on ne pourrait décrire autrement que par le mot « amour ».

Du moins, c'est ainsi qu'elle le décrirait, parce qu'elle n'a jamais rien senti de comparable... ne se souvient pas d'avoir jamais rien éprouvé de semblable.

Et cela parut durer une éternité. Qu'elle aurait aimé ne jamais voir finir.

C'était là ce qu'elle désirait le plus au monde.

Mais qui finit par s'arrêter, pour laisser le silence s'installer. On n'entendait plus que leur respiration et, dehors, la pluie, qui tombait à nouveau.

Elle ne fit pas un bruit, ne voulant pas troubler ne serait-ce qu'une seconde l'atmosphère de ce moment. Elle ferma les yeux, pressa son visage contre sa poitrine, et resta silencieuse pendant qu'il lui caressait les cheveux.

16

Une heure passa, peut-être plus, avant qu'elle bouge. Elle se tourna légèrement et étudia le visage de David. Il avait les yeux clos, le souffle profond mais calme. Il dormait. Noyé dans les vestiges de l'expérience qu'ils venaient de partager en ce milieu d'après-midi, il dormait.

Elle se glissa hors du lit, enfila la chemise de David et se rendit dans la cuisine sur la pointe des pieds pour sortir une bouteille du réfrigérateur et se servir un jus de fruits. Debout devant la fenêtre, des torrents de pluie s'abattant contre la vitre, elle sentit un sourire gagner son visage, avant de l'irradier tout entière.

Il y avait là quelque chose de nouveau, de différent, croyait-elle, et même s'ils avaient fait l'amour spontanément, de manière impulsive, elle se dit que c'était peut-être bien là la chose la plus appropriée qu'elle eût jamais faite. Elle n'était pas amoureuse, ni même assez naïve pour en envisager la possibilité, mais cet homme avait indubitablement en lui de quoi lui inspirer de l'amour. Il lui donnait le sentiment d'être quelqu'un d'important, et, pour être tout à fait honnête, ce sentiment, elle le croyait partagé. Ils étaient tous deux des êtres à part, des anachronismes dans leur vie respective. Elle ne savait presque rien de lui, deux ou trois bricoles concernant sa famille et son travail, rien d'autre. Peu importait, le reste viendrait avec le temps, car tomber amoureux – ou *monter amoureux* – n'était-ce pas créer l'ici maintenant qui permettrait de construire l'avenir ? Le passé était le passé, mieux valait l'oublier, et pour l'instant, elle était convaincue qu'il n'avait pas été vain, puisqu'il lui avait donné cette chance d'être vraiment heureuse.

Quelque part aux confins de sa conscience, elle entendit la porte de la rue s'ouvrir et se refermer. Un bruit de pas dans l'escalier. Sullivan, sans le moindre doute. Quand il atteignit le palier, elle devina qu'il s'arrêtait un instant – sentant peut-être qu'Annie avait besoin d'être seule –, puis la porte de son appartement s'ouvrit et se referma à son tour. Elle sourit à nouveau, les yeux clos.

Un autre bruit. Derrière elle, cette fois-ci.

Elle se retourna, le verre de jus de fruits toujours à la main. David était là, nu. Pour la première fois, elle apercevait la forme de son corps, l'allure qu'il avait dans la lumière de cette fin d'après-midi, et elle réagit aussitôt, prise du désir de sentir ce corps nu contre le sien.

« Baise-moi, murmura-t-elle. Baise-moi encore, David. »

Il pivota sur les talons.

Annie posa le verre sur le plan de travail et le suivit, déboutonnant sa chemise – celle de David, en fait – et la laissant tomber au sol en chemin.

Cette fois-ci, ce fut différent. Passionné. Fiévreux. Presque rageur.

Elle se souvenait de lui avoir griffé le dos, le ventre, enfoncé les ongles dans les cuisses pendant qu'il l'ébranlait de ses coups de boutoir.

Elle se souvenait de la tête de lit qui lui cognait le crâne, mais elle s'en moquait, car la douleur se noyait dans les gémissements qu'elle poussait sous le poids de David. À un moment, il la retourna pour la mettre à quatre pattes, et, aussitôt, il fut derrière elle. Une main sur son sein, l'autre accrochée à son épaule, il s'introduisit en elle et la baisa jusqu'à ce qu'elle eût l'impression qu'elle allait s'effondrer sur le lit.

La sueur dégoulinait de son front, dans ses yeux. Elle se mordit la lèvre jusqu'au sang. Serra les poings, jusqu'à sentir ses ongles lui transpercer la peau. Le son qui montait de sa gorge ressemblait à celui d'un animal noyé sous un flot d'émotions et de sensations.

Elle finit par s'écrouler pour de bon. David roula sur le côté et, la retenant toujours par-derrière, il continua son travail de piston, les cuisses contre ses fesses. La sueur leur collait à la peau, David lui avait glissé la main entre les jambes, il la caressait, la massait, lui embrassait le cou, les épaules, lui pinçait les mamelons jusqu'à ce que la douleur devienne presque insupportable. Et puis la chaleur s'écoula en elle, chaque muscle contracté, chaque nerf, chaque tendon parcouru d'un courant électrique, et quand il gémit de plaisir, elle mêla ses gémissements aux siens, en une seule voix qui se heurta à son propre écho avant de se scinder.

« Oh, bon Dieu de bon Dieu ! » Il haletait, puis, roulant sur le dos, il se retira d'elle. Ce fut alors que, se retournant pour lui faire face, elle lui prit la main, la guida entre ses jambes, se servant de ses doigts pour se toucher, les poussant en elle. Puis elle se mit sur les genoux, à cheval sur sa poitrine, se pencha en avant et l'embrassa sur le visage, prenant ses cheveux trempés de sueur par poignées. Elle sentit alors ses mains lui encercler la taille, l'attirer contre lui, tandis qu'elle tendait les bras jusqu'à ce que ses paumes rencontrent la surface fraîche du mur derrière le lit. La tirant à nouveau en avant, il se pencha et, d'un mouvement rapide, plongea la tête entre ses jambes, sa bouche sous elle, sa langue se frayant un passage en elle. Elle baissa les yeux pour le regarder – il avait les yeux fermés, l'air concentré –, mais ne s'y attarda pas longtemps, focalisée sur ce qui se passait au-dedans d'elle, sur la sensation que toute sa substance allait s'échapper de son bas-ventre. Elle poussa un cri, un cri d'extase au moment où elle basculait de l'attente fébrile dans la jouissance finale. Il continuait, sa langue fouaillant toujours en elle, et elle n'y tint plus. Elle roula sur le côté, s'effondra près de lui et se tourna pour prendre son visage entre ses mains. Il avait la peau luisante de sa sueur, de son orgasme, de tout son être, de ce qu'elle était devenue dans ces derniers moments.

Elle sourit. Ferma les yeux. Pressa ses lèvres contre les siennes. Ses bras se refermèrent sur elle dans une ultime étreinte.

Puis ils se rendormirent.

Quand Annie se réveilla, le soir était tombé.

La pluie avait cessé, mais elle entendait encore le vent s'engouffrer entre les immeubles et siffler aux fenêtres. Elle se lova contre David. Il remua, murmura quelque chose, changea de position, puis se détendit. Sans se réveiller, ce dont elle lui fut reconnaissante.

Allongée dans la pénombre, dans la tiédeur de la pièce, bercée par la respiration lente et régulière de son compagnon, elle se demanda pourquoi elle s'était privée si longtemps d'une telle vie. La réalité, c'était ça, c'était ça, vivre – savoir que quelqu'un était là, qui vous désirait autant que vous le désiriez. Elle contempla son profil et se demanda si c'était en vertu de son seul désir qu'il était venu au magasin ce jour-là, à peine une semaine plus tôt. Si nos pensées étaient pratiquement seules responsables des actes et des événements de notre vie, alors David avait eu lui aussi un rôle à jouer dans l'affaire. Il devait avoir voulu cette rencontre au moins autant qu'elle-même l'avait souhaitée. L'idée la réconforta : elle n'avait pas été seule dans son désir, son attente, sa solitude. Elle avait désormais quelqu'un avec qui partager ses idées, ses sentiments, et, certaine que ce début – ce début parfait que rien ne saurait jamais effacer – ne pouvait qu'être le commencement de quelque chose d'infini, elle ferma les yeux.

Elle pensa à Sullivan et sourit : un contrat avait été passé, et, foi d'Annie O'Neill, il allait l'honorer.

17

Le bruit de la rue s'enflait tout aussi hardiment, pour se mesurer au vent telle une bannière brillamment colorée, et par les bouches d'aération la fumée et la vapeur émergeaient des entrailles du métro en volutes fantomatiques et paresseuses. Et pourtant, il était d'une certaine manière différent ; appuyée contre l'encadrement de la fenêtre de la chambre, le nez sur la vitre froide, Annie regardait les gens en bas sortir dans le matin.

Dimanche matin, le premier jour d'un nouveau mois, d'une nouvelle vie peut-être. Elle se tourna au moment où David remua et le regarda refaire surface, clignant des paupières, hésitant une seconde le temps de se situer, avant de sourire en la voyant, de tendre la main vers elle et de dire d'une voix pâteuse :

« Reviens... reviens te coucher, Annie.

— Petit déj. Je serais capable de bouffer des couilles de mouton toutes crues, moi.

— Bon sang, Annie, dit-il, soudain tout à fait réveillé, c'est bien le truc le plus grossier que j'aie jamais entendu. »

Elle éclata de rire. Elle était là toute nue, consciente de sa nudité mais nullement gênée, puis elle traversa la pièce pour venir s'asseoir au bord du lit à côté de lui.

Il l'enlaça à la taille et essaya de l'attirer à lui, mais elle résista.

« Non, vraiment, dit-elle, en se penchant vers lui et en l'embrassant, j'ai une faim de loup. »

Elle passa les doigts dans ses cheveux, sur son oreille, sa joue, puis elle se pencha de nouveau pour l'embrasser sur le front et lui murmura : « Si tu veux manger quelque chose, tu sors ta carcasse du lit... sinon tu restes là et tu crèves de faim. »

Annie se leva, David, tâtonnant dans le vide quand il voulut l'attraper, prit son slip et son tee-shirt sur la chaise à côté du lit, les enfila et sortit de la chambre pour passer dans la cuisine.

Elle avait mis des œufs durs à cuire et était occupée à remplir une carafe de jus d'orange et à verser quelques cuillerées de café dans le filtre quand elle entendit un bruit. Revenant dans la pièce de devant, elle l'entendit à nouveau. Un cliquetis de verre entrechoqué, en provenance du palier devant sa porte.

Elle traversa la pièce, déverrouilla la porte, qu'elle entrouvrit de quelques centimètres, pour découvrir, sur le paillasson, trois bouteilles de Crown Royal, deux non entamées, une troisième pleine aux deux tiers. Elle se mit à rire, de plus en plus fort, et, un instant plus tard, David était à côté d'elle, vêtu simplement de son jean, et, la main sur son épaule, découvrait les bouteilles par terre.

« Ton laitier ? demanda-t-il. Bon Dieu, c'est dans ce quartier que j'aurais dû déménager.

— Sullivan.

— Il te laisse des bouteilles d'alcool sur ton paillasson ?

— Nous avons passé un marché, dit Annie en secouant la tête.

— Un marché ?

— Je ne peux rien te dire. »

Elle ramassa les bouteilles et rentra avec lui.

« À quel propos ?

— À propos de ce marché.

— La confiance. La confiance, Annie O'Neill, cela veut dire que l'on n'a pas de secrets pour l'autre.

— Mais là, c'est personnel…, commença-t-elle.

— Et ce qui s'est passé hier ne l'était pas, peut-être ? »

Il s'amusait à la taquiner, à la provoquer, mais elle savait que si elle menaçait de ne pas céder, il n'insisterait pas.

« D'accord, consentit-elle, mais si tu dis un seul mot de tout ça à Sullivan, j'en concevrai une rogne colossale.

— Pas un mot, chuchota David, avant de mettre un doigt sur ses lèvres.

— Il boit trop, beaucoup trop, dit Annie. Sullivan était journaliste, Vietnam, Haïti, Cambodge, Salvador, bref ce genre d'endroits. Il a vu des trucs horribles… et il a ses fantômes, tu vois ce que je veux dire ? »

David opina, et, à son regard, elle put constater qu'il comprenait son propos.

« Et donc il boit, et il boit trop, alors nous avons conclu un marché… »

Annie regarda David Quinn. Qui avait l'air hésitant, interrogateur.

« Pas un mot, lui rappela-t-elle.

— Même pas en rêve, promit-il en secouant la tête.

— Bon... Donc on a décidé que quand je me ferais... Enfin, tu vois ?

— Non, je ne vois pas.

— Mais si, tu sais bien... Quand je... »

Elle agita la main comme pour remplir le blanc laissé par les mots manquants.

« Quand tu... quoi ?

— Enfin, bon Dieu, David, quand je me ferais baiser, t'es content ? Quand je me ferais baiser une bonne fois, lui s'arrêterait de boire. C'est assez clair ?

— Très. Tout à fait clair, Annie, dit David en souriant. Manifestement, il a estimé suffisant ce qui s'est passé cette nuit.

— Manifestement, oui..., commença-t-elle, avant de s'écrier : Bon sang, les œufs ! »

Elle écarta David pour se précipiter dans la cuisine et trouver la pièce enfumée et les œufs noircis dans la casserole. Elle ouvrit la fenêtre et se mit à agiter un essuie-mains pour clarifier l'atmosphère.

David arriva derrière elle. « Je me contenterai d'un café. Prenons juste un café et retournons au lit... Qui sait, on fera peut-être assez de bruit pour que Sullivan décide cette fois de nous livrer une pleine caisse. »

Annie déposa la casserole au fond brûlé dans l'évier et la remplit d'eau. Elle versa le café, tendit une tasse à David, et ils rejoignirent la chambre.

Le café ne fut jamais bu. Il refroidit au bout d'un moment. Bon sang, c'était bien la dernière chose à laquelle Annie avait envie de songer ce dimanche matin-là.

Une heure plus tard, peut-être deux, elle était allongée à côté de David, le bras passé autour de sa taille, le visage sur son épaule, et traçait du doigt de minuscules cercles dans la toison de sa poitrine.

« La dernière fois, c'était quand ? s'enquit-elle.

— Katherine Hellmann. Il y a deux ans, au mois d'août, dans le New Jersey.

— Quelle précision ! fit Annie, quelque peu surprise.

— Et toi ?

— Un certain Michael Duggan, il y a environ trois ans... Ici en fait, autant que je me souvienne.

— Il était comment ?

— Pas comme toi, en tout cas. Et cette Katherine Hellmann, elle était comment ?

— Elle est morte. »

Annie se mit sur le coude, l'air consterné. « Morte ? »

David hocha la tête.

« Dans quelles circonstances... enfin, si ma question n'est pas indiscrète ?

— Non, pas du tout. Elle est morte en octobre de la même année... heurtée par une voiture après être tombée du siège arrière d'une moto.

— Quelle horreur ! s'exclama Annie. Mais pas la tienne, de moto ?

— Non. Celle de son frère.

— Et c'était son frère qui conduisait ?

— Oui, c'était lui. »

254

Annie était sans voix, incapable de trouver une réplique appropriée.

« Allez, oublie.

— Oublier quoi ?

— L'image de quelqu'un qui tombe de l'arrière d'une moto et se fait percuter par une voiture. »

Elle ferma les yeux, les serra très fort, essayant de penser à autre chose, n'importe quoi – un éléphant, un vitrail –, mais l'image macabre refusait de s'effacer.

« Parle-moi un peu de ce Michael Duggan, dit David, attrapant ses cigarettes et en allumant une.

— Michael ? Il donnait des cours de langue et littérature anglaises à Barnard. On est sortis ensemble pendant environ un an. Il avait trente-trois ans, et notre relation s'est terminée du jour où une de ses étudiantes lui a taillé une pipe dans son bureau. »

David sourit, puis se mit à rire.

« Qu'est-ce qu'il y a de si drôle ? demanda Annie, un peu surprise de sa réaction.

— Bon sang, Annie... mais c'est d'une banalité à pleurer.

— Tu es vraiment le roi de la compassion, hein ?

— Excuse-moi. C'est simplement que...

— D'accord, ça fait un peu cliché, l'interrompit-elle. Bref, il a été le dernier homme dans ma vie, et c'est comme ça que ça s'est terminé.

— Et tu attends quoi, maintenant ?

— Ce que j'attends... mais de quoi ?

— D'une relation, dit David. Qu'est-ce que tu attends d'une relation ?

— D'une relation en général, ou de celle-ci en particulier ?

— De celle-ci. Je ne voulais pas avoir l'air présomptueux.

— La présomption ne vous étouffait pas, hier, monsieur David Quinn. »

Il sourit, se pencha et l'embrassa. « Alors, dis-moi, qu'attends-tu de cette relation-ci ? »

Elle resta silencieuse un instant. Aucun homme jusqu'ici, lui semblait-il, ne lui avait jamais posé une telle question. Sous la surface en apparence lisse, l'eau était profonde, et recouvrait une sollicitude sous-jacente qu'elle appréciait à sa juste valeur.

« D'abord et avant tout, un ami... un allié, un confident. De la confiance et de la loyauté. Je veux quelqu'un qui soit sérieux quand le sérieux s'impose, mais qui, le reste du temps, soit capable de voir le bon côté des choses, de rester cool, de faire des trucs comme ça, pour le plaisir, sans aller chercher midi à quatorze heures, tu vois ?

— Je vois, oui.

— Et toi ? demanda-t-elle. Qu'est-ce que tu veux ? »

Il resta un instant silencieux, puis il se tourna lentement et la regarda bien en face, les yeux brillants, le visage à quelques centimètres du sien. « Toi, Annie O'Neill... C'est toi que je veux. »

Il l'embrassa une nouvelle fois, et elle comprit qu'elle n'aurait pu rêver meilleure réponse à sa question.

*

Pourquoi lui avoir parlé de Forrester, elle l'ignorait. C'était le début de la soirée, vers six heures, et ils s'étaient levés, habillés et attablés dans le séjour, devant un poulet froid et de la salade de pommes de terre. Elle avait débouché une bouteille de vin, et, dans le silence, le hiatus qui s'était installé, elle avait introduit Robert Forrester comme sujet de conversation.

« Et il a débarqué comme ça au magasin ?

— Ben oui. Comme ça, à l'improviste, pour me dire qu'il avait connu mon père il y a bien des années.

— Et ton père ne t'en avait jamais parlé ?

— J'avais sept ans quand il est mort.

— Et ta mère ?

— Oh, ma mère ne parlait pratiquement jamais de mon père, encore moins des gens qu'il avait pu connaître.

— Et tu crois qu'il est clair, ce type ?

— Oui. J'ignore pourquoi il est venu me voir maintenant... Il aurait pu venir à n'importe quel moment, ça n'aurait fait aucune différence. J'ai l'impression que c'est un vieux bonhomme très seul qui a besoin de compagnie.

— Et il t'a dit qu'il venait juste de s'installer dans le coin ?

— Pas dans ces termes... Il a simplement dit qu'il était ici pour quelques semaines, peut-être quelques mois, et qu'il voulait faire revivre la tradition qu'ils avaient instaurée, lui et mon père.

— Le club de lecture ?

— C'est ça, oui.

— Et il t'a apporté des lettres de ton père ?

— Deux jusqu'à présent, mais je soupçonne qu'il en apportera une chaque fois qu'il viendra.

— Comment se fait-il qu'il soit en possession de lettres de ton père adressées à ta mère ?

— Je ne sais pas trop, dit Annie en secouant la tête. D'après ce que j'ai cru comprendre, ils ont dû vivre ensemble quelque temps, et quand mon père est mort, les lettres étaient toujours en la possession de Forrester.

— Ton père ne les a donc jamais envoyées, sinon il ne les aurait plus. »

Annie fronça les sourcils. David avait raison.

« Je ne sais pas. Je n'ai aucune explication.

— Quand est-ce qu'il doit revenir ?

— Demain soir.

— Et qu'est-ce que vous lisez ?

— Il a apporté une histoire... enfin, plusieurs chapitres d'une histoire... D'après lui, c'est un des membres à l'origine du club qui l'a écrite.

— C'est bien ?

— Bien ? reprit Annie, avec un sourire et un haussement d'épaules. Je ne sais pas si c'est le genre d'histoire qu'on peut facilement classer dans des catégories comme bien ou pas bien. C'est une sorte de biographie, celle d'un dénommé Harry Rose.

— Et ce Harry Rose, il fait quoi ?

— C'est un immigrant qui a connu Dachau, a été emmené en Amérique à la fin de la guerre par un soldat américain. Et qui devient gangster après la mort du soldat.

— Tu l'as ici avec toi ? »

Annie leva les yeux vers lui.

« L'histoire. Ces chapitres, tu les as avec toi ?

— Oui…, dit-elle en hochant la tête. Pourquoi ?

— Je me demandais si tu me laisserais les lire. »

Annie ne répondit pas tout de suite. Hésitante, pleine d'une certaine appréhension. Pourquoi, elle n'aurait su le dire. Les lettres, autant que les chapitres, semblaient contenir quelque chose de si personnel qu'elle n'était pas sûre de vouloir les montrer à quiconque. Mais Sullivan ne les avait-il pas déjà lus ? Si, bien sûr. À cette différence près que, lui, elle le connaissait depuis qu'elle avait emménagé dans l'immeuble.

« Si tu ne veux pas, je comprendrai », dit David, percevant ses hésitations.

Annie secoua la tête, se demanda pourquoi elle s'inquiétait à ce point. Cette nouvelle vision des choses qui était la sienne désormais n'impliquait-elle pas de laisser les autres l'approcher, de cesser de se soustraire à tout ce qui faisait la vie dans l'idée qu'il valait mieux vivre seul ? Bien sûr que si.

« Non, c'est bon, dit-elle. Pour être honnête, j'aimerais bien que tu lises tout ça… quand on aura fini de manger, d'accord ?

— D'accord, du moment que…

— Non, pas de problème. C'est décidé, tu le liras après manger. »

Et ce fut ce qu'il fit, assis sur le canapé, avec à son côté Annie, qui lut le manuscrit pour la seconde fois, par-dessus son épaule. Il lut très vite, sans poser une seule question, et quand il eut terminé, il se tourna vers elle et eut ce commentaire : « Eh ben, sacrée histoire, dis donc ! » Puis il sourit et secoua la tête.

« Ce Johnnie Redbird, c'est quelqu'un, quand même !

— Je soupçonne qu'il va prendre de plus en plus de place dans la suite de l'histoire, mais il va falloir que je patiente, pas vrai ? »

David feuilleta rapidement les pages.

« Tu crois qu'on parle là de gens qui existent réellement ? demanda-t-il.

— Oui, c'est ce que j'ai pensé quand j'ai lu le début. Avant d'essayer de me convaincre que c'était de la pure fiction.

— T'en convaincre, mais pourquoi ?

— Je ne sais pas, dit Annie, au bout d'une seconde d'hésitation. Peut-être parce que le récit m'a mise très mal à l'aise. J'ai commencé à m'interroger : pourquoi Forrester tenait-il à ce que je lise tout ça ? Et ensuite à me demander s'il existait un lien entre cette histoire et mon père. Si Johnnie Redbird était mon père, ce genre de truc. »

Annie regarda David, comme si elle quêtait son opinion. Pensait-elle vraiment une chose pareille ? Qu'un être aussi brutal ait pu être son père, qu'ils soient du même sang ? Et puis il y avait cette autre question, celle qu'avait soulevée Sullivan en lui racontant une histoire, quand elle avait imaginé que son père était là. À cet instant, ce dernier avait eu les traits de Robert Forrester, et elle n'arrivait pas à se défaire de cette image. Elle ne savait plus que penser, tout cela n'avait aucun sens, mais ne laissait pas pour autant d'être convaincant. Il ne s'agissait plus seulement de l'intérêt de l'histoire en elle-même, mais du besoin où elle se trouvait de savoir ce qui allait arriver.

« Sacrée vie, en tout cas, dit David. Même si le récit est terrifiant, il me fait penser à ma propre vie, et je me dis que j'aurais pu en faire autre chose. »

Annie sourit en son for intérieur, s'entendant dire exactement la même chose. C'était peut-être ça, en définitive ; c'était peut-être ainsi qu'il lui fallait interpréter son attitude : si elle arrivait à se convaincre que l'histoire n'était pas vraie, alors sa propre vie ne serait pas remise en question comme elle l'était. Comparée à celle de tous ces gens, la sienne avait été singulièrement vide.

« Alors, tu le revois demain soir ? demanda David.

— Oui. Je tiens à connaître la suite.

— Je pourrai la lire, moi aussi ?

— Bien sûr... mais il faudra que tu viennes jusqu'ici. »

David sourit, lui passa un bras autour des épaules et la serra contre lui. « Je me disais que je pourrais peut-être rester ici dans l'intervalle.

— Rester ici... pendant que je travaille ?

— Je plaisante, dit-il en secouant la tête. Il faut quand même que j'aille ranger mes affaires à l'appartement.

— Reste ce soir, dit Annie. Tu peux ?

— Bien sûr. J'en avais bien l'intention.

— Je vais au magasin demain, et puis, sur le coup de huit ou neuf heures du soir, tu viens jusqu'ici et tu lis le prochain chapitre avec moi.

— Ça marche. J'apporterai de quoi manger. Qu'est-ce qui te ferait plaisir ? Chinois ? Thaï ?

— Chinois, c'est très bien. Nouilles, riz croquant, travers de porc et tout et tout.

261

— Surtout le et tout et tout, releva David.

— Exactement, ne jamais oublier le et tout et tout. »

Elle rassembla les feuillets qu'elle mit à l'écart sur la table.

« Et maintenant ? demanda David. Tu veux regarder un truc à la télé, genre ?

— Plutôt genre, ça me plairait davantage.

— Quel genre de genre ?

— Tu sais exactement quel genre, David Quinn.

— Le genre bel et bon, tu veux dire ? »

Annie se leva du canapé, lui prit la main et l'obligea à se mettre debout. Elle l'enlaça et posa la tête sur son épaule.

David eut un mouvement brusque, inattendu, et avant qu'elle comprenne ce qui lui arrivait, il l'avait soulevée de terre et la portait en direction de la chambre.

Elle éclata de rire, tirant sur sa chemise pour la sortir de son jean, avant de se débattre avec la boucle de sa ceinture.

« Hé, du calme, murmura-t-il.

— Le calme, on en a rien à foutre ! » répondit Annie O'Neill.

18

Lundi matin, il pleuvait à nouveau, sous un ciel presque noir. Ils se levèrent, David se doucha, et, pendant qu'elle le regardait se sécher les cheveux dans la salle de bains avec une serviette, elle fut frappée par une idée.

Elle passa dans la chambre, ouvrit le tiroir du bas de sa commode et sortit un livre enfoui sous les vêtements. Cherchant à la hâte un morceau de papier, elle se sentit prise d'une excitation fébrile, comme si elle accomplissait quelque chose de beaucoup plus important en pensée qu'en action. Elle enveloppa soigneusement le livre et revint dans la pièce de devant.

Elle appela un taxi pour David, et, au moment où il s'apprêtait à partir, elle lui tendit le livre.

« Qu'est-ce que c'est ? demanda-t-il.

— *Un moment de répit*.

— Un moment de répit ?

— Le livre dont je t'ai parlé... celui que mon père m'a laissé.

— Mais je ne peux pas accepter, Annie.

— Simplement pour le lire, dit-elle. Pas pour le garder. Je veux que tu le lises.

— Tu es sûre ?

— Si je n'étais pas sûre, je ne te le proposerais pas... Mais prends-en bien soin, David, et promets-moi de me le rendre.

— Promis, je n'oublierai pas. »

Il garda le livre un instant à la main, avant de se pencher pour l'embrasser. « Merci. »

Puis il partit, et quand elle l'eut raccompagné dehors, qu'elle eut regardé le taxi disparaître au coin de la rue, elle remonta chez elle et resta un moment dans la cuisine à réfléchir à ce qu'elle venait de faire. Elle avait confié à cet homme ce qui était peut-être son bien le plus précieux. Sur une impulsion, une réaction spontanée à ses sentiments du moment, mais avec le recul, et en dépit de quelques réserves, elle ne regrettait pas sa décision. C'était une partie de sa vie, une partie aussi de ce que son père aurait pu signifier pour elle, et peut-être même que c'était là sa manière, étrangement, de partager cette relation avec son père. Même si le livre n'avait intrinsèquement ni grande signification ni grande valeur, il faisait néanmoins partie d'elle. Et ce partage qu'elle avait accepté avait forcément un sens. Lequel, elle n'en était pas trop sûre, mais il en avait nécessairement un.

Annie se fit du thé, avant d'aller voir ce que faisait Sullivan. Il dormait, et elle ne voulut pas le réveiller. Revenue chez elle, elle se prépara pour aller travailler.

Une demi-heure plus tard, elle fit une nouvelle tentative du côté de son voisin, cette fois-ci pour le trouver assis en robe de chambre à la table de la cuisine.

Il lui sourit – un sourire chaleureux, satisfait – et dit :

« Tu as trouvé mon petit cadeau ?

— Oui… et je dois reconnaître que vous êtes un homme de parole, Jack Sullivan.

— Et vous, Annie O'Neill, une femme dotée d'un organe d'une rare puissance. »

Annie se sentit rougir.

« C'est super, Annie, inutile de le cacher. Je suis ravi pour toi.

— Autant que je le suis pour moi-même.

— Alors, raconte. Il est comment ? »

Annie s'assit en face de Sullivan. L'air pensif, l'élocution lente et mesurée.

« Je pense… je pense qu'il est OK, Jack. Un moment, je me suis sentie menacée, genre… Attends, "menacée" est peut-être trop fort. Je pense que d'une certaine manière il me ressemble beaucoup.

— Une pauvre vieille chose solitaire…

— Je ne plaisante pas, Jack, j'essaie d'être sérieuse, alors, arrête », le coupa-t-elle.

Il inclina la tête, sans rien répondre.

« Je pense qu'il a eu pas mal de difficultés à communiquer avec les gens… du moins c'est l'impression qu'il me donne. Son travail lui interdit toute forme de stabilité. »

Sullivan haussa un sourcil interrogateur.

« Il est enquêteur pour le compte d'une compagnie d'assurances maritimes… Des semaines d'affilée dans toutes sortes d'endroits arides et désolés. Passe beaucoup de temps dans les hôtels, tu vois le genre de vie. Je suis allée à son appartement il y a deux ou trois jours, poursuivit Annie après s'être penchée en avant, près de St Nicholas et de la 129e. Il doit y être depuis plusieurs semaines, et pourtant on a l'impression qu'il vient tout juste d'emménager, tout est encore dans des caisses et des cartons empilés contre les murs. Il avait simplement sorti des draps, des couvertures et quelques vêtements, de quoi faire du café, enfin, tu vois ? Exactement ce que tu trouverais dans un Holiday Inn.

— J'ai rencontré des gens comme ça, dit Sullivan, qui hochait la tête... Et qu'est-ce que tu crois, c'est la vie que j'ai moi-même connue pendant des années. Toujours en mouvement, jamais rien de durable, et tu finis par ne pas pouvoir tenir en place si tu n'as plus rien à faire ni nulle part où aller. Il y en a qui ne s'en remettent jamais.

— Je crois qu'il essaie de se poser. J'ai l'impression qu'il recherche la stabilité, un point d'attache d'où partir et où revenir.

— Et le point, j'imagine, ce serait toi ? »

Annie haussa les épaules.

« C'est ce que tu veux ? demanda-t-il encore.

— Je n'en sais rien, Jack. C'est un peu tôt pour se prononcer sur le potentiel de cette histoire.

— Mais toi, tu la sens bien ?

— Oui. Plutôt bien. »

Jack Sullivan tendit une main qu'il referma sur celle d'Annie.

« Je donnerais cher pour que ça marche, dit-il. Il m'arrive de penser que tu aurais dû être ma fille, tu sais ça ? Et s'il y a un quelconque problème...

— Un problème ? le coupa Annie en souriant. Non, il n'y aura pas de problème. Je suis une grande fille, p'pa.

— Écoute-moi, veux-tu ? S'il y a un problème... s'il y a quelque chose qui te paraît clocher, n'importe quoi, tu viens me trouver, d'accord ?

— D'accord. »

Le sourire d'Annie avait disparu, une lueur inquiète s'était allumée dans ses yeux.

« Ne me fais pas dire ce que je ne dis pas, reprit Sullivan. Le gars, je ne le connais ni d'Ève ni d'Adam, et, bon sang, s'il y a un jugement auquel je me fie, c'est le tien. Si tu estimes qu'il est bien, ce David, moi, ça me va. Alors, oublie ce que j'ai dit, d'accord ?

— D'accord, dit Annie, retrouvant son sourire.

— Bien, va bosser maintenant, histoire de ramasser trois sous. »

Annie se leva, se pencha pour embrasser Sullivan sur le front.

— Fais attention à toi, dit-elle. Et merci.

— Allez, va, la rabroua-t-il en hochant la tête.

— Forrester vient ce soir, fit-elle après s'être retournée au moment où elle atteignait la porte. Tu veux venir ?

— Bon Dieu, j'avais oublié... je dois voir quelqu'un, ce soir.

— Ça ne fait rien. Je n'ai rien à craindre de lui. De toute façon, je ne pensais pas que ta présence était vraiment requise.

— Tu es sûre ?

— Tout à fait sûre. Alors, à ce soir ?

— À ce soir. »

Annie sortit et referma la porte derrière elle. Sullivan avait l'air légèrement mieux, mais elle savait qu'il ne lui faudrait pas deux heures pour commencer à grimper aux murs, faute d'un verre. Elle le connaissait pourtant suffisamment pour savoir que ce verre, il ne le prendrait pas maintenant qu'il avait passé un marché. Sullivan ne songerait pas plus à rompre une promesse qu'à courir nu comme un ver dans une galerie marchande.

L'itinéraire qu'elle emprunta était le même qu'à l'ordinaire, mais son état d'esprit était complètement différent. Il y avait une lumière au bout du tunnel, et, derrière elle, le passage obscur ouvrant sur la solitude semblait se refermer à la vitesse de l'éclair. Les gens avaient l'air changés, leurs voix n'étaient plus les mêmes, et quand elle s'arrêta au Starbucks pour prendre un mochaccino, sa réticence à quitter la chaleur du lieu, sa convivialité, la rumeur humaine qui l'emplissait, était palpable.

Une fois au magasin, elle s'occupa de réaménager les rayonnages de livres cartonnés qui se trouvaient près de la porte d'entrée. Ils la gênaient depuis toujours, comme la gênait la barrière systématique qu'ils semblaient présenter dès que l'on mettait un pied dans la boutique. Elle avança dans son travail, mieux qu'elle ne l'avait fait depuis des semaines, et la sensation de claustrophobie qu'engendrait l'endroit perdit un peu de son emprise. John Damianka fit une apparition à midi, la surprit en ne faisant aucune allusion à son absence des derniers jours, ce que ne tarda pas à expliquer l'empressement qu'il mit à lui annoncer à quel point les choses se passaient bien avec Elizabeth Farbolin du Centre international de la photographie.

« On a déjeuné ensemble pratiquement tous les jours de la semaine dernière, dit-il, et il semble bien que plus nous passons de temps ensemble, plus nous avons envie d'en passer.

— C'est comme ça que ça doit être, rétorqua Annie.

— Sauf que ça ne l'a jamais été.

— L'âme sœur est toujours là à attendre quelque part. Il faut croire que tu as eu la chance de la trouver.

— Rien à voir avec la chance. Simple question d'obstination, d'acharnement, si tu veux tout savoir. »

Elle sourit, acquiesça, pensa à David, et réussit à aller jusqu'à la moitié du sandwich dégoulinant de mayonnaise que lui avait apporté John, avant de s'avouer définitivement vaincue.

L'après-midi traîna en longueur, et quand les aiguilles de la pendule finirent par approcher des cinq heures, elle aurait donné cher pour que les deux heures avant l'arrivée de Forrester fussent déjà écoulées.

Elle retourna l'écriteau de la porte d'entrée, mais laissa les lumières allumées, se retira dans la petite cuisine où elle refit du café et s'assit, essayant de réfléchir à sa liaison avec David.

Un peu après dix-huit heures, elle entendit un bruit devant le magasin. Elle se leva pour aller voir de quoi il retournait. Elle se dit que c'était peut-être David et ne put s'empêcher de remarquer le sursaut de son cœur.

Tu vois, songea-t-elle, *on devrait bel et bien dire « monter amoureux »*.

Mais ce n'était pas David. Un jeune homme en pantalon bleu foncé, anorak et casquette de base-ball ornée d'un logo rouge et blanc se tenait derrière la vitre. Il avait une grande enveloppe à la main.

« Mademoiselle O'Neill ? » cria-t-il à travers la porte fermée.

Elle hocha la tête.

« Un paquet pour vous. »

Elle fronça les sourcils, ouvrit, et, après avoir signé pour prendre livraison, referma la porte à clé derrière le coursier.

Elle alla jusqu'au comptoir, retourna l'enveloppe et découvrit, imprimés en caractères gras, son nom, celui du magasin et la date du jour.

Elle ouvrit l'enveloppe, la tourna tête en bas, et il en sortit une liasse de feuillets ainsi qu'un mot rédigé à la main.

Un simple message en lettres majuscules :

MADEMOISELLE O'NEILL. TOUTES MES EXCUSES POUR MON ABSENCE. JE SUIS RETENU PAR UNE AFFAIRE URGENTE. AFIN QUE VOUS NE SOYEZ PAS TROP DÉÇUE, JE JOINS À MON ENVOI LE CHAPITRE SUIVANT DE NOTRE MANUSCRIT. JE VOUS VERRAI DANS UNE SEMAINE. BIEN À VOUS, FORRESTER.

« *Notre* » manuscrit ? songea-t-elle. *Depuis quand s'agit-il de « notre » manuscrit ?*

Elle remit les feuillets dans l'enveloppe, quelque peu soulagée de ne pas avoir à attendre encore une heure, mais en même temps déçue de constater qu'elle n'aurait pas de nouvelle lettre de son père. Déçue également à l'idée qu'elle ne verrait pas Forrester ce soir-là. Elle s'était prise pour lui d'une certaine sympathie, devinait son désir de s'impliquer dans un projet et était finalement contente que son choix se fût porté sur elle. D'un autre côté, il n'avait pas vraiment eu à choisir. Il avait connu son père, et, pour une raison ou pour une autre, avait décidé de la retrouver pour partager avec elle une chose dont il pensait qu'elle pourrait lui faire plaisir. Ils avaient fondé un club de lecture, lui et son père, même si elle ne pouvait s'empêcher de reconnaître qu'ils avaient eu une manière bien particulière de l'organiser.

Tentée de commencer sa lecture sur-le-champ, elle se retint, alla chercher son manteau, son écharpe et ses gants dans l'arrière-boutique, éteignit les lumières et prit le chemin du retour.

La pluie avait pratiquement cessé, mais les rues étaient encore mouillées. Une poignée de semaines et ce serait Thanksgiving ; Noël suivrait, plus rapidement que jamais, et elle sentit un immense soulagement à l'idée que, cette année, elle ne le passerait pas seule.

Sullivan était sorti, comme en témoignaient le silence et l'absence de lumières dans son appartement. Elle entra chez elle, laissa tomber manteau, écharpe et gants sur la chaise du hall et, avant de s'installer, se fit du thé.

De la fenêtre, elle vit des silhouettes passer et repasser dans l'appartement de l'immeuble d'en face. Elle se dit qu'elle allait devoir mettre des rideaux, avant de grommeler : « Et puis merde, tu n'as qu'à pas te balader toute nue. »

Elle s'assit devant la table du séjour et commença sa lecture.

19

Après mon incarcération à Rikers, Harry Rose quitta le Queens, séjourna un moment dans Long Island City, avant de revenir dans le quartier d'Astoria. Sa réputation – quelle qu'elle ait pu être dans le Queens – ne le précéda pas en changeant de lieu, et, en dépit de l'argent, de son passé, Harry dut repartir de zéro. Il avait dix-huit ans, et pour les dealers et les tricheurs professionnels, les books et les trafiquants en tout genre, il n'était qu'un petit débrouillard essayant de se faire une place dans un monde d'adultes.

Astoria était différent du Queens à bien des égards, ni mieux ni plus mal, simplement différent. Il semblait y avoir là plus de fric, si bien que son argent ne pouvait donner à Harry le même poids que celui qu'il avait eu jusqu'ici. Il prit un trois-pièces sur Shore Boulevard donnant sur Ralph Demarco Park, et, tard le soir, en se penchant par la fenêtre de sa chambre à l'arrière de l'immeuble, il pouvait voir les North et South Brother Islands, et il savait que, s'il s'était penché encore un peu, il aurait pu apercevoir, au-delà de Bowery Bay, la prison de Rikers où j'étais enfermé. Pendant tout le mois de mai, puis juin et une partie de juillet, Harry ne put se résoudre à me rendre visite, et mit toute son énergie à tenter de redorer son blason.

Il était seul, à présent, et même si la solitude n'est jamais une bonne chose, elle lui procurait une certaine liberté. Il pouvait être là où il voulait au moment où l'on avait besoin de lui, et il mit cette flexibilité à profit. Il se lança dans les parties de poker et les paris sur les courses, opérant modestement depuis un banc dans le Ralph Demarco Park, où ceux qui avaient quelques billets verts à perdre pouvaient les allonger pour leurs paris. Fidèle à ses engagements, il payait toujours dans les temps, et rubis sur l'ongle, et la réputation qu'il s'était forgée plus jeune reprit vie, lentement mais sûrement, si bien qu'au bout de cinq ou six semaines il engrangeait entre dix et vingt mille dollars par semaine. Histoire d'arrondir ses fins de mois, il jouait les rabatteurs pour quelques putes haut de gamme, ce qui lui valait de leur part une petite commission, et une pipe quand le besoin s'en faisait sentir. Sa tête fut bientôt connue, puis associée à un nom, et on commença à se souvenir de lui et à le considérer comme quelqu'un qui comptait.

Au début de l'été, Harry était à nouveau en selle. Il s'acheta une voiture, qui lui permit d'élargir son champ d'action, utilisa une partie de l'argent qu'il gagnait pour investir dans les maisons de jeu et les bars. Il laissait les cinglés fumer leur herbe et se piquer dans les arrière-salles, mais leur faisait payer une location à l'heure le temps qu'ils sortent des vapes qui lui permettait entre autres de rémunérer le guetteur qu'il plaçait à l'entrée de la ruelle, au cas où les flics se pointeraient. C'était un type sûr, discret, fidèle à sa parole et qui savait la boucler. Et quand il sentit qu'il avait redressé la situation, il se remit à penser à moi.

Il avait d'abord réussi à se convaincre que je n'avais pas besoin de ses visites, tout en sachant qu'il se mentait à lui-même, et, pour finir, blindé contre tout ce qui pouvait l'attendre, il se décida à venir me voir. Ce jour-là, le temps était glacial malgré la saison, et, s'engouffrant dans le détroit de l'East River à travers Hell Gate, il soufflait un vent violent chargé de lames de rasoir qui lui cinglaient le visage, tandis qu'il attendait sur le pont du ferry, le cœur comme un poids mort dans la poitrine, les nerfs à vif, la bouche sèche.

Les bruits et les odeurs du pénitencier ne le cédaient en rien à ce qu'il avait imaginé. Remugles doux-amers de détergent bon marché combinés à la puanteur écœurante d'une foule d'hommes entassés dans des cellules trop étroites, vivant les uns sur les autres. Harry sentait la peur, et, en arrière-plan, la frustration, l'interminable ennui, la haine et le ressentiment, la culpabilité et l'innocence. Le tout inextricablement mêlé et diffusé dans l'ensemble du bâtiment par un système de ventilation bruyant qui véhiculait sans doute plus de saletés et de germes qu'autre chose.

Harry pénétra dans le parloir, longue rangée de tables disposées dos à dos et séparées par une paroi en verre feuilleté montant jusqu'au plafond. Certaines des tables étaient occupées. Des taulards passés à tabac grommelaient en réponse aux récriminations de leur femme, pendant que les enfants s'agitaient et se tortillaient sur place, dévorés de l'envie de partir ; un jeune homme, sans doute guère plus âgé que Harry, était assis, avec un air de chien battu, en face d'une femme déjà âgée – sa mère, probablement – qui ne cessait de le houspiller à propos du manque de chauffage dans son appartement et regrettait à grands cris la vie qu'ils auraient pu avoir si seulement il ne s'était pas « laissé entraîner par ses mauvaises fréquentations ». Harry écoutait sans véritablement entendre, me dit-il, et quand la porte du fond s'ouvrit et que j'apparus en veste et en jean, les mains menottées à une large ceinture en cuir passée autour de la taille, il se leva dès qu'il me vit, pris de l'envie de passer au travers de la vitre pour pouvoir se jeter à mon cou, m'engloutir tout entier et m'emporter dans le monde des vivants. Tout cela, il me l'expliquerait de son mieux, mais je savais que quels que soient ses sentiments, quelque défi que puisse représenter cet endroit pour son équilibre mental et sa raison, ce n'était rien en comparaison de ce que j'éprouvais, moi. C'était ma vie que j'avais perdue, et même si je savais que c'était au moins autant ma faute que la sienne si je me trouvais là, je conservais en moi le germe d'une profonde rancune. Je ne faisais rien pour l'entretenir et l'aider à croître, mais je le sentais pousser malgré tout.

Nous avons bavardé un moment, échangé des propos anodins. J'avais maigri, et j'avais sur le côté droit de la figure un gros hématome en train de s'effacer. Harry voulut savoir comment je me l'étais fait, mais je refusai de rien lui dire. Même à ce stade, je devinais qu'il était suffisamment tourmenté sans que j'aie besoin d'alimenter le feu de son enfer. Je fis savoir à Harry qu'il pouvait m'apporter de l'argent, autant qu'il voulait, mais qu'il sache bien que je ne recevrais jamais que la moitié de ce qu'il me ferait parvenir. Le reste serait partagé entre le surveillant du parloir et le responsable du quartier où je me trouvais. L'argent aide beaucoup, ici, lui précisai-je. Avec de l'argent, tu peux obtenir une meilleure cellule, choisir dans une certaine mesure celui avec lequel tu vas la partager ; côté nourriture, il y a toujours quelques petits extras que tu peux te procurer si t'as les poches bien garnies. M'ayant dit qu'il en apporterait davantage la prochaine fois, il sortit de la poche de son pardessus un rouleau de billets de dix qui devait faire dans les trois, quatre cents dollars. Je me tournai vers le surveillant et lui fis un petit signe de tête ; sur quoi, il vint vers nous d'un pas tranquille et, après avoir échangé quelques mots avec moi, fit le même signe discret à l'intention de Harry avant de s'éloigner. Il prendra les biftons quand tu seras parti, confirmai-je à Harry.

Avant que celui-ci ait eu le temps de dire la moitié de ce qu'il avait prévu et répété, la demi-heure de visite était terminée. Je me levai et, regardant Harry bien en face, l'œil froid et sans la moindre trace d'émotion, je lui dis : T'es pas quitte, Harry Rose. Un jour ou l'autre, je sortirai d'ici, et je veux que tu te souviennes de ce que j'ai fait pour toi, d'accord ?

Harry me dit qu'il se souviendrait, qu'il n'oublierait jamais, et là-dessus je fis demi-tour et me dirigeai vers la porte.

Lui resta assis – immobile, incapable de penser à quoi que ce soit –, et même s'il espérait que j'allais me retourner pour le regarder au moment de franchir la porte, il espérait au moins autant que je n'en ferais rien. Il y avait dans mes yeux une lueur, devait-il me

277

dire plus tard, qui n'était pas celle de l'homme vaincu mais de celui qui se bat, alors que tout est contre lui, pour ne pas devenir fou. Je partis sans un mot, ne me retournai pas et, quand la porte se referma, Harry Rose se retrouva seul et désorienté dans une salle inconnue remplie de vies gâchées et de cœurs brisés.

Il revint me voir la semaine suivante. Avec mille dollars, trois cartouches de cigarettes et une bouteille de bourbon. Je ne verrai pas la couleur des cigarettes ni du bourbon, lui dis-je, mais l'argent va me faciliter les choses. Et maintenant, fais-toi rare. Reste un mois ou deux sans venir. Ma situation s'arrange. On m'a transféré dans une meilleure cellule, que je partage avec un gars tranquille qui me fout la paix. Ça va aller. Ça pourrait être pire.

Ça pourrait aussi être sacrément mieux, eut envie de dire Harry, qui pourtant s'abstint.

Harry reprit le ferry, transpercé par un vent glacial. Il enfonça les mains dans les poches de son pardessus, se demandant combien de fois il pourrait encore faire cette traversée. Il lui semblait mourir un peu plus à chaque voyage. Nous avions tué Olson ensemble. Nous étions coupables tous les deux. Harry, lui, avait l'impression de payer pour ses péchés au fond d'un abîme de torture intérieure, mais mon sort était bien pire. Je passerais le restant de mes jours à Rikers.

C'était du moins ce que je croyais.

Je suis capable de parler aujourd'hui de certaines choses dont je ne me rendais pas compte à l'époque, et, même si cela avait été le cas, je ne les aurais partagées avec personne. Tu ne tueras point, bien sûr, mais c'est le seul commandement que l'immense majorité des gens n'appréhende jamais de l'intérieur. Qu'est-ce au juste que de tuer un homme ? Je vais vous le dire. C'est une nécessité. Rien d'autre. Il arrive que quelque chose se produise qui vous secoue au plus profond de vous-même, quelque part dans cette zone d'ombre en vous dont vous ignoriez l'existence. Quelqu'un commet un acte que vous ne sauriez ne serait-ce qu'envisager de pardonner. Ce qu'on avait fait à Carol Kurtz relevait d'un acte de ce genre. Peut-être que nous avions vu la chose, Harry et moi, de la même façon, réagissant comme si violer une pauvre fille pas veinarde revenait à violer notre propre mère. Le genre de théorie à deux balles que les psys auraient été ravis de partager avec nous. Je revivais souvent en imagination le moment où, dans le sous-sol de la morgue, je m'étais trouvé devant le cadavre de cette fille. Elle était nue, une étiquette attachée à un orteil. Le gros orteil du pied droit. L'étiquette portait un numéro. C'était désormais tout ce qu'elle était pour le reste du monde. Un numéro. Mais avant, elle avait eu une vie. Une vraie vie, voyez-vous. Elle avait eu un nom, un cœur, une voix pour chanter, une famille quelque part dans un trou perdu ; elle était jolie, futée, drôle, un peu fofolle à sa manière, et, bordel, elle n'aurait peut-être jamais rien été d'autre que la petite amie de Harry, mais c'était déjà quelque chose. Au moins pour elle. Peut-être que c'était ce qu'elle avait toujours voulu : être la petite amie de quelqu'un. Et elle n'était même plus ça. Elle n'était qu'une victime de viol, un meurtre, un cadavre, un numéro. Les connards là-bas dans ce sous-sol ignoraient son nom. Je ne le leur ai pas dit. Ils ne méritaient pas de le savoir. Mais, moi, je le connaissais, et c'était suffisant. Je suis sorti de là secoué, touché à un endroit où je n'avais jamais été touché auparavant. Le type que j'avais buté pour dix-sept billets et des poussières, je ne le connaissais pas. Ni d'Ève ni d'Adam. Mais Carol, si. Et quand j'avais découvert qui lui avait fait subir pareil sort, il était devenu évident que ce type devait finir comme elle. Bleu, froid, rigide et muet, une étiquette attachée à l'orteil. Le gros orteil du pied droit.

Voir ce salopard mourir n'était que justice, une sorte de catharsis, une façon de remettre les pendules à l'heure. Voilà à quoi le tuer se résumait.

Quand tu regardes ça avec le recul, même de l'intérieur d'une cellule d'à peine six mètres carrés à Rikers, ce meurtre tu ne le regrettes pas. Non, le meurtre lui-même, tu ne le regrettes jamais. Ce que tu déplores, c'est de t'être fait prendre. Vous connaissez l'existence du onzième commandement : Tu ne te feras point prendre. Là-dessus, j'ai merdé. Et dans les grandes largeurs.

Je suis resté pendu là. Les doigts agrippés au bord du précipice. Tu mets tout en veilleuse : esprit, pensées, sentiments. Tu suis le chemin tracé, tu parles comme il faut, tu fais ton coloriage sans déborder. On te dit : « Saute ! », et tu demandes : « Quelle hauteur, chef ? » C'est ça ou tu finis au mitard. Évite le mitard, qu'ils te disent, les autres taulards, à ton arrivée. Te fais pas foutre au mitard, petit. Murs peints en noir, pas de fenêtre, un trou dans la porte pour faire passer la bouffe. Ou ce qui en tient lieu. Un seau dans un coin pour pisser et te vider les boyaux. Une semaine entière dans l'odeur de ta merde. Quand tu sors tu vois plus rien. Les lumières t'aveuglent, te brûlent les paupières et tu ne les supportes pas. La sortie, c'est une fois par semaine, tu tournes en rond pendant un quart d'heure, titubant comme un boxeur à mains nues complètement sonné jusqu'à ce que tu commences à crier dans ta tête qu'il faut éteindre les lumières, et puis ils te rebouclent dans ton trou jusqu'au mardi d'après. J'en ai tâté une fois, du mitard. Trois jours. Pas long pourtant, mais bien assez pour moi. J'avais débiné le chef, en lui disant que j'avais vu sa mère courir après un train militaire avec un matelas sur le dos. Après ça, un vrai citoyen modèle, le Johnnie Redbird. Oui, chef, OK, chef, tout le temps. Pas un mot de tout ça à Harry Rose, du moins à l'époque. Plus tard, oui, longtemps après. J'ai juste serré les dents, serré les poings, serré les fesses, et je suis resté dans les clous. Comme un gentil petit garçon à sa maman.

Et le temps a passé, lentement, douloureusement.

Août 1956 vit John Kennedy se faire battre par Estes Kefauver dans sa course à la nomination au poste de vice-président sur le ticket démocrate. Désignés lors de la primaire républicaine, Eisenhower et Nixon briguèrent un second mandat. Harry Rose menait ses affaires depuis son appartement sur Shore Boulevard, prenant les paris, ramassant ce que les autres lui devaient et payant ce qu'il devait aux autres, avec l'exactitude et la ponctualité qui avaient toujours été sa marque de fabrique. Les choses n'étaient cependant plus pareilles, et quand, en septembre, il fut contacté par un dénommé Mike Royale, « King Mike » pour les intimes, et reçut une proposition qui lui parut devoir le sortir à jamais d'Astoria, de la puanteur de la station d'épuration de Bowery Bay et du spectre de Rikers Island de l'autre côté du détroit, Harry Rose, constamment à l'affût d'une occasion d'aller toujours plus loin, toujours plus haut, écouta attentivement ce que l'homme avait à lui dire.

« *Les putes, mon vieux* », *lui dit King Mike, assis là en face de lui, le bide prêt à faire craquer son gilet, le col de chemise assez serré pour l'étrangler. Visage large, chicots de craie cassée en guise de dents, cheveux pommadés et rejetés en arrière dont on aurait dit qu'on les lui avait peints à la bombe sur le crâne. Chez lui, tout était gros, jusqu'à ses doigts, courts et boudinés, sur lesquels s'entassaient des bagues dont la fonction première semblait être de couper la circulation du sang.* « *Oui, les putes, c'est là qu'on trouve l'argent de nos jours, reprit-il, haletant comme si son cou était trop gonflé pour laisser passer les mots. Et je te parle pas des putes de trottoir qui te branlent pour cinq dollars, avec des tronches de bouledogue en train de lécher la pisse sur une plante vénéneuse... Non, mon pote, moi je te parle haut de gamme, filles impeccables qui travaillent dans des hôtels respectables du centre, avec un directeur et deux costauds pour s'occuper des indélicats. C'est de ce genre de choses que je parle, tu vois ? D'un endroit où ton col bleu de monsieur Tout-le-monde peut venir passer une heure en compagnie d'une fille que, s'il avait été livré à lui-même, il n'aurait jamais eu la moindre chance de dégoter. On a déjà deux ou trois trucs qui fonctionnent, et on cherche des investisseurs, si tu vois ce que je veux dire. T'as l'air d'un p'tit gars futé, et d'après ce que j'ai entendu dire, tu manques pas de pognon, et ta parole vaut celle d'un autre. Je crois aussi savoir que, il y a un mois ou deux, tu as pris un pari à trois entrées pour Benny Schaeffer et qu'il t'a eu de trois mille dollars, et toi, tu t'es pointé chez lui comme une fleur et t'as payé rubis sur l'ongle. Tu l'as même remercié de t'avoir donné sa clientèle, en ajoutant que tu espérais refaire affaire avec lui dès que possible. C'est vrai, petit ? »*

Harry lui dit que c'était effectivement le cas, en se gardant de préciser que Benny Schaeffer était probablement l'un des parieurs les plus stupides qu'il ait jamais rencontrés, et que dans la seule quinzaine qui venait de s'écouler il avait non seulement récupéré ses trois mille dollars mais lui en avait soutiré deux mille de plus.

« Bref, c'est de ce genre d'activité que je voulais te parler, poursuivit King Mike, et tu corresponds au genre de gars qu'on aimerait bien voir venir jeter un coup d'œil à nos petites installations. Si ce que tu vois te botte, on peut t'intéresser à hauteur de dix pour cent des bénéfices, d'accord ?

— Et... combien il faudrait que je mette ? avait demandé Harry.

— Un vrai businessman ! s'était écrié King Mike. Voilà une attitude qui me plaît. Pas de détours, droit au but. Écoute, le mieux c'est que tu viennes voir, tu te fais ton idée, et après, si tu veux entrer dans l'affaire, on parle chiffres. Ça te va ?

— Ça me va. »

Là-dessus, ils s'étaient serré la main.

Le lendemain, King Mike envoya une voiture, et ils franchirent le Triborough Bridge pour entrer dans Manhattan.

Harry avait à peine posé le pied sur le trottoir qu'il se sentait déjà chez lui. Franklin D. Roosevelt Drive, Rockefeller University, le Cornwell Medical Center, le Whitney Museum et Jack Jay Park. Des noms, des endroits qu'il connaissait de réputation, et quand ils s'arrêtèrent devant l'entrée d'un grand bâtiment en grès brun, où une enseigne discrète dans la devanture annonçait Gentleman's Hotel & Bar, il se dit qu'il avait peut-être dégoté là quelque chose qui avait un peu plus de classe que Benny Schaeffer et ceux de son espèce.

À l'intérieur, murs recouverts de velours gaufré, sol en parquet ciré, chaises longues et fauteuils sortis d'un roman de Scott Fitzgerald. Fleurs coupées dans des vases en cristal, horloge ancienne au doux tic-tac de battements de cœur qui se répercutait dans le couloir, au bout duquel ils finirent par tourner pour entrer dans le salon de réception. Harry retint son souffle, comme si ce devait être le dernier.

Les filles étaient de celles qu'on voit dans Harper's *ou* Vogue. *Grandes, blondes, brunes, rousses, minces, élégantes, peau olivâtre, jambes à n'en plus finir, guêpières, bustiers, bas de soie, jarretelles…*

King Mike apparut, environné d'une demi-douzaine de ces beautés, et se dirigea vers Harry. Large sourire aux lèvres, il semblait dans son élément, et quand il lui tapota l'épaule et lui serra la main, Harry eut l'impression d'avoir été introduit au paradis par Hasan-i Sabbah en personne.

« Ici, c'est un des trois endroits que nous avons pour l'instant, lui précisa King Mike, et on s'est dit qu'il serait bon, avant d'inspecter les lieux, que tu goûtes un peu à la marchandise, en quelque sorte. Tu vois les filles, tu fais ton choix, deux ou trois si le cœur t'en dit, et après on discute si tu es prêt à nous rejoindre. »

Harry vit donc les filles – Cynthia, Mary-Rose, Jasmine, Louella-May, Claudette, Tanya, et d'autres encore dont il ne retint pas le nom. En revanche, l'après-midi, il s'en souvint, s'en serait souvenu pour le restant de ses jours, indépendamment de ce qui devait s'ensuivre, et quand il redescendit pour parler avec King Mike dans un petit bureau à droite du salon de réception, il ne put faire autrement qu'écouter, acquiescer et confirmer que, ma foi, oui, investir dans l'affaire l'intéressait au plus haut point.

« Un rendement qui va chercher dans les quinze à vingt mille dollars par semaine pour chacun des hôtels, lui dit King Mike. Pour l'instant on en a trois, et on espère bien pouvoir en ouvrir trois autres d'ici à la fin de l'année. Ce qui rapporterait entre quarante-cinq et soixante mille par semaine, et avec un apport initial de cent mille, on peut t'intéresser au business à hauteur de dix pour cent sur les douze premiers mois. Ensuite, en fonction du nombre d'établissements qui tourneront, on pourra renégocier de nouveaux investissements et un nouveau contrat de participation aux bénéfices. Ça t'irait ? Et, attention, on a sous la main un comptable assermenté pour s'occuper de tout. »

Harry s'engagea, jusqu'au cou, et le lendemain, le même chauffeur se présenta dans la même voiture, et

Harry se rendit au Gentleman's Hotel & Bar, lourd de cent mille dollars en liquide. Claudette lui tailla une pipe pendant que King Mike comptait les billets. Une fois leur travail terminé, ils se serrèrent la main.

« *Premier versement dans une semaine, dit Mike. Mais si tu veux venir faire un tour et t'amuser avec une de ces dames, n'hésite pas. Pour les investisseurs, c'est entrée libre, sept jours sur sept.*

— Rien à signer ? s'enquit Harry.

— À signer ? s'étonna King Mike. Qu'est-ce que tu pourrais bien vouloir signer, bon Dieu ? C'est quasiment l'opération du siècle dans ce coin de Manhattan, et moins y aura de paperasse, mieux ça vaudra. Tu t'imagines que les autres là autour vont voir d'un bon œil le fait qu'on ramasse pratiquement trois millions par an ? »

Harry comprit. Ils se serrèrent une nouvelle fois la main, et le chauffeur le ramena à Astoria via le Triborough Bridge.

Une semaine passa. Personne ne se présenta. Harry attendit encore deux jours puis n'y tint plus. Il traversa le fleuve pour se rendre dans Manhattan, et après une promenade touristique dont il se serait bien passé dans le bas de Yorkville, il finit par retrouver la rue, le Gentleman's Hotel & Bar, et tomba sur une porte d'entrée qu'il n'eut qu'à pousser pour découvrir un hall vide, un salon tout aussi vide aux murs joliment peints, avec au milieu une caisse d'emballage en morceaux.

Il se précipita dans le petit bureau où ils avaient conclu leur marché, et se heurta à une pièce... vide.

Pris de panique, le cœur battant à tout rompre, il monta l'escalier quatre à quatre, entra avec fracas dans chacune des six chambres du premier étage, pour constater que seule celle où on l'avait si bien reçu lors de sa première visite était peinte et tapissée. Toutes les autres étaient archivides, sans même un bout de carpette au sol. Il s'assit sur le palier, les pieds sur la dernière marche, et enfouit la tête dans ses mains.

Il s'était fait avoir de dix plaques par une grosse frappe et une demi-douzaine de putes.

Harry Rose était écœuré, secoué, accablé. Assis sur ce palier, la tête dans les mains, il pleurait, non pas de chagrin ni d'apitoiement sur son sort, mais de sa bêtise. Une bêtise qui l'avait empêché de voir autre chose que l'allure de ces filles et la manière dont elles lui avaient sucé la bite jusqu'à plus soif. Il avait laissé ses couilles gouverner sa tête : c'était là sa plus grave erreur. Il pensait moins aux cent mille dollars qu'à tout le travail qu'il avait dû fournir pour les amasser. Cet argent, c'était une grande partie de son avenir, or ce n'était plus à présent qu'un souvenir. S'il avait été du genre à se laisser abattre, il se serait peut-être soûlé à mort ou bien enfoncé un .38 dans la bouche pour se faire exploser le crâne. Mais ce n'était pas le cas. Il avait survécu à Dachau, avait vu sa propre mère battue, torturée et violée, avait tué un homme de ses mains nues et portait la lueur des yeux de cet homme dans les siens.

Harry Rose se dit qu'il retiendrait la leçon. Manhattan n'était pas le Queens, encore moins Astoria. Manhattan, c'était la cour des grands. Si on voulait jouer de ce côté-ci du parc, alors il fallait arriver muni de la même artillerie et des mêmes intentions. Tout le monde se foutait éperdument de ce que vous aviez pu être avant, ce qui comptait, c'était qui vous étiez maintenant. Il se trouvait qu'il avait eu affaire à Mike Royale, mais n'importe quel enfoiré aurait pu prendre sa place. On l'avait entubé de tout ce qu'il avait, et il était de retour à la case départ. Il aurait pu être fini, mais il lui était déjà arrivé d'être au fond du trou et il avait toujours réussi à refaire surface. Il y réussirait encore. S'il avait appris une chose, c'était la détermination, l'aptitude à se battre pour tout ce qui se présenterait et l'obtenir. L'arnaque dont il avait été victime l'avait rendu plus fort, il devait s'en persuader, car penser différemment c'était succomber au sort et à son destin. Autant de mots qui n'existaient pas dans le vocabulaire de Harry Rose. Son destin, on se le forgeait, bon ou mauvais, voire ni l'un ni l'autre, et le sort c'était ce que les faibles accusaient quand les choses tournaient mal.

Quinze jours plus tard, il quittait son appartement de Shore Boulevard. Il ne fit pas le voyage de Rikers Island, ne me dit pas où il allait. Il disparut, tout simplement. Emportant avec lui onze mille dollars – toutes ses possessions en ce bas monde –, trois costumes, une paire de mocassins, une bonne paire de chaussures en cordovan cousu main, deux chemises blanches, une collection de cravates et un .38 à canon court avec quatre cartouches qui m'avait un jour appartenu. Il fit un premier versement pour un petit appartement dans Midtown, où il déménagea le même jour, et quand il s'assit à la table de cuisine éraflée, devant un bol de soupe au poulet et quelques crackers en guise de repas du soir, il prit une décision. Le jour viendrait où il retrouverait Mike Royale et ses jolies filles, et, une fois qu'il aurait mis ce gros salopard à sécher, il enculerait Claudette tout en l'étouffant avec ses putains de bas de soie. Voilà le marché qu'il passa avec lui-même, et celui-là, pas question de ne pas l'honorer.

Novembre. Ike fut réélu. Noël était au coin de la rue, et derrière lui la nouvelle année 1957, qui allait voir la mort de Humphrey Bogart, les troubles de l'Arkansas, quand le gouverneur ferait appel à la garde nationale de l'État pour empêcher neuf petits Noirs d'entrer dans leur école, mais qui verrait aussi Eisenhower terrassé par une crise cardiaque et Elvis s'engager dans l'armée. Cette année-là, Harry Rose commença à arroser les graines d'un futur empire. Les muscles comptaient pour du beurre à Manhattan, c'était bon pour le Queens ou Brooklyn, ou même Harlem, mais ici, c'étaient les méninges et la rapidité de décision, le meilleur plan et le tour de passe-passe le plus astucieux qui vous permettaient d'engranger le blé et de garder une longueur d'avance sur la concurrence.

Il redémarra dans le milieu qu'il connaissait le mieux – les parieurs et les books –, et quand, en mars 1958, Sugar Ray Robinson conquit le titre de champion du monde des moyens pour la cinquième fois, Harry était en bonne voie. Il garda son petit appartement, ne livra son adresse à personne, et c'est de là qu'il commença à travailler, tenant le milieu de la route, changeant de file quand le besoin s'en faisait sentir, et bientôt nanti de deux ou trois copains dans les rangs de la police de New York prêts à écraser une sangsue ou un mauvais payeur pour une trentaine de dollars. Manhattan était aussi pourri que tous les endroits qu'avait pu fréquenter Harry, mais cette corruption avait une certaine classe, un vernis de manières et d'allure recouvrant la surface de ce qui n'était qu'un ramassis de poivrots minables et d'arnaqueurs à la petite semaine. Harry allait avoir vingt et un ans dans six mois ; il se laissa pousser la moustache et s'en donna vingt-cinq, et quand il commença à se tailler une place dans les affaires et les contrats gérés par les familles juives et quelques-uns des Italiens suffisamment téméraires pour s'aventurer hors du Lower East Side, on le prit au sérieux. Harry Rose retrouvait les références et le crédit qui avaient été les siens dans le Queens. Harry était un mec bien, Harry payait toujours sans barguigner, c'était quelqu'un avec qui on pouvait travailler, mais qu'il valait mieux ne pas contrarier. Le bruit courait qu'il avait tué un homme, et même si la rumeur n'avait jamais été confirmée, il restait qu'un type doté d'une telle réputation jouissait immanquablement d'un certain respect de la part de ses associés.

Il récupéra ses cent mille dollars, non sans peine, à force de sueur et de palabres. Il fit dans la prostitution et la drogue, sans oublier la protection rapprochée, à la tête d'une petite bande de six voyous qui s'occupaient de la surveillance des night-clubs et des bars dans les quartiers les plus durs. Il ramassait ce qu'il gagnait, truquant combats de boxe, courses, parties de poker, matchs de football. Il joua des centaines de dollars sur les rencontres sportives interuniversitaires, et, une fois la machine lancée, l'argent reflua peu à peu, dans la sueur, le sang et les larmes. Il eut moins de mal avec la deuxième centaine de mille, et, pour ce jeune type qui vivait dans un immeuble décrépit de la 46ᵉ Rue, à deux pas de Broadway et de Times Square, on pouvait dire que les batteries étaient enfin rechargées. Harry s'était battu pour retrouver sa vie, et cette vie, il l'avait bel et bien regagnée. Et d'un Noël à l'autre, pas une seule fois il ne pensa à moi.

Moi, en revanche, je pensais beaucoup à lui. Je ne lui en voulais pas personnellement, ne ressentais ni amertume ni rancune à son égard. Qu'il ait disparu de la surface de la terre ne m'étonnait pas, à sa place j'en aurais fait autant, et je savais que mon vieil acolyte devait être quelque part à se colleter avec le monde, récoltant de pleins cageots de toute cette verdure, et que tout ce que j'avais à faire, c'était de trouver un moyen de sortir de Rikers pour être à nouveau maître du monde.

Et c'est ce à quoi je m'appliquais tandis que la décennie arrivait à son terme. Je sus qu'Ingemar Johansson avait démoli Floyd Patterson au Yankee Stadium en juin 1959, dans un combat qui donna le titre de champion du monde des lourds à un non-Américain pour la première fois depuis Primo Carnera en 1933. Je sus du même coup – si Harry Rose était toujours le Harry que j'avais connu et aimé toutes ces années plus tôt – qu'un combat de ce genre avait dû lui rapporter des dizaines de milliers de dollars, dont un pourcentage appréciable me revenait de droit... car n'était-ce pas moi qui m'étais présenté à la barre, avais décliné mon identité, payé pour nous deux ? Bien sûr que si. Personne n'aurait songé à le nier, Harry moins que tout autre. L'heure viendrait où il faudrait régler la facture, et Harry la réglerait. Foi de Johnnie Redbird.

C'est cette perspective – peut-être bien à l'exclusion de toute autre – qui m'imposa une discrétion sans faille tout au long des sept années qui suivirent à Rikers.

20

Tandis qu'Annie tournait la dernière page, une pensée diffuse s'insinua à la périphérie de sa conscience. Elle essaya de la fixer, la sentit s'égarer du côté de Forrester avant de se fixer quelque part entre David Quinn et Jack Sullivan. Elle avait du mal à l'appréhender ; peut-être était-ce sans importance.

Elle jeta un coup d'œil à sa montre : dix-neuf heures trente passées. Si sa mémoire était bonne, David devait arriver entre vingt heures et vingt et une heures. Elle regarda à nouveau sa montre, effleura le cadran des doigts de sa main droite, s'efforça de l'imaginer au poignet de son père. Mort depuis vingt-trois ans. Elle rêva d'une époque où il lui arrivait sans doute de regarder cette même montre, en retard peut-être pour un rendez-vous. De quel genre ? Quelque chose à voir avec son métier d'ingénieur. Mais quoi exactement ? Annie poussa un soupir et secoua la tête : elle n'en avait aucune idée. La déception qu'elle avait ressentie en apprenant que Forrester ne viendrait pas ce soir avait certainement moins à voir avec l'homme lui-même qu'avec la certitude qu'elle n'aurait pas de lettre. Il n'y avait pas eu d'autres questions, et pas non plus de réponses, à propos de ce que faisait son père, du personnage, de ce qu'il était devenu.

Annie fronça les sourcils.

Seigneur, songea-t-elle. *Je sais si peu de choses de lui. Mon propre père, et je ne sais pratiquement rien...*

Elle fut envahie d'une tristesse passagère, une mélancolie douce, à peine palpable. Elle avait sept ans quand il était parti. Elle n'arrivait même pas à se souvenir d'avoir jamais eu sept ans, moins encore des moments, des heures, des jours qu'elle avait forcément partagés avec lui. Ni ce qu'elle avait dû éprouver quand elle savait qu'il allait rentrer à la maison. Thanksgiving. Noël. Son sixième anniversaire. Voilà des choses qu'elle aurait dû normalement se rappeler, mais elle avait beau fouiller sa mémoire, elle ne trouvait rien. Se pouvait-il qu'elle ait été confrontée à un événement si douloureux qu'elle s'en interdisait le souvenir ?

Je ne sais pas, songea-t-elle. *Je ne sais pas, voilà tout.*

C'est alors qu'elle pensa : *Sullivan.*

Elle sentit un frisson d'inquiétude la parcourir tout entière. Comme électrisée, elle eut l'impression que ses cheveux se dressaient sur sa nuque.

Sullivan pourrait trouver quelque chose, lui. Pourquoi n'y ai-je pas pensé plus tôt ?

Parce que tu n'avais pas envie de savoir, lui souffla une voix.

Mais bien sûr que si, bon sang !

Tu en as peut-être envie maintenant, mais pas alors... pas avant...

Pas avant quoi ?

Avant que quelqu'un arrive et te rappelle que tu passais peut-être à côté de quelque chose.

Qui ça, quelqu'un ?

Forrester, évidemment. Robert Franklin Forrester, qui d'autre ? L'homme qui t'a apporté les lettres. Qui t'a parlé du club de lecture. Qui t'a rappelé que Frank O'Neill avait existé à une époque, qu'il avait eu une vie tout aussi réelle que n'importe quelle autre, et que tu n'avais jamais été assez grande pour en faire partie. L'homme qui t'a fait prendre pleinement conscience du fait que tu as été un jour la fille de quelqu'un.

La fille de quelqu'un. J'étais la fille de quelqu'un.

Annie regarda à nouveau le cadran de sa montre. Ferma les yeux, laissa ses doigts courir sur la surface lisse du verre, et, retenant son souffle, perçut le tic-tac de la trotteuse, les microscopiques mouvements de métronome enfermés dans un boîtier qui avait un jour été fixé au poignet de son père.

Elle se dit un instant qu'elle allait se mettre à pleurer, mais finalement n'en fit rien. Elle respira à fond, puis se leva de sa chaise pour rejoindre la fenêtre de la cuisine, d'où elle avait un point de vue privilégié sur le monde. Elle se demanda s'il se pouvait qu'il y eût dans son champ de vision un bâtiment qu'aurait construit son père. S'il avait effectivement construit quelque chose.

Si...

Elle décida de demander à Sullivan de se renseigner. Il connaissait peut-être des gens qui pourraient consulter des rubriques nécrologiques, des dossiers personnels... peut-être même dénicherait-il une photo qui lui permettrait de savoir si elle ressemblait vraiment à son père...

Cette idée l'effraya, même si elle lui parut en même temps excitante. Comme quand on est tout en haut du grand huit de la fête foraine, l'estomac noué en une boule compacte, votre petit déjeuner prêt à vous fausser compagnie, les yeux écarquillés, les dents et les poings serrés... *Regarde-moi, m'man... c'est l'sommet du monde !*

Annie sourit intérieurement, débrancha la bouilloire et se prépara du thé. Elle était impatiente que David arrive. Voulait lui faire lire le chapitre suivant. Pour qu'il ressente ce qu'elle-même ressentait : que Johnnie Redbird existait vraiment, qu'il était enfermé à Rikers Island pendant que Harry Rose menait grand train à Manhattan et faisait comme s'il ne devait pas la vie à quelqu'un qui avait manifestement la mémoire longue et tenace. Des gens dangereux qui vivaient constamment sur le fil du rasoir. Meurtres, intrigues, passions, argent, scandales : tels étaient les éléments qui constituaient leur existence quotidienne et qui, elle en était sûre, finiraient par les rattraper.

Elle sortit de la cuisine et, au moment où elle s'asseyait sur le canapé, elle entendit la porte donnant sur la rue s'ouvrir et se refermer, puis des pas dans l'escalier. Pas ceux de Sullivan, mais de David, elle en était certaine, même si elle n'était pas encore habituée aux sons qui accompagnaient son arrivée. Lui se signalait par des bruits différents, et, quand ses pas atteignirent le troisième étage et qu'elle entendit frapper à sa porte, elle se dit qu'elle n'avait jamais été aussi heureuse de voir débarquer quelqu'un chez elle.

« David ? lança-t-elle.

— Qui livre travers de porc, riz et tout et tout », dit-il en guise de réponse.

Elle ouvrit et le fit entrer, lui laissant à peine le temps de poser ses paquets avant de lui jeter ses bras autour du cou. Il s'était fait couper les cheveux, portait un jean propre, une chemise blanche à col ouvert et une veste en coton marron glacé. Il avait fière allure, sentait bon, et quand il répondit à son accueil par une étreinte à lui couper le souffle, elle se dit qu'elle ne pourrait jamais rêver être plus proche de quelqu'un.

« Waouh, dit-il, c'est rien d'autre que du chinois, tu sais. »

Annie le laissa aller, recula de deux pas pour l'examiner.

« T'es beau comme un astre, dis donc. Chouette coupe de cheveux... ça te va bien. » Elle tendit la main, lui effleura la joue, l'attira à elle et l'embrassa. Elle sentit ses mains autour de sa taille. Des mains fortes. Des doigts sensibles. Elle avait envie qu'il la baise, là tout de suite.

« On mange d'abord, dit-il.

— D'abord ?

— Votre visage est un livre ouvert, Annie O'Neill », assura-t-il en lui souriant.

Elle éclata de rire, s'empara des paquets qu'il avait apportés et alla chercher des assiettes.

Ils mangèrent. Bavardèrent un peu. Annie fit du café et le regarda fumer une cigarette.

Quand il eut terminé, elle se leva, ôta son tee-shirt et son soutien-gorge.

Elle partit en direction de la chambre, tout en déboutonnant son jean à la taille. « Attrape », dit-elle quand elle fut sur le seuil.

David avait quitté son fauteuil et l'avait déjà rejointe quand elle atteignit le lit.

Ils firent l'amour. Presque avec fureur. Affamés, comme dans un esprit de vengeance. Puis ils restèrent allongés côte à côte, nus, en sueur, haletants, sans que leurs corps se touchent, attendant simplement que revienne le silence intérieur.

« Tu as vu Forrester, ce soir ? » finit par demander David. Il roula sur le côté et se redressa sur un coude, la tête appuyée sur la main.

« Il n'a pas pu venir… Il a envoyé un coursier avec un nouveau chapitre.

— Je peux le lire ?

— Maintenant ? demanda Annie, en roulant au bord du lit.

— Ben oui… si ça ne t'ennuie pas.

— Ça ne m'ennuie pas, dit-elle en souriant. Pourquoi ça m'ennuierait ? »

David eut un haussement d'épaules et secoua la tête.

Annie se mit sur son séant puis se leva pour sortir de la pièce. Elle jeta un coup d'œil derrière elle et vit David qui l'observait tandis qu'elle gagnait la porte.

« Qu'est-ce qu'il y a ? interrogea-t-elle.

— C'est à tomber.

— Quoi donc ?

— Toi.

— À tomber ? C'est un peu fort, non ?

— Pas de l'endroit où je suis, dit-il en souriant.

— Cochon ! » lança-t-elle, avant de passer dans la pièce de devant.

Elle rapporta ses cigarettes, s'assit au bord du lit et lui en alluma une. Elle tira une bouffée mais recracha la fumée sans avaler.

« Ah non ! Tu ne vas pas t'y remettre, dit David.

— Je reconnais bien là le "fais ce que je dis mais pas ce que je fais" », rétorqua-t-elle en lui tendant la cigarette.

David prit les feuillets, s'adossa bien droit contre la tête de lit, et Annie resta là à l'observer pendant le temps que lui prit sa lecture.

Bizarre, songea-t-elle, *cette façon qu'ont les gens d'avoir un certain air quand on les rencontre pour la première fois et d'en changer par la suite à mesure qu'on les connaît mieux. Peut-être qu'alors ce qu'ils sont vraiment finit par affleurer... qu'on commence à voir leur vraie nature, ce qui se cache derrière la façade qu'ils présentent au monde. Par exemple, les personnes vraiment séduisantes, ou qui du moins vous semblent telles vues de l'extérieur, peuvent à l'usage se révéler de vrais cons et vous apparaître de plus en plus moches.*

Elle sourit à cette idée, et regarda David, qui parfois avait un petit air de Kevin Costner, et à d'autres moments ne ressemblait à personne d'autre que lui-même. Elle aurait aimé tendre la main et le toucher, peut-être poser sa tête sur sa poitrine et la sentir se soulever au rythme de sa respiration, mais il lisait, captivé par son récit, et il lui semblait si important de partager cette expérience avec lui qu'elle refusait de troubler sa concentration. Ils prenaient part à la vie d'autres gens, et peu importait que ceux-ci eussent réellement existé ou non, qu'ils ne fussent peut-être que le produit d'une imagination fertile ou l'évangile selon Rose et Redbird. Ce qu'elle avait lu la touchait profondément, et elle voulait communiquer cette émotion. Et, en ce moment, elle avait la certitude qu'il n'y avait pas mieux que David Quinn pour ce faire. Mieux même que Sullivan. Qui était pourtant l'homme dont elle avait pensé un jour qu'il serait l'ami le plus proche, le plus vrai qu'il lui serait jamais donné d'avoir. Mais là, elle sentait qu'elle pourrait passer le reste de ses jours avec un homme comme David Quinn sans jamais rien exiger d'autre de la vie. Pour quelque raison inconnue, inexplicable, inaccessible, c'était soudain une évidence.

« Sacrée histoire, dit David en tournant la dernière page. C'est vraiment quelque chose. Ça m'intrigue. Énormément.

— Moi aussi, acquiesça Annie. Ça me fascine, littéralement... ce qu'étaient ces hommes, comment tout cela est arrivé, ce que va devenir Redbird, s'il sort jamais de Rikers Island.

— On nous laisse entendre qu'il en sortira. Relis les dernières lignes : "C'est cette perspective – peut-être bien à l'exclusion de toute autre – qui m'imposa une discrétion sans faille tout au long des sept années qui suivirent à Rikers." Elles te donnent à penser qu'il se passe quelque chose après qui va changer le cours de sa vie.

— Qui sait ?

— S'il y en a un qui sait, c'est Forrester, répondit David en reposant les feuillets sur le lit, avant de se tourner vers elle et de la regarder en face. Tu n'as pas envie de savoir qui il peut bien être ?

— Qui, Forrester ? Ou le type qui a écrit ça ?

— Forrester.

— Si, bien sûr. Mais pour l'instant il y a quelque chose qui me paraît beaucoup plus important.

— Quoi donc ?

— Mon père... et le rapport que cette histoire entretient avec lui.

— Ton père ?

— Forrester m'a donné deux lettres... toutes les deux adressées par mon père à ma mère. D'un endroit appelé l'hôtel Cicero... Le nom te dit quelque chose ?

— *A priori*, non, mais il doit y avoir des centaines d'hôtels à New York.

— S'il s'agit de New York.

— Absolument, s'il s'agit de New York.

— Toute cette histoire m'a fait réfléchir et m'interroger sur le fait que je ne sais pratiquement rien de lui, que ma mère n'en parlait jamais, que je ne sais même pas au juste comment il gagnait sa vie. Les lettres m'ont amenée à vouloir découvrir quel genre d'homme c'était, et je songeais à demander à Sullivan de faire des recherches, d'essayer de découvrir les circonstances de sa mort, ce genre de chose, tu vois. Et puis il y a ta déduction de l'autre jour à propos de ces lettres, à savoir que si Forrester les a trouvées dans les affaires de mon père, c'est qu'elles ne sont jamais parvenues à ma mère.

— Ce serait bien de savoir, en effet », dit David en se tournant pour attirer Annie à lui.

Ses mains étaient chaudes, et il commença à dessiner des petits cercles sur le haut de sa cuisse.

Elle sentit des frissons lui parcourir la jambe et, tassant les oreillers derrière sa tête, elle s'allongea et se lova contre David.

« Comment tu t'es retrouvée dans cette librairie ? lui demanda-t-il.

— Qu'est-ce que tu veux dire ?

— Eh bien, comment tu t'es retrouvée propriétaire d'un magasin de ce genre ?

— À la mort de ma mère, j'ai vendu la maison dans laquelle nous vivions et j'ai acheté le fonds. Pourquoi tu me demandes ça ?

— Simple curiosité », précisa David en pressant encore davantage son corps contre le sien.

Un silence s'installa, qui dura une minute, peut-être deux.

« Ça va ? s'informa Annie.

— Très bien », murmura-t-il.

Elle sentit son souffle sur sa nuque, l'agréable sensation qu'il lui procurait.

« À quoi tu penses ?

— Aux pages que l'on tourne, dit-il doucement.

— Comment ça ? Qu'est-ce que tu veux dire ?

— Comme quand, par exemple, tu es obsédé par quelque chose que tu voudrais savoir et que tu ignores, et que tu découvres enfin la vérité, tu sens alors que ton esprit se libère... et même si ce que tu as appris se révèle être le pire que tu aies pu imaginer, d'une certaine manière, tu en es soulagé et tu peux tourner la page. »

Elle hocha la tête sans dire un mot.

Elle approcha sa main gauche de son visage, et là, sur son poignet, à une dizaine de centimètres à peine, elle vit à nouveau la montre de son père.

Elle entendait son tic-tac, qui semblait s'accorder aux battements du cœur de David. Elle sentait la pression de sa poitrine contre son dos, la tiédeur de sa peau, la sensation de sécurité et de stabilité que lui procurait ce contact. Une ancre, en quelque sorte. Un port à l'abri des tempêtes. Elle se pressa encore davantage contre lui, le sentit répondre à sa pression, et puis, fermant les yeux, poussa un soupir si profond qu'elle eut l'impression de se vider complètement avant de se dissoudre dans l'air.

« Tu es bien ? murmura-t-il.

— Mieux que jamais », murmura-t-elle en retour.

Maintenant, il lui embrassait la nuque, l'épaule, elle avait le bruit de sa respiration pratiquement dans l'oreille, et, submergée par une multitude d'émotions – une libération des sens rare, entêtante, littéralement stupéfiante –, elle se sentit glisser sans bruit dans le sommeil.

David dormit lui aussi, tout contre elle dans son dos, leurs deux corps soudés l'un à l'autre comme pour former une seule entité, et, en dépit du vent qui battait aux fenêtres, elle n'entendait que le silence.

Le silence de la solitude quittant sa vie pour de bon sur la pointe des pieds.

21

Les premiers rayons du matin filtrant à travers la fenêtre, la manière dont ils découpaient sur le lit le corps de David endormi, la tiédeur du soleil sur sa peau – tout paraissait intemporel, éternel, inoubliable.

Annie ferma les yeux, les rouvrit une seconde, puis les referma comme si elle prenait une photo, car elle voulait garder cette image à jamais imprimée sur sa rétine. Pour pouvoir la convoquer à volonté, la visualiser derrière ses paupières et se souvenir de ce qu'elle avait ressenti à l'instant même où le cliché avait été pris.

Un moment Kodak pour le cœur.

Elle laissa David dormir, un choix délibéré de sa part car c'était à peine si elle était capable de se rappeler la dernière fois qu'elle avait fait ça : s'éloigner un moment et, en revenant, trouver quelqu'un dans son lit. Un sentiment de complétude, accompagné de l'attente fébrile de ce qu'il est susceptible d'apporter et du besoin pressant de découvrir tout ce qu'il y a à découvrir dans une relation amoureuse réussie. Et, plus profondément, elle sentait que la solitude était un état dont elle oubliait déjà la possible existence.

Annie enfila un tee-shirt et un jean, se glissa hors de l'appartement et traversa le palier pour aller frapper à la porte de Sullivan. Elle attendit une poignée de secondes et entra au moment où la porte s'ouvrait.

« Contente de te voir », dit-elle à Sullivan en le serrant dans ses bras.

Il était habillé, et levé depuis l'aube, selon toute apparence. Ce qui lui arrivait parfois, alors qu'à d'autres moments elle n'arrivait pas à le réveiller avant l'heure du déjeuner. Il y avait quelque chose autour de ses yeux, moins les marques de l'insomnie que celles de la tension physique et mentale à laquelle il devait être soumis. Il n'était pas facile d'arrêter de boire, elle le savait, et Sullivan avait un énorme défi à relever.

« Comment tu vas ? demanda-t-elle.

— Côté alcool, plutôt bien. Je pensais que ce serait plus dur, je me suis maudit d'avoir fait une telle promesse, mais, en fait, ça va plutôt bien. Et toi ? »

Annie sourit. Elle se doutait qu'il mentait, par égard pour elle. Elle aurait bien voulu dire quelque chose, mais ne savait pas quoi. Et puis, elle devait bien reconnaître que, en ce moment précis, elle refusait de se voir dérober son sentiment de bien-être.

« Moi, je vais bien, dit-elle. David dort encore... Je suis venue parce que je voulais savoir si tu pouvais me rendre un service. »

Sullivan alla dans le séjour et s'assit sur le canapé. Annie s'installa à la table, en face de lui.

« Mon père, commença-t-elle d'un ton détaché.

— Ton père ?

— Oui, je me demandais si tu pouvais mener une petite enquête pour moi, trouver deux, trois bricoles sur le compte de mon père... Je me disais que tu avais peut-être des contacts dans le monde de la presse... enfin, tu vois.

— Et pourquoi je ferais ça ? demanda Sullivan. C'est la première fois, depuis cinq ans qu'on se connaît, que tu me demandes un truc pareil.

— J'y ai souvent pensé, figure-toi, contra-t-elle en secouant la tête, mais je crois que ce sont les lettres de Forrester qui m'ont amenée à considérer le projet avec plus de sérieux. Je n'ai jamais trouvé le courage nécessaire, tu vois ce que je veux dire ? »

Sullivan plissa le front.

« Parce que tu craignais de découvrir quelque chose qui ne t'aurait pas plu ?

— Non, ce n'est pas ça. Plutôt parce que l'idée de ne pas avoir eu l'occasion de le connaître risquait de m'attrister.

— Je peux faire quelques recherches. Tiens, passe-moi un stylo bille et un bout de papier, dit Sullivan en désignant une commode contre le mur. Donne-moi sa date de naissance, ses lieux de résidence, ce genre de renseignements, quoi.

— Je crois qu'il est né à la fin des années 1930, mais je ne suis pas sûre. Autant que je sache, il a surtout vécu ici, à New York, et Forrester m'a dit qu'il était une sorte d'ingénieur.

— T'as rien de plus précis que "une sorte d'ingénieur" ? demanda Sullivan en s'emparant du papier et du stylo pour noter les informations que lui donnait Annie.

— Je n'ai rien de plus sur lui, concéda-t-elle en secouant la tête. Je comprends bien que ça ne t'aide pas beaucoup, mais je me suis dit que tu pourrais peut-être quand même dénicher quelque chose.

— On ne sait jamais, dit Sullivan en haussant les épaules. Mais pour ce genre de travail, c'est cent dollars l'heure, plus les frais.

— J'apprécie, Jack. Vraiment », dit Annie en souriant.

Elle se retourna d'un coup, en entendant quelqu'un frapper à la porte.

« Entrez ! » cria Sullivan.

La porte s'entrouvrit de quelques centimètres précautionneux, laissant apparaître la tête de David.

« David, s'exclame Annie en se levant. Viens faire la connaissance du chat. »

Sullivan fronça les sourcils.

Annie lui fit un clin d'œil. « Ce serait trop long à t'expliquer. »

David s'avança vers eux et tendit la main à Sullivan.

« David Quinn, se présenta-t-il.

— Jack Sullivan. »

Les deux hommes se serrèrent la main.

« Vous prenez un café avec moi ? demanda Sullivan.

— Ç'aurait été avec plaisir, affirma David, mais je viens juste de recevoir un bip. Et je me demandais si je pouvais me servir de ton téléphone, Annie.

— Prenez le mien », proposa Sullivan.

Un instant, David eut l'air embarrassé.

« C'est que j'ai laissé mon pager chez Annie, finit-il par dire. Le numéro est dessus… Autant appeler de là-bas.

— Pas de problème, vas-y, fit Annie. Je te rejoins dans un moment.

— Prends ton temps, acquiesça David avec un sourire, avant de faire demi-tour en direction de la porte.

— Il a l'air bien, commenta Sullivan, quand il se retrouva à nouveau seul avec Annie.

— Oui. Il est vraiment bien, Jack.

— Je suis content pour toi. »

Elle tendit la main et lui effleura la joue.

« Merci.

— Allez, va donc le rejoindre, au lieu de t'attarder avec un vieux poivrot.

— Ex-poivrot, lui rappela Annie.

— Poivrot, ex-poivrot, peu importe... Va-t'en retrouver ton petit ami. »

Mon petit ami, songea-t-elle en refermant la porte de Sullivan derrière elle. *Je n'ai pas eu de petit ami depuis si longtemps.*

En rentrant dans son appartement, elle trouva David son pager à la main, l'air préoccupé.

« Qu'est-ce qui se passe ? demanda-t-elle.

— Boston, dit-il. Il faut que j'aille deux jours à Boston. »

La déception se lut clairement sur le visage d'Annie, avant même qu'elle prononce un mot.

« Mais... là, tout de suite ?

— Tout de suite.

— On te prévient toujours aussi tard ?

— Ça peut arriver, oui, admit-il, avant d'ajouter, comme pris d'une idée subite : Mais je suis en train de penser à quelque chose. »

Son air préoccupé s'effaça, son visage s'anima, et il sourit.

« À quoi ?

— Viens avec moi... Viens à Boston avec moi.

— Hein ? Mais qu'est-ce que j'irais fabriquer à Boston ?

— Tu connais ?

— Non.

— Il y a un commencement à tout.

— Tu es sérieux, vraiment ? demanda-t-elle, le sourcil légèrement froncé.

— On ne peut plus sérieux, dit-il en s'avançant et en lui prenant la main. Et pourquoi pas ? J'ai deux ou trois personnes à voir, quelque chose à vérifier, mais ça ne me prendra pas plus de quelques heures. On pourrait aller à Nantucket... Bon sang, on pourrait même aller jusqu'au cap Cod et à Martha's Vineyard. Qu'est-ce que tu dirais de ça, Annie, deux ou trois jours loin de New York, changement d'air et tout ? »

David était enthousiaste, emballé par l'idée, se faisant presque insistant, et il était vrai que sa proposition avait quelque chose d'excitant et de romantique.

« Il y a plein de petits hôtels qui dominent le port... Tu peux te lever de bonne heure le matin pour voir arriver les bateaux de pêche. C'est un coin magnifique, je t'assure. »

Annie restait indécise. Elle se mit à secouer la tête.

« Je ne sais pas, David. Ça me semble un peu prématuré.

— Bon sang, Annie, je ne suis pas en train de te demander de m'épouser... Je te propose juste de passer deux ou trois jours à Boston avec moi, histoire d'oublier New York un moment. Qu'est-ce que tu aurais à perdre ? »

Qu'est-ce que j'aurais à perdre ? se demanda-t-elle. *Manquer une ou deux ventes au magasin ? Pourquoi m'inquiéter à ce point ?*

« Alors ? insista David, de plus en plus pressant.

— Et merde. D'accord, je viens avec toi.

— Super ! Putain, c'est vraiment super ! dit-il en lui passant les bras autour de la taille avant de la serrer contre lui. Ça va nous faire le plus grand bien à tous les deux. »

Vingt minutes plus tard, il partit chez lui préparer ses affaires. Annie mit quelques vêtements dans un sac, attrapa sa brosse à dents et son sèche-cheveux dans la salle de bains et traversa le palier pour aller dire à Sullivan que, contrairement à ses habitudes, elle se montrait sur ce coup particulièrement spontanée et impulsive.

Sullivan eut l'air content.

« Envoie-moi une carte postale, dit-il.

— Je t'enverrai un poisson, rétorqua-t-elle.

— Un poisson pour le chat d'appartement, c'est ça ? »

Elle partit d'un fou rire contagieux, l'étreignit à nouveau et tourna les talons.

Elle était nerveuse, comme une enfant qui attend de monter pour la première fois dans la grande roue parce qu'elle a enfin atteint l'âge. Tout était trop nouveau, trop rapide aussi, mais une force obscure semblait la pousser en avant malgré elle.

Dans la cuisine, tout en vidant la moitié d'une brique de lait dans l'évier, elle réfléchit à ce qu'elle était en train de faire.

Tomber amoureuse ? Prendre son élan pour saisir quelque chose au passage en espérant que le jeu en vaudra la chandelle ? Essayer de vivre dix ans en quinze jours pour rattraper le temps perdu ?

Elle sourit à son reflet un peu flou dans la vitre, sourit et secoua la tête, en se disant qu'elle devrait arrêter de chercher à interpréter chacune de ses actions comme si sa vie en dépendait. Elle partait deux ou trois jours avec David, point. Et qui était David ? Tout simplement un type qu'elle avait rencontré à peine quinze jours plus tôt. Tout cela était-il un peu trop rapide ? Bon sang, trop rapide, ça voulait dire quoi ? Le coup de foudre, ça existe, non ? Bien sûr que si. Et on pouvait alors à juste titre parler de rapidité excessive, mais, pour ce qui les concernait, ce n'était pas le cas. Il n'y avait rien de compliqué là-dedans. C'était tout simplement comme ça que se passaient les choses… et, à en juger par ce qu'elle éprouvait, il fallait croire que c'était ainsi qu'elles étaient censées se passer. Être stimulée par un espoir, la promesse d'un plaisir, la perspective de quitter un endroit pour trouver refuge dans un autre…

Le téléphone sonna.

Annie sursauta, se retourna et regarda l'appareil comme si c'était un petit animal indésirable.

Sainte Vierge, ça fait combien de temps que ce foutu téléphone n'a pas sonné dans cet appart ?

Elle sortit de la cuisine, traversa le séjour et décrocha.

« Allô ?

— *Annie ?*

— David ?

— *T'es bientôt prête ?*

— Comment tu as eu mon numéro, David ?

— *Bon sang, Annie, je viens juste d'utiliser ton téléphone pour appeler Boston. Ton numéro est sur l'appareil... Bon, t'es prête ou quoi ?*

— Oui, je suis prête, David. Juste cinq minutes.

— *Je passe te prendre en taxi... et on file à l'aéroport. Je nous ai trouvé un vol qui part dans cinquante minutes, d'accord ?*

— D'accord », dit-elle, un peu surprise par sa réaction devant son coup de fil.

Elle allait devoir se faire à l'idée qu'il y avait désormais quelqu'un d'autre dans sa vie. Voulait-elle vraiment de ce quelqu'un-là ? Oui, bien sûr, mais il y avait un prix à payer. On lâchait la solitude, mais en retour on perdait un peu de son autonomie. Était-ce un si mauvais marché ? Non, décida-t-elle.

« *Dans cinq minutes, alors ?*

— Dans cinq minutes. »

Elle raccrocha et se dépêcha d'emballer ses dernières affaires dans son sac de voyage. Elle vérifia que tous les appareils électriques étaient bien débranchés, baissa le thermostat, fourra quelques vêtements dans la balle à linge derrière la porte de la salle de bains et quitta l'appartement.

Elle frappa chez Sullivan en passant et le trouva devant son ordinateur.

« Je consulte des listes d'associations professionnelles d'ingénieurs civils, dit-il. Amuse-toi bien… et n'oublie pas que la baise à outrance rend aveugle. »

Elle pouffa en refermant la porte derrière elle et s'engagea à la hâte dans l'escalier.

22

Il y eut un moment, juste avant l'atterrissage, où la mer se trouva tout près d'elle, l'eau s'étendant jusqu'à l'horizon avant de s'épandre dans l'inconnu. Le soir allait tomber, et le soleil couchant embrasait la mer. En dessous d'elle, un immense océan de soufre en fusion. Suspendue ainsi au milieu des airs, secouée par le vent, elle essaya de se rappeler la dernière fois où elle avait éprouvé une telle sensation de liberté. Elle fut incapable de s'en souvenir et, au moment où les roues de l'appareil touchaient la piste, elle agrippa la main de David – non pas parce qu'elle avait peur ou qu'elle était nerveuse, ou pour quelque autre raison du même genre, mais dans un geste de pure exaltation. Elle le regarda, et il lui sourit.

« Tu es restée trop longtemps sans quitter New York, murmura-t-il.

— Trop longtemps sans personne, David », chuchota-t-elle en retour.

Il pressa sa main dans la sienne.

Annie ferma les yeux tandis que la piste défilait sous eux, et alors que l'avion traversait l'aire de stationnement avant de s'arrêter, que les gens rassemblaient leurs bagages et commençaient à descendre, elle se rendit compte qu'elle avait réussi l'exploit improbable de se couper entièrement de la vie. Ces gens, ces gens en compagnie desquels elle avait voyagé, étaient les mêmes que ceux qui venaient feuilleter des livres au magasin. Les fameux six degrés de séparation, une fois de plus.

David l'entraîna rapidement dans l'aérogare, et ils sortirent dans la pluie et le vent de ce soir de Boston. Il héla un taxi, donna au chauffeur l'adresse d'un hôtel, et au moment où ils démarraient, Annie se retourna pour regarder les bâtiments de l'aéroport. Lumières vives, individus qui par milliers croisaient le chemin de milliers d'autres dans un ballet continu, qui se rencontraient, se regroupaient, vivant leur vie de la seule manière qui leur était connue : devant, derrière ou à côté les uns des autres. Eux, c'étaient les gens – bons, mauvais, banals, discrets, extravagants, originaux, profonds, stupides ou beaux. Oui, tous les gens, dans leur diversité multiple, et Annie O'Neill s'aperçut alors qu'elle avait vécu en marge de la vie, qu'elle découvrait seulement aujourd'hui que l'unique façon de survivre, c'était de s'ouvrir à nouveau au monde.

« Alors, comment tu te sens ? demanda David, tandis que la route se déployait devant eux.

— Très bien, David... et toi ? »

Il lui passa le bras autour de l'épaule et l'attira à lui. Il prit sa main dans la sienne et la serra dans un geste qui se voulait rassurant. Mais ne dit rien. Tout mot était superflu.

Le trajet prit à peine plus de dix minutes, et, quand ils s'arrêtèrent devant un petit hôtel à la périphérie de Boston, que David fit le tour de la voiture pour venir lui ouvrir la portière, qu'il paya la course et prit son sac pour le porter à l'intérieur, Annie dans son sillage, exaltée par le sentiment que chaque pas lui apportait quelque chose d'inédit, elle songea que, dans de tels moments, l'instant présent suffisait au bonheur. Ce fut la seule façon qu'elle trouva par la suite pour décrire cette sensation : vivre l'instant présent par tous les pores de la peau.

La réservation était au nom de Mr et Mrs Quinn.

« Sans préjuger de l'avenir, lui murmura-t-il dans le creux de l'oreille en signant le registre.

— Liquide, chèque ou carte de crédit ? lui demanda la réceptionniste.

— Nous paierons en liquide, répondit-il.

— Et vous ne restez qu'une nuit ? »

David acquiesça.

« Pourriez-vous verser un acompte de soixante-quinze dollars et régler le solde au moment du départ ? » s'enquit la réceptionniste.

David paya et s'empara de leurs sacs. Annie prit la clé, et on les conduisit en haut d'un escalier, puis le long d'un large couloir jusqu'à une chambre sur la droite.

La pièce était accueillante, et il y faisait chaud, presque trop ; Annie ôta son manteau et son pull, parcourut du regard le lit, les chaises de part et d'autre, la table sur laquelle reposait une petite lampe de style colonial, la grande baie au-delà de laquelle il n'y avait rien d'autre qu'un bleu profond piqué des lumières des lampadaires et des phares des voitures, au loin, sur l'autoroute. David était dans la salle de bains, en train de déballer ses affaires de toilette, et quand il apparut sur le seuil de la chambre, il la regarda d'un air soupçonneux.

« On dirait que tu n'as jamais mis les pieds dans un hôtel, dit-il.

— Oh, ça remonte très loin. Ma mère m'avait emmenée en week-end quand j'avais treize ans.

— Et c'est la dernière fois ? »

Elle acquiesça.

« Bon Dieu, Annie, tu devrais sortir davantage.

— Je suis en train... Je l'ai fait, tu vois, dit-elle en tendant la main vers David, qui s'approcha d'elle.

— Tu as faim ? demanda-t-il.

— Une faim de loup.

— Il y a un bon restaurant à l'hôtel.

— Tu es déjà venu ici ?

— Une ou deux fois... Un de nos bureaux se trouve ici, à Boston. C'est là que je dois me rendre demain.

— Alors, allons dîner. »

Au menu, crabe et homard, crevettes et huîtres. David commanda pour tous les deux un *Surf and Turf* (un terre et mer) accompagné de muffins au son sortant du four, d'une salade et d'une bouteille de vin rouge. Annie mangea plus qu'elle n'aurait jamais cru possible, et, une fois le repas terminé, ils s'attardèrent un moment à boire leur café, pendant que David fumait et parlait d'un travail qu'il avait un jour exécuté du côté de Nantucket.

Il était dix heures passées quand ils quittèrent le restaurant. Annie, fatiguée, se traîna le long du couloir et, une fois dans la chambre, s'affala tout habillée sur le lit.

David fit couler un bain, l'appela quand il fut dedans, et ils restèrent là, de l'eau jusqu'au cou, à échanger quelques propos sans importance, conscients de leur présence mutuelle, de ce qu'il n'y avait sans doute pas meilleur endroit au monde où se trouver à cet instant. Quand ils ressortirent de la baignoire, il la sécha, puis il la souleva dans ses bras et la porta jusqu'au lit, où il s'allongea à son côté un moment avant de se lover contre elle et de l'embrasser dans le cou.

Ils firent l'amour avec lenteur, une douceur sensuelle, sans un mot, sans un bruit. Annie sentit la tension qui avait contracté ses os, ses muscles, ses nerfs, s'évanouir, se dissoudre comme de l'encre dans l'eau, jusqu'à se dissiper totalement. Quelques minutes plus tard, elle était allongée au côté de David endormi, l'esprit libéré, glissant sans effort dans le sommeil.

Elle entendait la pluie, le passage des voitures sur l'autoroute et la respiration de David en harmonie avec la sienne.

Les fantômes s'en sont allés, se dit-elle. *Enfin – et peut-être pour toujours –, les fantômes s'en sont allés.*

Le mercredi matin s'annonça sous un ciel froid et clair. La chambre baignait dans une tiédeur pure et lustrée entièrement différente de l'atmosphère qui régnait à New York.

Au petit déjeuner, une heure avant le départ de David pour ses rendez-vous, elle lui dit qu'elle avait parlé à Sullivan la veille.

« Il doit faire quelques recherches pour moi, précisa-t-elle d'un ton nonchalant, presque désinvolte.

— J'ai repensé à ton idée, dit David, qui s'était tout à coup rembruni.

— Et alors ? demanda-t-elle, une soudaine inquiétude venant troubler la tranquillité de leur petit déjeuner, au demeurant fort bon : café frais, petits pains chauds et beurre, œufs brouillés, marmelade d'orange maison dans des pots en porcelaine.

— Oh, rien, fit-il en secouant la tête.

— Ne dis pas "rien", alors qu'il y a manifestement quelque chose. »

David la regarda comme s'il se sentait agressé, d'un œil où perçait même une nuance de défi.

Méfie-toi de l'eau qui dort, comme aurait dit sa mère. Ce sont toujours les plus paisibles…

« Allez, parle, l'encouragea-t-elle.

— Je ne sais pas trop, mais…, s'interrompit-il d'un ton hésitant. Tiens, je réfléchissais à la question hier dans l'avion, et je me demandais si, dans l'hypothèse où, comme toi aujourd'hui, je ne saurais rien de mon père, j'aurais envie de savoir.

— Et pourquoi ?

— Eh bien, pour ne rien te cacher, je me disais que le passé est le passé, tu me suis ? À quoi bon vouloir savoir à tout prix, est-ce que cela changerait quoi que ce soit aujourd'hui ?…

— Je crois, moi, que cela changerait effectivement pas mal de choses.

— Comment être sûr que ce serait en mieux ? »

Elle fronça les sourcils. Elle ne suivait pas très bien le fil de sa pensée, discernait mal où il voulait en venir.

« Ce que je veux dire, c'est que… Imaginons que tu découvres un truc que tu n'avais pas envie de savoir.

— Comme quoi, par exemple ?

— Eh bien, qu'il n'était pas tout à fait l'homme que tu supposais... qu'il a eu une liaison, ou quelque chose de ce genre.

— Bon sang, David, c'est ce que tu peux imaginer de pire ? Que mon père ait eu une liaison ? Tu crois vraiment que ça changerait mon point de vue aujourd'hui ?

— Tout peut affecter notre point de vue, même les détails les plus infimes. »

Elle ne répondit pas aussitôt. Repensa au vol qui les avait amenés jusqu'ici, aux idées qui lui étaient venues alors puis tandis qu'ils traversaient l'aérogare et montaient dans le taxi pour gagner l'hôtel. Son point de vue avait souvent varié, et, chaque fois, le changement avait tenu à un détail.

« Bon, imaginons quelque chose de pire, reprit David. Qu'il ait commis une faute grave... vraiment grave.

— Là, je crois que je l'aurais appris, d'une manière ou d'une autre, dit Annie. Ma mère m'en aurait parlé... Je veux dire, si c'était grave à ce point, comment se pourrait-il que je n'en aie jamais rien su ? Sans compter Forrester. Lui me l'aurait sûrement dit si quelque chose avait mérité d'être mentionné.

— Parlons-en, de ce Forrester. Tu l'as vu combien de fois ?

— Deux.

— Deux, c'est bien ça. Et chaque fois tu lui as parlé... quoi, cinq minutes, pas plus ?

— En effet.

— Et tu penses être en mesure de dire qui est ce type ? Et quel est son rôle dans l'histoire ? »

Annie se pencha vers lui.

« Pourquoi voudrais-tu qu'il ait un rôle particulier à jouer, David ? Je ne vois pas ce que tu cherches à me dire.

— Excuse-moi, dit-il en secouant la tête avec un sourire. Il m'arrive de me montrer un peu trop possessif, tu comprends ? Tout s'est passé si vite, on se connaît depuis seulement quelques jours et on part déjà ensemble pour Boston.

— Seulement quelques jours en effet, et nous partons bel et bien pour... Que dis-je, nous sommes déjà à Boston. »

Il rit, parut se détendre un peu. Il se cala contre son dossier et alluma une cigarette.

« Fais comme si je n'avais rien dit. C'est comme ce dont je parlais le jour où on est allés à mon appartement.

— Qu'est-ce que tu as dit, au juste ? demanda Annie en haussant les sourcils.

— Tu sais bien, cette histoire de barrières à fermer, comme quand tu commences à te regarder et que tu vois des choses que tu risques de ne pas aimer.

— Quel genre ?

— Les choses que tu n'aimes pas trop chez toi et dont tu espères que les autres ne les découvriront jamais. »

Annie secoua la tête.

« La jalousie, avoua David. Regardons les choses en face, Annie... je suis un peu jaloux.

— Jaloux ? fit-elle, esquissant un sourire.

321

— Si, je suis sérieux... Bon, c'est pas la jalousie genre *Liaison fatale*, évidemment, passion obsessionnelle et tout ce qui s'ensuit, mais tu sais, moi, la personne que j'aime vraiment, je voudrais la garder pour moi tout seul, sans rien partager avec les autres.

— Ne me dis pas que tu es jaloux de Jack Sullivan ou de Robert Forrester ? Enfin, David, je connais Jack depuis des années ; quant à Forrester, il doit aller sur ses soixante-dix ans. Je ne crois pas que tu aies beaucoup de souci à te faire. »

David sourit, se pencha vers elle et lui prit la main.

« Oui, je sais. Mais, tu vois, les hommes sont des créatures *a priori* bien différentes de vous autres, les femmes. Nous, une fois qu'on a trouvé quelqu'un, pour de bon, j'entends, on devient un peu fous.

— Mais si je parle à un autre homme, tu ne vas pas te la jouer parano, dis ? »

David s'esclaffa, redevenu lui-même, semblait-il.

« Non, rassure-toi, Annie. Je crois simplement que je surcompense.

— Tu surcompenses par rapport à quoi ?

— À toutes ces années pendant lesquelles je n'ai jamais pensé qu'être avec quelqu'un puisse procurer le bonheur que je connais aujourd'hui. »

Annie sourit, visiblement touchée.

« Excuse-moi pour tout à l'heure..., commença-t-il.

— Arrête avec tes excuses, dit Annie en levant la main. Mange tes œufs, bois ton café et va à ton rendez-vous, d'accord ?

— D'accord », opina-t-il.

Et il s'exécuta : finit son petit déjeuner, but son café, se leva. Elle le regarda enfiler sa veste, se pencher par-dessus la table pour l'embrasser sur le front. Puis, lui ayant pris la main, il lui annonça qu'il ne serait pas parti plus de deux ou trois heures.

« Va faire le tour de la ville, ajouta-t-il.

— Et... interdit de parler aux hommes dans la rue, je suppose ?

— Pas seulement dans la rue, Annie O'Neill... Interdit de parler à tout homme, quel qu'il soit. »

David s'esclaffa. Elle en fit autant. L'instant d'après, il s'éloignait, et, pendant un moment, elle éprouva une légère appréhension à l'idée de ce dans quoi elle s'était engagée.

Elle la surmonta rapidement, sans effort, et resta encore un peu dans la petite salle de restaurant, convaincue que, quoi que lui apporte cette relation, ce serait toujours mieux que ce qu'elle avait eu – ou, plus exactement, n'avait pas eu – jusqu'ici.

23

Il y avait dans l'attente quelque chose qui mettait Annie O'Neill mal à l'aise.

Après le petit déjeuner, quand David fut parti en ville, elle retourna dans la chambre et s'assit dans un fauteuil, feuilletant un exemplaire de *Tatler* abandonné par un client sur la table basse. Puis, déjà un peu nerveuse et impatiente, elle s'approcha de la fenêtre et regarda, par-delà les pelouses vertes qui bordaient l'hôtel, la bretelle de l'autoroute et les voitures qui filaient comme si elles avaient peur d'arriver en retard à leur destination.

Elle se rappelait le jour, il y avait une éternité, où elle avait accompagné sa mère chez le coiffeur.

Celle-ci s'était retrouvée assise à côté d'une femme qu'elle semblait connaître, et elles avaient bavardé un moment pendant que leurs cheveux séchaient sous leur casque d'astronaute.

« Mélanome secondaire, trois, quatre mois et il était parti, disait la femme à la mère d'Annie.

« Il était allé quelque part dans l'Ouest, dans un endroit où on pratiquait les méthodes pédagogiques de Steiner. Là-bas, on l'a traité à l'Iscador, un médicament à base de gui, une histoire de plante parasite censée soigner des maladies parasites, mais ça ne l'a pas empêché de fondre petit à petit, pour ainsi dire. Je l'ai vu juste avant sa mort, alors qu'il était dans un hôpital tenu par des religieuses dans les environs de Secaucus. Il avait la peau du visage tendue sur les os, et si fine sur les joues qu'on avait l'impression qu'en appuyant un doigt dessus on passerait à travers comme dans du papier de riz. Ça m'a flanqué une de ces peurs, Madeline... la peur de ma vie. Et, tiens-toi bien, un homme d'à peine quarante ans, qui faisait son jogging tous les jours, ne fumait pas, buvait moins qu'un pasteur puritain, et fidèle avec ça, employé dans cette compagnie... Tu vois laquelle, ce grand immeuble tout neuf pas loin du croisement du New Jersey Turnpike et de la 280... »

Et Annie avait écouté, dans un silence religieux, et même si elle n'avait pas compris grand-chose, elle avait bien senti l'émotion qui se dégageait de la conversation des deux femmes. Une émotion proche de la peur, née de l'attente qui précède la mort de quelqu'un.

Et une pensée lui était venue, une seule, qui l'avait poursuivie bien après qu'elles eurent quitté le salon et que sa mère lui eut offert un milk-shake avec une boule de glace chez De Walt pour la récompenser d'avoir été « sage comme une image pendant que maman se faisait coiffer ».

Cette pensée, c'était : *Te revoilà en train de rêver... Tu es incorrigible.*

Comme si la peur n'avait rien de nouveau pour elle. Comme si s'attendre à un événement malheureux était une chose dont elle avait déjà fait l'expérience mais sans en avoir gardé un souvenir précis. Elle avait beau essayer, impossible de se rappeler.

Ce fut cette même émotion qu'elle éprouva au cours des quelques heures qui suivirent le départ de David. Elle était seule, du moins en apparence, et elle avait placé toute sa confiance dans un homme qui n'était guère plus qu'un amant, n'était pas même encore un ami. Et voilà qu'elle se trouvait à des centaines de kilomètres de chez elle, et qu'il était parti. Pour combien de temps, avait-il dit ? « Ça ne me prendra pas plus de quelques heures. » Eh bien, ces quelques heures étaient à présent écoulées, et s'il était dans l'obligation de prolonger indûment son absence, il aurait au moins la décence de téléphoner. Il l'appellerait, non ?

Annie songea à sortir, à aller se promener, à visiter un peu la ville, mais l'idée que David risquait de lui téléphoner la retint dans la chambre jusqu'à midi passé. Il était parti juste après neuf heures… mais bon, il convenait de prendre en compte les embarras de la circulation.

À treize heures, elle se maudissait de ne pas lui avoir demandé le nom de la compagnie d'assurances pour laquelle il travaillait. Si elle l'avait su, elle aurait pu téléphoner, se renseigner pour savoir s'il était encore là, ou s'il était déjà parti. Mais même si elle avait eu le numéro, l'aurait-elle pour autant appelé ? Cette impatience n'aurait-elle pas risqué de l'agacer, de la faire apparaître un peu obsessionnelle ? Pour l'amour du ciel, il était tout bêtement allé à une réunion, une réunion d'affaires avec ses employeurs, peut-être avec des clients potentiels, et elle paniquait déjà à l'idée qu'il puisse ne pas revenir, que toute cette histoire se réduise à une horrible plaisanterie. Un type qui croise une fille, la met dans son lit, l'emmène à Boston et l'abandonne dans le premier hôtel venu.

Annie O'Neill se sourit à elle-même, tout en faisant des allées et venues entre la salle de bains et la porte de la chambre. Soudain, elle s'arrêta net.

Mais à quoi jouait-elle ?

C'était ridicule.

Elle jeta un coup d'œil à sa montre. Treize heures vingt. Elle avait faim et décida de descendre au restaurant.

Elle atteignait la porte quand le téléphone sonna.

Là, juste à côté du lit, le téléphone sonnait. Une sonnerie déchirante, qui fracturait le silence de la chambre. Elle sursauta, surprise, et bondit pratiquement par-dessus le lit pour arracher le combiné de sa base.

« Mrs Quinn ? »

Annie fronça les sourcils, puis, reprenant conscience de la situation, sourit avant de dire :

« Oui, elle-même.

— *Un message de votre mari. Il vous fait savoir qu'il en aura pour plus longtemps que prévu. Il suggère que vous déjeuniez au restaurant et espère être de retour vers seize ou dix-sept heures.*

— Entendu. Merci. »

Elle raccrocha et, en se levant du lit, se demanda pourquoi il n'avait pas demandé à lui parler directement. Peut-être avait-il appelé sans qu'elle entende le téléphone sonner. Était-elle dans la salle de bains à ce moment-là ? Elle ne se rappelait pas un seul instant où elle aurait pu être hors de portée de la sonnerie.

Peut-être David avait-il simplement voulu que la réception transmette un message à « Mme Quinn », histoire de la faire sourire.

Et effectivement, elle avait souri.

Pourquoi fallait-il qu'elle s'inquiète à ce point à propos d'un incident sans grande signification ?

Te revoilà en train de rêver… tu es incorrigible.

Elle écarta cette pensée et descendit au restaurant.

Annie suivit la suggestion du maître d'hôtel : soupe de palourdes, salade verte avec tranches d'avocat et mayonnaise au citron. Le repas était bon, elle ne s'était pas rendu compte à quel point elle avait faim. L'air de la mer, peut-être. Ou l'amour avec David. Ou le besoin de compenser, en mangeant, sa solitude dans un endroit inconnu jointe à la sensation de n'avoir personne à qui parler. Comme dans la chanson d'Elvis.

Après le déjeuner, elle se décida à sortir. D'après le message laissé par David, elle avait au moins deux heures à tuer, et s'il rappelait, ce serait à son tour de se demander où elle avait bien pu passer. Ça lui apprendrait à l'avoir traînée jusqu'ici pour ensuite la laisser en carafe.

Sans même savoir vraiment où elle était, elle se perdit un moment dans les boutiques de souvenirs et les librairies qui jalonnaient en nombre effarant la rue face au port. Elle acheta *Heart Songs and Other Stories*, d'Annie Proulx, s'assit sur un banc au bout de la rue et commença à lire, renonçant quand le froid devint insupportable. Elle rentra à l'hôtel à pas lents, et, quand elle arriva, il était presque cinq heures.

Elle s'arrêta à la réception pour demander si son mari était rentré, s'il avait laissé un message pour elle.

« Non, madame Quinn, pas de message, mais s'il appelle, nous vous le ferons savoir immédiatement, ne vous inquiétez pas.

— C'est bien, merci », avait-elle dit, sauf que ce n'était pas bien du tout, et que ce le fut encore moins une fois dans la chambre surchauffée, quand elle s'assit au bord du lit.

Elle ôta son manteau et se prépara un café instantané en se servant de la petite bouilloire et d'un des sachets mis à la disposition des clients. Assise dans le fauteuil, elle essaya de se replonger dans son livre, mais elle avait l'esprit ailleurs. Elle envisagea de redescendre au restaurant pour dîner de bonne heure, mais elle n'avait pas faim, en tout cas pas faim de nourritures terrestres et reconstituantes. Sa faim était de celles que génèrent l'ennui et l'inaction forcée, quand on est tenaillé par l'idée que tout vaudrait mieux que de rester à attendre.

Elle s'en voulait, s'en voulait d'éprouver pareilles émotions. David y avait fait allusion le jour où elle était allée chez lui, quand il avait dit que ce avec quoi on se retrouvait risquait finalement de ne pas valoir mieux que le rien qu'on avait jusque-là.

Elle se retourna en entendant des pas approcher de la porte. Son cœur s'arrêta.

Mais les pas, non.

Elle jura, se leva pour aller verser le reste du café infect dans le lavabo. Elle aurait voulu pouvoir aussi jeter la tasse, l'entendre se fracasser, et passer son temps à ramasser par terre les fragments de porcelaine délicatement décorée. Au moins, ça l'aurait occupée, bon sang de bon sang !

Elle sortit de la salle de bains, se dirigea vers la fenêtre, et dès que la porte s'ouvrit, que David apparut sur le seuil, le visage rougi par le froid, les cheveux ébouriffés par le vent, l'odeur du dehors s'engouffrant avec lui dans la pièce comme un cousin perdu de vue depuis longtemps réapparaissant un jour de Noël, elle fut tentée de l'agresser, de lui demander à quoi il avait pu penser pour…

Mais s'en trouva incapable.

Pas un reproche, pas une question sur ses allées et venues, la raison pour laquelle il ne l'avait pas appelée, n'était pas repassé la voir, n'avait pas envoyé une carte postale…

Rien d'autre qu'un intense soulagement à le voir de retour.

Maintenant qu'il était là, elle pouvait enfin être elle-même.

« Je suis désolé, vraiment désolé, dit-il doucement, avant de s'approcher d'elle et de lui poser les mains sur les épaules. Jamais je n'aurais imaginé qu'ils puissent avoir besoin de moi aussi longtemps… Il y avait des gens, des clients potentiels, à qui il a fallu faire voir des tas de choses, et ces crétins n'en finissaient plus avec leurs questions, leurs demandes d'explications. Tu ne peux pas savoir, je bouillais, littéralement. »

Il l'attira contre lui et l'étreignit.

Annie se laissa submerger par sa seule présence, incapable de trouver un mot à dire.

« C'est bon, laissa-t-elle échapper. J'ai déjeuné, je suis sortie me promener. J'ai même acheté un bouquin.

— Je ne pensais vraiment pas avoir à te laisser seule ici toute la journée », dit David en secouant la tête.

Puis il relâcha son étreinte et, tout en gardant les mains autour de sa taille, la regarda dans les yeux.

Une grande lassitude se lisait sur son visage, et, quand il s'approcha du lit et parut vouloir s'y laisser tomber, elle lui demanda si tout allait bien.

Avec un sourire un peu forcé, il fit signe que oui.

« Et si on sortait ? proposa-t-il. Juste pour faire un tour, prendre un verre, quoi. Qu'est-ce que tu en dis ?

— Bonne idée », dit Annie, visiblement enchantée de la proposition.

Elle avait l'impression d'être restée enfermée toute la journée. Et voilà que le monde au-dehors l'attendait.

Elle attrapa son sac et son manteau, et ils quittèrent l'hôtel. Dans la rue, elle lui prit le bras et ils marchèrent du même pas, elle avec la sensation que tout était rentré dans l'ordre – les bruits et les odeurs de cet endroit, les visages des gens qu'ils croisaient, les couleurs sourdes et envahissantes d'un début d'hiver.

« J'ai pensé à quelque chose », lança David à un moment.

Annie jeta un regard en biais à son visage épuisé.

« Oui, j'ai pensé qu'on devrait faire quelque chose de différent.

— Différent comment ? »

Il sourit, lui passa un bras autour des épaules et l'attira à lui. « Je ne sais pas, moi, quelque chose de spontané... genre, on prend nos valises sous le bras et on va passer six mois quelque part, peut-être en Europe, ou ailleurs. »

Elle eut un rire soudain, un peu gêné.

« Et comment diable est-on censés s'offrir un truc pareil ?

— J'ai un peu d'argent de côté, dit David, en ralentissant le pas mais sans cesser d'avancer. Si on rassemble toutes nos économies, on peut peut-être se payer cette fantaisie.

— Tu as peut-être un peu d'argent de côté, mais moi, j'ai juste de quoi payer mon loyer et manger pour les trois semaines à venir. Le magasin ne me rapporte pas grand-chose, tu sais. »

David secoua la tête, les sourcils froncés.

« Tu n'as pas réussi à mettre un peu d'argent de côté ? lui demanda-t-il.

— On est dans la vraie vie, là, David. J'ai déjà de la chance d'avoir pu racheter le bail du magasin grâce à la vente de la maison de mes parents, et, Dieu merci, l'appartement que j'occupe est situé dans une zone où les loyers sont contrôlés. L'argent que je tire de la librairie suffit tout juste à me faire vivre d'un mois sur l'autre. »

David eut un hochement de tête compréhensif, mais sa déception était palpable. Il avait du mal à dissimuler l'expression qui s'était peinte sur son visage.

« Alors, adieu les six mois à barouder en Europe, si je comprends bien ?

— J'en ai bien peur, dit-elle en souriant. Six mois loin du magasin et, à mon retour, je mets la clé sous la porte.

— Bon, dans ces conditions, je devrais peut-être ranger mon appartement, le repeindre, le retapisser, qui sait, changer de boulot. Je me dis que je devrais peut-être ne plus bouger pendant un temps, et m'habituer à faire du surplace plus de huit jours d'affilée. »

Sa voix s'éteignit, comme s'il se perdait dans ses réflexions.

Elle sentit qu'il ne souhaitait pas l'entendre lui répondre et préférait suivre le cours de ses pensées.

Elle lui jeta un nouveau coup d'œil. Il souriait. Il se tourna vers elle. Elle lui rendit son sourire.

« Je me disais que, quand nous serons rentrés à New York, tu pourrais me donner un coup de main... à condition que tu en aies envie, bien sûr.

— J'aimerais beaucoup.

— Bien, dit-il doucement. C'est bien. »

Ils ne dirent plus rien jusqu'au moment où, après avoir traversé un carrefour, David désigna de la main un bar de l'autre côté de la rue. L'endroit était bondé, le vacarme assourdissant, mais le brouhaha vibrait de chaleur et de vie.

Ils jouèrent des coudes pour fendre la foule – les gens riaient, hurlaient leur commande –, et ce ne fut qu'une fois devant le bar, flanquée de David à sa droite et entourée d'inconnus, qu'elle songea brusquement : *Mais qu'est-ce que je fabrique ici ? Pourquoi être venue dans ce bar alors que je n'avais qu'une envie : rester à l'hôtel, seule avec lui ?*

L'instant d'après, une femme lui demandait ce qu'elle voulait boire, et Annie, à court de mots, ou même à court d'idées, ne répondit pas tout de suite.

Ce fut alors qu'un homme la bouscula, lui enfonçant le coude dans les côtes et lui arrachant un petit cri.

« Faites attention, enfin ! s'exclama-t-elle après avoir fait volte-face.

— Tu vas te décider, ou quoi ? aboya l'homme.

— Patience... un peu de patience, répondit Annie.

— On voit que t'as pas grand-chose à foutre », lança-t-il d'un air méprisant.

Soudain, David fut à son côté, s'interposant entre elle et le type : « Dis donc, tu connais cette dame ? »

L'autre fronça les sourcils, prit le parti de ne pas répondre, tout en ne sachant pas où porter son regard.

« Je t'ai posé une question, poursuivit David. Tu la connais, oui ou non ? »

Aussitôt, Annie se sentit mal à l'aise ; elle détestait les affrontements, plus particulièrement lorsqu'elle en était l'enjeu.

L'homme secoua la tête en signe de dénégation.

« Eh bien, laisse-moi te dire une chose..., commença David.

— Mais c'est quoi, c'bordel ? » l'interrompit l'autre.

Annie aurait voulu pouvoir se noyer dans la foule et se glisser discrètement dans la rue. Elle était tendue, voire effrayée, et elle avait envie de tirer David par la manche, de lui dire : *Laisse tomber, c'est sans importance*, mais quelque chose dans ses traits, dans sa posture aussi, la dissuada d'intervenir. Quelque chose qui confinait à la passion, celle avec laquelle il lui avait parlé dans son appartement.

Même s'ils étaient à peu près de la même taille, l'homme paraissait tout petit à côté de David. Annie sentait les regards converger sur eux.

« Ce bordel ? Je vais te le dire, moi, c'que c'est, répondit David, haussant sérieusement le ton. Tu lui craches comme ça qu'elle doit pas avoir grand-chose à foutre, qu'elle reste là à glander... mais qu'est-ce que t'en sais, bon Dieu ? Qu'est-ce que tu peux bien en savoir, bordel ? »

David était lancé, à présent ; il semblait avoir acculé le type mentalement, et celui-ci restait sans voix, regrettant sans doute déjà d'avoir ouvert la bouche.

« Tu t'imagines que parce qu'elle est devant toi et t'empêche d'accéder à ce foutu bar, elle te doit des excuses ?... T'as pas pu t'en empêcher, hein ? Fallait que tu fasses une remarque, que tu joues les fiers-à-bras. Et maintenant, tu fais moins le malin parce que moi aussi j'ai quelque chose à dire, et peut-être bien que tu te sens un peu con, un peu gêné aux entournures, non ? »

L'autre restait là, le visage inexpressif, sans rien trouver à dire.

« Tu te prends pour qui ? Tu crois que ta vie vaut plus que celle des autres ? »

L'homme ne bougeait toujours pas, cloué sur place.

David approcha son visage du sien et murmura : « Alors, on présente ses excuses à la dame ? »

L'homme jeta un regard en direction d'Annie, un faible sourire au coin des lèvres.

« Désolé », marmonna-t-il.

Annie sourit, acquiesça en signe d'acceptation, partagée entre la compassion et un étrange sentiment de satisfaction. Elle ne se souvenait pas avoir jamais vu quelqu'un prendre sa défense avec autant d'énergie et d'efficacité.

David agrippa l'homme par l'épaule. « Et toi, maintenant, lui dit-il d'une voix glaciale, tu vas te faire voir ailleurs. »

L'homme baissa la tête et recula. La foule qui s'était rassemblée autour d'eux se dispersa en silence, les uns fixant le vaincu, les autres, le vainqueur.

Annie leva les yeux. Appuyée contre le bar, une femme avait le regard rivé sur David. Annie sentit l'attirance, l'intérêt qu'il éveillait en elle.

À *moi*, s'entendit-elle penser, *il est à moi*. Avant de s'interpeller : *C'est de la jalousie, ça ?* Elle fut surprise de l'intensité de son émotion, une émotion nouvelle pour elle, un point de vue inédit.

Elle chassa l'idée de son esprit et saisit le bras de David ; puis ils gagnèrent la sortie en fendant la foule et retrouvèrent la rue, l'air frais, l'espace, la rumeur de la vie, nullement affectés par ce qui venait de se passer.

Ce ne fut qu'en arrivant au carrefour qu'elle se rendit compte que David riait sous cape.

Elle le poussa du coude. Il se retourna, pouffant toujours, un rire éminemment contagieux qui dégénéra, donnant le spectacle étrange de deux personnes se tenant les côtes, debout à un carrefour pendant que les voitures attendaient sagement qu'ils veuillent bien traverser.

De retour à l'hôtel, après qu'ils eurent dîné, à nouveau fait l'amour et que le calme fut revenu, elle lui demanda pourquoi il avait réagi avec une telle violence.

« Parce que les gens sont parfois tellement aveugles, tellement égocentriques. Il y a des moments où, quand tu regardes les gens, tu constates qu'il n'y a rien dans leurs yeux, absolument rien... comme s'ils étaient creux au-dedans, tu vois ? Quand ça arrive, tu ne peux qu'avoir envie de les réveiller. »

Comme tu as fait avec moi dans ton appartement ? aurait voulu demander Annie, qui n'osa pas.

Puis d'autres questions lui vinrent : *N'y aurait-il pas autre chose là-dessous, David ? Que tu me cacherais ? Étais-tu à ce point remonté contre ce type ou est-ce qu'à travers lui tu combattais tes propres démons ?*

Mais elle s'abstint de tout commentaire.

Elle se contenta de se lover contre lui et de fermer les yeux.

Demain serait un autre jour.

24

Il la raccompagna. D'abord avec le taxi depuis l'aéroport, ensuite dans l'escalier jusqu'à son appartement pendant que le chauffeur attendait ; puis il l'embrassa et, après une brève étreinte, la quitta. Il avait du travail, lui dit-il, des comptes rendus à rédiger pour les clients qu'il avait rencontrés à Boston. Il en avait pour un jour ou deux, tout au plus, mais il lui fallait être tranquille, sinon il n'en viendrait pas à bout. Sans compter, ajouta-t-il, qu'Annie avait peut-être intérêt à retourner au magasin sans trop tarder, sinon ses fidèles finiraient par la lâcher.

De la fenêtre du séjour, Annie regarda le taxi s'éloigner, avant de se retourner et de faire le tour de la pièce comme si elle redécouvrait l'endroit ou le voyait pour la première fois. Elle effleura de la main ses quelques possessions – livres, bibelots alignés au garde-à-vous sur la commode –, puis passa dans la salle de bains, ouvrit l'armoire au-dessus du lavabo, regarda les pots de crème anti-âge, les flacons de lait hydratant et de shampoing aux herbes, le dentifrice Have A Hollywood Smile, et d'autres accessoires du même genre qui semblaient avoir perdu tout intérêt dans le nouvel état d'esprit qui était le sien. Et elle s'efforça de l'analyser, cet état d'esprit. Était-elle encore troublée, se sentait-elle mal à l'aise après la scène de la veille dans le bar ? Non, rien à voir avec ça. David n'en avait pas reparlé, pas un mot pour expliquer pourquoi il était tombé de cette façon sur ce pauvre type. Peut-être estimait-il ne pas avoir à justifier ni à rationnaliser son comportement. Si bien qu'Annie, qui aurait pourtant aimé dire quelque chose, n'avait pas ouvert la bouche. Elle n'avait pas voulu accorder à l'incident plus de considération qu'il n'en méritait. Avait-il d'ailleurs une quelconque importance ? Oui, peut-être, en un sens. Que quelqu'un prenne ainsi sa défense, fasse passer son bien-être à elle avant le sien propre, l'avait vraiment touchée. L'homme aurait pu facilement devenir grossier, violent, voire s'en prendre physiquement à David pour ce qu'il avait dit. Mais il n'en avait rien fait, se contentant de battre en retraite. Et ne serait-ce que pour cette seule raison, Annie s'était sentie immensément soulagée. Quelques semaines plus tôt, quelques jours, même, une scène de ce genre l'aurait consternée. Elle aurait quitté l'endroit tremblante, terrifiée, et il lui aurait fallu des heures pour retrouver un fonctionnement normal. Alors que là, non, elle avait parcouru la moitié d'un bloc en s'amusant de la situation avec David.

Quelque chose avait changé. Tant de choses, en fait. Et cette transformation s'était opérée de l'intérieur.

Annie sourit en son for intérieur et passa dans la cuisine. Elle ouvrit le placard au-dessus du plan de travail et voulut prendre la boîte de thé sur sa droite. Sa main glissa un peu vers la gauche, puis revint vers le bord. Elle leva les yeux, perplexe. Le thé n'était pas là.

Elle écarta des soupes en sachet, et là, derrière, tout au fond du placard, trouva la boîte où elle conservait les feuilles de thé. Elle la descendit, la posa sur le plan de travail. Secoua la tête.

« Une place pour chaque chose, et chaque chose à sa place », disait toujours sa mère. C'était là une des habitudes que lui avait léguées Madeline. Annie O'Neill était ordonnée et prévisible au-delà de tout reproche. Elle savait toujours où tout se trouvait, et tout était rangé à sa place sitôt qu'elle en avait terminé.

Elle haussa les épaules. L'influence masculine, se dit-elle, avant de brancher la bouilloire.

Assise à la table de la pièce de devant, elle feuilleta les pages apportées par Forrester. Elle était impatiente de connaître la suite, et, une fois encore, une pensée indécise vint flotter à la périphérie de sa conscience. On était jeudi, et Forrester ne reviendrait pas avant lundi : déception et frustration allaient remplir l'intervalle d'ici là.

Et puis soudain, elle se souvint.

Sullivan.

Son père.

Elle se leva, traversa le palier pour aller frapper à la porte de Sullivan. Pas de réponse.

Elle regarda sa montre. Un peu plus de dix heures. Elle essaya de se rappeler si Sullivan faisait quelque chose de particulier le jeudi matin.

Elle revint chez elle, s'assit à nouveau devant la table et commença à feuilleter le manuscrit depuis le début. Le récit lui revint clairement – Jozef Kolzac et Elena Kruszwica, les horreurs de Dachau et Wilhelm Kiel ; le sergent Daniel Rosen entraînant ce fantôme d'enfant à travers l'Europe libérée puis sur un bateau à destination de New York ; Rebecca McCready acceptant de prendre l'enfant chez elle ; l'enfant désormais adolescent, quittant la maison après la mort de Rosen et disparaissant dans les bas-fonds de New York. À partir de là, la suite se déroulait comme dans un film de Martin Scorsese : le jeu et l'alcool, les arnaques et les meurtres, l'ensemble lui remplissant l'esprit des images, des bruits et des couleurs d'une époque révolue. Elle pensa à Johnnie Redbird enfermé à Rikers Island pour le meurtre d'Olson, à Harry Rose qui l'avait abandonné à son sort en le laissant payer seul pour un crime qu'ils avaient été deux à commettre.

Et quand elle tourna la dernière page, elle mourait d'envie de savoir, de découvrir ce qui s'était passé sept ans plus tard.

Annie alla chercher l'annuaire du téléphone pour consulter la liste des Forrester... A, B, G, K, O, P... et tomba sur des dizaines et des dizaines de R. Forrester qui occupaient des pages entières comme pour la narguer. Jamais elle ne pourrait le retrouver de cette façon. Toute tentative de ce côté-là était vouée à l'échec.

Elle se retourna et regarda sa porte. Où diable était donc passé Sullivan ?

Comme en réponse à son interrogation, elle entendit la porte de la rue s'ouvrir et se refermer.

Elle se leva, sortit précipitamment sur le palier et lança dans l'escalier : « Jack ?

— Jésus, Marie, Joseph, entendit-elle monter des profondeurs, tu m'as fait peur, Annie O'Neill... À quoi tu joues, bon sang ? »

341

Sullivan apparut à la sortie du dernier coude de l'escalier, s'arrêta et leva les yeux vers elle, reprenant péniblement son souffle comme s'il avait gravi les marches quatre à quatre.

« Quand est-ce que tu es rentrée ? demanda-t-il.

— Ce matin, il n'y a pas très longtemps.

— Et qu'est-ce qu'il y a de si important pour que tu beugles comme ça du haut de l'escalier ? »

Sullivan s'avança vers elle, le souffle court, les traits tirés. Elle ne l'avait jamais vu aussi mal en point. Il menait un dur combat, elle le savait, et, l'espace d'une seconde, elle regretta la promesse qu'elle lui avait arrachée. Mais ses regrets s'effacèrent dès qu'elle se remit en mémoire le fait qu'il avait effectivement cessé de boire.

« Il faut parfois savoir être cruel avec son prochain, quand c'est pour son bien », aurait dit sa mère.

« Je me demandais si tu avais trouvé quelque chose », dit Annie, qui perçut dans sa voix une note d'impatience curieuse.

Sullivan secoua la tête. Il sortit sa clé et ouvrit sa porte. Il attendit d'être entré, Annie sur ses talons, avant de répondre.

« Ton père, commença-t-il, pour autant que je sache...

— Quoi ? l'encouragea-t-elle. Que tu saches quoi ?

— Ton père... eh bien, ça m'embête de te le dire, Annie, mais on dirait qu'il n'a laissé aucune trace. »

Elle eut un rire bref et nerveux. « Comment ça ? » s'exclama-t-elle.

Sullivan traversa la pièce pour aller s'asseoir.

« J'ai consulté les archives de toutes les associations professionnelles d'ingénieurs et des chambres de commerce que j'ai pu trouver. Je suis allé sur Internet et, hier, j'ai passé des heures à la bibliothèque à fouiller dans les sections consacrées à l'ingénierie et à l'architecture urbaine. Références, index, annuaires, tout y est passé, mais je n'ai rien trouvé. Après, j'ai appelé quelques amis pour leur demander de consulter les notices nécrologiques conservées sur microfiches par certains journaux : chou blanc ; je suis donc allé aux travaux publics, là encore, chou blanc : personne du nom de Frank O'Neill dont l'existence correspondrait aux dates que tu m'as données. Alors, tu sais ce que j'ai fait ? Je suis entré dans un bar de la 114ᵉ Rue et je me suis payé une eau minérale et un sachet de cacahuètes.

— Une eau minérale ? Non ?...

— Comme je vous le dis, Annie O'Neill, comme je vous le dis. Tu imagines... Jack Ulysses Sullivan attablé dans un bar de la 114ᵉ Rue devant une eau minérale. »

Annie s'assit à côté de lui. « Je ne comprends pas. Je ne comprends pas comment quelqu'un peut ne pas exister. »

Sullivan sourit, lui prit la main et la serra dans la sienne.

« Bien sûr qu'il est impossible à quelqu'un de ne pas exister, Annie. Ton père a existé autant que toi et moi... mais pour une raison quelconque, je n'ai trouvé aucune trace de lui. Après tout, ce n'est peut-être pas si important que ça...

— Peut-être pas pour toi, Jack, mais pour moi, si.

— OK, Annie, excuse-moi… C'est pas vraiment ce que je voulais dire. Les gens peuvent fort bien vivre toute une vie sans jamais…

— … en faire grand-chose, c'est ça ?

— Non, je me fais mal comprendre, Annie. Tout ce que je dis, c'est que ton père a fait ce qu'il avait à faire, et qu'il l'a sacrément bien fait, j'en suis sûr… mais que, socialement parlant, il n'a pas laissé de marques. »

Annie garda le silence.

« Tiens, moi par exemple, poursuivit Sullivan, en dehors de quelques photos dans les journaux, personne sauf les gens qui m'ont connu ne saura jamais que j'ai existé.

— Je ne sais pas, dit-elle. Je suis déçue, indubitablement… J'avais tellement espéré que tu dénicherais quelque chose à son sujet.

— Mais dis-moi, pourquoi est-ce que c'est devenu si important pour toi, tout à coup ? »

Annie secoua la tête, détourna les yeux un instant vers le centre de la pièce. « Je ne peux pas vraiment l'expliquer, finit-elle par admettre presque dans un murmure. Je me posais justement la question l'autre jour. Je crois que c'est cette histoire avec Forrester qui m'a donné envie de savoir qui était mon père, la rencontre avec quelqu'un qui l'a connu. Du coup, j'ai pris conscience du fait qu'il avait eu une vie, lui aussi, des amis, qu'il y avait des gens qui connaissaient son nom, peut-être un endroit où il allait boire un verre quand il n'avait pas le moral. » Elle s'interrompit, resta à nouveau silencieuse un instant.

« C'était mon père, un être humain à part entière, et il ne reste absolument rien de lui en dehors de cette montre et d'un livre.

— Et du magasin, dit Sullivan. N'oublie pas le magasin.

— Oui, c'est vrai, le magasin.

— Et, à ton avis, qu'est-ce que ça t'apporterait... d'en apprendre plus sur son compte ?

— Dieu seul le sait, Jack. Un sentiment d'appartenance, je suppose, le sentiment que je viens de quelque part.

— Je pense, pour ce qui me concerne, que c'est fichtrement plus important de savoir où on va que d'où on vient.

— Sauf dans les cas où ton origine pourrait déterminer la direction que tu prends.

— Et vers quoi penses-tu aller, en ce moment ?

— Je veux continuer à vivre ce que j'ai commencé à vivre avec David, savoir qu'il y a quelqu'un qui t'attend, ou que tu peux aller voir...

— Et avec qui tu peux exercer à plein la puissance de ton appareil vocal, ajouta Sullivan avec un sourire ironique.

— Oui, Jack... ça aussi.

— Alors, vis ta vie... parce que, de toute façon, la vie, elle, continuera, avec ou sans toi. Et je vais te faire la grâce d'un autre avis pendant que j'y suis : putain, Annie, c'est la première fois depuis qu'on se connaît que je te vois aussi heureuse.

— Tu as raison. Je suis vraiment heureuse, Jack.

— Alors oublie ton père. Je sais que c'est facile à dire pour moi, mais quoi qu'il ait pu être ou qu'il ait pu faire, tout ça est sans importance à côté de ce que tu es en train de vivre. »

Sullivan lui pressa la main une nouvelle fois.

« Il me semble que la chose que désirent le plus les pères, et les mères aussi d'ailleurs, c'est que leurs enfants soient heureux. Si on y réfléchit bien, ils finissent toujours, me semble-t-il, par accepter les choix que font leurs enfants, du moment que ceux-ci sont heureux.

— Oui, j'imagine.

— Alors, arrange-toi pour que ça marche entre David et toi ; passe tout le temps que tu veux avec Forrester, écoute ce qu'il a à dire, mais sans y accorder plus d'importance que ça n'en mérite. Les histoires ne sont rien de plus que des histoires, d'accord ?

— D'accord, murmura Annie, après l'avoir serré dans ses bras. Je comprends, Jack. »

Elle le retint contre elle un moment, avant de relâcher son étreinte.

« Tu fais quelque chose, ce soir ? demanda-t-elle.

— Je prévoyais juste d'avaler la moitié d'une boîte d'Excedrin Migraine, avant d'essayer de dormir pour effacer les effets du delirium tremens.

— Sacré programme, dis-moi... Pourquoi tu ne viendrais pas partager mon dîner, à la place ?

— Bonne idée. Ce serait avec plaisir.

— On mange et on regarde une vidéo ou un truc, ça te va ?

— Ça me va », dit-il en souriant.

Annie sortit de chez lui et traversa le palier.

Tout en préparant le repas avant l'arrivée de Sullivan, elle chercha un disque dans le râtelier à CD.

Elle le trouva sans problème, mais il n'était plus rangé dans l'ordre alphabétique de départ.

Elle revit David en train de fouiller dans les CD quand il était venu chez elle la première fois. C'était sans doute ça, l'explication. *Va falloir lui faire son éducation, à c't'homme*, songea-t-elle, avant de penser à autre chose. Mais, un moment plus tard, le fait d'avoir songé à David lui donna envie de l'appeler, d'entendre sa voix, et ce fut alors qu'elle se rendit compte qu'elle n'avait aucun numéro où l'appeler, aucun moyen de le joindre si elle en avait envie ou besoin.

Puis Sullivan arriva, et ils mangèrent. Après quoi, ils s'installèrent sur le canapé pour regarder *Indiscrétions*, le film de Cukor, et, pour la énième fois, Annie retomba amoureuse de Cary Grant.

Le film terminé, Sullivan ne s'attarda pas, et Annie, plus lasse qu'elle l'aurait jamais cru possible, alla se coucher sans plus attendre, s'enfouit sous la couette et s'endormit sur-le-champ.

Elle ne fit aucun rêve, l'esprit vide de tout contenu.

Comme l'était le souvenir qu'elle gardait de son père.

25

Ce fut l'enveloppe qui décida Annie. L'enveloppe qu'avait apportée le coursier avec la dernière partie du manuscrit. Elle était là, sur le comptoir du magasin, le vendredi matin, quand elle arriva et pénétra dans un endroit qui lui parut totalement étranger, et qu'elle eut bien du mal à reconnaître.

Elle la souleva, la retourna, et vit, tamponnée au dos, l'inscription SPEEDEE COURIERS, suivie d'un numéro de téléphone. Elle le composa, fut accueillie par Al, qui lui demanda si elle appelait pour une expédition ou une réception.

« Ni l'un ni l'autre, répondit-elle. C'est pour un renseignement.

— Je vous écoute », dit Al.

Elle déclina son identité, donna son adresse et précisa qu'elle avait reçu un paquet le lundi soir précédent, livré par quelqu'un de chez eux.

« Un ennui ?

— Non, non. »

Elle se demandait simplement si elle pouvait obtenir un numéro de téléphone où contacter l'expéditeur.

« Pas de problème, ma p'tite dame. Je vous demande juste une minute. »

Annie attendit, regardant la rue par la devanture, espérant voir arriver un David éreinté à force de rédiger des comptes rendus et n'ayant qu'une idée en tête, être avec elle.

Al revint en ligne.

« Vous avez de quoi écrire ?

— Oui, dit Annie, qui releva au dos de la même enveloppe le numéro qu'il lui donna.

— Expédié par un M. Forrester. C'est bien ça ?

— Oui, Robert Forrester », précisa-t-elle.

Elle remercia son interlocuteur, raccrocha et, les yeux toujours sur l'enveloppe, se mit à élaborer différents scénarios.

Allô, c'est Annie... J'espère que vous ne m'en voudrez pas, je me suis procuré votre numéro auprès du service de messageries et je me demandais si vous seriez d'accord pour qu'on avance notre réunion à ce soir.

Monsieur Forrester, c'est Annie O'Neill, à l'appareil. J'espère que vous ne trouverez pas trop inconvenant de ma part de vous dire que j'ai beaucoup regretté ne pas vous voir lundi dernier. Je tenais aussi à vous remercier de m'avoir fait parvenir le manuscrit. Je me demandais si vous auriez par hasard la possibilité de passer au magasin m'apporter les chapitres suivants...

Elle était perplexe, mal à l'aise, et les termes et les tournures employés lui semblaient tous plus artificiels et apprêtés les uns que les autres.

Elle tendit la main vers l'appareil, souleva le combiné, qui lui parut étrangement lourd.

Elle vérifia le numéro qu'elle avait inscrit sur l'enveloppe, et, quand elle appuya sur les touches, elle eut l'impression que c'était plus fort qu'elle : elle n'avait pas envie d'appeler, sans pour autant pouvoir s'en empêcher.

Le téléphone sonna à l'autre bout du fil. Une fois, deux fois, trois fois. Une terrible appréhension la gagna, qui l'amena à se demander ce que diable elle était en train de faire, et au moment où elle éloignait l'écouteur de son oreille, elle entendit qu'on décrochait.

« Oui ?
— Bonjour, dit-elle. Pourrais-je parler à M. Forrester ? »
Un long silence.

« Dites-lui que c'est Annie... Annie O'Neill », précisa-t-elle.

Elle perçut le bruit d'une sorte de hoquet dans l'appareil. Mais peut-être que, là encore, son imagination lui jouait des tours, et qu'elle ne faisait qu'attribuer à son interlocuteur la nervosité dont elle était elle-même victime. Elle entendit que l'on reposait le combiné, puis des pas qui s'éloignaient, enfin, un murmure de voix.

Des voix dans lesquelles elle crut percevoir une certaine agressivité.

Puis ce fut le silence. À nouveau un bruit de pas. Puis celui du combiné que l'on reprend.

« Mademoiselle O'Neill ? »
La voix de Forrester.

Annie fut presque surprise de l'entendre à l'autre bout du fil.

« Monsieur Forrester, je vous demande de m'excuser. J'ai eu votre numéro par les messageries auxquelles vous avez fait appel pour m'expédier le manuscrit lundi soir.

— Ah, oui, bien sûr. Comment allez-vous, ma chère ? Je suis vraiment désolé de n'avoir pu honorer notre rendez-vous, mais j'ai été retenu par une urgence au dernier moment.

— Ce n'est rien, monsieur Forrester, je vous assure. Je voulais vous remercier de la peine que vous vous étiez donnée.

— Un plaisir pour moi, ma chère, et je peux vous assurer que je ne manquerai notre prochain rendez-vous pour rien au monde.

— C'est aussi de cela que je voulais vous parler.

— Un problème ? Vous avez d'autres engagements ?

— Non, non, pas du tout. C'est simplement que... eh bien, que...

— Quoi donc, ma petite ?... Allez-y, dites.

— Ma foi, dit Annie avec un sourire un peu embarrassé, je me demandais s'il vous serait possible... par hasard... de me...

— De vous faire passer le chapitre suivant avant lundi ? »

Annie ne répondit pas.

Elle l'entendit rire. Un rire chaleureux et engageant.

« C'est une drôle d'histoire, n'est-ce pas ? J'ai toujours pensé qu'elle aurait pu prétendre à une publication si elle avait jamais été terminée.

— Parce qu'elle ne l'a pas été ?

— Non, malheureusement pas... mais il vous en reste encore beaucoup à lire.

— Et vous pensez que je...

— Que vous pourriez l'avoir avant le week-end ?

— Oui, c'est ce que j'espérais, effectivement. Je sais bien que nous étions convenus de certaines règles, mais...

— Mais les règles sont faites pour être enfreintes, mademoiselle O'Neill... C'est ce que vous espériez, n'est-ce pas ?

— Oui, dit-elle. J'avais espoir que nous pourrions peut-être faire une exception.

— Ma foi, je pense que je vous dois bien ça, compte tenu du fait que je ne suis pas venu à notre dernier rendez-vous. Je vais vous faire porter le manuscrit. Jusqu'à quelle heure pensez-vous rester au magasin, aujourd'hui ?

— En règle générale, je ne ferme pas avant dix-sept heures, dix-sept heures trente.

— Vous l'aurez avant la fermeture, je m'en occupe... Mais je tiendrais beaucoup, néanmoins, à ce que nous ayons notre prochaine rencontre lundi, comme prévu, si cela vous agrée, évidemment.

— Oui, bien sûr.

— En ce cas, aucun problème, mademoiselle O'Neill. Je vous fais parvenir la section suivante, et je vous dis à lundi. Prenez bien soin de vous et passez un bon week-end.

— Merci, monsieur Forrester. Je vous suis très reconnaissante.

— Ce n'est rien, ma chère, je vous en prie... Au revoir. »

Silence au bout de la ligne. D'un geste lent et mesuré, elle reposa l'appareil.

Elle poussa un profond soupir de soulagement. Tout s'était remarquablement bien passé. Qu'elle eût trouvé son numéro de téléphone n'avait pas eu l'air de déranger Forrester. Pas le moins du monde. Elle haussa les épaules et se demanda pourquoi elle s'était tant inquiétée. Il n'y avait vraiment pas de quoi. Qui sait, il avait peut-être même apprécié que quelqu'un l'appelle. Après tout, c'était un vieux monsieur solitaire...

Puis elle sursauta.

Ce n'était pas lui qui avait décroché. Mais un autre homme, plus jeune, à entendre sa voix.

Et n'était-ce pas de la surprise qu'elle avait perçue à recevoir un appel d'elle ? Ou bien se faisait-elle encore des idées ?

Oh, et puis zut, quelle importance ? Mission accomplie. Elle était arrivée à ses fins. Tout ce qui comptait, c'est qu'elle allait pouvoir lire la suite du manuscrit ce soir même.

La journée s'écoula au ralenti. Quatre clients. *Voir ci-dessous : amour*, de David Grossman ; *Une matinée d'amour pur*, de Yukio Mishima ; *Les Routes de poussière*, de Rosetta Loy, et, pour finir, *Americana*, de Don DeLillo. John Damianka ne se présenta pas avec son habituel sandwich dégoulinant de mayonnaise, et elle lui en fut reconnaissante. Elle appréciait de rester dans l'anonymat de ces rencontres avec les clients, des gens qu'elle n'avait jamais vus auparavant et qu'elle ne reverrait sans doute jamais. Et même si cela devait arriver – dans le métro ou dans la rue –, elle ne les reconnaîtrait pas, de toute façon.

Elle avait assez de chats à fouetter, par ailleurs. Depuis quelques jours, c'était David qui remplissait ses pensées, et elle se disait maintenant qu'elle devait veiller à ce que cette liaison tout juste naissante ne lui fasse pas oublier son père.

À un moment, elle songea à rappeler Forrester pour lui demander s'il lui restait encore quelques lettres « Cher Cœur » à lui faire parvenir.

Elle n'en fit rien. Mieux valait ne pas repousser les limites trop loin.

Le coursier arriva un peu après seize heures. Pas le même garçon, mais la même compagnie. Elle gratifia Stan – c'était du moins le nom qu'affichait le badge sur sa poche de poitrine – d'un pourboire de dix dollars. Moins pour sa peine que par gratitude, parce qu'il lui avait livré le paquet avant la fermeture. Forrester était un homme de parole. Même si elle ignorait ce qu'il était par ailleurs, impossible de lui ôter cette qualité.

Elle plia boutique. À seize heures vingt-cinq. Éteignit les lumières, verrouilla la porte et se hâta de rentrer.

Si Sullivan avait été chez lui, elle serait passée le saluer, même si, au moment d'entrer dans l'immeuble, elle avait déjà décidé de ne pas lui parler du manuscrit.

Cette fois-ci, et pour des raisons obscures et difficiles à démêler, elle voulait lire ces feuillets seule.

26

Rikers Island était née de l'esprit d'un homme revanchard et rongé par la culpabilité.

Rikers Island est située dans l'East River, entre Long Island et Manhattan, et en se perchant sur son promontoire le plus avancé, on aurait pu voir les deux petites îles des North and South Brothers, Port Morris et l'immense étendue du dépôt de marchandises de la Conrail. À gauche, Lawrence Point, le site de la Consolidated Edison Company of New York, et, au-delà de Steinway Creek, Bowery Bay et l'odeur âcre qui flottait en permanence sur l'eau en provenance de la station d'épuration. Manhattan continuerait à grandir, allongeant vers le ciel ses doigts d'acier et de béton, et les banlieues d'Astoria et de Steinway à attirer les regards avec leurs lumières et la rumeur de leurs soirées new-yorkaises, Rikers Island, en revanche, resterait toujours la même.

La prison avait été construite par des insensés pour mettre à l'écart les pervers et les indésirables. Fonction qu'elle remplissait avec une indéniable et redoutable efficacité.

Ses murs abritaient, si l'on peut dire, la lie des criminels : des individus qui avaient tué, par amour, pour l'argent, par vengeance, ou pour le simple plaisir de tuer. Des hommes qui enduraient non seulement leur peine mais aussi celle de ceux qu'ils avaient torturés, mutilés, volés, les cris des femmes qu'ils avaient violées, battues, maltraitées, des enfants qu'ils avaient engendrés pour ensuite les abandonner sans même leur accorder une pensée, les mères dont ils avaient brisé le cœur, les pères dont ils avaient détruit les rêves. Au milieu de ces hordes survivaient les innocents, les égarés, les victimes, les dérangés ou les déments, les vaincus de la vie et les presque moribonds.

Et, noyé parmi eux, moi.

J'ai passé là-bas sept longues années, et de ces deux mille cinq cents jours, de ces soixante mille heures, pas une minute, pas une seconde sans que je me dise que c'était là que je mourrais. Mais sous cette certitude couvait tout de même l'espoir, vague et fragile, que Harry Rose finirait par trouver un moyen pour me sortir du trou – et me permettre ainsi de partager la manne et les merveilles qui me revenaient au moins autant qu'à lui. J'étais un homme patient, patient comme Job, semblait-il, et même si les heures semblaient aussi interminables que des jours, et les jours que des semaines, je me tenais à carreau. Je n'élevais jamais la voix, ne levais jamais les poings, poussé par la colère ou le besoin de répondre à une provocation, parce que je savais que, une fois franchies les bornes, je ne pourrais plus revenir en arrière. J'avais déjà tâté de l'isolement, une fois me suffisait.

De ma minuscule cellule, j'entendis l'Amérique hurler sous les coups qui l'accablaient. J'entendis parler des tensions raciales, des Noirs abattus dans le Mississippi, vis Kennedy devenir le candidat officiel du Parti démocrate à la présidentielle, suivis à la TSF en janvier 1961 la cérémonie de son investiture.

Et j'attendais.

Puis ce furent les marches pour la liberté, les marines au Laos, la mort de Marilyn Monroe, les émeutiers blancs prenant d'assaut l'université du Mississippi, la baie des Cochons, le blocus de Cuba ; un millier d'arrestations en Alabama, l'assassinat du membre de la NAACP Medgar Evers, le témoignage de Joseph Valachi devant la commission d'enquête sénatoriale sur le crime organisé, l'assassinat de Kennedy, l'instauration de la loi martiale à Saigon, le meurtre de Malcolm X et le bombardement de Hanoi... Pour avoir vécu de loin ces événements, ces grands pans d'histoire barbouillés sur l'immense toile de l'Amérique, moi, Johnnie Redbird, je n'en retiendrais pas grand-chose.

D'un naturel contrariant, c'est de dents surtout que je garderais le souvenir.

Eh oui, incisives, molaires, prémolaires, canines, couronnes et racines, dentine, cément et émail. Gencives infectées, dents de sagesse, canaux, plombages, extractions, abcès, gingivites.

Par le biais de mon association avec un certain Oscar Tate Lundy, les dents allaient devenir ma vie et, pour finir, mon salut.

« *Doc* » *Lundy n'était pas un vrai docteur, pas même un dentiste. C'était un mécanicien automobile à la retraite, originaire de Brooklyn Heights, qui s'était mis en tête d'augmenter ses maigres économies en braquant une bijouterie en plein jour, avec, en guise d'arme, un morceau de tuyau de cuivre de soixante centimètres rempli de sable. Il avait soixante-six ans à l'époque, et même s'il avait réussi à s'enfuir du magasin avec une poignée de perles de culture et trois bagues de fiançailles, une vie entière passée à boire et à fumer avait eu raison de lui en quatre blocs. Lui emboîtèrent le pas le bijoutier, deux de ses employés, un client et un flic qui n'était pas en service mais se trouvait là à flâner devant la vitrine.*

Doc comparut pour sa mise en accusation avec treize minutes de retard. Quand le greffier lui demanda s'il plaidait coupable, il lui répondit qu'il pouvait « aller se branler le cul », et quand le juge émit l'idée d'une possible accusation d'outrage à magistrat à ajouter à la précédente, Doc Lundy se leva, descendit la fermeture éclair de son pantalon, sortit sa bite et lui lança : « Viens m'la sucer, pédé de mes deux. »

D'aucuns dirent que si Doc Lundy s'était conduit avec un tel tact et une telle délicatesse lors de sa comparution, c'était parce qu'il était tout simplement barjo.

Il y en eut aussi pour avancer qu'il cherchait délibérément la peine la plus lourde, parce que, à sa libération, ses économies suffiraient alors à le tirer d'affaire pour le restant de ses jours.

Pour ma part, je voyais surtout en lui un vieux raté solitaire qui n'avait jamais fait grand-chose de sa vie, et pour qui Rikers Island devait avoir des airs de country club après toutes les désillusions qu'il avait dû essuyer.

Or donc, quand Doc Lundy débarqua à Rikers Island, il s'employa sans plus attendre à se rendre utile. Il n'y avait pas pléthore de voitures à retaper, aussi se mit-il à fréquenter la bibliothèque – religieusement, comme un boursier passé directement du Queens à Harvard –, et se plongea-t-il dans l'étude des dents.

Au bout d'un an et demi d'explorations et de sondages buccaux, d'extractions douloureuses et de gargarismes à l'eau salée, le responsable du quartier donna à Doc Lundy une cellule individuelle. On le fournit en aiguilles hypodermiques et analgésiques, en abaisse-langues et gobelets en papier. On peignit ses murs en blanc, et on monta un muret de séparation entre la couchette de Doc et son « cabinet ». Les matons eux-mêmes ne tardèrent pas à affluer pour leurs visites de contrôle, et le jour où Doc soigna une molaire pourrie qui empoisonnait la vie du frère de Tony Cicero depuis pratiquement cinq ans, le vieux se tailla une place de choix dans les cœurs et les bouches des locataires de Rikers.

À soixante-dix ans, Doc était trop vieux et plus assez solide pour assurer quelque soin dentaire que ce fût. Ses mains tremblaient, sa vue avait baissé, et bien qu'on lui eût offert sa liberté conditionnelle à trois reprises au cours des quatre dernières années, il avait chaque fois refusé. Rikers Island en était venue à être non seulement son lieu de travail, mais son chez-lui, et il avait décrété depuis longtemps qu'il y avait été sacrément plus utile à l'humanité qu'il aurait jamais pu l'être à l'extérieur.

C'est ainsi qu'il fut amené à prendre un apprenti, et son choix tomba sur moi.

Disons qu'à l'époque, je n'avais rien d'un grand lecteur et j'appris donc tout ce dont j'avais besoin sur le tas, en observant, en écoutant, en pratiquant et en m'exerçant sur les bouches de quelques-uns des criminels les plus dangereux du pays. Mais Doc voulait aussi que j'étudie dans les livres ; il m'envoya à la bibliothèque et m'imposa des heures et des heures de lecture. Au bout de quelques mois, j'étais pris d'une véritable fringale de savoir. Je me mis à lire comme un forcené, pas seulement des ouvrages sur la dentisterie, mais tout ce qui me tombait sous la main. Il y avait là tout un univers, un feuilleté de mondes, et grâce à ces livres – récits, articles, biographies, manuels techniques –, j'acquis l'instruction que je n'avais jamais reçue. Le savoir, c'est le pouvoir, me disait Doc, et j'en étais convaincu. Il m'obligea aussi à écrire, à apprendre à écrire, bon Dieu, et il relisait chacune de mes phrases pour en corriger l'orthographe, la grammaire, la ponctuation et les temps. Il fit de tous ces éléments la condition sine qua non de mon apprentissage, et je me pliai à ses exigences sans protester. Tu me remercieras un jour, disait-il, et même si je ne le croyais pas vraiment à l'époque, je vois bien aujourd'hui qu'il avait raison. Si je ne l'avais pas écouté, je ne serais pas en train d'écrire ces lignes. Sur le moment, toutes ces choses me parurent sans objet, mais, au fil du temps, elles en vinrent à constituer l'essentiel de ma vie.

Au bout d'un an, j'avais emmagasiné tout le savoir qu'avait jamais possédé Doc Lundy. Les dents devinrent ma raison d'être, et, avec l'aide des infirmiers et des dispositifs de l'endroit, je commençai à constituer des dossiers dentaires individuels, emmenant mes patients à la radio, certains enchaînés à la taille et sous surveillance armée. Je prenais mon travail au sérieux, comme un vrai professionnel, et, tout en accomplissant mes tâches, plombant, obturant, injectant, rinçant, je compris peu à peu la valeur des dents, le rôle crucial qu'elles pouvaient être amenées à jouer.

Elles étaient en fait aussi révélatrices que les empreintes digitales. Elles résistaient au feu et à l'acide. Elles étaient aussi emblématiques d'un individu que la rétine, aussi uniques que l'ADN.

De cette découverte naquit une idée. Et quand Doc Lundy finit par mourir, quand son corps fut incinéré et ses cendres dispersées dans le détroit de Rikers Island, je me présentai devant le directeur de la prison et demandai à ce que les soins dentaires continuent à être assurés dans l'établissement. Je fis les calculs pour savoir ce que coûteraient ces soins à l'administration pénitentiaire, et, quand le directeur vit le dossier, chiffres à l'appui, que je lui apportai, il accéda à ma demande sans se faire prier. J'allais devenir le nouveau Doc.

On était début 1966. Les États-Unis lançaient l'offensive la plus meurtrière de la guerre du Vietnam, en envoyant huit mille soldats dans le Triangle de fer ; Buster Keaton mourut le même mois que l'amiral Nimitz ; Mme Gandhi vint à Washington pour s'entretenir avec Lyndon Johnson, et moi, je commençai à inciser les abcès de mes codétenus, sans plus avoir Doc Lundy dans mon dos.

J'avais accès aux dossiers médicaux et dentaires, et c'est ainsi que je trouvai mon homme. Henry Abner Truro était un pédophile récidiviste de Staten Island. Se faisant passer pour un employé d'un parc d'attractions, il avait attiré trois gamins dans un étroit tunnel sous l'estrade de la grande roue et s'était livré sur eux aux pires sévices sexuels. Pourquoi ? Personne ne le sut jamais. Il n'eut pas un mot pour sa défense, se contentant de fixer, muet, la mine rogue, le jury, le procureur et même son avocat. Le procès fut des plus sommaires. Ayant écopé de dix à quinze ans, selon sa conduite, Truro atterrit à Rikers. Quand le type vint me voir, il souffrait d'une molaire infectée dans le quart inférieur droit et du pire cas d'odeur corporelle qu'il m'ait jamais été donné de rencontrer. Tout individu sentant aussi mauvais méritait tout simplement la mort. Harry Truro, par ailleurs, avait ma taille, à quelques grammes près mon poids, ma carrure, et faisait la même pointure.

Il était seul dans une cellule, précaution qu'on prenait souvent avec les délinquants sexuels, et, huit jours après l'avoir soigné pour la première fois, je me rendis dans sa cellule pendant la promenade et aspergeai son matelas d'alcool à quatre-vingt-dix, lequel a le mérite d'être aussi inodore que hautement inflammable. Truro ne s'aperçut de rien quand il revint de l'exercice ce même après-midi et s'allongea sur sa couchette.

Après avoir réintégré ma cellule, celle que j'avais héritée de Doc Lundy, et m'être occupé d'une couronne ébréchée et d'un abcès en formation, je demandai à consulter les dossiers dentaires. Un gardien m'accompagna jusqu'à la porte du local, me laissant ensuite à mes occupations, et j'en profitai pour substituer mon propre dossier à celui de Truro.

Puis je retournai voir mon mec, lui offris une cigarette alors qu'il était allongé sur sa couchette, et, quand je l'eus allumée, laissai tomber l'allumette sur le matelas en crin, avant de me reculer précipitamment. Je regardai les flammes l'envelopper, comme sous l'effet d'un vent violent qui se serait précipité dans la cellule pour l'engloutir. La perplexité, l'incrédulité, se lisaient sur son visage, et je souris en moi-même, en songeant à la vie des trois gamins qu'il avait détruite. Il se mit à agiter les mains pour éteindre les flammes, mais le feu était terriblement vorace, et le pauvre type n'avait aucune chance. À un moment, il tenta de se lever, mais d'un coup de pied je le renvoyai sur son matelas. Le voyant ouvrir la bouche, je compris qu'il allait se mettre à hurler et lui expédiai mon pied en pleine figure avec toute la force dont j'étais capable. Il retomba sur sa couchette, groggy, sa tête heurtant le mur, et, même s'il était toujours conscient, il était sonné et hébété. Il me regardait avec des yeux qui voyaient à peine, ses vêtements en flammes et sa peau en feu. J'aurais été bien en peine d'imaginer douleur plus atroce, mais je tenais à ce qu'il l'endure de bout en bout. Ce type, je ne le connaissais ni d'Ève ni d'Adam, mais je voulais qu'il souffre. Jamais les femmes ni les enfants, Harry et moi avions coutume de dire. On ne touchait jamais aux femmes ou aux enfants, nous, et ce salaud s'en était pris à la plus vulnérable des deux catégories. Il fit une nouvelle tentative pour se lever, et cette fois-ci je lui décochai un coup de pied dans les côtes. Il se mit à cracher du sang, et je sus que je lui avais sans doute défoncé la cage thoracique. Il n'empêche qu'il était toujours conscient, battant désespérément l'air de ses mains, luttant de tout son être contre le martyre qu'il endurait. Nouveau coup de pied, dans la figure, qui cette fois le mit K.O. pour de bon. Je m'occupai alors de descendre son corps du matelas et réussis à étouffer les flammes à l'aide d'une couverture. Une puissante odeur de cochon, celui qu'on fait griller lors du barbecue paroissial du dimanche, avait envahi la cellule, à laquelle s'ajoutait la fumée âcre et épaisse dégagée par le crin qui avait brûlé. Impossible de rien voir depuis le couloir devant la porte, encore moins d'entrer tant l'atmosphère empestait. Je déchirai ma chemise et en trempai un morceau dans la cuvette des WC avant de me le nouer autour de la tête. Je n'y voyais pratiquement plus rien, j'avais les yeux brûlants et pleins de larmes, et, dans des circonstances autres, j'aurais été incapable de résister une seconde de plus dans cet enfer, sans parler de plusieurs minutes. Mais c'étaient ma vie et ma liberté qui étaient en jeu à cet instant, et, s'il m'arriva de penser que je ne supporterais pas une telle situation plus longtemps, il me suffit d'évoquer le visage de Harry Rose au moment où il soutirait un autre paquet de dollars à un pauvre pigeon et le glissait dans sa poche. Il y avait de l'argent, là dehors. Mon argent. Et je le voulais, ce putain d'argent. C'est ce qui me permit de tenir.

Une fois les flammes éteintes, je sortis un scalpel de ma poche et entaillai profondément le visage de Truro à plusieurs reprises. Quand les autres prisonniers et une demi-douzaine de gardiens arrivèrent à la rescousse, j'avais déjà traîné Truro, une serviette solidement attachée autour de son visage, hors de la cellule, le long de la passerelle, et je me débattais pour commencer à le descendre à l'infirmerie. Je l'accompagnai jusqu'à la salle de soins, aidai à lui bander la tête et les mains, les zones les plus gravement brûlées. On lui donna de la morphine, un lit, et on téléphona sur le continent pour demander son admission à l'hôpital et l'envoi du ferry-ambulance.

Je dis à l'infirmier de garde qu'il ferait bien d'aller voir où en était le feu dans la cellule, ce qui me ménagea plus d'une demi-heure seul avec Henry Abner Truro. J'utilisai ce laps de temps pour lui enlever tous ses vêtements, lui injecter une dose de morphine à tuer un éléphant, défaire les bandages qu'il avait autour de la figure et des mains, utiliser un briquet pour lui brûler l'extrémité des doigts, pour finalement entreprendre de faire de son visage une bouillie méconnaissable à l'aide du talon de sa chaussure. Je le traînai dans un réduit attenant où l'on gardait les fournitures et les médicaments et refermai la porte à clé. J'enroulai les bandages autour de mon visage et de mes mains, enfilai les vêtements de Truro et, quand l'infirmier revint, j'avais pris la place de ma victime dans le lit. J'entendais mon cœur battre à tout rompre dans ma poitrine. Je respirais mon haleine chaude sous les bandages qui m'enveloppaient la figure. Je n'y voyais presque rien, et quand d'autres infirmiers vinrent vérifier mon état, tâter mon pouls, m'ausculter le cœur, je sentis la tension monter en moi comme un animal vivant. Le moment était venu où j'allais enfin sortir de Rikers. Je le croyais vraiment, il fallait que je m'en persuade, et s'il s'écoula une seule seconde sans que je pense à Harry Rose et à ce qu'il me devait, je ne m'en souviens pas. Je voyais sa tête, devinais le drôle de sourire qu'il avait quand il délestait un pauvre type d'un nouveau paquet de dollars... et je savais que la moitié de cette verdure me revenait. C'était mon argent. Ça l'avait toujours été, et, putain, je l'avais bien gagné. Avec toutes ces années passées derrière les barreaux de Rikers.

C'est cette passion et cette promesse qui me permirent de conserver mon sang-froid. Ce sentiment de rédemption et de justice qui m'empêcha de hurler de rage quand les infirmiers et les gardiens se consultèrent pour savoir s'ils devaient m'ôter mes bandages afin de voir à quel degré j'étais brûlé. C'est la certitude qu'il y aurait encore un avenir pour moi si je gardais la tête froide qui me retint de me saisir de l'un d'entre eux, de lui mettre un scalpel sous la gorge et de l'utiliser comme otage pour me sortir de là. Le moment avait mis du temps à se présenter, sept années interminables, et je n'étais pas prêt à compromettre d'aucune façon mes chances de réussite.

À un moment, un des infirmiers décida tout de même de jeter un coup d'œil sous la gaze qui me recouvrait la figure. Je sentis sa main approcher, sentis la pression de ses doigts à travers le bandage, les gestes hésitants avec lesquels il commençait à le défaire. C'était moi, là-dessous. Pas le dénommé Henry Abner Truro. Mais moi, Johnnie Redbird.

Je retins ma respiration encore une seconde, puis je poussai un gémissement prolongé, comme sous l'effet d'une douleur atroce, insupportable. J'entendis quelqu'un s'exclamer : « Mais bon Dieu, qu'est-ce que tu fous ? Ne le touche pas. Par pitié, laisse-le tranquille ! »

Je n'ai jamais su qui avait parlé, mais sur le moment je l'ai béni, celui-là, et j'ai presque cru à l'existence d'un Dieu.

Une heure plus tard, je franchissais les grilles de Rikers Island sur un brancard et rejoignais le continent. Je fus transféré du ferry à une ambulance et emmené à toute allure à l'hôpital le plus proche.

Le temps que j'arrive au complexe hospitalier Saint-François-d'Assise sur Brautigan Street, le directeur de l'établissement et le gardien chef avaient découvert le corps de Truro. Mais, en raison du caractère insulaire et indépendant du fonctionnement de Rikers, la nouvelle de cette découverte ne transita pas par les canaux officiels. Le visage n'était pas identifiable, et la gravité des brûlures aux doigts interdisait tout relevé d'empreintes sur le cadavre. Ils firent une radio des dents, constatèrent qu'elle correspondait à celle figurant dans mon dossier et s'efforcèrent de comprendre ce qui s'était passé. Le directeur était loin d'être bête, et même s'il lui fallut deux ou trois jours pour se convaincre que ce n'était pas mon corps qu'il avait dans son infirmerie, il finit par saisir le fin mot de l'histoire. En matière de sécurité, Rikers Island jouissait d'une réputation presque égale à celle d'Alcatraz. Aucun prisonnier ne s'en était échappé durant son exercice, et, à moins de trois ans de la retraite, il comptait bien partir au terme d'un parcours sans tache. Henry Abner Truro fut incinéré dans l'enceinte de Rikers, et apparut dans le registre des décès sous le nom de Johnnie Redbird. Affaire classée, que personne ne chercherait jamais à exhumer.

Quant à moi, je sautai par la porte arrière de l'ambulance dès qu'elle s'arrêta le long du trottoir en face de l'hôpital. Les passants virent un homme vêtu d'une tenue de taulard ensanglantée, à demi calcinée, les mains et la figure recouvertes de bandelettes, courant comme un fou dans Brautigan Street. Ils me virent une fois, et une seule. Ils ne devaient plus me revoir. Je disparus pour m'évanouir à tout jamais dans la nature.

*

Il me fallut trois semaines pour retrouver Harry Rose. Dans un bar, à quelques minutes à pied de l'immeuble décrépit de la 46ᵉ Rue Est. Assis, solitaire, plongé dans ses pensées, devant un Jack Daniel's sec accompagné d'une bière. Je me glissai silencieusement sur le tabouret à côté du sien.

Harry Rose faillit s'étrangler quand il se tourna de côté. Nous restâmes une bonne trentaine de secondes sans dire un mot, puis je souris, comme si c'était le dernier truc à la mode dans le coin, et lui demandai si je pouvais espérer me voir offrir un verre.

Trois heures plus tard, on était toujours dans le bar, assis à une petite table d'angle, après avoir éclusé comme si on avait pris à la lettre l'injonction Drink Canada Dry[1]. *Harry écouta tandis que je lui faisais le récit des horreurs de Rikers Island, mais sans jamais lui rappeler ce qu'il me devait, ni lui dire que, après avoir perdu sept ans de mon existence, je venais aujourd'hui réclamer mon dû. Puis il me parla de lui à son tour, me raconta sa vie, ses origines, sa jeunesse, tout ce que j'ai décrit dans ces pages, et qu'il ne m'avait encore jamais révélé... comme s'il voulait rétablir l'équilibre, me montrer que sa vie avait été aussi dure que la mienne. J'écoutai, avec attention, et, même si à l'époque il ne me vint pas à l'idée que je pourrais un jour écrire cette histoire, je la gardai gravée dans ma mémoire – jusqu'au moindre détail, au moindre mot, comme si, mon esprit soudain transformé en éponge, j'allais désormais pouvoir m'imbiber de tout ce qui m'arriverait, pour rattraper mes années perdues.*

Harry n'avait pas besoin qu'on lui rappelle sa dette envers moi, et, une fois que nous eûmes quitté le bar et regagné l'appartement de la 46ᵉ Rue Est, il me montra l'argent qu'il conservait dans ses boîtes à chaussures sous le plancher. C'était comme si rien n'avait changé, comme si nous nous étions quittés la veille, et même si une ombre noire, rapportée de Rikers Island, m'enveloppait à présent, il restait quelque chose en moi qui ne pourrait jamais s'altérer. J'étais l'acolyte

---

1. Buvez Canada Dry, qui peut se lire aussi « Buvez au point d'assécher le Canada ».

de Harry Rose, son compagnon de route, son ami. Nous étions comme des frères, et bien que beaucoup d'eau ait passé sous beaucoup de ponts, un accord tacite demeurait en vigueur : nous étions deux à partager la même histoire, l'avions toujours été et le serions toujours.

Harry me raconta l'arnaque des cent mille dollars. Me parla de King Mike Royale, de Cynthia, Mary-Rose, Jasmine, Louella-May, Claudette et Tanya. Me raconta avec quelle facilité ce gros enculé l'avait dépouillé de tout ce qu'il possédait, et quelles difficultés il avait eues à se refaire. Ces cent mille dollars avaient été à nous, c'était l'argent pour lequel nous avions trimé avant Carol Kurtz, Karl Olson, et l'enfer de Rikers Island.

Alors, je me suis remis au turbin, dans la partie où j'étais le meilleur. Habillé comme un flic en civil, muni d'un badge et investi du ton de l'autorité, j'écumai les bars et les speakeasys, les restos à juke-box et les clubs de strip-tease, et je finis par retrouver la trace de Mike Royale et découvrir ce qu'il était devenu. King Mike avait investi son pognon dans un bordel haut de gamme non loin d'Edgeware Avenue, entre Cliffside Park et Fairview. Un endroit sacrément chouette, une clientèle triée sur le volet, et des filles d'une classe qu'on ne voyait qu'aux pin-up de magazines. Sénateurs, députés, commissaires, banquiers, truands de haut vol, conseillers municipaux, tous venaient là pour jouer de leur cigare à bout incandescent, et l'argent qu'ils y laissaient dépassait de loin tout ce dont Harry Rose et moi aurions jamais pu rêver. Certains disaient que ce business rapportait plus de vingt-cinq mille dollars par semaine, d'autres que cette estimation était nettement sous-évaluée, mais, pour tout dire, ce qui nous intéressait chez King Mike, c'était moins les billets verts que sa tête.

La seule complication, c'est que je m'étais trouvé une fille, une jolie petite rousse de Hudson Heights qui voyait en moi une sorte de Gary Cooper. Elle me collait comme une mauvaise grippe, et même si je l'aimais beaucoup, si je la traitais bien, je ne me voyais pas m'encombrer d'une femme, encore moins me ranger. Aussi étrange que cela puisse m'apparaître aujourd'hui, quelque chose, au fond de moi, me disait que j'aurais pu être un bon père. Je devais être dingue, parce que je savais très bien que la vie que je menais n'était pas compatible avec la présence d'un enfant. Mais l'idée était bien là, tenace, et j'avais du mal à m'en défaire. Quand elle tomba enceinte, je lui dis la vérité : elle n'avait aucun avenir avec moi, je n'étais pas davantage fait pour être père et mari qu'une fille de ferme du Wisconsin. Je lui donnai cinq mille dollars, lui dis qu'elle pouvait garder le mouflet ou non – la décision lui appartenait –, et je la mis dehors. J'ai menti à cette fille, autant qu'à moi-même, parce qu'une voix me soufflait que j'aurais dû la laisser rester, qu'elle aurait pu s'occuper de l'enfant pendant que j'étais au boulot. Elle a poussé des lamentations dignes des rites funéraires d'une tribu apache, mais elle est finalement partie. Il y avait un truc qu'elle avait eu tout le loisir de comprendre pendant le temps qu'elle avait passé avec moi : j'étais quelqu'un qui ne disait toujours que ce qu'il pensait, et ce qu'il pensait avait force de loi. Ce n'est que plus tard, bien plus tard, que je repensai à elle et me demandai si cet enfant avait jamais vu le jour. Et quand ce souvenir me revenait, il me fallait de gros efforts pour arriver à me persuader d'avoir fait le bon choix, et ce pour toutes les parties concernées, mais, si je m'étais regardé dans une glace, j'aurais lu le mensonge dans mes yeux. Où elle était allée, ce qu'elle était devenue, je n'ai pas cherché à le savoir, à l'époque ; mon esprit n'était préoccupé que de solder les comptes avec King Mike Royale.

La scène aurait pu sortir d'un mauvais film de gangsters de série B, et c'était peut-être bien ce que nous avions eu en tête. En planque dans une conduite intérieure noire tout contre le trottoir, Harry et moi avons attendu une nuit pendant quatre heures que Mike Royale sorte de son bordel pour rentrer chez lui. Nous avons suivi son coupé Cadillac DeVille sur plus de cinq kilomètres, et quand il s'est arrêté devant une espèce d'énorme manoir en adobe en bordure de Fort Lee, là où Lemoine Avenue croise l'Interstate 95, nous avons fait de même, avant de couper discrètement le moteur et de nous préparer à attendre. Ce n'est qu'au bout de deux heures que les lumières cessèrent tour à tour de s'allumer et de s'éteindre dans cette foutue baraque. Quand régna enfin l'obscurité la plus complète, nous décidâmes d'entrer et de gagner le premier étage.

La forte odeur d'alcool qui empestait la chambre de King Mike, ajoutée au fait que c'est à peine s'il remua quand nous rejetâmes les couvertures pour lui lier les mains et les pieds, donnait une bonne idée de ce que le type avait descendu ce soir-là. Un miracle qu'il ait réussi à traverser la ville en restant entier, remarquai-je, tout en commençant à gifler le gros lard et à lui enfoncer un peu les doigts dans les yeux.

King Mike Royale, l'homme qui n'avait jamais eu à faire plus de dix mètres à pied depuis qu'il était adulte, qui buvait et mangeait ce que Manhattan avait de mieux à offrir, qui se croyait non seulement au-dessus des lois mais vraisemblablement aussi au-dessus de Dieu, se réveilla pour trouver un inconnu en train de le fixer attentivement, un trombone à la main.

On parla peu, les explications étant superflues. Beaucoup de supplications, bien sûr, et je dus faire taire King Mike, le temps de demander à Harry pourquoi c'étaient toujours les gros types qui râlaient le plus. On dirait bien que plus ils sont gros, plus ils se lamentent, dis-je, et Harry rigola, avant de prendre la tête de King Mike entre ses mains et de la maintenir en place pendant que je dépliais le trombone et l'enfonçais dans la paupière du gros.

Il hurla plus fort qu'une sirène de pompiers, et on lui fourra un coin du drap dans la bouche jusqu'à ce qu'il commence à étouffer. Il n'avait plus maintenant que son œil valide pour nous supplier, et Harry et moi on se relaya pour lui asséner plusieurs coups derrière la tête, lui brûler les testicules avec un briquet, lui pisser dessus, lui entailler profondément le ventre avec les dents d'un peigne en métal. Au bout d'une heure, on en avait assez, et King Mike, toujours remarquablement conscient, fut libéré de son bâillon et invité à poser une question, et une seule, avant de mourir.

« Vous êtes qui ? » dit-il dans un hoquet en manquant s'étrangler.

Harry me regarda, je lui rendis son regard, et puis, riant comme à une blague entre nous, on lui fit savoir qu'il avait posé sa question et qu'il ne lui restait donc plus qu'à mourir.

« *Hé, gros lard, tu nous as entendus dire qu'on y répondrait, à ta question ? Non, alors...,* lui lança Harry, *qui se mit en devoir de déchirer le drap en longues bandelettes dont on se servit pour l'attacher au cadre du lit.*

— *C'est l'argent que vous voulez ? demanda King Mike. C'est ça ? Prenez-le, ce foutu fric, et laissez-moi la vie...* »

Harry s'assit à côté de King Mike, qui transpirait à grosses gouttes, saignait et gémissait.

« *De quel argent tu parles ? lui demanda Harry.*

— *Celui qui est à la banque, répondit l'autre. J'ai presque trois cent mille dollars dans un coffre...*

— *Un coffre ? reprit Harry en écho. Mais à quoi ça peut bien servir de foutre son argent dans une banque ?* »

L'œil valide du gros tas s'élargit et fixa Harry Rose. L'avait-il reconnu ? Peut-être, peut-être pas. Harry se dit que la dernière chose qu'aurait sans doute voulue King Mike, c'était se rappeler la tête des types qu'il avait arnaqués. Et puis, ça faisait sept ans que Harry avait été refait de cent mille dollars par ce gros salopard.

« *Tu veux le fric qui est à la banque ?* » *me demanda Harry.*

J'inclinai légèrement la tête de côté et esquissai un sourire.

« *Et toi ? dis-je en haussant les épaules.*

— *Ça voudrait dire qu'il faudrait garder cet enculé en vie le temps qu'il nous emmène là-bas, non ?*

— *J'ai idée, oui. T'en penses quoi ?*

— *Rien de bon*, dit Harry en secouant la tête. *On laisse tomber, moi je préfère le voir cramer.* »

King Mike s'est retrouvé à nouveau avec un tampon dans la bouche et ligoté serré de façon à ne plus pouvoir bouger. Puis on a entassé sous lui oreillers et couvertures jusqu'à ce qu'il ressemble à un boxeur couvert de sang allongé sur un lit d'hôpital après huit rounds disputés contre Primo Carnera.

De la commode qui se trouvait à l'autre bout de la pièce, on a sorti deux bouteilles d'armagnac de 1929 dont on a arrosé les draps, les oreillers, les couvertures et toute la graisse de King Mike.

Et puis on y a mis le feu. Et on a décampé.

On est remontés dans la voiture pour aller jusqu'au bout de la rue, et quand on a vu les flammes à travers les fenêtres du premier étage, on s'est regardés et on a hoché la tête de concert.

« *C'est bon, la vengeance, hein ?* a dit Harry Rose.

— *Y a pas meilleur* », ai-je répondu avant de redémarrer.

Nous restâmes terrés deux jours durant dans l'appartement de la 46ᵉ Rue, et il ne nous en fallut pas davantage pour nous rendre compte des vagues que nous avions soulevées.

King Mike avait des relations, des appuis solides dans certains milieux, et certaines personnalités influentes n'avaient aucune envie de voir s'ouvrir une enquête qui risquait de mettre au jour des éléments qu'ils avaient tout intérêt à garder secrets. Harry et moi, on a discuté. Beaucoup, et longtemps. Et quand le bruit a commencé à circuler qu'une ou deux familles italiennes risquaient de perdre pas mal côté retours sur investissements dans leur association avec King Mike, Harry m'a suggéré d'aller prendre l'air quelque part, pendant qu'il resterait sur place et veillerait à nos intérêts, le temps que les choses se tassent. Harry me dit qu'il était connu à Manhattan, et que s'il venait à disparaître brutalement, les gens ne manqueraient pas de faire du grabuge et de poser des questions.

« *Disons le Mexique, avançai-je.*

— Va pour le Mexique, acquiesça Harry. Prends vingt ou trente mille avec toi, je t'en enverrai davantage au nouvel an. Recontacte-moi quand tu seras installé, fais-moi savoir où tu es, et je m'occuperai de tout. »

L'arrangement ne m'emballait pas trop, et Harry dut lire dans mes yeux que quelque chose ne passait pas.

« *Rikers ? me demanda Harry.*

— Rikers, opinai-je. Tu devais t'occuper de moi, Harry, pendant que j'étais au trou. »

Il acquiesça. Il savait que j'avais raison. « *Oui, mais j'ai perdu tout cet argent, tu comprends, me dit-il. L'enfant de salaud qu'on a cramé m'avait pris tout mon fric, et je me suis dit qu'il valait mieux que j'essaie de le regagner plutôt que de rester à galérer dans le Queens.* »

Ce fut à mon tour d'acquiescer. Harry avait raison. Et puis, je lui faisais encore confiance, à l'époque, je savais qu'un homme comme lui serait toujours et à jamais fidèle à ses principes. Comme il l'avait montré dans l'histoire avec Carol Kurtz. Olson était mort parce qu'il avait tué une fille à laquelle Harry tenait, et rien n'aurait changé si ç'avait été la princesse Grace de Monaco plutôt qu'une vulgaire prostituée.

Alors, je suis parti pour le Mexique, avec vingt ou trente mille dollars en poche, et j'ai atterri dans un endroit appelé Ciudad Juarez, de l'autre côté du Rio Bravo del Norte. Je me suis acheté le dernier des quatre étages d'un hôtel et, au bout d'un mois ou deux, j'ai envoyé un message à Harry Rose : Voilà, je suis dans mes meubles. Au Mexique, où la tequila abonde, et les *señoritas* encore plus. Viens me voir, à l'occasion. Je n'aurai pas besoin d'argent pendant un moment. Ici, t'as l'impression qu'avec un billet de cinq tu peux mener la grande vie pendant un mois. Avertis-moi quand les choses se seront calmées ou si tu entends prononcer mon nom en relation avec Rikers Island ou King Mike Royale. Fais gaffe à toi.

Harry a reçu le message, et, au fond de lui, il savait qu'une fois de plus il m'avait laissé plonger. Il n'y avait plus rien pour le retenir à Manhattan, et le fait que mon évasion de Rikers Island n'ait jamais été commentée dans les journaux l'avait même amené à penser qu'on aurait pu descendre tous les deux à Las Vegas et redevenir des caïds. Mais Harry bossait désormais en solo, et pendant les années où j'étais resté hors circuit, il s'était forgé sa réputation à la seule force de ses poignets, sans aucun collaborateur. D'une certaine manière, il avait sans doute apprécié de me voir de retour, mais d'un autre côté...

Alors Harry déménagea une fois de plus, quitta le meublé de la 46ᵉ Rue pour un appartement haut de gamme dans un immeuble chic situé de l'autre côté du Bergen Turnpike, près de Columbia Park. Il avait trente ans, de l'argent à claquer, et il avait conscience que sa vie venait de prendre un tournant. Il avait tué deux hommes – par principe et par vengeance –, et le seul véritable ami qu'il ait jamais eu se terrait au Mexique. Si bien que, quand il rencontra Maggie Erickson un samedi matin dans l'ascenseur de son immeuble et l'aida à porter ses sacs de courses jusqu'à l'appartement de ses parents à l'étage au-dessous du sien, quand elle se retourna pour le remercier et lui dire que les gentlemen semblaient appartenir de nos jours à une espèce en voie d'extinction, Harry Rose éprouva une émotion qui, non contente de lui être totalement inconnue, exerçait la puissante attraction d'un aimant.

Il recula jusqu'à l'ascenseur, ne referma pas les portes et attendit qu'elle entre chez elle. Quand du seuil elle lui adressa un sourire après s'être retournée, battit des cils comme si elle était un peu gênée ou timide, il ressortit aussitôt de l'ascenseur et lui demanda de son ton le plus charmeur si elle accepterait de partager quelque chose avec lui un après-midi au salon de thé du coin de la rue. Toute rougissante, Maggie Erickson dit qu'elle en serait ravie, et ils convinrent donc d'une date, d'une heure et d'un lieu de rendez-vous. Maggie n'était pas le genre de fille à accepter d'emblée pareille invitation, mais quelque chose dans cet homme, dans ses manières, sa franchise, lui avait plu immédiatement. Ses vingt-huit printemps, elle les avait passés chez ses parents – de bonnes personnes, de bons chrétiens –, mais elle sentait un feu la dévorer de l'intérieur. Elle désirait autre chose que ce qu'elle avait eu, savait que l'occasion de l'obtenir se présenterait un jour, et peut-être n'avait-elle accepté l'invitation qu'en raison du caractère totalement inédit de l'événement. Parfois, la nouveauté suffisait, semblait-il, et il se pouvait qu'elle ait éprouvé là le même genre d'attirance qu'avait exercée en son temps Jozef Kolzac sur Elena Kruszwica. Peut-être était-ce là une facette de Harry Rose héritée de son vagabond de père, si inimitable dans son genre. Quoi qu'il en soit, Maggie ne souffla mot de Harry à ses parents, suffisamment attentionnée qu'elle était pour ne pas leur donner de raisons de s'inquiéter, suffisamment survoltée aussi à l'idée que c'était quelqu'un qu'ils risquaient de ne pas trouver à leur goût. Peut-être était-ce là ce qui expliquait sa conduite : l'interdit, le tabou, l'écart. Dans le monde où elle avait été élevée, on apprenait que de telles rencontres étaient toujours chaperonnées, qu'on devait passer par des présentations formelles et polies entre parents et prétendants potentiels préalablement à tout rendez-vous, mais elle avait vu la flamme qui éclairait l'œil de Harry Rose, et qui répondait au feu qui la dévorait de l'intérieur, et à l'idée de cet homme assis devant une tasse de thé en face de ses parents pendant qu'ils parlaient de politique, des affaires de la paroisse et de pique-niques en famille, elle était morte de honte. Maggie Erickson n'avait certes rien d'une Alice Raguzzi, mais ce n'était pas non plus une Shirley Temple.

Et qu'avait-il fait, notre Harry Rose ? Il avait repris l'ascenseur pour monter à son appartement, tout en se demandant s'il n'était pas devenu fou, s'il pouvait exister une toute petite chance pour que, finalement, lui aussi devienne un être humain à part entière.

La rencontre eut bel et bien lieu. Trois jours plus tard. Là où ils l'avaient décidé. Et Harry apporta des fleurs, une petite composition discrète de roses et d'œillets ; Maggie Erickson lui prit le bras quand ils quittèrent l'immeuble pour se rendre au salon de thé du bas de la rue. Harry la trouva charmante et pleine d'esprit, capable d'une grande maturité dans les domaines de la littérature et de la politique, et quand il lui demanda si elle accepterait de dîner un soir avec lui, il fut aussi surpris de son acceptation qu'elle l'avait été de sa demande. Quelque chose chez cette fille démentait les apparences. Alice Raguzzi et « Indigo » Carol Kurtz avaient fait l'expérience des angles aigus et des bords rugueux de la vie, elles parlaient la bouche pleine, utilisaient les toilettes en laissant la porte ouverte et elles avaient beau connaître les gens du haut comme du bas de l'échelle, il leur manquait quelque chose. La classe. Or, de la classe, Maggie Erickson en avait à revendre, et même si elle n'était pas du genre à faire tapisserie, même si elle était capable d'épater Harry en lui montrant la réalité des choses, même si elle était instruite et cultivée d'une manière qu'il ne saisirait jamais, il y avait en elle des profondeurs insoupçonnées.

Elle était plus discrète qu'Alice ou Carol, mais il faut se méfier des eaux qui dorment. Harry l'avait appris à ses dépens, et quand elle se mit à le sermonner à propos de la façon dont il parlait des gens, à lui apprendre à ouvrir une porte devant elle et à attendre patiemment qu'elle ait terminé son repas, il se rendit compte qu'il y avait peut-être une manière de considérer autrui différente de celle qui avait été la sienne jusque-là.

L'honnête Harry Rose commença à se demander s'il n'était pas passé à côté d'une partie de l'existence. Celle qui précisément laissait une place à la classe, au décorum et à la grâce. Maggie lui apprit à voir les êtres, tous les êtres, suivant la même approche, à admettre qu'il y avait des raisons pour qu'ils soient ce qu'ils étaient, que tous, peu importaient leurs origines et leur éducation, avaient leurs problèmes. « Les gens sont ce qu'ils sont, lui disait-elle. Ils agissent comme ils le font parce qu'ils estiment qu'ils ont de bonnes raisons pour cela, même quand ils se trompent. Et s'ils se trompent, c'est parce qu'ils n'ont pas pris le temps de réfléchir à une meilleure manière de faire. »

Et Harry écoutait. Pour la première fois sans doute, il écoutait quelqu'un d'autre que lui-même. Et il commença à se dire qu'on pouvait traiter les autres autrement qu'avec ses poings ou son revolver, et qu'il y avait peut-être un moyen pour lui de clore les derniers chapitres de la vie qu'il avait menée jusqu'ici et d'ouvrir une nouvelle page.

Peut-être... Pourquoi pas.

Quelqu'un quelque part avait allumé le feu, et, tandis que les premières étincelles devenaient des flammes, que la fumée commençait à monter vers le ciel, Maggie se mit elle aussi à croire qu'elle avait peut-être trouvé une sortie. La classe moyenne américaine était enfermée dans sa propre prison – une prison dorée, certes, gîte et couvert assurés, un lit bien chaud où dormir, mais nonobstant une prison. Harry Rose semblait en posséder la clé, et il savait ce qu'il y avait de l'autre côté des grilles.

C'était la fin d'une décennie qui avait vu se produire à travers le pays les changements sans doute les plus marquants de cette époque. Et Harry sentait que lui aussi avait changé, au-dedans comme au-dehors, et quand les sorties au restaurant se firent de plus en plus nombreuses, quand il emmena sa Maggie danser au Regent Astoria sur Broadway, quand Noël frémit de l'approche d'une année flambant neuve, il sut, avec une totale certitude, que maintenant qu'il avait quitté le Queens il n'y retournerait jamais.

Il avait largué les amarres de son ancienne vie et il laissa la barque qui l'avait porté jusqu'à cette rive repartir, dériver dans les courants troubles et profonds du passé. Une aube neuve se levait pour lui, la promesse d'une vie nouvelle, et le fait de ne pas avoir à regarder constamment par-dessus son épaule lui permettait de voir enfin le monde tel qu'il était. Il voulut tout oublier – Daniel Rosen et Rebecca McCready, les horreurs de la guerre qui l'avait vu naître ; les joueurs et les perdants, les ivrognes, les tricheurs et les menteurs, les tueurs, les dealers, les souteneurs et les prostituées ; Alice Raguzzi, Freddie Trebor, les frères Olson et Carol Kurtz, Mike Royale et cette toute dernière image d'un obèse terrorisé, brûlé vif dans son lit...

Et j'étais dans le lot, moi aussi. Je suivis le même chemin que les autres. Pour la deuxième fois, Harry Rose relégua aux oubliettes l'homme qui avait payé à sa place.

Et il enleva Maggie Erickson à ses parents, lesquels allèrent s'installer à Englewood, près d'Allison Park. Ils ne se marièrent jamais, mais elle prit tout de même son nom, et Maggie Rose était de celles qui savent ne pas poser de questions quand celles-ci risquent d'être mal reçues. On était en 1970, une époque plus libérale et permissive, et quand elle tomba enceinte, début 1971, Harry Rose se dit qu'il avait enfin touché au but. Cet enfant, il le voulait, plus encore que sa propre vie.

Pendant un temps, jouissant en toute innocence de son bonheur, il garderait les deux.

27

Plus tard, beaucoup plus tard, Annie O'Neill se demanderait comment elle avait fait pour être aussi confiante. Les choses n'avaient-elles pas toujours été ainsi ? N'avaient-elles pas toujours été plus compliquées que ce qu'elle avait bien voulu croire ? Peut-être. Peut-être pas. C'était toujours à la lumière froide et dure du plein jour, quand les morceaux s'éparpillaient autour de ses pieds, infligeant le spectacle amer de leur splendeur flétrie, qu'elle discernait les signes. Les petits drapeaux. Il y en avait toujours, de ces petits drapeaux.

David vint au magasin le samedi matin. Dit être passé chez elle, pensant qu'elle ne serait pas allée travailler, pour trouver porte close.

« Sullivan n'est jamais là le samedi matin », lui dit Annie, et David hocha la tête, sourit et lui demanda s'ils pouvaient aller à l'appartement. « Insatiable, reprit-elle. Vous êtes insatiable, David Quinn. » Il eut un vague sourire, et se mit, comme souvent, à se masser la nuque. Annie reconnut alors le petit drapeau.

Ils marchèrent en silence pendant l'essentiel du trajet, et même si la chose n'avait en soi rien de spécial dans le contexte général et n'aurait sans doute rien eu de bizarre quelques jours plus tôt, Annie sut d'emblée que quelque chose clochait, et se sentit gagnée par l'appréhension.

Une fois à l'intérieur, leurs manteaux enlevés, le café prêt, tous deux installés côte à côte sur le canapé, Annie, devant le silence persistant de David, finit par ne plus pouvoir se retenir : elle posa la question.

Et il répondit. En une seule petite phrase – cinq mots, chacun sans signification particulière pris isolément –, il dit tout ce qui avait besoin d'être dit.

« Il faut qu'on parle. »

Elle sentit l'émotion lui étreindre la poitrine avant même que les mots eussent franchi ses lèvres. Qu'ils se fussent répercutés dans la pièce. Avant que leur sens véritable eût trouvé confirmation dans son regard.

D'une certaine manière, tout était déjà dit, elle en était convaincue.

Impossible de faire comme si ces paroles n'avaient pas été prononcées, de chercher désespérément à les arracher à l'air ambiant pour les lui faire rentrer dans la gorge. Il n'y avait plus rien à faire.

« Que veux-tu dire, "il faut qu'on parle" ? »

Il sourit. Son sourire dénotait toujours quelque chose. À ce moment précis, elle n'aurait su dire quoi exactement, pas plus qu'elle n'aurait su interpréter précisément l'expression de son visage, tant ses pensées se bousculaient dans sa tête, réclamant son attention, sans laisser place à aucune autre considération.

Et puis vint la deuxième chose.

La pire que l'on puisse entendre.

Et une fois les mots sortis, Annie sut qu'il n'y aurait aucun moyen de les effacer, que, en admettant même qu'elle tentât de sauver quelque chose du naufrage par la parole, qu'elle fît un geste dans sa direction, il était déjà trop loin pour qu'elle pût encore l'atteindre.

« Tout semble s'être passé si vite, dit-il, en baissant les yeux sur ses mains qui semblaient vouloir se battre en duel sur ses genoux.

— Trop vite ? » demanda-t-elle.

Et, dans sa voix, elle le perçut, ce ton qui trahissait la douleur, le deuil, la peine de cœur, le sentiment de voir quelque chose qu'elle croyait solide et définitif lui échapper aussi vite.

« Trop vite, répéta-t-il. Je ne sais pas. C'est peut-être juste que je… Ça tient peut-être au fait qu'il y a si longtemps que je n'ai pas été attiré à ce point par quelqu'un…

— Attiré ? l'interrompit-elle. Parce que pour toi c'était juste de l'attirance ? »

Il secoua la tête. Il faisait déjà marche arrière, aurait déjà voulu ne plus être là, être ailleurs, n'importe où.

Il regarda Annie, sourit encore une fois, mais du sourire qu'on accorderait à une veuve à l'enterrement de son époux, ou à une petite fille qui n'aurait pas remporté le concours de beauté de son école.

Le sourire d'un traître au moment où il retire le couteau et commence à essuyer le sang sur ses mains.

« Attends, je voudrais être sûre de bien comprendre, dit Annie, sentant la colère monter. Serais-tu en train de me dire que tu voudrais voir les choses se refroidir un peu entre nous… qu'il faudrait peut-être qu'on passe moins de temps ensemble ? C'est ça que tu cherches à me dire, David ? »

Annie se leva du canapé, incapable de supporter plus longtemps de l'avoir à côté d'elle, et se mit à marcher de long en large dans la pièce, le feu de la colère embrasant peu à peu sa poitrine.

David avait les yeux rivés au sol.

« Regarde-moi ! ordonna-t-elle sèchement. Regarde-moi, David Quinn. »

Surpris par cette explosion, il leva les yeux vers elle. C'était un acte involontaire, comme une réaction à un stimulus, yeux écarquillés, souffle court.

« C'est ça que tu es en train de me dire ? répéta-t-elle.

— C'est ça, oui. »

Le ton était si désinvolte, si direct qu'elle eut du mal à en croire ses oreilles. Il se leva lentement, et pour la première fois Annie éprouva face à lui un sentiment de menace, oui, une réelle menace. Son regard était si froid, si distant, si arrogant qu'elle en frissonna intérieurement.

« Je n'ai pas à m'expliquer, dit-il d'une voix mesurée, presque neutre. Je te dis effectivement que je ne peux plus continuer à te voir, et si tu me demandes pourquoi, je refuserai de répondre. Parce que je ne *peux* pas.

— Et d'où t'est venue cette soudaine conviction ? demanda-t-elle. Ça t'est venu comme ça, d'un coup ? On passe deux jours ensemble à Boston, on reste vingt-quatre heures sans se voir, pour que tu puisses travailler tranquille... »

Annie s'arrêta net. Elle fit un pas en direction de David, et celui-ci parut un moment vouloir se rétracter et s'enfoncer dans le canapé.

« Eh oui, t'es marié, c'est ça ? lança Annie d'une voix glaciale. Merde, t'es marié ? »

David eut un petit rire nerveux, celui d'un homme pris au piège. « Marié ? Bon Dieu, non, je ne suis pas marié. »

Annie s'approcha encore un peu et se campa devant lui, les mains sur les hanches. « Alors, c'est quoi, ce cirque que tu me fais, bordel ? À quoi ça rime, bon Dieu ? Je croyais qu'on tenait enfin quelque chose, quelque chose de vrai, pour changer... qui dépassait le stade d'une banale aventure de quinze jours avec à peu près autant d'avenir et de consistance que... »

Annie lança les mains en l'air dans un geste d'impuissance.

Elle avait envie de pleurer.

Envie de crier, de tout casser autour d'elle, et elle resta persuadée par la suite que, si elle avait été ailleurs que chez elle, c'était exactement ce qu'elle aurait fait.

« Tu veux rompre, c'est ça ? demanda-t-elle.

— Ce n'est pas comme si j'avais le choix..., dit David en secouant la tête.

— Comme si t'avais le choix ? Mais enfin... Putain, mais qu'est-ce que vous avez tous ? »

David fronça les sourcils.

« Vous, les hommes ! s'exclama-t-elle. Des chiffes molles d'ados immatures, tous autant que vous êtes ! Pas de couilles, vous valez pas mieux que... merde, je sais même pas quoi ! Tu te ramènes ici, tu me baises, tu te sers de moi autant que tu veux, et après, quand ça devient un peu trop chaud pour ton petit confort, un peu trop sérieux, tu prends peur et tu détales comme un lapin. »

David fit mine de se lever du canapé.

Ce fut alors qu'Annie se rendit compte à quel point il était grand, bien plus qu'elle. Il avait été replié sur lui-même, comme un ressort fortement comprimé prêt à se détendre à tout instant. À nouveau, elle se sentit intimidée, menacée par cette absence totale d'émotion dans ses yeux, comme s'il luttait contre un sentiment qu'il se savait incapable de maîtriser.

Elle hésita une seconde, juste une seconde, et puis elle se déchaîna contre lui, sa voix montant d'une octave. « Alors de quoi s'agit-il, putain ? Tu vas me le dire, David Quinn. Si je résume… il faut qu'on parle, et tout est allé trop vite. Des excuses à deux balles, éculées comme pas possible ! Pauvre connard, va… Putain, j'y crois pas ! »

Annie avait les poings serrés et, au moment où elle s'avança sur lui, il recula et, quand ses jambes heurtèrent le canapé, retomba assis.

Elle le dominait à présent, le visage rouge, les yeux exorbités, et quand elle parla, sa voix était ferme, rageuse, froide et brutale.

« Tu prends tes cliques et tes claques, dit-elle. Et t'emportes avec toi tes excuses de merde, aussi lâches que pathétiques. Fous-moi le camp d'ici, tu m'entends ? »

David hésita.

« Tout de suite ! cria Annie de toutes ses forces. Tire-toi d'ici, immédiatement ! »

David se leva et traversa la pièce. D'un pas lent, trop lent, et quand il arriva à la porte, il se retourna pour la regarder.

Quelque chose sembla à cet instant sortir de lui, comme un message non verbalisé. Il eut l'air perdu, et puis cette impression se dissipa comme une fumée dans le vent. *Il ne veut pas partir*, pensa-t-elle. *Il désire me dire quelque chose, expliquer ce qui est en train de se passer. Il voudrait que je comprenne quelque chose, mais il ne peut pas le... Ne peut pas ou ne veut pas ?*

Elle aurait aimé le questionner, le ramener à elle, l'obliger à lui dire le fin mot de l'histoire, mais une fois encore elle éprouva cette impression diffuse de menace, et, dans un sursaut d'autodéfense, de protection de sa fierté et de sa dignité, elle repoussa définitivement l'idée que son comportement pût avoir une explication rationnelle.

Sa fureur fut soudain à son comble, et elle fit mine de se précipiter sur lui, toutes griffes dehors.

David voulut attraper sa veste sur la chaise derrière la porte, mais Annie le serrait de si près, gesticulant comme une furie, qu'il la manqua.

Elle le poussa pratiquement dans l'escalier une fois qu'il fut sur le palier, et bien qu'il y eût une foule de mots dans sa bouche, un seul réussit à en sortir.

« Désolé... », commença-t-il.

Elle avait maintenant récupéré sa veste, et alors qu'il était à mi-chemin dans l'escalier, elle la lui lança de toutes ses forces. Il essaya de l'attraper au vol, faillit perdre l'équilibre, se retint à la rampe juste à temps, ramassa le vêtement et finit de descendre.

Elle s'engouffra dans son appartement, s'empara d'un vase sur la petite table du hall et ressortit aussitôt.

Elle lança le vase, et au moment où il se fracassait dans le hall d'entrée lui parvint le bruit de la porte de l'immeuble violemment claquée.

Un véritable coup de fusil, répercuté par les murs de la cage d'escalier, la détonation en suivant les coudes pour finalement parvenir jusqu'à elle et l'atteindre en plein cœur.

Ce fut alors qu'elle s'effondra. Tomba sur les genoux, les jointures blanches à force d'agripper la rampe, éclata en sanglots, et il lui sembla que ses larmes charriaient la totalité de ses souffrances – blessures, trahisons, deuils, faiblesses – comme dans un raz de marée.

Pour finir, au bout d'un temps indéterminé qui ne lui importait guère, elle réintégra laborieusement son appartement et referma la porte derrière elle.

Elle resta à genoux sur le sol un moment, la tête sur le bord du canapé. Puis elle se releva pour aller dans la cuisine, où elle sortit une bouteille du Crown Royal de Sullivan qu'elle avait cachée sous l'évier, et, sans même se donner la peine de prendre un verre ou une tasse, elle but.

À même le goulot.

Directement de la bouteille au tréfonds de son être.

28

D'abord, il y eut l'odeur. Pas forcément désagréable ni agressive, mais forte, simplement. Elle se composait de nombreux éléments, chacun doté d'une identité propre, et s'il avait été possible de les apprécier indépendamment les uns des autres, elle aurait peut-être réussi à les identifier tous.

En l'état, ils étaient tous emballés dans un même paquet, et, au bout d'un moment, elle prit conscience du fait que le paquet contenait aussi des bruits, et peut-être une sensation de mouvement, puis arrivèrent des voix, lointaines et indistinctes, des mots qu'elle ne comprenait pas, n'avait pas envie de comprendre. Sans compter la lumière, une lumière vive, qui sembla bientôt assez forte pour lui transpercer les paupières et illuminer ses pensées.

Dont la première fut : *Où suis-je ?*

Et la seconde : *Oh, mon Dieu... oh, mon Dieu... David...*

Puis elle cessa de lutter, retombant dans un état second qui lui procura un vague sentiment de liberté, et qui, bien qu'accompagné d'une douleur lancinante et de vagues de nausée qui menaçaient d'engloutir son être tout entier, lui parut infiniment préférable à la conscience.

Elle n'opposa donc aucune résistance, se laissa aller tout doucement, et pendant un moment sombra dans le néant.

Ce qui valait peut-être mieux.

Et puis les bruits revinrent, elle perçut du mouvement à côté d'elle, et quand elle tenta d'ouvrir les yeux, fut aveuglée par quelque chose de brillant, de blanc, d'agressif.

« Enlève-moi ça », dit quelqu'un, et l'éclat disparut.

Elle s'efforça de nouveau d'ouvrir les yeux, l'un après l'autre, c'était plus sage, et, quand elle commença à accommoder, elle vit un homme assis à côté d'elle, un homme en blouse blanche, et sa première réaction fut de se dire qu'il était plutôt beau garçon.

« Bonjour », dit-il, d'une voix pleine d'humanité et de sensibilité. En apparence. Car ce n'était qu'une façade, Annie le savait bien.

« Je suis le docteur Jim.

— C'est votre nom de famille... Jim ? » demanda-t-elle d'une voix pâteuse et embarrassée.

Le docteur Jim sourit et secoua la tête.

« Non, c'est mon prénom. Mon nom de famille, c'est Parrish.

— Et vous vous faites appeler docteur Jim ? Mais je suis où, bon Dieu, dans le service pédiatrie ?

— Non, répondit-il en riant. Vous êtes aux urgences de St Luke, près d'Amsterdam Avenue. Votre ami vous a amenée...

— Mon ami ? Quel ami ? »

Annie essaya de lever la tête. Une douleur fulgurante lui laboura le côté du visage.

« Aah, la vache, c'est quoi, ça ? »

Jim lui mit la main sur l'épaule et l'aida à se rallonger.

« Vous avez fait une chute, dit-il. Vous avez dû y aller un peu fort sur l'alcool, et votre ami vous a trouvée allongée par terre dans votre cuisine. Apparemment, en tombant, vous avez heurté le bord de l'évier de la tête.

— Quel ami ? demanda Annie.

— Je ne sais pas. Un type.

— Quel âge ? »

Jim eut un haussement d'épaules.

« Cinquante, cinquante-cinq, peut-être… M'a donné l'impression de n'avoir pas fermé l'œil depuis trois semaines.

— Jack, dit Annie. C'est Jack Sullivan. Putain, quel cul j'ai eu.

— La grossièreté, ça va avec l'alcool, ou bien l'alcool vient-il en premier ? »

Annie voulut sourire, mais son visage lui faisait trop mal. « Ah, vous savez ce qu'on dit. Il faut dire "cul" de temps en temps, sinon on risque de ne pas en connaître les joies. »

Jim Parrish eut un hochement de tête compréhensif.

« C'est une habitude chez vous de boire et de vous casser la figure ?

— Non, répondit Annie après avoir fermé les yeux. Je me suis fait larguer par le plus grand enfoiré du siècle.

— Alors vous vous êtes dit que si vous buviez suffisamment, il y avait une chance pour qu'il revienne ?

— Vous êtes un bel enfoiré, vous aussi. Tirez-vous et laissez-moi dormir.

— Aucun problème, dit-il en se levant. Je vous laisse dormir un moment et je reviens vous voir dans deux heures. On vous a fait une radio, vous n'avez rien de cassé, mais vous allez avoir un sacré mal de crâne pendant quelques jours.

— Merci beaucoup, docteur Jim.

— Promis, je repasse dans deux ou trois heures. »

Mais Annie O'Neill ne l'entendit pas. Elle avait replongé dans le sommeil comme dans la pente vertigineuse d'un grand huit, sans même avoir eu besoin de resquiller.

*

Il revint effectivement deux ou trois heures plus tard, et bien qu'Annie ne vît pas de fenêtre, elle devina que la nuit était tombée.

« Alors, comment on va ? demanda-t-il.

— Comme on pouvait le prévoir. Quand *on* boit au point de tomber par terre, *on* ne peut pas s'attendre à autre chose. »

Annie se souleva sur ses oreillers. Sa tête lui faisait encore mal, mais la douleur semblait avoir diminué.

« Votre ami est toujours là, lui dit Jim Parrish. Il attend depuis le début. Je lui ai conseillé de rentrer chez lui pour dormir un peu, mais il n'a rien voulu entendre. Il est malade, lui aussi ?

— Pourquoi me demander ça ? dit Annie en fronçant les sourcils.

— On dirait qu'il a de la fièvre, ses mains n'arrêtent pas de trembler.

— Il a arrêté de boire. Et il en bave un max. »

Le médecin eut un hochement de tête compatissant.

« C'est ce qui vous arrivera à vous aussi si votre récente expérience ne vous sert pas de leçon.

— Vous pourriez peut-être vous dispenser des sermons, non ?

— Oui, c'est vrai.

— Quel jour sommes-nous ? demanda Annie, le sourcil froncé.

— Dimanche. Vous êtes ici depuis pratiquement vingt-quatre heures.

— Oh, non.

— Votre ami me dit que vous tenez une librairie », dit Parrish, après s'être assis au bord du lit.

Annie voulut acquiescer de la tête mais s'interrompit sous l'effet de la douleur.

« En effet, répondit Annie, je tiens une librairie.

— J'ai une licence de littérature, dit Parrish. Je suis d'abord et avant tout un rat de bibliothèque.

— Ah bon, mais dans ce cas que viennent faire la blouse blanche et le stéthoscope dans le tableau… à moins qu'on fasse appel à vous uniquement quand un rat de bibliothèque fait une overdose de Crown Royal ?

— Non, non, je suis vraiment médecin. Il a bien fallu que je trouve un boulot pour payer les factures. Je ne sais pas au juste quel est le tarif en vigueur pour les gens qui restent assis à lire des bouquins, mais je suppose que ça ne doit pas aller chercher loin.

— La rémunération de ceux qui les vendent n'est pas terrible non plus. Si je devais payer un loyer pour le magasin, je mettrais la clé sous la porte en huit jours.

— Vous voulez voir votre ami ? demanda Parrish.

— Sûr. Mon vieil abri dans la tempête. »

« Bon sang, t'as vraiment une sale tête. » Tel fut l'accueil qu'Annie réserva à Jack Sullivan, et, peut-être parce qu'il ne répondit pas, peut-être pour une raison inconnue d'eux, le silence s'installa. Et ce fut dans cet intervalle que tout lui revint – la raison pour laquelle elle se trouvait là, le fait que c'était à cause de David qu'elle avait bu, qu'elle avait fait cette chute et que Sullivan était là à l'hôpital, à attendre.

Elle ne fit aucun effort pour retenir ses larmes, de grosses larmes paresseuses et régulières, et quand elle sentit les bras de Sullivan autour d'elle, elle fut incapable d'endiguer l'énorme vague de chagrin qui la balaya.

« L'enfant de salaud, répétait-elle entre deux sanglots ou deux hoquets. Mais quel enfant de salaud, Jack... le salopard le plus dégueulasse que la terre ait jamais porté. Bon sang, Jack, comment est-ce que j'ai pu me faire couillonner à ce point ? »

Sullivan essaya de dire quelque chose... des paroles de réconfort, histoire de prouver qu'il comprenait, compatissait, mais traduire les bruits du cœur en mots, ce n'était pas son genre, et, en règle générale, ce qu'il trouvait à dire ne faisait qu'aggraver la situation.

« Comprends-moi, tu rencontres quelqu'un, il a l'air bien, l'air d'un homme normal… Mais bordel, Jack, j'ai "conne" tatoué sur la tronche ou quoi ? »

« Non, disait-il. Non, Annie, pas du tout », mais elle n'écoutait pas, elle poursuivait un monologue adressé aux murs de la chambre.

« Mais qu'est-ce qu'il faut faire, Jack, je te le demande… qu'est-ce qu'il faudrait faire, bon Dieu, pour trouver quelqu'un qui pense à autre chose qu'au meilleur moyen de te mettre dans son lit ? Et quand le type est arrivé à ses fins, il prend la tangente, ce fumier. C'est toujours la même histoire, putain… toujours la même. »

Jack se contenta de la serrer dans ses bras, pendant qu'elle pleurait sans bruit sur son épaule et qu'il sentait les soupirs monter de sa poitrine, son visage pressé contre le sien, comme si elle refusait qu'il la lâche.

Alors, il la garda tout contre lui. Sans bouger. Il aurait passé la nuit là, s'il l'avait fallu, mais l'infirmière de garde revint pour administrer des sédatifs à Annie, sur lesquels Sullivan n'aurait pas craché pour peu qu'on les lui eût proposés et, au bout d'à peine quelques minutes, elle sembla se refermer sur elle-même et sombrer.

Sa dernière pensée, diffuse et à demi consciente, au point de ne laisser aucune trace dans sa mémoire, fut pour le livre qu'elle avait prêté à David Quinn. Elle lui avait donné *Un moment de répit*, et il le lui avait volé en même temps que son cœur.

Jack Sullivan laissa Annie O'Neill endormie et alla manger un morceau en bas de la rue, pas rasé, la langue dans le même état que le fond d'une cage à oiseaux, les mains agitées de tremblements et la tête lourde de toute la tension emmagasinée. Un vrai cauchemar, cette expédition sur les terres du régime sec, mais il avait conclu un marché, fait une promesse, et, foi de Sullivan, personne ne pourrait dire qu'il n'était pas de parole.

*

Quand Annie se réveilla, Jim Parrish était là.

« Quelle heure il est ? demanda-t-elle, en émergeant difficilement.

— Un peu après quatre heures. Lundi matin.

— Je vais pouvoir rentrer chez moi, aujourd'hui.

— C'est une question ou une affirmation ?

— Je veux absolument rentrer aujourd'hui.

— Attendons de voir comment vous vous sentez dans quelques heures. Reposez-vous encore un peu... vous venez de traverser une épreuve dont on ne se remet pas en vingt-quatre heures.

— Mais les gens s'en remettent quand même ? » demanda Annie, au bord des larmes.

Jim Parrish s'approcha et vint s'asseoir au bord du lit. Il prit la main de la malade dans les siennes.

« S'ils s'en remettent ? Mais bien sûr qu'ils s'en remettent... comme vous le ferez vous-même, Annie O'Neill, libraire de votre état. »

Elle eut un faible sourire, puis ferma les yeux et inspira profondément.

« Tenez, je vous ai apporté quelque chose, dit-il doucement, tout en sortant un mince volume de la poche de sa blouse. Vous connaissez Hemingway ?

— Ernest ou Mariel ?

— Ernest, dit Parrish en souriant.

— Pas personnellement, non. »

Il garda le livre un moment dans la main avant de le lui tendre.

Annie déchiffra le titre : *L'Adieu aux armes*.

« Vous me donnez ça parce que c'est une histoire d'amour qui finit mal, et que vous vous dites que c'est précisément le genre de truc dont j'ai besoin en ce moment ? » demanda-t-elle, d'un ton un peu sarcastique, comme sur la défensive.

Parrish eut un geste de dénégation.

« Non, si je vous le donne, c'est parce que Hemingway était alcoolique, et que, quand il avait bu, il devenait grossier et jurait comme un charretier. J'ai pensé que vous pourriez vous entendre, tous les deux.

— Eh ben, vous êtes passé en mode charme, ce soir, dites-moi ? »

Parrish sourit, et à voir son expression Annie sentit que ce n'était pas là l'attitude que réserve d'ordinaire un médecin au commun de ses patients.

Elle ferma les yeux un moment, puis elle le regarda sans ciller, et lui dit, du ton le plus dénué d'émotion dont elle fut capable :

« Merci, docteur Jim Parrish. J'apprécie votre cadeau, mais pour l'instant j'ai un mal de tête à me fendre le crâne en deux, mon petit ami vient de me larguer, et je ne crois pas être en état de faire face à ce que vous semblez me juger capable de supporter.

— Prenez-le quand même, dit Parrish. C'est une sacrée histoire, et, si après l'avoir lu, vous voulez me le rendre, vous savez où me trouver, d'accord ?

— D'accord. »

Elle désirait qu'il parte, qu'il la laisse tranquille. Tout sympathique et joli garçon qu'il fût, il n'en restait pas moins un homme.

Jim Parrish ne rouvrit plus la bouche, s'attarda encore un moment. Puis il partit sans un regard, pas même un coup d'œil en arrière.

Comme les autres, finalement.

Debout dans l'entrée principale de St Luke, alors que Jack Sullivan la soutenait face au vent et à la pluie qui avaient fondu sur elle au moment où les portes automatiques s'ouvraient, Annie O'Neill fut soudain saisie de l'envie de faire demi-tour, de se précipiter dans les couloirs d'un blanc aseptisé, pour aller retrouver le lit qu'elle avait occupé et se recroqueviller sous les draps qui empestaient le désinfectant, afin d'échapper au monde.

Le monde n'était qu'angles aigus et bords rugueux, et il arrivait qu'on se cogne, que la douleur vous coupe le souffle, vous empêche de tenir debout, et il n'y avait rien qu'on puisse dire, rien que *personne* puisse dire, susceptible d'atténuer la souffrance. *Belle, mais sans valeur*, lui soufflait une voix. *Il a dit que tu étais belle, mais il a fait de toi une marchandise de pacotille.*

Ils prirent un taxi, et quand ils arrivèrent devant l'immeuble, il eut toutes les peines du monde à la faire descendre de la voiture pour l'amener jusqu'à la porte.

« Je veux pas entrer, répétait-elle. Non, je veux pas entrer », si bien qu'il dut la porter pour monter l'escalier. Il entra chez lui avec elle, alluma la télévision, monta considérablement le son, parce qu'il connaissait le besoin qu'on peut avoir du bruit, de quelque chose d'anodin sans doute mais d'assez sonore pour couvrir les voix de ses fantômes intérieurs.

On s'en remet toujours, n'arrêtait-elle pas de se répéter, tout en sachant que c'était un mensonge. L'après-midi arriva, puis s'acheva, et au moment où l'obscurité commençait à gagner les trottoirs et à combler les vides, elle se souvint de Forrester.

« Vas-y, dit-elle à Sullivan. Va lui dire que je ne peux pas le voir ce soir. » Mais il était bien décidé à ne pas la laisser seule. « Je t'en prie, Jack... C'est un homme bon, sans doute le meilleur que je connaisse en dehors de toi. Il est trop âgé pour voir en moi autre chose qu'une compagnie, on est d'accord ? »

Elle insista, supplia, davantage que Sullivan ne l'en aurait crue capable, si bien qu'il finit par prendre un taxi pour se rendre à la librairie, où il attendit l'arrivée de Forrester.

Annie laissa la télévision allumée, et quand elle commença à ne plus s'entendre penser à cause du bruit, elle l'éteignit et traversa le palier pour retourner chez elle.

Elle resta immobile un moment. Regarda l'endroit où David s'était assis. Passa dans la chambre et s'assit au bord du lit. Un lit où elle s'était sentie en sécurité à côté de lui, à peine quelques heures plus tôt, lui semblait-il. De là où elle était, elle voyait le séjour, la petite table du hall où s'était trouvé un vase, maintenant réduit en mille morceaux, balayés et jetés quelque part. À l'image de ses émotions, peut-être. De sa vie.

Elle se pencha, appuya les coudes sur ses genoux, et enfouit son visage dans ses mains.

Elle était trop asséchée pour pleurer, trop vide, comme une calebasse en terre attendant d'être remplie. Mais il n'y avait plus rien pour la remplir, rien pour la débarrasser de ce sentiment pesant d'absence et d'abandon, de ce chagrin lancinant.

Elle se demanda ce qu'il lui restait à présent, ce qu'elle pourrait faire, ce qu'elle allait devenir.

Voilà donc à quoi j'en suis réduite ? songea-t-elle. *Je ne connaîtrai plus jamais autre chose ? Cet appartement, la librairie, mes soirées avec Jack Sullivan – un homme merveilleux, certes, mais qui n'est pas mon amant, ni mon âme sœur, ni...*

Ni mon père...

Et puis elle se remit à pleurer, parce qu'elle aurait voulu que ses parents soient là, qu'ils la serrent dans leurs bras et lui disent que tout allait s'arranger, parce qu'un père et une mère, ça ne ment jamais, n'est-ce pas ? Non, jamais, c'est bien connu.

Quand Sullivan rentra, porteur d'un message de la part de Forrester, Annie dormait, roulée en boule au milieu de son lit comme une enfant. Sullivan dégagea la couette et l'en couvrit, et puis, parce que la chose lui parut appropriée, parce que lui non plus n'avait pas envie de se retrouver seul, il s'étendit à son côté, un bras passé autour d'elle pour la protéger de dangers cachés, et s'endormit à son tour.

Le vent vint siffler doucement aux fenêtres, faisant battre les vitres. Dedans, il faisait chaud, dehors, Manhattan vibrait de millions de pensées, chacune à part, unique, et toutes cependant – d'une étrange manière – silencieuses et solitaires.

29

« Un homme fascinant, ton M. Forrester », dit Sullivan. Il était assis à la table dans le séjour d'Annie, le mardi matin un peu après onze heures. Quand ils s'étaient réveillés, Annie avait paru réconfortée de voir qu'il était resté avec elle toute la nuit.

« Il n'a pratiquement rien dit de lui. Non pas qu'il se soit montré particulièrement sur ses gardes...

— Thé ou café ? demanda Annie de la cuisine.

— Café », répondit Sullivan en se levant de sa chaise.

Il alla jusqu'au seuil de la cuisine et resta à l'observer un moment.

« Pas non plus qu'il ait donné l'impression de ne pas vouloir répondre à des questions mais... c'était comme si, face à lui, tu sentais que toute question aurait représenté une sorte de violation de son intimité.

— Et il a dit qu'il viendrait mercredi ?

— Oui, mercredi, à sept heures comme d'habitude. »

Elle tendit sa tasse de café à Sullivan, et ils retournèrent dans le séjour.

« Quand il m'en a parlé, la première fois, tu sais ?... eh bien, il a beaucoup insisté sur le fait que, quand on pensait arriver en retard à un rendez-vous, il était préférable de ne pas s'y rendre. Il m'a dit que mon père était un perfectionniste, qu'il voulait que les choses soient bien faites, sinon il valait mieux les laisser en l'état.

— Cette fois-ci, ton père n'était pas là. Forrester s'est peut-être dit que la règle pouvait être un peu assouplie. À propos, il m'a dit qu'il t'apporterait la dernière partie du manuscrit.

— La dernière ?

— C'est ce qu'il a dit. »

Annie garda le silence un moment. Elle avait envie d'une cigarette. Elle aurait aimé que Sullivan fume, auquel cas elle aurait réussi à se convaincre de pouvoir en fumer une, et une seule, sans se laisser pour autant tenter par la suite.

« Alors, je fais quoi pour David Quinn ? finit-elle par demander.

— Qu'est-ce que tu peux bien vouloir faire avec ce mec ?

— Bon sang, Jack, dit Annie avec un geste d'humeur, si je savais quoi faire, je ne te demanderais pas ton avis, tu ne crois pas ?

— Dans la plupart des cas, les gens ne demandent l'avis des autres que pour se voir confortés dans les choix qu'ils ont déjà faits.

— Peut-être, mais, en l'occurrence, ce n'est pas le cas, vois-tu. Tu veux que je te repose la question ?

— Non, je crois que j'ai compris la première fois.

— Et ta réponse est... ? »

Sullivan ne répondit pas aussitôt. Il se cala confortablement contre le dossier du canapé, comme s'il pensait devoir rester là un bon moment.

« Une fois, commença-t-il, j'étais dans le métro...

— Bien, l'interrompit Annie. Moi aussi, ça m'est arrivé d'être dans le métro.

— T'as envie d'entendre ce que j'ai à dire, ou tu préfères que je rentre chez moi ?

— Je t'en prie, Jack, continue..., dit-elle en souriant. Je suis désolée.

— Z-êtes un peu trop futée pour votre bien, mademoiselle O'Neill. Bref, j'étais dans le métro un jour et je vois cette fille. Il y a de ça une quinzaine d'années, vingt peut-être. Elle devait avoir dans les trente, trente-deux ans, genre, vraiment pas jeune, quoi... »

Annie leva la main en faisant mine de lui envoyer une gifle.

Sullivan fit semblant d'esquiver le coup en baissant la tête.

« Donc je vois cette fille, poursuivit-il. Rien d'extraordinaire, pas vraiment une beauté, au sens classique du terme, mais quand même... quelque chose de... Et la voilà qui me regarde, moi, tu sais, comme quand tu surprends le regard de quelqu'un dans un endroit bondé, un bar, un restaurant ou autre. »

Annie acquiesça. Se souvenant du prêtre dans le métro, elle se força à ne pas rougir.

« Donc cette fille ne me lâche pas du regard, j'en fais autant, et c'est un de ces moments embarrassants où tu sais que tu devrais détourner les yeux, faire comme s'ils étaient tombés sur l'autre au moment où tu regardais par hasard dans sa direction. Mais là, ça n'a rien à voir. Chacun continue à fixer l'autre. Ça ne dure pas plus de quelques secondes, et pourtant, je sais déjà.

— Tu sais quoi ?
— Que c'est elle, dit Sullivan en souriant.
— Comment, elle ?
— Oui, elle, l'unique.
— Et comment diable tu sais ça, toi ?
— Je serais incapable de te le dire… ou plutôt si… Oh, merde, comment expliquer un truc pareil ? Je l'ai regardée et j'ai su d'emblée qu'il fallait que j'aille lui parler, point barre.
— Et alors, qu'est-ce que tu lui as dit ?
— Rien, répondit Sullivan.
— Comment ça, rien ? Pas même "salut" ou "ça va, ma jolie" ? »

Sullivan partit d'un rire qui sonnait un peu faux. Aujourd'hui encore, après tant d'années, il revivait l'un des grands regrets de sa vie.

« Non, pas un foutu mot… Je suis resté assis à ma place, jetant de temps à autre un œil dans sa direction, mais elle avait déjà compris que je ne lui adresserais pas la parole. Et je savais ce qu'elle ressentait.

— Et qu'est-ce qu'elle ressentait ?
— Un sentiment d'abandon, comme moi.
— Et comment tu l'avais deviné ? demanda Annie, intriguée par l'histoire de Sullivan, infime parcelle de l'étrange vie de cet homme qui refaisait soudain surface.
— Parce qu'elle est descendue à la station suivante.
— C'était peut-être là qu'elle devait descendre.
— Non, je ne crois pas.

— Qu'est-ce qui te fait dire ça ?

— Le fait que, une fois descendue, elle a fait deux ou trois pas et elle est allée s'asseoir sur un banc, comme si elle s'apprêtait à attendre la prochaine rame. Et quand le métro a redémarré, je la regardais, et tu sais ce qu'elle a fait ? »

Annie haussa un sourcil interrogateur.

« Elle a levé la main... tu sais, comme quand on donne l'impression de vouloir dire au revoir mais sans agiter la main... ce genre de geste-là, comme si elle me disait adieu.

— Et elle te regardait ?

— Tout à fait.

— C'est vachement triste, ton histoire, Jack... C'est probablement le truc le plus triste que j'aie jamais entendu.

— Le plus triste dans l'affaire, c'est qu'il y a eu un moment unique à saisir et que je l'ai laissé passer... C'est ça, le plus triste.

— Bon, mais tu voulais en venir où en me racontant cette histoire ? Tu me conseilles d'aller patrouiller dans le métro, en prenant une rame après l'autre jusqu'à ce que j'accroche le regard d'un type ?

— C'est exactement là où je voulais en venir, Annie, dit Sullivan en hochant la tête, l'air grave. À tout moment, nuit et jour, tout le temps où tu ne dors pas, tu devrais hanter ces tunnels souterrains pour écumer les wagons à la recherche d'hommes seuls dont tu pourrais retenir l'attention. Pour ce faire, tu aurais intérêt à te déguiser un peu, jupe vraiment courte, bas résille, talons aiguilles argentés, enfin, tu vois le genre. »

Annie opina du chef, puis sourit.

« Ta philosophie se résume donc à ça ? Saisir le moment présent sans se soucier du lendemain ?

— Le *carpe diem*, et tout ce qui va avec.

— En conclusion, je fais quoi ?

— Tu te bats, Annie, voilà ce que tu fais. Repense à ce que tu ressentais, à ce que tu étais quand il était dans les parages comparé à l'état dans lequel tu t'es retrouvée une fois qu'il a été parti. Mets les deux dans la balance, et si tu as l'impression qu'il y en a un qui vaut mieux que l'autre, alors bats-toi pour celui-là.

— J'étais bien mieux quand il était là.

— Alors retrouve-le.

— Mais je ne saurais même pas par quel bout commencer, Jack.

— Assurances maritimes, c'est là-dedans qu'il est. Quelle que soit la compagnie pour laquelle il travaille, celle-ci a forcément un bureau à New York et un autre à Boston, non ?

— Oui, sans doute.

— Je vais donc regarder combien il y a de compagnies de ce genre à avoir un bureau dans ces deux villes, et après on passera quelques coups de fil. »

Annie hocha la tête, avant de lui jeter un regard en biais.

« Qu'est-ce qu'il y a ? demanda-t-il.

— Je me demande quand même si le métro ne serait pas un meilleur plan.

— Ah, l'humour... La dernière ligne de défense.

— Non, c'est simplement que je crois fermement à la loi des rendements décroissants.

— Et elle se résumerait à quoi, cette loi, quand on l'applique à la vie de tous les jours ?

— À constater que l'univers est construit de telle manière que tu reçois toujours moins que ce que tu donnes.

— Eh bien, Annie, reprit Sullivan, qui avait retrouvé son air grave, je peux te dire que c'est le plus gros tas de conneries qu'il m'ait jamais été donné d'entendre.

— Tu le crois vraiment ?

— Absolument.

— Et tu penses qu'il était sérieux ?

— À quel sujet ?

— Au mien, Jack... Tu crois que c'était vraiment du sérieux, pour lui ?

— Je ne sais pas si "sérieux" est le mot qui convient. Mais il me semble à moi qu'un type qui t'emmène deux jours à Boston doit bien s'être mis dans la tête d'obtenir ce que tu as à donner.

— Et toi, tu voudrais de ce que j'ai à donner ?

— Mademoiselle Annie O'Neill, depuis le jour où vous avez hissé vos jolies petites fesses en haut de cet escalier, je n'ai cessé de vouloir ce que vous aviez à donner.

— Et tu crois que j'aurais une chance si je partais à sa recherche ?

— Une chance, il y en a toujours une. Bon Dieu, Annie, quand est-ce que tu vas comprendre que les mecs sont les créatures les plus stupides et les plus ignares qu'ait jamais portées la terre ? Ils croient savoir ce qu'ils veulent, et quand ils l'ont, y a plus personne, de vraies chiffes molles. »

Annie pouffa de rire.

« Pourquoi tu ris ?

— C'est comme ça que je l'ai appelé… une chiffe molle d'ado immature.

— Ce couillon le méritait bien, dit Sullivan en approuvant de la tête. Mais, si tu veux mon avis, t'aurais pu y aller plus fort.

— Tu disais donc que les hommes…

— Oui, qu'ils croient savoir ce qu'ils veulent, mais que quand ils l'ont, ils commencent à se prendre la tête, à se demander s'ils pourraient pas trouver mieux ailleurs, peut-être. Le meilleur moyen de t'en sortir avec eux, tu le connais ? »

Annie secoua la tête.

« Tu leur dis ce qu'ils veulent entendre mais sans leur laisser le choix.

— Sans leur laisser le choix.

— Exactement, dit Sullivan en hochant la tête. Tu leur dis qu'ils ne trouveront jamais mieux que toi, et que, s'ils se mettent à fouiner ailleurs, ils vont se faire dégager en touche vite fait, ils auront même pas le temps de voir d'où ça vient.

— Vous êtes vraiment complètement taré, Jack Sullivan, affirma Annie en riant.

— Et vous, pareil, Annie O'Neill.

— Jeudi, annonça-t-elle d'un ton détaché.

— Qu'est-ce qui se passe jeudi ?

— Jeudi, on le cherche et on le trouve.

— Pourquoi attendre jusque-là ?

— Parce que j'ai envie de terminer une chose avant d'en commencer une autre.

— Et qu'est-ce que tu as donc à finir d'ici jeudi ?

— L'histoire.

— Ah oui, dit Sullivan. L'étrange M. Forrester.

— Qu'est-ce que tu en as pensé ?

— Il m'a fait l'effet d'un type assez inoffensif... Je ne sais pas, je ne lui ai parlé que quelques minutes, il ne s'est pas attardé.

— Il avait la suite de l'histoire avec lui ?

— Oui.

— J'aurais bien aimé qu'il te la confie.

— C'est si important que ça ?

— Oui... Je ne sais pas pourquoi, mais, bon sang, j'ai toujours adoré les histoires.

— Je n'ai jamais lu le chapitre qu'il t'a donné la dernière fois, fit remarquer Sullivan.

— Eh bien, fais-le maintenant, dit Annie en se levant du canapé. Je vais te le chercher.

— Et puis, peut-être qu'après, on pourrait se faire une partie de jambes en l'air avant que tu récupères ton David Quinn ?

— Bonne idée, Jack, tu lis l'histoire, et pendant ce temps je vais chercher les bas résille et une boîte de douze capotes, des Trojan, c'est les meilleures. »

Sullivan s'esclaffa pendant qu'elle gagnait la porte.

Mais elle s'arrêta en chemin, se retourna pour le regarder.

Sullivan leva un sourcil perplexe.

« Je voulais te demander, tout à l'heure... Ça fait un moment que je cherche mon carnet de chèques, je ne sais pas où il est passé. Tu ne l'aurais pas vu, par hasard ?

— Ton carnet de chèques ?

— Oui, j'étais sûre de l'avoir laissé à l'appartement, et puis je me suis dit que je l'avais peut-être oublié au magasin. Tu ne l'as pas vu là-bas ?

— Non, je ne pense pas. Il doit être quelque part par là. Il finira par refaire surface.

— Oui, probablement. Alors… j'en étais où ?

— Aux bas résille et aux Trojan, dit-il tranquillement, sérieux comme un pape.

— Ah oui, dit Annie. Bas résille et Trojan. »

Sur quoi, elle pivota sur ses talons et quitta la pièce, suivie des yeux par Sullivan qui, peut-être pour la deuxième fois de sa vie, se prit à regretter de ne pas s'être montré assez malin pour se trouver une femme et l'épouser.

30

En sortant de bonne heure le mercredi matin, Annie se trouva mêlée au petit peuple de Manhattan.

Elle eut très vite une conscience aiguë de tous ces gens qui l'entouraient, marchaient sur les mêmes trottoirs, respiraient le même air, prenaient les mêmes taxis et buvaient le même café. Ignorer leur existence lui avait jusqu'ici servi de système de défense, mais elle était à présent convaincue d'avoir quelque chose en commun avec chacun d'eux. La souffrance peut-être, un sentiment d'abandon, ou tout simplement le fait d'être touché par la grâce de la vie, d'en sentir la présence.

Il n'était pas impossible qu'elle ait déjà vu ces gens des centaines de fois en se rendant à pied à son travail, mais ce jour-là, ce mercredi matin de septembre un peu frisquet, c'était comme si elle les voyait pour la toute première fois.

Un vieux monsieur se hâtait de traverser un carrefour avant que les feux passent au vert pour les voitures ; une femme portait des sacs manifestement trop lourds pour elle, comme si son lot dans la vie se résumait à travailler comme une bête de somme ; un enfant agrippé à la main de son père, visiblement mal à l'aise dans ses vêtements, des larmes plein les yeux, tandis que le père parlait à n'en plus finir de tout et de rien avec une connaissance croisée par hasard ; une jeune femme, vingt-cinq, vingt-six ans, faisait les cent pas devant l'entrée de service d'un grand magasin, l'air désespéré devant le silence que lui opposait son portable ; un couple d'âge mûr traversait la rue, chacun poliment oublieux de l'existence de l'autre, la femme tenant malgré tout la main de l'homme comme si la lâcher eût signifié tirer un trait définitif sur toutes les années de souffrances partagées ; un bébé dans une poussette, le visage barbouillé de chocolat, dévisagea Annie quand elle passa, comme s'il la suppliait de le délivrer de sa confortable prison ; un ado, œil sombre, air de chien battu, écouteurs enfoncés dans les oreilles de manière à couvrir les échos de quelque remontrance parentale essuyée le matin même. Et le temps qui semblait ralentir, chaque seconde devenant une minute, chaque minute une heure, pendant qu'Annie regardait, avec l'impression de plonger dans le cœur de ces gens pour y découvrir une petite parcelle de leur existence.

Elle s'arrêta au Starbucks, où, alors qu'elle attendait dans la file d'attente, elle prit soudain conscience d'un regard posé sur elle. Les poils se dressèrent sur sa nuque, et elle sentit que les yeux qui lui causaient cette brûlure au creux du dos avaient quelque chose à dire.

Elle n'aurait su décrire la sensation.

Les seuls mots n'y auraient pas suffi.

Elle se retourna – lentement, comme si elle devait repousser l'air trop lourd autour d'elle pour changer de point de vue – et vit un homme qui la regardait fixement.

Il était au troisième ou quatrième rang derrière elle dans la file, et il y avait dans ses yeux quelque chose d'insistant, mais aussi, étrangement, comme un vide, dans lequel il semblait vouloir, par le seul pouvoir de son regard, l'attirer et l'engloutir.

Elle se sentit rougir.

Elle détourna la tête, puis, incapable de s'en empêcher, revint à lui.

Il l'observait toujours, mais son attitude n'avait rien de menaçant ni d'agressif, rien qui suggérât autre chose que… que le *besoin* ?

Dans cette seconde – cette fraction de seconde qui parut se distendre à l'infini, hors du temps humain –, elle sentit une pression s'exercer sur son cœur et lui couper la respiration.

Il se passait quelque chose. Indubitablement.

Le moment était-il à rapprocher de celui qu'avait vécu Jack Sullivan dans le métro ?

Elle tint la tête bien droite, les yeux rivés sur le comptoir devant elle. Les clients qui la précédaient sortaient les uns après les autres, qui avec un latte macchiato, qui avec un mochaccino glacé ou un double expresso décaféiné à la crème fouettée, et puis ce fut son tour, et elle s'entendit répondre d'une voix hésitante à l'employé qui la servit. Son gobelet à la main, la chaleur du liquide se diffusant dans ses doigts, elle fit demi-tour pour se diriger vers la porte.

Elle ne passa pas à plus d'un mètre de l'homme, l'ignorant délibérément, mais au moment où elle atteignait la sortie, se préparant à affronter la bouffée d'air froid qui allait la cueillir, elle se retourna.

Incapable de s'en empêcher.

Elle se retourna d'un coup et le regarda.

Lui avait toujours les yeux sur elle. Comme s'il voyait à travers elle.

Et il sourit. Oui, un vrai sourire.

Elle sentit le rouge lui monter aux joues.

Le vent la surprit par sa violence ; l'instant d'après, elle s'éloignait, libérée de ce moment, hâtant le pas en direction du carrefour, avec son café, son malaise, et tous ces gens autour d'elle.

Ses pairs, songea-t-elle.

Ses semblables.

Arrivée devant le Reader's Rest, elle fut frappée par son aspect anonyme. La devanture était terne, d'une couleur sombre, et elle essaya de se rappeler la dernière fois où elle l'avait fait repeindre. Cela devait remonter à cinq ans, peut-être six, et elle aurait été bien en peine d'expliquer aujourd'hui pourquoi elle avait choisi ce bordeaux foncé.

Je n'ai pensé qu'à me cacher, songea-t-elle, *pendant toutes ces années*.

Une fois à l'intérieur, elle ôta son manteau, posa son café sur le comptoir et parcourut le magasin du regard. Elle se demanda si elle se résoudrait un jour à le vendre. Quelqu'un d'autre pourrait en faire quelque chose. Pourrait, par exemple, monter un Gap pour enfants et adolescents. Et remplir les lieux de parents avec leur progéniture, de bruits et de rires, le remplir de toute la rumeur de l'humanité que ces murs n'avaient pas eu l'occasion d'entendre depuis tant d'années. Quelqu'un, peut-être, pourrait le rendre à la vie.

Et si c'était toi, ce quelqu'un, Annie ? se demanda-t-elle soudain. *Parce que là, je pense à ce que j'étais, pas à la personne que je suis devenue. Celle que je suis aujourd'hui n'a aucune intention de passer le restant de ses jours enfermée entre ces quatre murs, à regarder jour après jour les mêmes images, à écouter les mêmes sons creux, à attendre que s'écoulent les mêmes journées interminables...*

La femme que je suis maintenant aspire à un autre genre de vie.

La sonnette se fit entendre. Elle leva les yeux.

« Annie ? »

John Damianka lui souriait sur le seuil. Non, il ne souriait pas, il rayonnait.

« Ça va, Annie ? demanda-t-il en approchant à grands pas du comptoir.

— Ça va bien, John.

— Ça fait quelques jours que tu n'es pas venue au magasin, dis-moi. J'ai cru que tu étais malade.

— Non, non, pas du tout. J'avais juste deux ou trois affaires personnelles à régler.

— Je suis vraiment content que tu sois là, Annie... j'ai une grande nouvelle. »

Annie sourit, fit le tour du comptoir pour aller à sa rencontre.

« On s'est fiancés... Elizabeth et moi, on est fiancés, tu te rends compte ? »

Elle se précipita vers lui et lui jeta les bras autour du cou.

Quand elle s'écarta de lui, elle aussi rayonnait : pour la première fois depuis sa terrible dispute avec David, elle avait une raison de se réjouir.

« Oh, John, c'est super… génial ! Je suis si contente pour vous deux. Ça doit bien être la meilleure nouvelle que j'aie entendue…

— Je sais, je sais, dit John, dont le cœur était prêt à s'ouvrir à la terre entière. C'est formidable, je n'arrive pas à y croire. Jamais je n'aurais cru pouvoir être aussi heureux, Annie. »

Elle l'étreignit à nouveau, le retenant un moment contre elle, avec l'impression qu'elle avait entre les bras une personne bien réelle, qui, à sa manière, après avoir porté tout le poids des épreuves de la vie, avait enfin trouvé un moyen de se décharger de ce fardeau pour poursuivre librement sa route.

« Je suis pressé, poursuivit-il. Mais je tenais à ce que tu le saches, je voulais te le dire déjà jeudi dernier, mais là, ça ne pouvait plus attendre, il fallait absolument que je passe te voir. »

John Damianka reculait déjà en direction de la porte. « Je te l'amènerai, dit-il. Je t'amènerai Elizabeth un jour prochain pour que tu fasses sa connaissance. Il faut que tu la rencontres, Annie, elle est vraiment super. C'est entendu, je passerai… promis. » Et il sortit, se fondant dans la foule, le petit peuple de Manhattan.

Ses pairs.

Ses semblables.

En milieu d'après-midi, la couleur du monde avait changé, comme si une main invisible était descendue appuyer sur un continent quelque part, ralentissant la rotation de la Terre, la faisant tourner sur son axe d'un millième de degré. Le soleil fut englouti dans une masse de gros nuages d'orage, puis la pluie s'abattit – violente, submergeant Manhattan, comme pour débarrasser la ville une bonne fois pour toutes de ses souillures.

Annie O'Neill se tenait derrière la porte de son magasin et regardait les gens presser le pas dans la rue, certains armés d'un parapluie secoué par des bourrasques soudaines, d'autres ramenant leur manteau sur la tête pour se protéger, pataugeant dans les flaques, les vêtements trempés, le visage tourné de façon déterminée dans une direction donnée. Ils se rendaient tous vers un endroit précis, peut-être vers quelqu'un, ou chez eux, à leur travail, à des réunions, à des rendez-vous clandestins dans des hôtels anonymes où les attendait avec impatience leur partenaire, les cheveux mouillés, le cœur lourd, l'œil sur leur montre.

« *Mais où étais-tu ? Je croyais que tu ne viendrais pas.*

— Désolé, j'ai dû répondre à un appel de dernière minute.

— Pas de ta femme ?

— Grands dieux, non, pas de ma femme... le boulot.

— J'ai eu vraiment peur que tu ne viennes pas.

— Je suis là maintenant... plus de raison d'avoir peur.

— Il faut faire vite... Je n'ai qu'une heure. Je me demandais si on pourrait parler parce que... »

Annie s'amusa de ses pensées, ces moments fictifs, songea-t-elle, où se produisait dans le même temps une myriade d'événements, bien réels ceux-là.

Quelque part, un enfant naissait ; à une centaine de kilomètres de là, un homme exhalait son dernier soupir, sa veuve en pleurs à ses côtés ; une mère, sur le seuil de sa porte, se demandait où pouvait être passée sa fille – il était tard, elle n'était jamais en retard, il lui était forcément arrivé quelque chose...

Sullivan était quelque part, de même que Robert Forrester... et David Quinn.

À cette idée, elle fut saisie d'une terrible appréhension, la même que celle qu'elle avait ressentie au moment où il avait prononcé les mots fatidiques.

Il faut qu'on parle.

Pourquoi fallait-il que la profondeur de l'amour ne se mesure qu'à l'aune du malheur de la perte ?

Elle ferma les yeux, respira profondément, se rendit dans la petite cuisine au fond du magasin et brancha la cafetière.

Personne ne viendrait plus aujourd'hui, personne ne prendrait le temps ni la peine de s'arrêter un instant sous la pluie et d'essayer de voir à travers la vitre couverte de buée à l'intérieur de ce petit monde perdu dans le grand, cet interstice fantomatique situé près du croisement de la 107e Ouest et de Duke Ellington.

Il fallait qu'elle en sorte. Un besoin vital, à présent.

Mais il y avait toujours cette crainte, celle, comme avait dit David, de découvrir après avoir sauté que l'endroit où l'on atterrissait était pire que celui d'où l'on était parti.

Pourtant, mieux vaut sauter qu'attendre de mourir là où l'on est, se dit-elle, tout en misant sur une autre solution.

Il fallait qu'il y en ait une.

Puis elle se fit du café, qu'elle but noir faute de crème, et se demanda combien de jours allaient encore s'écouler avant qu'elle se lève un beau matin et constate qu'elle ne pouvait plus ne serait-ce qu'envisager la perspective de revenir dans cet endroit.

Un peu avant sept heures et l'arrivée imminente de Robert Forrester, elle eut envie d'appeler Sullivan pour lui demander de venir la rejoindre au magasin. Elle était lasse d'être seule, et bien qu'elle attendît Forrester avec impatience, elle pensait que Sullivan était autant qu'elle-même partie prenante de cette histoire.

Debout derrière la devanture, la porte fermée à clé, les lumières presque toutes éteintes, elle se demandait ce qu'un passant penserait en la voyant là, seule et immobile. Mais l'idée n'avait pas même pris forme que, déjà, elle apercevait Forrester. Annie le reconnut, alors qu'il n'avait pas fini de traverser la rue, à son pardessus usé, sa démarche, ses cheveux argentés, et quand il atteignit le trottoir, il avait les yeux posés sur elle, un sourire aux lèvres, manifestement content de la voir.

Une pensée la traversa : *Si seulement c'était mon père...*

Elle ouvrit la porte et le fit entrer. Une bourrasque humide s'engouffra dans son sillage.

« Monsieur Forrester, dit-elle, plus heureuse de cette visite que d'aucune autre.

— Mademoiselle O'Neill, répondit-il, j'espère que vous allez bien.

— Oui, ça va. »

Forrester resta silencieux un instant, fronça les sourcils, pour finir par dire :

« Mais il semblerait que… vous ayez eu des ennuis ?

— Oh, rien de grave.

— Mais si, je me sens concerné, insista Forrester. Dites-moi que je me trompe… C'est à cause d'un homme, non ? »

Annie, surprise, eut un petit rire embarrassé, et ne répondit pas.

« C'est bien ce que je pensais, continua Forrester, tout en ôtant son pardessus. C'est toujours l'argent, ou les hommes, ou les deux à la fois, n'est-ce pas ?

— Un homme », opina-t-elle.

Il lui tendit son manteau, qu'elle posa sur une chaise le long du mur. Il la remercia, indiqua la petite table près de la porte de la cuisine et traversa le magasin pour s'en approcher. Il avait une enveloppe en papier kraft à la main. Le dernier chapitre.

« Racontez-moi, dit Forrester en s'asseyant.

— Je ne veux pas vous importuner avec ça, voyons.

— Mais si, mais si, j'insiste… Je suis curieux de connaître l'histoire. »

Annie s'assit en face du vieux monsieur et lui demanda s'il voulait un verre d'eau, ou un café peut-être, mais il déclina l'offre.

« Alors, cet homme, reprit-il. Un amoureux, peut-être ?

— C'est ce que je croyais.

— Et il a révélé son vrai visage, c'est ça ?

— En effet.

— Et vous le connaissiez depuis longtemps ?

423

— Pas très, non. En fait, je l'ai rencontré le lendemain du jour où nous nous sommes rencontrés, vous et moi.

— Ah, c'est effectivement très court... J'ai du mal à croire qu'on ait pu vous blesser à ce point en si peu de temps.

— Vous ne soupçonnez pas à quel point », dit Annie.

Les commissures de la bouche de Forrester s'affaissèrent. « Trahison, abandon, chagrin d'amour... Oh si, mademoiselle O'Neill, je soupçonne tout à fait. »

Annie garda le silence un moment, avant de regarder le visage compatissant du vieil homme.

« J'ai cru qu'il y avait quelque chose... que c'était le début de quelque chose d'important, monsieur Forrester, j'y ai vraiment cru. Et même si cela n'a été l'affaire que de deux ou trois semaines, il m'a semblé qu'un laps de temps aussi bref était bien plus lourd de sens que tout ce que j'aurais jamais pu imaginer.

— Vous êtes tombée amoureuse ?

— Pourquoi dites-vous ça comme ça ? demanda Annie avec un sourire.

— Comment voulez-vous que je le dise ?

— Tomber amoureuse... Pourquoi dit-on "tomber amoureux" ? On ne "tombe" pas dans l'amour, on y monte.

— Monter amoureux, alors ? s'étonna Forrester en riant. Oui... je vois ce que vous voulez dire, après tout. L'amour comme sommet à atteindre, c'est ça ?

— C'est ce que je croyais. Parce que quand on se rend compte qu'une personne n'éprouve pas à votre égard ce que vous-même éprouvez pour elle, c'est bien une impression de chute qu'on a. Je conçois très bien qu'on puisse "tomber" dans le désamour, mais on devrait dire, à l'inverse, "monter" dans l'amour.

— Question de sémantique. Mais cela me paraît cohérent, dans les deux cas.

— Mais... assez parlé de moi. Je crois comprendre que vous avez apporté le dernier chapitre.

— C'est exact. Le dernier chapitre, acquiesça Forrester, qui se cala contre son dossier, joignit le bout des doigts à la manière d'un professeur de faculté et poursuivit. Alors, dites-moi, que pensez-vous de l'imbattable Harry Rose et de son ami Redbird ? »

Annie eut un sourire nostalgique, comme si on lui demandait de se rappeler deux vieux amis auxquels elle n'aurait pas pensé ni fait allusion depuis des années.

« Je trouve que Johnnie Redbird a fait d'immenses sacrifices, et je crains que Harry Rose ne le trahisse une nouvelle fois.

— Ils ont eu une sacrée vie, tout de même, vous ne croyez pas ? dit Forrester, après avoir opiné du chef.

— En tout cas, des vies qui m'amènent à me dire que j'aurais bien du mal à trouver des raisons pour excuser le vide de la mienne.

— Ne dites pas une chose pareille, voyons. Si l'on ne prend que les trois dernières semaines, vous avez aimé et perdu un homme, partagé quelque chose avec moi... et j'ai rencontré votre ami, M. Sullivan, l'autre jour, qui de toute évidence prend votre bien-être très à cœur.

— Qu'est-ce qui vous le fait penser ?

— Le visage des gens est très révélateur, on peut y lire ce qu'ils pensent d'une autre personne quand ils en parlent. Quand nous avons parlé de vous, il m'a paru très paternel, voyez-vous.

— C'est un homme bon.

— Je n'en doute pas une seconde.

— Et vous-même, monsieur Forrester ?

— Moi ? Que voulez-vous dire ?

— Qu'attendez-vous de la vie ? Qu'est-ce qui vous motive ?

— Ce qui me motive ? demanda Forrester avec un petit rire. Ma foi, mademoiselle O'Neill, je ne saurais trop dire… Je ne crois pas qu'il y ait quoi que ce soit qui me motive en particulier. Peut-être suis-je simplement en attente.

— En attente de quoi, si je puis me permettre ?

— D'un certain équilibre… Du sentiment que les comptes sont enfin équilibrés… La conscience qu'il y a eu un sens et un but à ma vie. J'estime que quand on en arrive là, on peut enfin lâcher prise, vous me comprenez ?

— Eh bien, si arriver à une conscience claire du véritable sens de la vie en est la fin ultime, alors j'ai peur de devoir m'attarder en ce monde encore très longtemps.

— Peut-être, peut-être pas, dit Forrester en hochant la tête. Il arrive que les choses s'éclairent d'un seul coup, en un seul battement de cœur.

— J'ai le sentiment, voyez-vous, de ne pas avoir encore suffisamment approché de la vie, au sens premier du terme… et si tout devait se terminer demain, je serais terriblement déçue.

— Tout comme moi, mademoiselle O'Neill, ne serait-ce que parce que cela nous priverait de la possibilité de discuter de la fin de cette histoire lundi prochain. »

Forrester fit glisser l'enveloppe sur la table en direction d'Annie.

« Lisez ceci, et lundi, si vous en avez le loisir, nous nous revoyons et vous me donnez votre avis éclairé. »

Il se leva. « Je vais devoir vous dire au revoir, en espérant que vous vous remettrez vite de votre peine de cœur. »

Annie sourit, se leva à son tour, et, en se dirigeant vers l'entrée, fut frappée par une idée.

« Monsieur Forrester ? »

Il se retourna lentement.

« Quand nous en aurons terminé, quand nous nous serons vus lundi, y aura-t-il une autre histoire ?
— Nous verrons… Chaque chose en son temps, si vous voulez bien.
— Mais après, vous avez l'intention de partir ? » demanda-t-elle.

Forrester eut un geste évasif.

« Ma vie, mademoiselle O'Neill, est peut-être aussi imprévisible que peut l'être la vôtre, en dépit de mon âge. Qui sait ce que demain nous réserve ? »

Il prit son manteau, Annie l'aida à l'enfiler, puis elle déverrouilla la porte et il sortit dans le froid humide du soir.

« À lundi, dit-il en levant la main.
— À lundi, monsieur Forrester », dit Annie, qui resta sur le seuil jusqu'à ce qu'il ait disparu de sa vue.

Sullivan était sorti quand elle arriva chez elle. Et pour une obscure raison, chez elle, sans lui, n'était pas vraiment chez elle. Jack représentait sans doute ce qui s'apparentait au plus près à un parent proche, et à cet instant, là debout devant sa porte, elle ferma les yeux et fit un vœu.

Si Sullivan disait vrai, si nos pensées avaient vraiment le pouvoir de déterminer notre vie, alors elle allait s'efforcer de donner corps à ce vœu.

Que les choses changent. Que ma vie change. Qu'elle devienne autre chose qu'une suite interminable de "Ah, si seulement...".

Puis elle ouvrit les yeux, poussa sa porte et pénétra dans l'obscurité de son appartement.

31

Il y eut peut-être des jours où Harry Rose pensait à moi, comme il m'arrivait de penser à la fille que j'avais laissée derrière moi et à l'enfant que j'aurais pu avoir.

Mais peut-être pas.

En tout cas, ces jours ont dû se faire de plus en plus rares, et les mois passant, une fois son enfant venu au monde, une fois qu'il se fut rendu compte que la vie ne se résumait pas à prendre sans jamais donner, Harry se persuada, je crois, qu'il avait fait le bon choix. Je faisais partie d'une phase antérieure de son existence, et en abandonnant cette existence, il ne pouvait que m'abandonner aussi. J'appartenais au passé, et le passé ne jouait plus aucun rôle dans son présent.

Il était peut-être difficile pour Harry de ne pas établir un parallèle entre sa vie et celle de l'Amérique dans son ensemble. C'était son pays d'adoption, son refuge, sa fortune, et pourtant il savait qu'aux yeux de certains, les excès des années 1960 étaient allés au-delà du tolérable. Ceux-là freinaient des quatre fers, voulaient arrêter la machine, comptaient leurs pertes et se demandaient quel chemin prendre désormais. Tout comme moi, je suppose. Il m'est difficile de repenser à cette époque et de ne pas sentir à nouveau germer en moi les graines de la rancune et de la vengeance. Elles se développèrent, ces graines rachitiques, sans donner de fleurs, et leurs racines s'enfoncèrent dans un sol desséché et contaminé. Mais c'était le terrain qui leur convenait le mieux, car elles étaient nées d'un arbre de Judée. Harry Rose avait empoché ses deniers d'argent, et j'avais été crucifié.

C'était l'époque où Richard Nixon se trouvait confronté au problème de la guerre du Vietnam : comment un pays tel que les États-Unis pouvait-il se sortir d'une pareille folie sans perdre la face ? Il fit tomber les reproches et la vindicte des citoyens sur ceux qui avaient combattu sur le terrain, des hommes comme William Calley et Ernest Medina, jugés responsables du massacre de My Lai. Bien que formulé indirectement, son message était clair : la sauvagerie de cette guerre a été le fait d'individus isolés et non d'un gouvernement. Je suis innocent. Je suis un homme de parole, qui mérite confiance et respect. *Puis il fit en sorte que Muhammad Ali soit disculpé de l'accusation d'insoumission par la Cour suprême. Nixon était un diplomate, un vrai politicien, et tandis que d'un côté il se donnait des airs de champion de la morale, de l'autre il approuvait la poursuite des raids aériens sur le Nord-Vietnam. Il ordonna le retrait de quarante-cinq mille hommes du Vietnam, annonça son intention de se représenter à la présidence, avant d'envoyer sept cents B-52 Stratofortress en Asie du Sud-Est, lesquels bombardèrent Hanoi et Haiphong jusqu'à ce qu'il n'en reste pratiquement plus rien.*

À peine quelques mois plus tard, cinq hommes seraient arrêtés dans les bureaux du Parti démocrate de l'immeuble du Watergate, à Washington. Nixon s'envolerait pour l'Union soviétique. En dépit d'une sphère privée qui se délitait peu à peu, Richard Milhous Nixon devait être triomphalement réélu en novembre 1972. Il continuerait à manipuler, à comploter, à manœuvrer, à échafauder des plans en secret pendant encore dix-neuf mois, persuadé tout du long de s'être taillé la réputation de négociateur le plus habile de l'histoire américaine. Il croyait encore en lui quand le reste du monde avait cessé de le faire depuis longtemps. Ce fut peut-être là sa marque de fabrique la plus distinctive.

Au moment de la chute de l'empire de Nixon, Harry Rose était le père d'un enfant de presque trois ans. Il n'était toujours pas marié à Maggie Erickson, même si leur maison d'Englewood près d'Allison Park était indubitablement celle d'une vraie famille. Une grande nouveauté pour Harry Rose, cette famille, de nouvelles sensations, un monde nouveau, en fait. Avec ses liens et ses obligations, des loyautés et des exigences qui allaient au-delà du purement matériel. Une famille n'exigeait pas simplement de l'argent, mais aussi amour, soutien et protection. Harry Rose avait là quelque chose qui lui appartenait, mais il reconnaissait aussi que désormais lui-même appartenait à d'autres, qu'il n'était plus tout seul, et en conséquence il se transforma en homme d'affaires respectable. Une métamorphose qui de toute évidence s'imposait, et même si au début la chose lui parut étrangère au-delà de tout entendement, il se familiarisa peu à peu *avec son nouveau rôle. Il y avait des jours où, quand il se réveillait et se tournait pour contempler le visage endormi de Maggie, il se disait qu'aujourd'hui, pas davantage qu'hier ou que demain, il n'avait plus besoin d'avoir peur. Il aimait cette femme, comme il avait aimé Alice Raguzzi et Carol Kurtz, et pourtant avec Maggie il y avait tellement plus. Avec cette femme à son côté, il se sentait comme achevé. Impossible de trouver un mot plus juste pour décrire cette réalité. Là où autrefois il n'avait été qu'un individu tronqué, il était entier, à présent. Jusque-là, il avait comblé ce manque d'être par la violence et l'argent, le sexe et l'alcool, les démêlés avec la justice. Aujourd'hui, c'étaient la sérénité et le bien-être qui remplissaient le vide, lui fournissant un refuge, même précaire, entre la folie furieuse du passé et la promesse d'un avenir meilleur. Et c'était à Maggie Erickson, quelle qu'elle ait pu être avant leur rencontre, qu'il était redevable.*

Pour la première fois de sa vie, Harry se sentait en sécurité, et même s'il lui arrivait de repenser à Johnnie Redbird, même si des images du passé, de l'homme qu'il avait été, surgissaient parfois dans son esprit, elles avaient la qualité d'un rêve. Un mauvais rêve, certes, mais un rêve tout de même. Plus le temps passait, et plus les images s'estompaient, remplacées par un sentiment de sécurité et de paix tellement plus réel, semblait-il, que la vie qu'il avait connue autrefois. Il avait cru pendant un temps que Dachau, tout ce qu'il y avait vu et entendu, expliquait cette vie-là. S'était imaginé que les années de mauvais traitements et de torture, de faim et de dénuement, lui avaient appris une leçon salutaire, à savoir que vivre c'était recevoir des coups et que, si l'on ne cognait pas en retour, on était mort. Maggie lui avait appris, elle, qu'un homme pouvait prendre des coups, assez violents pour le mettre à terre et risquer de lui ôter son dernier souffle, et pour autant sortir vainqueur de l'épreuve s'il était capable de se relever sans haine ni vengeance au cœur.

Bien sûr, il y avait aussi les moments, assez rares somme toute, où Maggie lui posait des questions, questions auxquelles il jugeait préférable de ne pas répondre, car il savait qu'il n'aurait pu supporter la peine et le chagrin que ne manquerait pas de provoquer dans les yeux de Maggie ne serait-ce qu'une allusion à ce passé. Et puis il y avait l'enfant. Cet enfant était devenu sa raison de vivre, sa raison d'être, et le regarder grandir, se développer, s'épanouir, le voir devenir un être humain doté de vraies pensées, de vraies émotions, du sentiment de sa place dans un ensemble plus vaste, lui paraissait constituer l'émotion la plus forte que puisse connaître un homme.

Le temps passait, Jimmy Carter succédait à Gerald Ford, Elvis mourait, Ali succombait sous les coups redoublés de Leon Spinks... et Harry Rose vivait sa vie au milieu des gens de New York, des gens qui connaissaient le nom et le visage de celui qu'il était devenu, pas de celui qu'il avait été. Il y avait des moments où il se persuadait que les choses dureraient toujours ainsi, mais quelque part, au fond de lui-même, il savait que son passé finirait un jour par le rattraper.

*Il le rattrapa au début de l'année 1979. Harry était seul chez lui, Maggie et l'enfant étaient sur le chemin de l'école. On annonçait à la radio que l'ex-*attorney

433

general *John Mitchell, le dernier des conspirateurs dans l'affaire du Watergate, venait d'être mis en liberté conditionnelle, et au moment où il apprit la nouvelle, son esprit se tourna vers la prison, donc vers Rikers, et par suite vers moi.*

Quand il entendit frapper à sa porte, Harry resta pétrifié sur place, dans le hall d'entrée. De l'endroit où il se tenait, il distinguait une silhouette à travers le verre dépoli.

Et il sut aussitôt.

Sans l'ombre d'une hésitation.

« Harry », c'est ce que je me contentai de dire quand il ouvrit la porte.

« Johnnie, répondit-il, avant de s'effacer pour me laisser entrer dans une maison où il croyait que ne pénétreraient jamais les fantômes du passé.

— Ça fait un paquet d'années, Harry, dis-je, avant de passer devant lui et de me diriger vers la cuisine, où je m'assis à la table comme si j'étais effectivement chez moi, et quand Harry vint prendre place en face de moi, un silence se fit, qui lui devint vite insupportable. Trompe-moi une fois, honte à toi, trompe-moi deux fois, honte à moi, dis-je, tu connais l'expression ? J'ai fini par penser que tu n'étais peut-être plus l'homme de parole que j'ai connu, Harry.

— Je n'ai pas l'intention de chercher à me justifier, Johnnie. Je veux juste te dire que je tiens à tout ce qui m'entoure aujourd'hui et que je ne veux pas d'ennuis.

— Des ennuis ? demandai-je. Je ne suis pas venu pour te créer des ennuis, Harry... juste m'assurer que tout va bien entre nous, tu vois ? J'ai passé ces

dernières années à crever de chaud au Mexique, à me dire que peut-être le mois prochain, ou celui d'après, Harry Rose allait me faire parvenir un message, et un peu d'argent aussi, régler ses comptes, quoi. Tu vois ce que je veux dire ? »

Harry hocha la tête.

« Je vois ce que tu veux dire, Johnnie.

— Ne voyant rien venir, j'ai fini par penser que ce vieux Harry Rose avait oublié son ami d'autrefois, et que je ferais bien de me rappeler à son bon souvenir.

— Et te voilà.

— Et me voilà, dis-je avec un sourire.

— Et... quel genre de dédommagement est-ce que tu envisagerais, Johnnie ?

— Simplement récupérer ma part.

— Mais Johnnie, l'argent, il n'y en a plus, il ne reste rien de ce que nous avions. J'ai acheté une petite affaire, cette maison... je touche un salaire, maintenant, comme un Américain moyen. J'avais à pourvoir aux besoins d'une famille, et quand tu veux faire les choses en restant dans les clous, tu casques sans arrêt, si tu vois ce que je veux dire ? »

Je secouai la tête. Non, je ne voyais pas ce qu'il voulait dire. « J'ai passé toutes ces années à attendre mon argent. J'ai renoncé à avoir une famille à moi en échange de la vie qu'on partageait tous les deux, tu comprends. C'est moi qui pourrais être ici à ta place aujourd'hui, avec une femme, un môme et tout, mais non, ce que nous faisions ensemble est toujours passé avant. Mais je me rends compte à présent que tu ne partageais pas les mêmes sentiments, Harry. Je suis venu te voir uniquement pour récupérer mon fric. Si j'avais su que tu avais tout claqué, je n'aurais pas pris la peine de te rechercher. »

Harry me regarda avec l'air d'un honnête homme. « Il n'y a pas d'argent, Johnnie, c'est la vérité... et je te rappelle que c'est toi qui as décidé de ne pas avoir de famille, Johnnie. C'était ta décision, et celle de personne d'autre. »

Je gardai le silence un moment. En pensée, je le tuais, comme j'avais tué un type autrefois pour dix-sept dollars et des poussières.

« Eh bien, s'il n'y a pas d'argent, Harry, je suggère que tu me rembourses en nature. »

Là, j'ai bien vu que Harry Rose accusait le coup. J'observai ses yeux, et c'étaient ceux d'un homme écrasé par la culpabilité. Sept ans à Rikers, et toutes ces années au Mexique à voir des individus fuir la justice, m'avaient appris à faire la part entre les innocents et les coupables.

« J'ai bien une idée, dis-je, mais elle n'est pas de celles que l'on peut mettre en œuvre tout seul. Il faut être deux, vois-tu. Et tu es à mon sens le meilleur numéro deux dont on puisse rêver. Donc, ce que je pense, c'est que tu vas me donner un coup de main pour mener cette affaire à bien. Après, je disparais dans la nature, et toi, tu rentres tranquillement chez toi jouer au bon père de famille, au citoyen modèle, tu retrouves la petite vie que tu t'es faite ici, et on n'en parle plus. Ne me dis pas que tu n'acceptes pas le marché, Harry ?

— Ça dépend... Il y a peut-être un plan B.

— Un plan B ? Personnellement, je n'en vois qu'un, mon cher vieil ami, c'est que tu te retrouves du

jour au lendemain sans maison, sans famille, autrement dit sans rien.

— Il semblerait donc que je n'aie pas vraiment le choix, dit Harry.

— Il semblerait, en effet. »

À cet instant, Harry Rose aurait pu essayer de me tuer, et, ce faisant, il aurait aussi tué son passé. L'aurait assassiné. Réduit à néant. Mais il ne le fit pas, et n'aurait d'ailleurs pu s'y résoudre, parce que, quel que fût le danger auquel il était exposé, il lui était impossible d'oublier que moi – Johnnie Redbird – j'avais par deux fois trinqué à sa place. Il avait une dette envers moi, me devait toutes mes années de privation de liberté, me devait une fortune en billets verts, et si nous avions disparu tous les deux au Mexique ou à Vegas après le fiasco King Mike Royale, Harry n'aurait jamais rencontré Maggie Erickson et ne serait jamais devenu père. Harry Rose pensait se battre pour sa famille, tout autant que pour lui, et si ça n'avait été qu'une question de priorités, le problème ne se serait pas posé. Malgré l'accord que nous avions conclu, il me savait capable de tuer une femme et un enfant aussi facilement qu'un flic. Il n'avait donc pas le choix, comme il l'avait lui-même reconnu. De mon côté, j'aurais pu, moi aussi, le tuer, lui mettre une balle dans la tête pendant qu'il était assis là, à sa table de cuisine. Si je ne l'ai pas fait, c'est que je n'y avais pas intérêt. Harry me devait autant d'argent que je pouvais en empocher, et je n'avais pas l'intention de repartir sans.

Juin 1979 : une belle soirée d'été qui, en d'autres circonstances, aurait apporté la promesse d'une heure dans le jardin à jouer à la balle ou à chat perché, d'un rôti à la cocotte dans la cuisine, puis d'un repos bien mérité au salon, les pieds sur la table basse, une bière à la main, à regarder Le Film de la Semaine à la télévision. Harry dit à Maggie qu'il avait une affaire à régler. C'était promis, il n'en avait pas pour longtemps. Puis il l'embrassa, embrassa aussi l'enfant et quitta la maison d'Englewood près d'Allison Park pour aller à la rencontre de son passé.

Et moi – qui occupais dans ce passé une place aussi cruciale que la sienne –, je l'attendais. Patiemment, comme un homme qui attend son dû.

Le fourgon collectait la recette de sept magasins et stations-service ouverts toute la nuit entre Coytesville et Palisades Park. Le chauffeur devait faire quelque chose comme un mètre soixante-dix et cent vingt kilos. Un gros enfoiré pas bon à grand-chose, tel a été mon commentaire en le voyant. L'autre convoyeur, celui qui transportait l'argent depuis les stations-service et les supérettes jusqu'à l'arrière du fourgon, devait avoir vingt-deux, vingt-trois ans, et ressemblait à un quarterback d'équipe universitaire qui s'est déniché un boulot pour l'été. Chacun d'eux avait un pistolet, sans compter, dans la cabine à l'avant, un fusil à pompe chambré magnum cadenassé à son support. « Tu parles comme ce joujou va leur servir quand ça va leur tomber dessus », ai-je dit avant de quitter le trottoir. Puis j'ai suivi les boulevards Edgewood et Nordhoff avant de longer le cimetière de la Madone en direction du pont routier de Fletcher Avenue.

Je n'avais aucun moyen de savoir dans quel état d'esprit était Harry, mais je lisais clairement la peur dans ses yeux. Bien, me suis-je dit. Le moment est venu de solder les comptes. Il commence à comprendre ce que j'ai enduré pendant sept ans à Rikers. Il sent l'odeur de sa transpiration, sent sa poitrine prise dans un étau, éprouve cette terreur muette qui vous envahit quand vous vous dites que votre dernière heure a peut-être sonné. Sens-moi tout ça, Harry Rose... et fais l'expérience de la vraie solitude.

Le reste de l'épisode se déroule dans une sorte de brouillard, un tourbillon de cris et d'affrontements. Le gros lard de chauffeur se débat pour dégager le fusil à pompe de son support tout en s'efforçant d'ouvrir la porte de la cabine, conscient malgré tout du fait qu'il n'a guère envie de sortir. La cabine est blindée, et nous, Harry et moi, on est là, en train de traîner son jeune collègue sur le terre-plein devant les pompes de la station Texaco de Brinkerhoff Avenue, le gamin a l'air fou, violent, bien décidé à ne pas se laisser maîtriser, et le gros, il est hors de question qu'il se fasse exploser la cervelle. Mais merde, il est payé pour ça quand même, alors il dégage le fusil, sort de la cabine, et, une fois qu'il a vidé son chargeur en visant vaguement dans notre direction, il se fait bel et bien descendre.

Seulement voilà, alors qu'il gît là sur le terreplein de la station, sa vie s'écoulant lentement vers la bouche d'égout, il réussit à sortir son revolver de son étui et à faire feu à trois reprises. Le dernier coup – même s'il ne le saura jamais – fait mouche. Dans la confusion et la mêlée qui s'ensuivent – tandis que les sirènes de police déchirent la nuit, que les employés de la station-service se précipitent dehors pour s'occuper du jeune convoyeur qui agonise sur le trottoir –, je m'écarte d'un bond de l'arrière du fourgon et me lance en direction de la voiture. Harry Rose, l'os de la cuisse droite fracassé par un pruneau de calibre.38, essaye bien de me suivre, mais quand je vois clignoter les barres lumineuses rouge et bleu du convoi qui dévale Glen Avenue, je démarre, pied au plancher. Derrière moi, de plus en plus petits à mesure que je m'éloigne, quatre gros sacs bourrés, qui doivent bien contenir dans les trois cent cinquante mille dollars, et, à côté, le bras tendu, comme pour les atteindre en un dernier geste désespéré, le jeune convoyeur.

Harry Rose, qui sait maintenant qu'il a été rattrapé par son destin, est debout dans la rue, la jambe de son pantalon imbibée de sang, sa cagoule trempée de sueur à la main, et il pense à son enfant, qui va avoir huit ans dans quelques mois, et à ce que Maggie va trouver à lui dire pour expliquer la disparition de papa.

Puis il tombe à genoux. Les flics l'encerclent, hurlant des ordres, pointant leurs armes sur lui, prêts de toute évidence à faire feu s'il ne s'exécute pas, mais Harry Rose ne possède plus ni la force ni la volonté de se relever. Sa vie est finie, cette vie arrachée de haute lutte aux horreurs de Dachau, et il le sait. Cette fois-ci, il ne s'en sortira pas. Seconde récidive, il est bon pour perpète. C'est la fin de la route, et non seulement la cantatrice a terminé son aria, mais l'écho de sa voix n'est plus qu'un lointain souvenir.

Dans la seconde où je regardai en arrière, c'est un homme brisé, vaincu que j'aperçus, sa vie dévastée par un cyclone. Il avait perdu sa femme, son enfant, et les efforts qu'il avait accomplis pour assurer leur bien-être étaient réduits à néant. Plus d'avenir pour lui, plus de passé non plus, et pourtant je savais que, au milieu de cette débâcle, il devinait que sa dette envers moi restait encore à régler. Plus d'espoir de jamais s'acquitter de ce qu'il devait à Johnnie Redbird. Et c'était peut-être bien cette idée-là qui, en définitive, lui était la plus pénible. Il me connaissait suffisamment pour savoir que je ne laisserais jamais tomber. Il savait que cet argent, qui était le mien, je le voulais à tout prix, et il savait que je n'abandonnerais pas la partie avant de l'avoir récupéré d'une façon ou d'une autre.

Il n'y eut pas de négociation en vue d'un allègement du chef d'inculpation, on ne parla ni de meurtre sans préméditation, ni d'homicide involontaire, ni d'homicide justifiable. C'était un assassinat, pur et simple. La seule circonstance atténuante résidait dans le fait que les témoins furent tous d'accord pour affirmer que les braqueurs du fourgon étaient au nombre de deux. Comme il n'y avait aucun moyen de déterminer lequel des deux avait tué les convoyeurs, l'honnête Harry Rose échappa à la peine capitale.

Mais pas à la perpétuité, avec peine redoublée. Il fut envoyé à Rikers comme le vilain garçon qu'il était.

C'était la fin d'une époque, la fin d'un rêve peut-être et, tout en jetant un regard par-dessus mon épaule tandis que je prenais la fuite, je pensais que, non sans ironie, par des moyens certes détournés, justice venait d'être faite. Envolés, son argent, sa famille, tout ce pour quoi il avait travaillé.

Tout ce que moi aussi j'avais perdu, sans même qu'on m'ait jamais donné une chance de le posséder.

Mais je me disais que tant que Harry Rose conserverait un souffle de vie, je trouverais toujours un moyen de lui faire rendre gorge.

32

Impossible de dormir.

Comble de malheur, Sullivan ne rentra qu'aux petites heures du jeudi matin, et quand il arriva enfin, Annie se dit qu'elle n'avait pas le droit de le charger de son propre fardeau.

Elle songea à David. Beaucoup. Le besoin de savoir où il se trouvait devint une véritable obsession qui ne lui laissait pas une minute de répit. Un peu après une heure du matin, elle alla même jusqu'à envisager de prendre un taxi pour se rendre à son appartement. Elle pensait pouvoir retrouver l'immeuble, mais l'idée d'arpenter en pleine nuit les rues autour de St Nicholas et de la 129e la fit reculer. Elle était seule, du moins pour l'instant, sans personne avec qui partager sa solitude.

Pour finir, au moment où le soleil se levait et emplissait la pièce d'un blanc argenté fantomatique, elle s'endormit, et quand, quelques heures plus tard, Sullivan frappa à sa porte, il était déjà plus de onze heures : trop tard pour aller ouvrir le magasin.

« J'ai besoin de le retrouver, dit-elle à Sullivan, une fois qu'elle eut fait du café et qu'ils furent assis tous deux dans la cuisine.

— Besoin ? demanda Sullivan. Ou envie ?

— Besoin, dit Annie d'un ton catégorique. J'ai besoin de savoir ce qui s'est passé.

— Ça, je peux te le dire, commença Sullivan, mais Annie secouait déjà la tête.

— J'ai bien compris ce que tu as dit sur la peur de s'engager et tout ça, et je suis sûre que ce n'est effectivement pas étranger à l'affaire, mais je veux l'entendre de sa bouche, de David en personne, tu saisis ?

— Et ton M. Forrester, où tu en es avec lui ? Il est venu, hier soir ?

— Oui.

— Et il t'a apporté la fin de l'histoire ? »

Annie acquiesça d'un hochement de tête.

« Alors, dis-moi... qu'est-ce qui leur arrive, à ces deux types ?

— Écoute, c'est de David que je veux parler. J'ai l'intention d'aller à son appartement pour lui dire deux mots.

— Je ne pense pas que ce soit une bonne idée, vois-tu.

— Mais pourquoi, bon sang ? »

Sullivan sourit, un sourire qui dissimulait mal son inquiétude.

« Mais que diable est-il donc arrivé à la petite Annie O'Neill, si timide et si réservée, qui a débarqué ici il y a bien longtemps ?

— Elle en a ras le bol, Jack, marre de se faire marcher dessus, de passer inaperçue où qu'elle aille, de compter pour du beurre, voilà ce qui lui est arrivé. Alors, je vais aller chez lui, lui parler, et, pour ne rien te cacher, je ne vois pas ce que tu pourrais dire ou faire pour m'en empêcher.

— Bon Dieu, Annie, s'exclama Sullivan en levant les mains en signe de reddition, t'as mangé du cheval, aujourd'hui. Je n'ai pas l'intention de t'en empêcher, ni même d'émettre un quelconque avis sur le sujet, mais je crois que tu ferais bien de te préparer au pire.

— Au pire ? Mais qu'est-ce qui pourrait être pire que de ne pas savoir, Jack ?

— Connaître la vérité est parfois pire que rester dans l'ignorance.

— Pas dans ce cas précis, non. Si ça vient de moi, je veux le savoir, et si ça vient de David, très bien, mais je ne vais pas abandonner la partie sans me battre… C'est toi-même qui l'as dit, non ?

— Comme vous voudrez, mademoiselle O'Neill. On ne pourra pas me reprocher d'être intervenu dans une affaire de cœur. »

Annie se leva et passa dans sa chambre.

Sullivan resta tranquillement assis pendant qu'elle s'habillait, lui demanda à un moment où était le manuscrit, mais Annie ne l'entendit pas. Quand elle apparut sur le seuil, s'empara de son manteau sur la chaise et l'enfila, il lui demanda si elle voulait qu'il l'accompagne.

« Je suis une grande fille, à présent, dit-elle en secouant la tête. Je peux très bien régler cette affaire toute seule.

— Tu es sûre ? »

Elle fit oui de la tête et lui tapota le bras en passant devant lui. « T'inquiète, ça va aller.

— Le chapitre ? demanda Sullivan au moment où elle atteignait la porte.

— Sur le plan de travail de la cuisine. Enveloppe marron. Tu peux rester ici pour le lire, si tu veux… Fais comme chez toi. »

Sullivan se leva et la regarda quitter l'appartement, s'approcha même de la fenêtre et attendit qu'elle sorte dans la rue. Elle marchait d'un pas assuré, l'air décidé, et il se surprit à remercier ce David Quinn pour ce que, à son insu, il avait accompli. Annie semblait désormais tellement plus sûre de ce qu'elle voulait, et, quelque tournure que puissent prendre les choses, c'était on ne peut plus positif.

Sullivan secoua la tête, poussa un profond soupir et s'en alla chercher l'enveloppe dans la cuisine.

*

Arrivée au carrefour, Annie prit un taxi et demanda au chauffeur de l'emmener dans le coin de St Nicholas et de la 129e. Durant le trajet, elle contempla le monde à travers la vitre, les gens sur les trottoirs, ceux qui entraient dans les cafés, les magasins et les galeries marchandes ou en sortaient. Elle regardait leur visage quand le taxi s'arrêtait à un feu rouge, l'air qu'ils avaient en traversant la chaussée, chacun apparemment perdu dans son monde, chacun, à sa manière, un reflet d'elle-même. Elle voyait là tout le peuple des paumés et des égarés, des traqués et des laissés-pour-compte, des mal-aimés et des malheureux, des révoltés et des soumis. Le noir et le blanc, mais aussi toutes les nuances de gris entre les deux. Le début et la fin de l'humanité, la boucle parfaite. La vie était si souvent un mensonge, et pourtant si vraie parfois qu'elle vous blessait profondément, et chacun de ces individus était peut-être en quête de ce qu'elle-même recherchait. Une réalité qui n'avait ni nom, ni visage, ni voix, ni identité. Qui existait, simplement. Trop lourde pour être portée, mais trop légère pour se laisser saisir. Elle était impossible à cerner, et pourtant on la sentait si bien quand on la possédait, et si amèrement quand on en éprouvait l'absence.

Le taxi ralentit le long du trottoir. Annie régla la course et descendit. Elle parcourut trois blocs jusqu'à ce qu'elle arrive à une pâtisserie à un angle et tourna à gauche, certaine d'être dans la bonne direction.

Elle essaya trois immeubles avant de reconnaître la façade, les quelques marches qui menaient à l'entrée par un petit passage couvert, et, en les gravissant, elle se sentit partagée entre le désir que David soit là et l'espoir de s'être trompée d'immeuble ou de découvrir qu'il était absent. Elle marqua une pause dans le hall du rez-de-chaussée, jetant un coup d'œil dans la cage d'escalier en direction du premier étage, et, au moment où elle posait le pied sur la première marche, elle sursauta et se retourna en entendant une porte s'ouvrir derrière elle.

« Je peux vous aider ? »

Un homme lui faisait face, un vieil homme à la peau cireuse et desséchée comme un parchemin, les mains tout en nœuds et en jointures distordues.

« Bonjour, le salua Annie. Je cherche quelqu'un.
— Quelqu'un qui a un nom ?
— Quinn, David Quinn.

— Pas de Quinn ici, mademoiselle. Pas la bonne adresse, peut-être ?

— Je suis pourtant sûre que je ne me suis pas trompée d'immeuble, dit Annie, les sourcils froncés.

— Y a pas de David Quinn ici, répéta le vieil homme. Y avait quelqu'un, mais il est parti... Là, au premier. »

Annie se retourna et regarda en haut des marches. Une sensation indescriptible lui serra la poitrine.

« Vous voulez louer un appartement ? poursuivit-il. Vous voulez voir çui-là, maintenant qu'il est libre ? Bon appartement, jolie lumière, grandes fenêtres, et tout... »

Annie faisait oui de la tête. Elle voulait voir, voulait s'assurer que ce n'était pas le bon immeuble, qu'elle avait dû mal se repérer, aller trop loin dans une direction ou dans l'autre, à moins que l'immeuble de David se trouve dans une rue parallèle à celle-ci. Oui, c'était sans doute ça. C'était forcément ça.

Le vieil homme la précéda dans l'escalier, avec une lenteur exaspérante, un pied sur la première marche, l'autre le rejoignant, puis même chose pour la deuxième, la troisième, et ainsi de suite jusqu'en haut, Annie derrière lui, comme dans un cortège funèbre réduit à deux personnes.

Une fois sur le palier du premier, le vieil homme tourna à droite et suivit le corridor. Il détacha un gros trousseau de clés de sa ceinture, et sans un mot, sans même se retourner pour vérifier qu'Annie le suivait bien, il déverrouilla la porte, l'ouvrit toute grande et s'écarta.

« Vous voyez ? dit-il avec un large sourire. Grandes fenêtres, belle lumière. »

Annie franchit le seuil au ralenti, la lumière de la pièce lui sautant au visage, l'air épais, presque irrespirable, la prenant à la gorge, et, après s'être avancée de deux ou trois pas et avoir embrassé l'intérieur des yeux, elle prit conscience de la réalité.

« Quand est-il parti ? demanda-t-elle au vieil homme.

— Deux, trois jours peut-être…, dit-il en haussant les épaules. J'étais pas là, moi. Mon fils, vous voyez, c'est lui qui s'occupe de tout. Mais là, il allait au marché, alors y m'a laissé les clés. Belle lumière, hein ?

— Oui, oui, très belle », dit Annie.

Si elle avait encore eu un doute, il aurait été totalement dissipé à la vue du sac en plastique sur le parquet nu en dessous de la fenêtre.

Un sac contenant des livres. Trois. Treize dollars, et gardez la monnaie.

Soixante vies vont entrer en contact avec ce qu'il y a là-dedans… Ça fait réfléchir, non ?

Elle traversa la pièce, se pencha pour regarder à l'intérieur du sac. Là, enveloppé dans le même papier que celui dans lequel elle l'avait emballé en le lui donnant, elle trouva *Un moment de répit*. Sans parler d'ouvrir le bouquin, David n'avait même pas pris la peine d'ouvrir le paquet.

D'un geste brusque, Annie s'empara du livre et le fourra dans son sac. Depuis le jour où, sur le seuil de son appartement, elle l'avait donné à David, et sauf un bref instant quand elle était à l'hôpital, elle n'y avait pas repensé. La chose la plus importante que lui ait léguée son père, et elle l'avait complètement occultée.

Retrouver le livre constituait à présent son lot de consolation.

Elle se retourna brusquement, regarda un moment le vieil homme avant de demander :

« Votre fils ? Il est où ?

— Au marché.

— L'homme qui était ici... est-ce qu'il a dit où il allait ?

— Bah ! L'était vraiment bizarre, l'bonhomme. Parti comme s'il avait le feu aux fesses. Devait donner un mois de préavis, ou y perdait mille dollars... Eh ben, il les a bel et bien perdus. Il est resté ici, quoi ? deux, trois semaines, et il a perdu mille dollars. Y a quand même des cinglés dans c'monde, hein ?

— Deux ou trois semaines ? demanda Annie. Il est resté deux ou trois semaines ? »

Le vieil homme hocha la tête, grimaça un sourire, découvrant les espaces entre ses petites dents d'enfant. « Alors vous l'voulez, cet appartement, avec la belle lumière ? »

Annie entendit la question sans que son cerveau l'enregistre. Elle avait retraversé la pièce et pris la porte avant que le vieux eût une chance d'ajouter un mot. Il leva la main comme pour attirer son attention, mais elle dévalait déjà les escaliers deux marches à la fois, le cœur battant à tout rompre, et quand elle atteignit la porte d'entrée et se précipita dans la rue, ce fut avec l'impression d'échapper à un effroyable cauchemar.

« Bah ! Des cinglés, j'vous l'dis ! » lança l'autre dans son dos, mais sa voix semblait sortir d'une autre vie.

450

Sullivan tourna lentement la dernière page.

Resta un moment assis à la table de la cuisine.

« Il y a quelque chose, là..., se dit-il. Quelque chose qui... »

Il se leva lentement de sa chaise, fit une pile bien nette des feuillets avant de les glisser dans l'enveloppe ; puis il sortit de la cuisine pour traverser le séjour d'Annie.

Il s'arrêta sur le seuil de la porte d'entrée, parcourut du regard la pièce qui lui était si familière, une pièce où il avait partagé des centaines de journées et de soirées avec cette femme, qui l'avait touché davantage que tous les gens qu'il avait pu connaître avant elle. Il ferma les yeux un moment. Oui, il y avait indubitablement quelque chose à propos de ces feuilles, rangées, l'air inoffensives, à l'intérieur de cette enveloppe en papier kraft posée sur le plan de travail de la cuisine.

Il secoua la tête lentement, ouvrit les yeux et traversa le palier pour rejoindre son appartement.

Il aurait donné n'importe quoi pour un verre. N'importe quoi, bon Dieu. Mais il avait passé un marché, et Annie, en ce moment même, se battait pour respecter sa part du contrat.

Si ce David Quinn la faisait souffrir...

Sullivan hésita un instant, sa main droite frottant son avant-bras gauche, puis il traversa la pièce et s'assit devant son ordinateur.

33

« Disparu », dit Annie en entrant chez Sullivan.

Celui-ci détourna les yeux de son écran.

« Quoi, qui ? demanda-t-il.

— David. L'appartement est vide. Il n'a rien laissé derrière lui en dehors des livres que je lui ai vendus la première fois qu'on s'est rencontrés. Et d'un livre que je lui avais prêté... Bon sang, j'ai du mal à imaginer comment j'aurais réagi s'il l'avait emporté. Il y avait un vieux type là-bas, qui m'a dit que David était parti depuis deux ou trois jours...

— Mais il t'a confirmé que c'était bien David qui habitait là ? »

Annie traversa la pièce pour rejoindre Sullivan et s'assit sur un bras de la banquette.

« L'appartement a été occupé, oui, mais le nom de David Quinn ne lui a rien dit. Ce qui est sûr, c'est que le locataire, quel qu'il ait été, n'est resté que deux ou trois semaines, pas plus, et qu'il est parti en catastrophe, en perdant ses mille dollars de caution.

— Agence ou particulier ? demanda Sullivan.

— Quoi ?

— Le loueur de l'appart.

— Le vieux type a dit que c'était son fils qui s'occupait de tout... Pourquoi ?

— Donc il y a de grandes chances pour que le proprio soit un particulier. Quand c'est le cas, pas de références, pas de chèques, pas de cartes de crédit, tout se fait en liquide. Si tu as le cash nécessaire, tu pourrais bien être le Fils de Sam[1] que tu n'aurais aucun problème pour t'installer dans une suite avec terrasse au dernier étage d'un hôtel de Broadway.

— Et ça, c'est quoi ? demanda Annie en désignant l'écran du doigt.

— La dernière des compagnies d'assurances à avoir des bureaux à la fois ici et à Boston. J'ai déjà passé en revue la Mutual Consolidated, la Trans-Oceanic, l'Atlantic Cargo Insurance, les Providence Shipping Lines... et Dieu sait combien d'autres. J'ai consulté tous les annuaires de leurs personnels, et il n'y a qu'un seul David Quinn dans le lot.

— Et ? demanda Annie, en se penchant plus près de Sullivan.

— Ce David Quinn-là est un des gros actionnaires de la Trans-Oceanic. Cinquante-trois ans, il habite Baltimore.

— Ce qui veut dire ? »

Sullivan secoua la tête d'un air impuissant.

« Écoute, Annie, il doit y avoir des centaines de compagnies d'assurances, mais si l'on s'en tient à celles qui ont des bureaux à Boston et à New York, aucune ne compte ton type au sein de son personnel.

---

1. Surnom de David Berkowitz, tueur en série qui a avoué le meurtre de six personnes à New York dans les années 1970.

— Mais alors, ce type, c'est qui, bon Dieu ? demanda Annie, les sourcils froncés, l'angoisse s'insinuant en elle.

— Il me semblerait plus légitime de te demander qui diable peut bien être Robert Franklin Forrester ?

— Forrester... Mais qu'est-ce qu'il a à voir dans cette foutue histoire ?

— Ça fait un peu trop de coïncidences, vois-tu. Ce n'est qu'après avoir terminé le dernier chapitre que tu as là que j'ai commencé à me poser des questions.

— À quel sujet ?

— Ce Harry Rose et son ami Johnnie Redbird.

— Je ne comprends pas.

— Il n'y a peut-être rien à comprendre. Peut-être que je veux voir des trucs là-dedans qui n'y sont pas, mais il y a trop d'éléments qui paraissent liés...

— Mais enfin, bon Dieu, de quoi tu parles, Jack ? Liés comment... à quoi ?

— Je ne..., commença Sullivan, dont le regard s'égara du côté de la fenêtre.

— Liés à quoi, Jack ?

— Je ne sais pas, Annie..., dit Sullivan, en se tournant vers elle et en la regardant dans les yeux.

— Pour l'amour du ciel, Jack, arrête de dire que tu ne sais pas. Qu'est-ce que tu insinues, là ?

— Je pense à la manière dont tout concorde, ou du moins pourrait concorder, si on regarde les choses sous un angle différent. »

Annie ouvrit la bouche pour dire quelque chose, avant de se retourner et de s'asseoir sur la banquette. « Par pitié, dites-moi ce que vous avez en tête, Jack Sullivan. »

Il sourit, l'air tout de même embarrassé.

« Oh, oublie ça, Annie... tu veux ? C'est juste que j'ai lu ces feuillets et que ça m'a donné à réfléchir.

— Et si t'arrêtais de réfléchir à ça, pour commencer à penser à un moyen de mettre la main sur David Quinn... Qu'est-ce que tu en dis ?

— Pourquoi ?

— Pourquoi ? Eh bien, peut-être que toi, t'en as rien à foutre, mais il se trouve que pour moi c'est d'une importance capitale. Il a apparemment loué un appartement sous un faux nom, est passé par ici en trombe comme un putain d'ouragan, m'a prise pour la dernière des cruches, et il a maintenant le foutu culot de me quitter en croyant que je vais tout oublier et tout gober sans rien dire ? Si je tiens à le retrouver, c'est tout bonnement pour lui coller mon poing dans la figure, Jack, ce serait le moins, non ?

— Oui, je peux comprendre. Alors, à ton avis, on commence par où ?

— Qu'est-ce que ce "on" vient faire ici, mon vieux ? C'est *ton* problème. C'est toi le foutu journaliste, le reporter d'investigation... Tu ne devrais même pas avoir à me poser la question.

— Bon, l'appartement... Je vais y aller et interroger le fils du vieux, voir s'il a une idée d'où le type venait, où il a pu aller quand il est parti. Au passage, je prendrai les bouquins qu'il avait achetés...

— Les bouquins ? Mais pour quoi faire ?

— Il les aura touchés. Et il y aura laissé des empreintes.

— Ouais, dit Annie en secouant la tête, perdues au milieu de milliers d'autres, tu ne crois pas ?

« — Probable, oui... On oublie les bouquins. Et puis, de toute façon, je ne connais personne qui aurait pu les relever et voir si elles correspondaient à des empreintes fichées.

— Mais enfin, mister Jack Sullivan, vous faites preuve d'un amateurisme effarant, dans cette affaire.

— Merci du compliment, mademoiselle O'Neill. Mais, je suis tout ouïe, t'as une meilleure idée ? »

Annie repensa à toutes les fois où elle s'était retrouvée avec David. Au voyage à Boston, à la façon dont tout avait été réglé en liquide, au nom sous lequel ils s'étaient enregistrés, Mr et Mrs Quinn, et puis au fait qu'il ne lui avait jamais donné un numéro de téléphone où le joindre.

Vue sous cet angle, la chose était on ne peut plus troublante ; on aurait dit qu'il avait cherché à effacer toute trace, à ne rien laisser qui puisse permettre de le retrouver s'il décidait de disparaître un jour. Peut-être n'était-il qu'un amant en série. Elle sourit à cette idée, à peine une ébauche, parce que, au fond de son cœur, tout n'était que désert et chagrin.

« Non, dit-elle en secouant la tête. Je n'ai pas de meilleure idée. Tu es d'accord pour qu'on aille à l'appartement vérifier tout ça ?

— Pas de problème. Tu as l'adresse ? »

Annie le regarda, l'œil vide, et haussa les épaules.

« Pas la moindre idée, mais je n'aurai aucune difficulté à le retrouver.

— Alors, on dirait qu'on est bons pour une petite escapade à deux ? » dit Sullivan en se levant.

Ils partirent quelques minutes plus tard, prirent un taxi pour passer de l'autre côté de Morningside Park, et, tout au long du trajet – à chaque révolution de roue, à chaque croisement de rue, de bloc, à chaque carrefour –, Annie eut l'impression qu'elle était à la poursuite d'un fantôme.

Elle attendit dans la rue pendant que Jack allait parler avec le vieil homme et son fils. Pour une obscure raison, elle n'avait pas voulu entrer. Si on lui avait demandé pourquoi, elle aurait été incapable de fournir une réponse. Quelque chose à voir avec l'immeuble, comme si, entre ces murs, quelqu'un l'avait ridiculisée, et qu'elle n'avait aucune envie qu'on le lui remette en mémoire.

Il faisait froid, et au bout de quelques minutes, elle gravit les quelques marches de pierre et attendit à l'entrée de l'immeuble. De temps à autre, elle regardait à travers la partie vitrée de la porte. La patience n'était pas son fort, et chaque minute semblait s'étirer, interminable. Elle regarda sa montre – la montre de son père –, et quand elle l'eut regardée pour la quatrième ou la cinquième fois, elle fut incapable d'attendre plus longtemps. Elle redescendit les marches et poussa jusqu'au bout de la rue, avant de revenir sur ses pas et de dépasser l'immeuble d'une cinquantaine de mètres.

Elle arpentait le trottoir d'un pas brusque, agitée par le froid et la situation dans laquelle elle s'était mise. Elle fouillait Manhattan à la recherche d'un homme apparemment déguisé sous un faux nom. Cette fois-ci, elle était « tombée », et pour de bon. Plus question de « monter » où que ce soit.

Elle fit demi-tour et repartit en direction de l'immeuble, et quand Sullivan apparut, elle se précipita à sa rencontre.

Avant même de parler, il secouait déjà la tête.

« Ce type ne sait rien. Je n'en ai rien tiré, même avec cinquante dollars. Il semblait surtout avoir la trouille que je sois envoyé par le contrôle des loyers.

— Il t'a donné le nom sous lequel l'appart a été loué ? »

Sullivan regarda Annie. Son expression était plus parlante que tout ce qu'il aurait pu dire.

« Alors ?

— David O'Neill, dit Sullivan, avant de baisser les yeux au sol.

— David O'Neill ? reprit Annie en écho. Non, tu plaisantes ?

— Pas du tout. C'est le nom dont il s'est servi. David O'Neill. »

Il descendit les marches et vint se placer en face d'elle sur le trottoir.

« Et maintenant, tu ne vas pas me dire qu'il n'y a pas quelque chose de bizarre là-dedans, quand même.

— Simple coïncidence », asséna Annie, tout en sachant que sa remarque ne tenait pas debout.

Sullivan sourit, s'efforçant peut-être à la compassion.

« Et les coïncidences, c'est… ?

— … des conneries, compléta Annie, en soupirant et en enfonçant les mains dans les poches de son manteau. Mais pourquoi ce nom ? ajouta-t-elle, adressant la question à elle-même autant qu'à Sullivan.

— Qui sait ?

— David Quinn, ou O'Neill ou peu importe son nom, à ce con, lui sait. »

Sullivan se mit en marche.

Annie ne le suivit pas tout de suite, perdue dans ses pensées, puis se hâta de le rattraper. Elle glissa son bras sous le sien, et, à les voir ainsi côte à côte, on aurait pu les prendre pour un couple, peut-être un père et sa fille, en train de se promener, de partager un moment ensemble. Ils ne parlaient pas, ne se regardaient pas, et au bout de trois blocs, Sullivan s'arrêta devant un café et suggéra d'y entrer.

« Il m'a soumise à ce test de confiance, dit Annie une fois qu'ils furent installés.

— Et ça consiste en quoi ?

— Quand je suis allée à son appartement, il m'a bandé les yeux et m'a dit de rester assise sur une chaise sans bouger pendant une minute. »

Sullivan fronça les sourcils.

« Il a commencé par parler de confiance, dire que les gens avaient désappris à faire confiance, qu'ils soupçonnaient toujours les autres d'avoir une idée derrière la tête, des intérêts cachés, et puis il m'a annoncé qu'il allait me demander de lui faire confiance.

— Et il t'a bandé les yeux... Qu'est-ce que c'est que cette histoire ?

— Oui, bandé les yeux, et après, il m'a dit de rester sans bouger et sans rien dire pendant une minute tout en m'en remettant entièrement à lui, que lui, de son côté, ferait une chose ou une autre, mais qu'il fallait simplement que je lui accorde toute ma confiance.

— Et tu l'as fait ?

— Oui... mais seulement pendant trente-sept secondes. Je n'ai pas pu tenir plus longtemps, c'est éprouvant, ce genre de truc. Tu es là, immobile pendant une minute, dans l'obscurité et le silence les plus complets, à essayer d'imaginer ce que l'autre peut bien fabriquer, où il peut se trouver d'après le bruit de sa respiration, c'est complètement déstabilisant, crois-moi.

— Et qu'est-ce qu'il a fait, finalement ?

— Ben, je l'ai pas vu à poil devant moi, un couteau de boucher à la main, et la bite au garde-à-vous. »

Sullivan éclata de rire, et renversa un peu de café sur la manche de sa veste. « Merde alors, Annie, t'as dû être vachement déçue. »

Elle sourit, prit une serviette en papier et tamponna la veste de Sullivan.

« Non, sérieux... Qu'est-ce qu'il a fait pendant ces trente-sept secondes ?

— Rien... absolument rien. Il est resté assis à me regarder.

— Rien de plus ?

— Non. Et c'était là le but de l'opération. Ce qu'il voulait prouver, à la base, c'était que, quoi que je puisse craindre, ce serait le produit de mon imagination, que j'allais me figurer les choses les plus épouvantables, alors que mes peurs seraient de mon seul fait. »

Sullivan hochait la tête.

« C'était ça le truc, Jack... Ça faisait partie du plan d'ensemble, du jeu qu'il jouait pour m'amener à penser que je pouvais lui faire confiance.

— Et c'est ce que tu as fait ?

— Oui… Suffisamment pour le laisser m'emmener à Boston, pour ne pas insister pour avoir un numéro de téléphone ou une adresse. Quand j'y repense à présent, je me rends compte que je ne sais rien de lui, absolument rien.

— Mais vous parliez de quoi, alors, quand vous étiez ensemble ?

— On ne parlait pas beaucoup, en fait. On avait mieux à faire, le plus souvent.

— Je suis désolé, vraiment, dit Sullivan doucement, presque avec tendresse.

— Désolé, mais de quoi ?

— Que tu aies eu affaire à un vrai salaud.

— Je ne suis pas absolument certaine que c'était un salaud, Jack… Bon Dieu, je ne sais plus que penser à l'heure qu'il est. Il se pourrait bien finalement qu'il y ait une explication parfaitement rationnelle à tout ce qui s'est passé.

— Genre c'était un agent dormant de la CIA opérant sous neuf identités différentes, et la cellule terroriste qu'il s'apprêtait à infiltrer a eu vent de sa véritable identité. Il a dû disparaître pour t'éviter des ennuis.

— Ton explication en vaut une autre.

— Ton problème, c'est que tu n'arrives pas à admettre que, comme l'immense majorité des mecs dans cette ville, c'était une chiffe molle d'ado immature, que l'affaire est devenue un peu trop chaude à son goût et qu'il a détalé pour aller se mettre au vert avant que tu te mettes à parler mariage.

— Tu as raison, Jack, c'est vrai que je refuse d'admettre cette éventualité… »

Sullivan referma sa main sur la sienne.

« Je ne voulais pas... Excuse-moi, c'était malvenu.

— La vérité a parfois une façon de te rattraper, que tu le veuilles ou non. Grands dieux, qu'est-ce que je ne donnerais pas pour une cigarette...

— Tu ne fumes pas.

— Je peux toujours commencer, non ?

— Tu commences à fumer, et je me remets à boire, dit-il en repoussant sa chaise pour pouvoir se lever. Allez, on sort d'ici, et on rentre à la maison regarder une ânerie à la télé et descendre un litre de crème glacée à nous deux. »

Annie sourit de son mieux et se leva de table à son tour. Elle enfila son manteau, le boutonna, resserra le col autour de son cou, et, en quittant le café, reprit le bras de Sullivan.

« Merci, murmura-t-elle.

— De quoi ? demanda-t-il en se retournant, le sourcil froncé.

— D'être là. Simplement d'être là. »

34

Annie O'Neill se demandait s'il y avait jamais une leçon à tirer d'une défaite. Elle songea à ces paroles d'une chanson de Joni Mitchell – « You don't know what you've got til it's gone[1] » –, mais elle n'était pas forcément d'accord. Elle avait eu David, du moins c'était ce qu'elle croyait, et maintenant elle ne l'avait plus. Tant qu'il avait été là, c'était bon, et elle avait su ce qu'elle avait. C'était le début de quelque chose, et elle avait imaginé ce que cela aurait pu devenir. Même à Boston, quand elle avait passé toutes ces heures seule dans une chambre d'hôtel anonyme, ça n'avait pas été moitié aussi moche que ç'aurait pu l'être, parce qu'elle savait qu'il allait revenir. Non pas qu'elle tînt absolument à avoir de la compagnie, elle ne pensait pas manquer d'assurance ni d'esprit d'indépendance, mais c'était simplement qu'être deux valait mieux qu'être seul. Indubitablement.

Elle regarda un film en silence avec Jack Sullivan. Sans prêter la moindre attention aux dialogues. À la fin, elle aurait été incapable d'en donner le titre ou un nom d'acteur, ou même d'en résumer les grandes

---

[1]. « Tu ne sais pas ce que tu as avant de l'avoir perdu. »

lignes. Elle ne s'y était pas intéressée parce que seules importaient à ce moment-là les pensées qu'elle retournait dans sa tête et les émotions qui lui broyaient le cœur. Son cœur n'était pas brisé, il était déchiré. Comme un muscle à la suite d'un effort, et le processus de guérison n'était pas encore entamé. Guérir demandait du temps, supposait des larmes de temps à autre, des réveils aux petites heures du jour avec à l'esprit des questions qui resteraient sans réponse. Lentement, la guérison ferait son œuvre, et même si elle prenait toujours plus longtemps qu'on n'aurait souhaité, même s'il y aurait des moments dans les semaines et les mois à venir où elle serait dans un endroit entièrement différent – un centre commercial ou un marché, se demandant quoi mettre dans sa salade, un avocat ou du parmesan –, même si David Quinn serait alors à cent lieues de ses pensées... Il lui arriverait encore, y compris dans de tels moments, d'entendre un nom, de sentir une odeur, d'apercevoir peut-être sur un rayon un objet qui raviverait la douleur du souvenir et lui ferait comprendre, le temps d'un battement de cœur, que la guérison n'était pas encore achevée.

Thanksgiving allait être rude. Noël encore plus, d'une certaine manière, mais davantage de temps se serait alors écoulé, et, qui sait, elle serait peut-être engagée dans une nouvelle relation amoureuse, elle-même vouée à l'échec.

Elle sourit malgré elle, un sourire songeur, vaguement nostalgique.

« Qu'est-ce qu'il y a ? » demanda Sullivan.

Elle se tourna pour lui faire face. Ils étaient assis côte à côte sur son canapé, Annie les jambes repliées sous elle, Jack renversé en arrière, les talons sur la table basse.

« Être avec quelqu'un, ça craint, dit-elle doucement.

— Parfois, oui, et parfois, n'être avec personne, ça craint encore plus.

— Mais on s'en remet toujours... apparemment, on s'en remet toujours.

— Ça ne cesse de m'interpeller, opina Sullivan, les conneries qu'est capable de supporter un être humain, et dont il se sortira quand même à peu près sain d'esprit.

— Je ne sais pas s'il existe quelque part des gens qui soient totalement sains d'esprit, tu sais. Je crois qu'on est tous plus ou moins dérangés.

— Mais le plus cinglé, ça ne peut être que David Quinn.

— Aucun doute là-dessus, acquiesça Annie. C'est le plus cinglé d'entre nous. »

Elle se pencha sur le côté jusqu'à ce que sa tête vienne reposer sur l'épaule de Sullivan. Il passa son bras autour de ses épaules et la serra contre lui.

« Tu veux continuer à chercher ? demanda-t-il.

— Je ne sais pas. Je crois que je vais aller dormir, j'y verrai peut-être plus clair demain.

— Tu ne peux pas laisser un truc comme ça t'empêcher de vivre, quand même.

— Oui, je sais... mais je crois que j'en suis arrivée à un point où j'en ai vraiment marre.

— Marre de quoi ?

— De faire toujours la même chose, tous les jours que le bon Dieu fait, Jack. Marre du magasin, des stocks et des inventaires, des livres de poche défraîchis dont je suis sûre que personne ne les lit jamais. Tu sais quoi ? dit-elle, en levant les yeux vers lui.

— Non, quoi donc ?

— Je pense que les gens achètent des livres uniquement pour les coller chez eux sur un rayon et pour qu'on les croie instruits, cultivés et intellos.

— Plutôt cynique, comme réflexion.

— J'ai le droit d'être cynique, ce soir… Accorde-moi au moins ça.

— Alors, tu vas faire quoi ? Vendre le magasin ? Déménager ?

— Je ne sais pas… mais vraiment pas. Probablement gémir et pleurnicher pendant deux ou trois jours avant de reprendre le même vieux train-train.

— Non, ce ne sera plus le même, Annie. Quand une histoire de ce genre t'arrive, tu finis toujours par voir les choses sous un autre jour. Il y a au moins cette différence.

— Oui, mais une différence insignifiante.

— On pourrait peut-être partir ailleurs ensemble… une autre ville, Vegas, genre.

— Ah oui, vendre le magasin, récupérer l'argent et le claquer au black jack. Passer une semaine dans la suite présidentielle, et puis une fois qu'on n'a plus un sou, dormir à la dure dans les Abribus, boire du vin pour clodos dans des bouteilles sorties de sacs en papier et finir par crever d'une cirrhose.

— Super, comme programme. »

Annie ferma les yeux et prit une profonde inspiration.

« Je retourne chez moi. Essaie de dormir un peu… On reparle de tout ça demain matin.

— D'accord. »

Sullivan se dégagea et se leva. Il se pencha et l'embrassa sur le front, lui effleura la joue, sourit, avant de se diriger vers la porte.

« Dors bien, dit-il.

— Fais de beaux rêves. »

Sullivan quitta la pièce et referma doucement la porte derrière lui.

Annie resta un moment sur la banquette avant de rejoindre sa chambre. Négligeant la douche et le brossage de dents, elle se déshabilla rapidement, se coucha et se nicha sous la couverture.

Elle mit du temps à s'endormir, se retournant à un moment pour jeter un coup d'œil au réveil, avant de tendre la main pour l'orienter face au mur. Le temps, c'était pour l'instant tout ce qu'elle possédait, et elle n'avait pas besoin de le mesurer.

Il est des moments, songea-t-elle, *où tout semble tellement dénué de sens. Où tout ce qu'on a fait, ce pour quoi on pense avoir travaillé est réduit à néant. Comment tout peut-il devenir aussi creux ? Combien de vies se passent dans l'attente de quelque chose et se terminent sans que rien n'arrive jamais ? Il doit y avoir des millions et des millions de gens là dehors qui ressentent ce que je ressens. Une sensation de vide. Un sentiment d'insignifiance. Et pourtant, nous avons tous à un moment ou à un autre pensé qu'il se passerait quelque chose d'important pour nous, qu'un jour tout irait mieux, que les choses s'arrangeraient...*

Elle enfouit son visage dans l'oreiller et ferma les yeux. Elle sentait les larmes poindre.

Ne pleure pas, Annie. Pleurer ne sert à rien. C'est vrai que tu peux te contenter de rester là à te lamenter sur ton sort, mais tu peux aussi essayer de voir comment sortir du trou et forcer un peu le destin. Dans deux mois, tu auras trente et un ans, et personne ne va venir te tenir la main et te rassurer en disant que tout va s'arranger pour toi. Ce genre de connerie ça n'arrive jamais ; à Hollywood peut-être, mais pas ici à Morningside Park, Manhattan. Ici, tu es dans la vraie vie. Avec ses angles aigus et ses bords rugueux, et parfois tu te cognes et tu te casses quelque chose, tu te mets le nez en sang et restes meurtrie un moment. Et qu'est-ce que tu fais quand ça se produit ? Eh bien, ça dépend de la personne que tu es. Si tu es une victime des circonstances, tu te contentes de rester étendue là où tu es tombée, en espérant que la douleur va passer. Mais si tu as un tempérament de battante... eh bien, si tu es une battante, tu te bats.

Toi, Annie O'Neill, tu es dans quelle catégorie ?

Elle enfonça encore davantage la tête dans l'oreiller, sentit la chaleur de son corps se diffuser dans le matelas, et le poids de ses pensées l'attirer vers le sommeil.

Dors un moment, Annie... Peut-être qu'à ton réveil, le monde aura changé. Il faut qu'il change. Je ne peux plus le supporter tel qu'il est. Non... je ne peux vraiment plus.

Et puis elle s'endormit. Un peu plus tard, la pluie se mit à tomber, et de la fenêtre de son appartement on aurait pu voir la lumière de milliers de lampadaires se réfléchir le long des rues, des avenues ou des boulevards mouillés.

Et peut-être que, quelque part là-dehors, quelqu'un pensait à Annie O'Neill et à ce que demain apporterait.

Au bout d'une heure ou deux, elle était à nouveau réveillée. Elle pleura. Et même si c'était à cause de David Quinn, ou peut-être de l'homme qu'elle croyait être David Quinn, c'était plus encore sur elle-même. Sur sa solitude, son sentiment d'abandon. Mais aussi sur son père. Frank O'Neill. Elle effleura sa montre, regarda la grande aiguille dévorer lentement les secondes à son rythme de métronome, puis elle prit son livre, *Un moment de répit*, et du doigt elle suivit le tracé des mots qu'il avait écrits à l'intérieur de la couverture. *Annie, Pour quand le moment sera venu. Papa. 2 juin 1979.*

Papa, songea-t-elle. À cette pensée, ses larmes redoublèrent, et quand elle eut les yeux rougis, elle alla dans la salle de bains se passer de l'eau sur la figure.

Elle resta un moment à simplement regarder son reflet dans la glace.

Peut-être tous autant qu'ils étaient, se dit-elle, *Tom Parselle et Ben Leonhardt, Richard Lorentzen et Michael Duggan... même David Quinn, et d'une curieuse manière Jack Sullivan aussi... Peut-être n'étaient-ils tous autant qu'ils étaient rien de plus que des substituts. De Frank. De papa.*

Un peu plus tard, elle pleura encore, puis elle dormit.

Un sommeil sans rêve.

Trop lasse, trop vidée, trop brisée pour seulement rêver.

Et quand vint le matin elle dormait toujours, et Sullivan, conscient des vertus curatives du sommeil, ne la dérangea pas. C'était, semblait-il, ce qu'il y avait de mieux à faire. Du moins pour l'instant.

35

Vendredi treize, telle fut à son réveil la première pensée d'Annie O'Neill.

La deuxième fut *Et merde*.

La troisième n'eut rien d'aussi capital ni d'aussi radical. Et se résuma à *David*.

C'était comme si l'atmosphère de la pièce avait pesé de tout son poids sur elle pendant la nuit et la mettait à présent au défi de se lever. Elle se sentait meurtrie – physiquement, mentalement, émotionnellement, spirituellement –, et elle eut beau essayer de bouger, la volonté n'y était pas. Elle retomba sur le matelas et chercha à se rendormir, à contraindre son esprit à ne plus penser et à succomber, mais il y avait de la circulation au-dehors, la rumeur de la vie qui continuait sans elle, qui l'appelait, l'attirait, la cajolait pour forcer sa résistance.

Pour finir, au prix d'un effort considérable, elle se redressa pour s'asseoir au bord du lit. Elle resta là, vêtue de sa seule culotte, à contempler son corps – ses seins, son ventre, le haut de ses cuisses. À peine quelques heures plus tôt, lui semblait-il, elle avait permis à ce type – ce David ou quel que soit son putain de nom – de l'envahir tout entière, dedans comme dehors.

Elle avait l'impression que la nuit dernière encore il avait pris tout ce qu'elle possédait et l'avait consommé pour son plaisir, avant de s'en aller. S'en aller comme ça, sans intention de revenir.

« Salaud ! » fulmina-t-elle tout haut. Puis elle se retourna et se mit à frapper l'oreiller de son poing fermé, tout en ponctuant chaque coup d'un « Salaud… salaud… salaud ! »

Elle se pencha en avant et enfouit le visage dans ses mains.

Les larmes n'étaient pas loin, mais elle se refusait à les laisser couler. Elle ne permettrait pas à un homme comme lui de la dévaster. Il ne le méritait pas. Elle valait mieux que ça. Annie O'Neill, la libraire, valait quand même mieux que ça. Elle avait au moins une certaine force de caractère, du répondant, un minimum d'honneur, d'intégrité, de parler vrai. Tout ce que David Quinn ne possédait pas ; le peu qu'il avait n'avait pas suffi à le contraindre à une explication, une excuse.

Il faut qu'on parle.
Tout s'est passé si vite.

« L'enfoiré », marmonna-t-elle à voix basse avant de se lever.

Elle était sous la douche et n'entendit pas Sullivan entrer. Il frappa à la porte, et Annie sursauta quand il hurla « Café ? » pour couvrir le bruit de la douche.

« Oui, s'il te plaît ! » cria-t-elle en retour, tout en passant encore une minute à essayer d'effacer toute trace de David Quinn, avant de sortir de la salle de bains en peignoir. Ses cheveux lui pendaient en longues mèches mouillées sur la figure.

« Ce type, je vais me l'essorer, dit Sullivan quand Annie entra dans la cuisine.

— T'essaie pas à l'humour, va. L'humour, ça n'a jamais été votre truc, Jack Sullivan.

— Café », annonça-t-il en lui tendant une tasse, qu'elle prit avant de s'asseoir à la table. Sullivan s'installa en face d'elle.

« Tu vas t'en remettre, dit-il.

— C'est une question ou une assertion ?

— Prends-le comme tu veux.

— Si c'est une question, reprit-elle, alors la réponse est oui. Si c'est une assertion, alors, les platitudes réconfortantes, tu peux te les garder.

— Sérieusement, ça en est où ?

— Ça quoi ?

— Le grand manège émotionnel.

— Chagrin, désespoir, futilité, dit-elle avec un sourire, et puis peut-être rancune et mépris. Après, c'est la colère, la haine, et le désir de faire mal, et après, je suppose que tu te calmes, tu restes comme engourdie, et puis, encore après, tu es de nouveau toi-même, et tout va bien.

— Et aujourd'hui, tu te situerais à quel stade ?

— Rancune et mépris.

— Bien… J'ai encore quelques bons moments devant moi, si je comprends bien ?

— En effet, acquiesça Annie, qui but son café.

— Je crois que je vais aller passer une ou deux semaines chez ma sœur.

— Tu n'as pas de sœur.

— Je peux m'en acheter une.

— Gros malin, va !

— Et toi, espèce de petite garce culottée, belle, indépendante, butée, bornée comme pas deux, répondit Sullivan.

— Me voilà rhabillée pour la journée. Maintenant, tu peux rentrer chez toi.

— Est-ce que je peux encore te dire qu'il n'en valait pas la peine, que tu étais trop bien pour lui ?

— Tu peux, sans problème. Mais c'est sans incidence dans la mesure où tu ne le connaissais même pas.

— Je l'ai quand même rencontré une fois, et il y avait comme de la lâcheté dans ses yeux... On peut toujours se faire une idée des gens simplement à leurs yeux, tu sais.

— Ah oui, vraiment ?

— Absolument.

— Alors, voyons, dit Annie, en se penchant et en plongeant son regard dans celui de Sullivan. Je vois un ex-alcoolo complètement lessivé, une épave, dirait-on volontiers, un type pas davantage capable de se trouver un emploi rémunéré que de se dégoter une petite amie.

— On devient carrément insultant, à présent, c'est ça ? interrogea Sullivan en levant un sourcil interrogateur.

— C'est toi qui as commencé.

— Bon, d'accord, on fait la paix. On repart de zéro. Ça va aller, non ?

— Ça va aller, dit-elle en hochant la tête.

— Alors, on fait quoi, aujourd'hui ? On essaie de mettre la main sur ce mec ?

— Même si ça m'intéressait, répondit Annie avec un geste de dénégation, je ne saurais pas par où commencer. J'ai l'intention de ne rien faire, ni aujourd'hui, ni de tout le week-end, et une fois que j'aurai revu Forrester lundi, je prends quelques jours de vacances.

— Des vacances ?

— Eh oui, des vacances.

— Où ça ?

— Pas la moindre idée. Un tour aux chutes du Niagara, peut-être... Tu viendrais avec moi ?

— Sûr, opina Sullivan. Jamais mis les pieds aux chutes du Niagara.

— Alors, c'est que tu n'as encore jamais vécu. »

Sullivan sourit, but son café, songea brièvement à demander à Annie O'Neill de l'épouser, avant de se raviser. Le moment était mal choisi. Mieux valait reporter l'entreprise.

Plus tard, comme si la pensée lui était venue après coup, Annie demanda à Sullivan ce qu'elle aurait intérêt à faire, d'après lui.

« Lâche l'affaire », dit-il.

Annie ne répondit pas. Elle semblait pensive, repliée sur elle-même.

« Tu sais bien ce qu'on dit : quand tu aimes vraiment quelqu'un, le test c'est de le laisser partir pour voir s'il revient ? »

Elle acquiesça.

« Eh bien, ici... Bon, c'est vrai que dans ce cas particulier, ça ne s'applique pas vraiment, mais ce que je veux dire c'est que, si ce type avait vraiment eu des sentiments pour toi, il ne se serait jamais comporté de la sorte. Il t'aurait quand même fourni une explication, non ?

— Oui, je suppose.

— Y a pas de "je suppose" qui tienne. La vérité c'est que le monde est bourré de gens qui n'ont pas idée de ce qu'ils veulent, et qui, même quand ce à quoi ils aspirent est là sous leurs yeux, n'arrivent toujours pas à se décider. Il faut que tu tires un trait sur cette affaire, sinon ce gus va te hanter.

— Me hanter ? s'étonna Annie, le sourcil froncé. Qu'est-ce que tu veux dire ?

— Il sera là, toujours là dans un coin de ton esprit, et comme tu as toute chance, dans un avenir pas très lointain sans doute, de trouver l'occasion de... tu vois, de rencontrer quelqu'un d'autre, de repartir de zéro, eh bien, tu risques de ne pas la saisir parce que l'autre sera encore là dans ta tête. C'est difficile d'oublier, je ne le nie pas, mais si tu y parviens, tu te donnes la possibilité de voir ce qui est sous ton nez quand ça se présente.

— Tu aurais fait un bon mari, Jack, dit Annie.

— Je sais.

— Si on passe sur la vanité, ajouta-t-elle.

— J'ai pensé que j'étais vaniteux jusqu'au jour où j'ai compris qu'en fait j'étais parfait. »

Annie garda le silence un instant, puis elle dit :

« Alors à ton avis, le mieux pour moi, c'est de laisser tomber, de tout oublier ?

— Pas oublier, non, répondit-il. Pas ça. C'est le genre d'expérience qui compte dans une vie, qui a un rôle à jouer dans ton existence. Les seules choses qui reviennent un jour te tourmenter sont celles auxquelles tu n'as jamais vraiment fait face et celles que tu crois avoir oubliées. C'est comme un vêtement qui est devenu trop petit, si tu veux, mais que tu n'arrives pas à jeter parce qu'il a une valeur sentimentale. Tu le plies soigneusement, tu le mets dans le tiroir du bas de ta commode, et de temps en temps tu aimes te rappeler qu'il est toujours là. Un truc que tu as possédé un jour, qui à une époque te procurait le plus grand plaisir, dont tu pensais que c'est lui qui te mettait le plus à ton avantage, mais aujourd'hui c'est différent, c'en est un autre qui remplit ce même rôle.

— Tu parles d'une philosophie à deux balles.

— Peut-être, mais en attendant, il y a une part de vérité dans ce que je dis. Tu ne passes pas ta vie à essayer de voir par-dessus ton épaule ce qui aurait pu être, ce que tu aurais pu faire... tu passes ton temps à regarder ce qui est là, devant toi, et à te demander comment tu vas pouvoir l'améliorer.

— Ou alors tu choisis la solution Prozac et vodka, dit Annie d'un ton pince-sans-rire.

— Ou Prozac et vodka, oui.

— Donc, aujourd'hui, là maintenant, j'oublie le plus grand enfoiré de l'année ?

— C'est le mieux.

— Bon, mais qu'est-ce qu'on fait ?

— Je t'emmène au resto italien de la 112e Rue. Et on mange des antipasti de crabe et d'avocat, on se gave de fusilli, de mortadelle et de montepulciano, et on prend un taxi pour rentrer, tout en rigolant de la bêtise des gens, nous mis à part, bien entendu.

— Ça me va, dit Annie. C'est toi qui paies.

« — Payer, moi ? s'offusqua-t-il. Moi, une épave, un type incapable de se trouver un emploi rémunéré ?

— Tu payes, ou je reste à la maison à me morfondre sur les saloperies de la vie, à râler parce que je suis persécutée par la terre entière.

— Bon, d'accord, c'est moi qui régale…, accorda Sullivan en haussant les épaules. Va chercher ton manteau. »

Ils firent le trajet à pied. À deux blocs à peine, sur la 112ᵉ Ouest entre Amsterdam Avenue et Broadway, se trouvait la petite trattoria avec son éclairage tamisé, son ambiance et son dialecte typiquement génois. Ils prirent une table à côté de la fenêtre, et à travers la vitre embuée, Annie regarda passer les gens dans la rue. Seuls, à deux ou à trois, tous avec un but précis en tête. Ils mangèrent, presque sans parler, et après son troisième ou quatrième verre de vin, Annie trouva que les angles étaient moins aigus, la rugosité des bords s'était adoucie sous l'effet d'une main invisible et bienveillante. Et tandis qu'elle promenait une part de tiramisu tout autour de son assiette, elle se dit qu'elle allait peut-être s'en remettre. Il n'y avait pas d'autre solution, en fait. Que faire d'autre… renoncer ?

Elle leva les yeux sur Sullivan. Qui lui sourit.

« Ça vient, et puis ça passe », dit-il doucement.

Elle acquiesça, posa sa cuillère et ferma les yeux un moment.

« Qu'est-ce que tu fais ? demanda Sullivan. Tu dis le bénédicité ou quoi ?

— C'est juste que je pensais…, dit-elle en riant.

— À quoi ?

— À un nouvel anniversaire, dans deux mois.

— Mais je rêve... Tu es déjà à la pêche pour tes futurs cadeaux ?

— Absolument. Tiens, tu peux m'offrir une voiture si tu veux.

— Je te rappelle qu'on est à New York, et à New York on ne fait pas dans la voiture, on fait dans le taxi et le métro.

— Alors achète-moi un métro, où est le problème ? »

Ils échangèrent un sourire, et Annie se sentit tout à fait bien. Comme ça, tout à coup, sans raison apparente. Puis une pensée lui vint. Sans crier gare, sortie de nulle part. *Si seulement c'était mon père qui était là avec moi. Il saurait quoi dire, lui, quoi faire. Ce serait le genre d'homme capable de passer un coup de fil et de localiser quelqu'un, de me conduire à lui et de rester à côté de moi le temps que je sorte ce que j'ai sur le cœur, de me protéger au cas où les choses tourneraient mal, et de me dire que j'ai raison... que j'ai raison, oui, et que le reste du monde a foutrement tort...*

Elle se tourna vers la fenêtre quand un mouvement accrocha sa vision périphérique.

David Quinn était de l'autre côté de la vitre et la regardait.

Un cri perçant s'échappa de ses lèvres, accompagné d'un hoquet de surprise. Elle eut l'impression qu'elle allait s'étouffer.

Elle voulut se lever, mais ses genoux heurtèrent le bord de la table et, avant que Sullivan ait le temps de réagir, la bouteille de vin se renversait et le montepulciano rouge inondait la table, emplissant l'espace entre leurs assiettes.

Annie ne s'arrêta pas pour autant, n'eut pas une seconde d'hésitation, sortit de table, renversant sa chaise au passage, et heurta le client assis derrière elle. Lequel entreprit aussitôt de se lever, si bien que la pagaille gagna comme une traînée de poudre la demi-douzaine de tables alignées près de la devanture.

Le visage d'Annie, choqué, était blanc comme un linge. Ce ne fut qu'en arrivant à la porte qu'elle se rendit compte qu'elle en oubliait de respirer.

« Annie ! » appelait Sullivan, abasourdi, ignorant totalement ce à quoi elle venait d'assister.

Il la suivit, faisant de son mieux pour apaiser les gens au passage, et quand il franchit la porte, un serveur – qui les soupçonnait peut-être de vouloir partir sans payer – sur les talons, il trouva Annie debout sur le trottoir, tremblant comme une feuille, tournant la tête dans un sens et dans l'autre comme une girouette et scrutant la rue de haut en bas.

« Annie ? demanda Sullivan. Annie... mais qu'est-ce qui se passe ? »

Elle le regarda, les yeux écarquillés et gonflés de larmes, peut-être à cause du froid, pensa-t-il, mais quand elle ouvrit la bouche, il comprit au ton de sa voix que la température n'y était pour rien.

« Da... David, bégaya-t-elle. David était là... en train de regarder... de m'observer à travers la vitre. David Quinn était là, sur le trottoir... »

Sullivan s'approcha et l'agrippa, comme si elle allait tout à coup se retourner et prendre la fuite.

Elle le fixa, comme s'il était transparent, puis recommença son manège, tête à droite, tête à gauche, s'efforçant de voir de l'autre côté de la rue entre les taxis et les voitures qui passaient.

« Tu es sûre ? fut tout ce que Sullivan trouva à dire.

— Aussi sûre que je suis là. J'ai tourné la tête en direction de la rue, et il était là, juste devant moi, en train de nous observer.

— Ça n'aurait pas pu être...

— C'était lui ! lança Annie. Bon Dieu, je devrais quand même savoir, Jack, ce type a pratiquement vécu avec moi. Je n'oublie pas les visages, surtout quand il s'agit de quelqu'un avec qui j'ai couché.

— D'accord, d'accord... calme-toi, Annie.

— Me calmer ? Et quel putain de bien ça va me faire, tu veux me dire ? Il était ici, Jack, exactement là où je suis.

— OK, Annie... il était ici. Mais il est parti, maintenant... il est parti. Alors, rentrons à l'intérieur. Il faut que je règle l'addition, vois-tu, et après on retourne à la maison, dit-il en la prenant doucement par le bras et en commençant à la guider vers la porte du restaurant. Allez, viens, viens ma chérie... je t'en prie. »

Le serveur qui les avait suivis dehors, certain maintenant qu'ils n'allaient pas s'éclipser sans payer, marcha à reculons jusqu'à l'entrée. Il leur tint la porte ouverte, s'effaçant pour les laisser passer, et Sullivan reconduisit Annie à leur table. Il demanda l'addition, resta debout à l'attendre, tandis qu'Annie frissonnait sur sa chaise et que l'homme assis derrière elle se retournait et regardait Sullivan en articulant d'un simple mouvement des lèvres : Elle va bien ?

à quoi Sullivan répondit tout aussi discrètement d'un hochement de tête et d'un sourire. Puis l'addition fut réglée, les manteaux rassemblés, et l'atmosphère qu'ils s'étaient brièvement créée avant l'incident, le répit qu'ils avaient trouvé à l'écart des angles aigus et des bords rugueux du monde, tout revint dans l'instant en Technicolor et en 3D. Dehors, le froid était vif, et Sullivan marcha aux côtés d'Annie, la tint serrée contre lui, l'enveloppant pratiquement tout entière de son manteau, sans lui lâcher la main, du moins jusqu'à ce qu'ils se retrouvent dans l'escalier de leur immeuble.

Il la fit entrer chez elle, alla verser dans la cuisine une petite dose de Crown Royal dans un verre. La tentation le frappa de plein fouet – comme un terrible crochet au plexus –, mais il résista. Il emporta le verre dans la pièce de devant, où Annie était assise sur la banquette, immobile et muette, et le lui tendit.

Elle prit deux ou trois petites gorgées de moineau, grimaça au goût, à la sensation de brûlure qui lui envahit la gorge et se diffusa dans sa poitrine, mais ne se plaignit pas. Elle finit le verre et le reposa.

Elle garda le silence un moment, toujours sous le choc apparemment, puis elle finit par se tourner vers Sullivan.

« Il nous a suivis », dit-elle.

Sullivan n'était pas d'accord et le lui fit savoir d'un mouvement de tête.

« Mais si, Jack... il nous a suivis, bon Dieu. Tu ne vas quand même pas venir me dire maintenant que les coïncidences, c'est des conneries, dis ? »

Sullivan secoua la tête. Là, il était coincé.

« Tu ne peux pas être sûre, dit-il. Tu ne peux pas être vraiment sûre qu'il nous a suivis.

— J'ai pas besoin d'être absolument sûre. Cinquante pour cent de certitude sur ce coup-là, ça me suffit, et, putain, je suis sûre à quatre-vingt-quinze pour cent que David Quinn nous a suivis.

— Mais bon Dieu, pourquoi il ferait un truc pareil ?

— Et comment veux-tu que je le sache ? Pour la même raison que celle qui l'a poussé à me séduire, à me baiser, à m'emmener à Boston et à me plaquer ensuite dans les grandes largeurs. Tu sais aussi bien que moi que les cinglés ne fonctionnent pas comme tout le monde.

— Je ne crois pas qu'il soit cinglé, Annie, objecta Sullivan en souriant. Je crois simplement que c'est un faible, qu'il est un peu paumé et surtout qu'il a eu peur de s'engager au-delà d'une liaison banale et sans complication. »

Annie eut un petit ricanement méprisant.

« Bon sang, Jack, il était même pas prêt pour une relation de ce genre. Quinze jours et il se fait la malle... C'est ça que tu appelles une liaison sans complication ? »

Sullivan eut un accès de découragement. Il ne savait pas quoi penser. Il n'avait – et n'aurait jamais – aucun moyen de savoir si l'homme qui avait regardé par la vitre du restaurant était bien David Quinn, quelqu'un qui lui ressemblait, ou une simple hallucination.

Annie se leva brutalement.

« C'est trop con. C'est vraiment de la connerie, tout ça, Jack. Je peux pas vivre comme ça... Je peux pas passer le restant de ma foutue vie... Je suis dans une merde incroyable ! »

Annie s'effondra à nouveau sur la banquette, et avant que Jack ait le temps d'ouvrir la bouche, elle était en pleurs.

« Je veux... j'ai besoin de quelqu'un, dit-elle, sa voix se brisant tandis qu'elle essayait de retenir ses larmes. J'ai besoin d'avoir quelqu'un près de moi qui m'accepte telle que je suis. C'est trop demander, ça ? Est-ce que c'est vraiment trop demander, bordel ? Mais enfin, qu'est-ce qu'il faut pour être un tant soit peu heureux en ce monde ? Qu'est-ce qu'il faut faire pour trouver un être humain à peu près équilibré qui recherche les mêmes choses que toi ? »

Elle leva les yeux vers Sullivan. Son eyeliner et son mascara avaient coulé. On aurait dit qu'on venait de lui administrer une terrible raclée. Au sens figuré, c'était d'ailleurs le cas, songea Sullivan.

« Et où diable sont tes parents, quand t'en as besoin ? reprit-elle.

— Tes parents ? releva Sullivan, le sourcil froncé.

— Ben oui, poursuivit-elle d'une voix hésitante. Tes foutus parents... ton père et ta mère... Ils sont où, bon Dieu, quand t'as besoin d'un peu de compassion, de réconfort ? Eh ben, y sont pas là parce qu'ils sont morts. Voilà, Jack... Mais c'est quoi, ce bordel ? Le mois de la grande arnaque pour Annie O'Neill ? Le maire a décrété un mois de festivités "Baisons Annie O'Neill" et a omis de m'envoyer un carton d'invitation, c'est ça ? »

Elle s'arrêta d'un coup, à bout de souffle, ses sanglots coupés net.

« Il faut que je parle à Forrester, dit-elle. C'est le seul à savoir quelque chose sur ma famille. Il y a quelque part un vieux type qui en sait plus que moi sur ma propre famille. »

Elle se leva et se mit à fouiller dans un tas de papiers sur la commode.

« Qu'est-ce que tu cherches ? demanda Sullivan.

— Son numéro de téléphone… J'ai son numéro quelque part.

— Tu as son numéro ?

— Quand il a expédié le dernier chapitre au magasin, explique Annie en se tournant vers lui, j'ai appelé le service de messageries et obtenu son numéro… Je l'ai là quelque part… Ah, le voilà ! dit-elle tout à coup en brandissant une enveloppe en papier kraft. Appelle le numéro, Jack… Appelle et demande Forrester.

— À cette heure, tu n'y penses pas ?

— Appelle-le, bon Dieu ! » aboya Annie en lui tendant brutalement l'enveloppe.

Sullivan la prit et, une fois devant le téléphone, le combiné à la main, se demanda dans quel pétrin il se fourrait encore, avant de composer le numéro.

Annie faisait les cent pas dans la pièce, sans le lâcher des yeux.

S'ensuivit un silence de plusieurs secondes au bout de la ligne avant qu'un message préenregistré annonce que le numéro demandé n'était pas attribué.

Sullivan reposa l'appareil.

« Alors ? » demanda Annie.

Il secoua la tête, reprit le combiné et recomposa le numéro pour s'assurer qu'il ne s'était pas trompé.

À nouveau quelques secondes d'attente, puis le même message préenregistré.

« Numéro non attribué, dit-il à Annie, à son tour envahi par l'inquiétude.

— Qu'est-ce que tu me racontes ! »

Elle alla jusqu'à lui à grands pas, lui arracha le combiné de la main, le reposa sur sa base, le souleva et fit une fois de plus le numéro.

« *Non attribué* », répéta le message, et elle se dit : *C'est ça, non attribué... Exactement comme moi*.

Sullivan regarda en silence une expression de totale confusion se peindre sur son visage.

« Y a forcément une erreur, dit-elle. Ou une défaillance sur la ligne. J'ai fait ce numéro il y a quelques jours à peine et j'ai parlé à Forrester. Appelle l'opérateur et demande qu'on vérifie la ligne. »

Sullivan secouait la tête.

« Appelle-les, Jack... Demande-leur de vérifier cette putain de ligne. »

Sullivan reprit l'appareil et tout en sachant la démarche condamnée d'avance appela l'opérateur. Aucune anomalie. La ligne avait été résiliée.

« Résiliée ? Qu'est-ce que ça veut dire, résiliée ?

— Résiliée, dit platement Sullivan.

— Pourquoi ? Pourquoi est-ce qu'il aurait résilié son abonnement ?

— Je n'en sais rien, Annie... Je n'en ai pas la moindre idée, mais je crois vraiment qu'il n'y a pas de quoi te mettre dans cet état. Tu lui parleras lundi.

— Et s'il ne se pointe pas lundi… si tout bêtement il ne vient pas ? Je fais quoi, moi ?

— Je ne sais pas. Je ne sais pas ce que tu fais.

— Tu m'es vraiment d'un grand secours, là », lança-t-elle d'un ton sec.

Annie retourna s'asseoir sur le bord de la banquette.

« J'ai besoin d'être seule. J'ai besoin de rester seule un moment, Jack. Ça t'ennuie ?

— Bien sûr que non, mais je pense quand même que je ferais mieux de rester.

— Je veux rester seule, dit Annie avec un geste de dénégation. Laisse-moi réfléchir tranquille. Il faut que j'arrive à décider de la suite des opérations.

— Malheureusement, je ne pense pas que tu aies une grande marge de manœuvre, contra Sullivan.

— Laisse-moi tranquille, Jack… S'il te plaît, laisse-moi tranquille », supplia-t-elle avec un geste de la main l'invitant à partir.

Sullivan inclina la tête, les yeux baissés. Se dirigea vers la porte.

« Tu sais où me trouver, dit-il.

— Oui, répondit-elle en lui adressant un pauvre sourire. Il faut vraiment que je fasse le point, tu comprends ?

— Tout à fait, dit-il, s'arrêtant sur le seuil, prêt à ajouter quelque chose, mais s'abstenant devant la main levée d'Annie.

— Ça va aller. Rentre chez toi, dors un peu… Je te vois demain matin. »

Et Jack Sullivan s'en alla. À contrecœur, mais conscient du fait qu'Annie ne le laisserait pas rester.

Il ne dormit pas, du moins pas avant longtemps, et, aux petites heures du jour, dans le silence de l'immeuble, il crut bien entendre des sanglots.

Un élan de compassion lui étreignit la poitrine, mais pour la première fois, il sut qu'il ne pouvait lui être d'aucun secours.

36

Le dimanche se déroula comme une lointaine réplique de quelque autre jour. Un jour où il aurait pu se produire un événement crucial. Ponctué du même degré d'attente tendue. Et pourtant, tandis qu'elle faisait le tour de son appartement, parcourait des yeux les limites de sa prison aux tons si bien coordonnés, elle savait qu'aujourd'hui – ce jour-ci en particulier – elle resterait seule.

Elle était sortie avec Sullivan la veille au soir et, certes, ils avaient vu un film, certes, ils avaient mangé du pop-corn, un hot dog avec oignons et ketchup, mais en quittant le cinéma elle s'était fait l'impression d'un fantôme. Les bruits autour d'elle se fondaient dans une rumeur continue, et, en regardant les visages des gens, un océan de visages, elle se rendit compte qu'elle n'en cherchait qu'un seul. Celui de David Quinn. Mais il n'était pas là. Ni dans le hall où elle attendit Jack, ni sur le trottoir quand il héla un taxi, ni dans les queues aux arrêts de bus, ni parmi ceux agglutinés comme pour se tenir chaud devant l'entrée d'un night-club dans Cathedral Parkway.

Une fois rentrée, elle n'aspira qu'à dormir. Et le sommeil vint, en catimini, comme un voleur, lui dérobant conscience et souvenir de tout ce qui aurait dû être. Mais n'était pas. Et ne serait jamais.

Sullivan passa dans la matinée, accepta un café, parla peu, et lui demanda si elle voulait de la compagnie.

Annie se contenta d'un signe de dénégation et d'un sourire.

Sullivan n'insista pas et partit pour le bar où il avait l'habitude de jouer aux échecs le dimanche matin.

De sa fenêtre, elle contempla les rues silencieuses, sentant battre son cœur, pleine du simple désir de savoir que là, quelque part, quelqu'un l'attendait.

Ne veux-tu pas quelqu'un à aimer ?

Qui chantait ça ? Le groupe Jefferson Airplane ?

Cela éveillait une corde sensible en elle. On avait tous besoin de quelqu'un. N'avoir personne, c'était ne disposer que d'une moitié de vie.

Annie mangea peu ; elle n'avait pas faim. Pas faim d'aliments terrestres, mais d'émotions, de nourriture spirituelle, peut-être. Une telle faim ne pouvait être assouvie que par le contact avec un autre, la certitude qu'on n'était pas seul.

Elle écouta Sinatra, mais la magie s'était envolée. Sinatra avait l'air lointain, comme imbu de sa personne. Il avait quelqu'un, lui. Ce gamin de Hoboken, New Jersey, aurait pu avoir toutes les femmes de la terre. Aujourd'hui, il lui donnait l'impression d'un individu rassasié, satisfait, complaisant à l'égard de lui-même, au point d'imploser. Alors Annie écouta Suzanne Vega et Mary Margaret O'Hara, des femmes dont on sentait qu'elles avaient souffert, qu'elles avaient été meurtries par la vie, et quand arriva *Luka*,

Annie s'assit, le visage dans les mains, et pleura, les yeux secs.

Sullivan rentra au milieu de l'après-midi. Il frappa doucement, deux fois, mais Annie ne répondit pas. Le message était clair, et il n'insista pas. Il ne lui en voudrait pas. Il ne lui en voulait jamais. Il comprendrait. Jack Ulysses Sullivan traînait plus que sa part de fantômes dans son sillage.

Puis ce fut le soir, l'obscurité qui engloutit Manhattan, les lampadaires qui s'allumèrent à travers la ville, longues rangées de lumières aux intervalles piquetés çà et là de petits points jaunes en mouvement.

Elle regardait le spectacle, attendait, et quand son corps réclama le sommeil, elle succomba, se recroquevilla sous les couvertures et connut un bref moment de répit.

Demain était un autre jour, un jour qui lui apporterait Forrester, et Annie, toute à l'idée qu'il ne pouvait sortir que du bien de cette entrevue, se dit que Forrester allait lui révéler un peu de la vérité sur ce père qu'il avait connu.

C'était du moins ce qu'elle espérait, les espérances étant, semblait-il, le seul bien qui lui restât.

37

Elle fut réveillée par les aboiements d'un chien, et elle pensa : *Tant d'années passées ici, et je ne me rappelle pas avoir jamais entendu un chien aboyer.* C'était un son désespéré, une plainte monocorde, mais, au moment où elle se dirigeait vers la fenêtre de la cuisine pour voir d'où il venait, il s'arrêta. D'un coup. Comme si quelqu'un, n'y tenant plus, avait abattu l'animal. Mais il n'y avait eu aucun coup de feu. Peut-être s'était-on servi d'une pelle.

Elle frissonna. *Quel tas de conneries*, pensa-t-elle. *Tu as la tête farcie de trucs déments. Tu es en train de perdre les pédales, ma pauvre fille. Tu sais bien que les gens qui vivent seuls finissent par parler tout seuls... pas nécessairement tout haut, mais dans leur tête.*

Comme tu le fais en ce moment.

Puis un sourire lui vint. La folie ne serait peut-être tout compte fait pas plus mal.

Elle se dit qu'elle allait rester chez elle une bonne partie de la journée, ne sortir que tard dans l'après-midi, voire en début de soirée. Elle n'irait au magasin que pour son rendez-vous avec Forrester. Quelle autre raison avait-elle d'y aller ? Il lui sembla alors que toutes ces années passées à la librairie n'avaient peut-être été qu'un long prélude à sa rencontre avec David Quinn et Robert Forrester, et, à présent qu'elle les avait rencontrés, qu'elle avait changé de façon radicale, il n'y avait plus rien là-bas pour la retenir. Le Reader's Rest était d'une certaine manière représentatif et emblématique de son passé : un lieu vide, seulement habité de couleurs sombres et d'ombres étroites, où se refugier pour s'abriter de la pluie, ou trouver quelqu'un susceptible de partager votre solitude... Comme John Damianka. Et maintenant même John avait trouvé un ailleurs. Avait trouvé quelqu'un.

Annie se mit au ménage. Elle passa l'aspirateur méthodiquement dans toutes les pièces, récura le linoléum de la cuisine, le carrelage de la salle de bains, et, en rangeant les tiroirs de la chambre, elle tomba sur des pulls et des chemisiers qu'elle n'avait pas portés depuis des années. Elle repensa à Sullivan, à la comparaison qu'il avait faite, et replia soigneusement les vêtements avant de les remettre en place.

Sullivan fit une apparition peu après le déjeuner, dit qu'il avait un rendez-vous à l'extérieur et qu'il pensait être de retour dans quelques heures.

« Tu veux que je vienne, ce soir ? lui demanda-t-il.

— Je préfère y aller seule. Ne me demande pas pourquoi, mais je sens que c'est quelque chose que je dois faire seule. »

Il lui demanda si elle était sûre d'elle.

« Tout à fait, dit-elle. Mais tu seras ici, et je t'appellerai si j'ai besoin de toi, d'accord ?

— D'accord. »

Annie l'entendit un peu plus tard sortir de l'immeuble.

Elle fit encore un peu de ménage.

Quand arriva le moment de partir, elle se tint sur le seuil de la porte et embrassa la pièce du regard. Elle sentit qu'elle laissait quelque chose derrière elle, ou, plus exactement, que, quand elle reverrait cet endroit, ce serait pour y apporter des éléments susceptibles de changer sa perspective. Elle était certaine que Forrester était en mesure de lui faire des révélations, de lui dire des choses qu'elle-même ignorait et avait toujours ignorées. Qui la toucheraient au plus profond, parce qu'elles concernaient son père, sa vie avant qu'elle vienne au monde et les quelques années où il avait vécu avec elles tandis qu'elle grandissait. Avant qu'il disparaisse.

Elle ferma les yeux, prit une grande inspiration. Puis elle pivota sur les talons, ferma la porte et s'engagea dans l'escalier.

Le Reader's Rest avait un air d'abandon, sans âme, sans lumière, recroquevillé à l'ombre de magasins qui semblaient, eux, n'avoir aucune difficulté à afficher ce qu'ils étaient. La boutique évoquait l'image d'un cousin éloigné, un peu attardé et pas très propre sur lui, faisant son apparition à une réunion de famille et rappelant à tous les présents qu'il y avait toujours eu un élément suspect dans leurs gènes et leur arbre généalogique. L'arbuste malingre. La broussaille.

Annie eut un sourire ironique, ouvrit la porte et entra.

Elle fit du café, plus par habitude que par envie, et après un coup d'œil à la pendule de la cuisine se mit en devoir de patienter. Trois quarts d'heure la séparaient encore de l'arrivée de Forrester.

Elle rêvassa, imaginant ce que celui-ci aurait à lui dire, puis essaya d'envisager sereinement le fait qu'il pouvait tout aussi bien ne rien savoir, que son père et lui n'avaient peut-être été que de vagues connaissances. L'idée l'épouvanta, car elle était enfin entrée en contact avec quelqu'un, la seule personne en l'occurrence qui avait quelque chose à lui apprendre sur sa famille. Les autres, les gens normaux, considéraient la famille comme allant de soi. Comme dans cette chanson : « You don't know what you've got til it's gone ». Ou peut-être aurait-il convenu de dire : on ne sait pas ce qu'on n'a pas jusqu'à ce qu'on se rende compte qu'on ne l'a jamais eu.

Tel était le cours de ses pensées, et, trouvant une forme de consolation dans le seul fait que grâce au silence elle pouvait envisager tout cela, elle ne réagit pas immédiatement quand Forrester frappa à la vitre.

Reprenant brutalement ses esprits, elle s'empressa de se lever et d'aller lui ouvrir.

« Mademoiselle O'Neill », la salua-t-il.

Il n'avait pas de paquet, cette fois-ci. L'histoire était terminée, le dernier chapitre livré.

« Entrez, dit-elle, entrez, je vous en prie, monsieur Forrester. »

Il s'exécuta, pénétrant dans la relative chaleur du magasin, qu'il traversa pour aller s'installer à la table à laquelle ils s'étaient assis pour bavarder les fois précédentes.

« Une tasse de café ? demanda Annie, sachant qu'il déclinerait son offre.

— Ce soir, je ne dis pas non, dit-il, la prenant par surprise. Ce serait avec plaisir, mademoiselle O'Neill. »

Annie sourit, heureuse d'aller lui chercher une tasse, et, quand elle revint et la posa devant lui, elle constata qu'il avait ôté son pardessus, défait le bouton du haut de sa chemise et desserré sa cravate.

« Vos ennuis sentimentaux ? demanda-t-il. C'est terminé ?

— Non, répondit-elle en secouant la tête. Il a simplement disparu.

— Croyez-moi, dit Forrester, avec un sourire et une lueur de sympathie dans les yeux, ce n'est pas vous qu'a fuie le jeune homme en question, mais quelque chose qu'il avait en lui.

— Qu'est-ce qui vous fait dire cela ? questionna Annie, perplexe.

— L'expérience m'a appris qu'il n'y a que ceux qui ont peur des responsabilités, des conséquences de leurs actes, pour disparaître sans fournir d'explication ni d'excuse. »

Annie sourit. C'était certainement vrai pour ce qui la concernait. Puis elle eut comme un sursaut. Comment Forrester savait-il ce qui s'était passé ? Comment savait-il qu'il n'y avait eu ni explication ni excuse ? Que lui avait-elle dit, au juste ? Qu'elle avait rencontré quelqu'un, et que peut-être les choses ne se déroulaient pas aussi bien qu'elle l'aurait espéré ? Et Forrester lui avait demandé quelque chose… lui avait demandé si cet homme avec lequel elle avait une relation amoureuse avait montré son vrai visage ?

Annie secoua la tête. Tout ça n'avait aucun sens. La question de Forrester était de celles que tout homme d'expérience aurait pu poser, et elle n'avait rien d'insolite, après tout. Peut-être lisait-on en elle comme à livre ouvert ? Peut-être que – dans ses expressions, sa façon d'être, son langage corporel – elle livrait tout d'elle-même.

« Alors, vous avez lu l'histoire de Harry Rose et de Johnnie Redbird ? demanda Forrester.

— En effet, dit-elle. Je l'ai trouvée fascinante… Je pense qu'on pourrait en faire un grand film. »

Forrester s'esclaffa, prit sa tasse, but une ou deux gorgées.

« Et vous en avez pensé quoi, plus précisément ?

— Eh bien, pour être franche, répondit Annie en se calant contre son dossier, je trouve que l'histoire reste en suspens. Harry Rose se retrouve à Rikers, et on n'a aucune idée de ce qui arrive par la suite à Johnnie Redbird. »

Forrester hocha la tête sans rien dire.

« Vous-même, vous savez ce qui lui est arrivé ? demanda Annie.

— L'histoire a une fin, c'est exact, confirma Forrester, mais le manuscrit n'en dit rien.

— Je peux vous poser une ou deux questions à propos de mon père ? interrogea Annie au bout d'un bref silence.

— Dans un moment, si vous le voulez bien. Il nous faut d'abord formuler quelques hypothèses concernant la fin de Harry Rose et de Johnnie Redbird ; ensuite je vous dirai ce que je sais sur votre père. Cela vous convient-il ? »

Annie remua sur sa chaise, mal à l'aise. Elle n'avait aucune envie de discuter des personnages fictifs d'une histoire, ce qu'elle voulait, c'était parler de son père, Frank O'Neill, mais elle tint sa langue et se concentra. Elle était convaincue que c'était là sa seule chance de découvrir une partie de son passé, et elle ne comprenait que trop bien qu'elle devait se montrer patiente.

« Alors, qu'est-ce qui aurait pu se passer, d'après vous ? demanda Forrester.

— Je ne sais pas…, dit Annie avec un geste d'ignorance. Toutes sortes de choses, j'imagine. Tout ce que je sais, c'est que Johnnie Redbird voulait son argent plus que tout au monde. »

Forrester hocha la tête en signe de confirmation, avant de sourire et de se renverser sur sa chaise. « Je vais vous dire ce que, à mon avis, il est arrivé. Je crois que Johnnie Redbird est retourné chez lui, là-bas à Ciudad Juarez, de l'autre côté du Rio Bravo del Norte. Qu'il est rentré les mains vides, plein de rancœur et de sombres projets de vengeance, convaincu que, d'une certaine façon, Harry Rose avait une fois de plus trahi ses obligations envers lui. »

Forrester s'interrompit, comme perdu dans ses pensées, puis il sourit à nouveau, un sourire étrange, quelque peu distant et dénué de réelle émotion. « Je pense qu'il a dû avoir connaissance de la vie que menait Harry Rose et avoir présent à l'esprit des maximes du genre œil pour œil et on récolte ce que l'on sème, et même s'il savait que Harry Rose ne le dénoncerait pas, car Harry n'ignorait pas de son côté que s'il disait un seul mot Johnnie tuerait sa femme et son enfant sans une seconde d'hésitation, il ressentait tout de même la douleur de la trahison. Il devait se sentir en sécurité de ce côté-là, avoir l'assurance qu'il resterait libre, ce qui ne l'empêchait pas pour autant de penser que, d'une manière ou d'une autre, il réussirait à rééquilibrer les plateaux de la balance et à récupérer son dû. »

Forrester regarda Annie comme s'il attendait une question.

Mais elle ne dit rien, l'esprit vide, en proie à un malaise grandissant.

« Harry était à Rikers, poursuivit Forrester. C'était peut-être ça le comble de l'ironie, et si Johnnie en avait eu le courage, il lui aurait rendu visite. Après toutes ces années, le directeur et les gardiens avaient dû changer, mais il se trouvait qu'il était en sécurité au Mexique, et il y resta. Aux prises sans doute avec les fantômes de son passé, s'attachant à lui comme une deuxième ombre, pourrait-on dire, et toujours et jusqu'au bout il y aurait la voix de Harry Rose, une voix aux accents moqueurs, celle d'un homme qui a bénéficié d'un sursis... Et même si Harry croyait avoir réglé sa dette, même s'il croyait que justice était faite, Johnnie, lui, n'aurait su être de cet avis. Il voulait son argent. Il en voulait la totalité, et peut-être a-t-il alors commencé à se dire qu'il devait y avoir un moyen d'arriver à ses fins. »

Annie changea une nouvelle fois de position sur sa chaise. L'air s'était-il soudain rafraîchi ? Ou était-ce son imagination ? Un élément nouveau s'était introduit dans la pièce, comme un changement d'atmosphère, et elle n'était pas vraiment sûre d'apprécier le phénomène. Elle regrettait maintenant l'absence de Sullivan, regrettait d'avoir refusé qu'il l'accompagne.

Forrester s'éclaircit la voix. « Le temps passa, les années se succédèrent, et à mesure que Johnnie Redbird vieillissait, il repensait de plus en plus souvent à une affaire qui le tracassait en fait depuis toujours, lui semblait-il. Il songeait à la fille qu'il avait abandonnée à Hudson Heights, celle qui lui trouvait une ressemblance avec Gary Cooper. Il se demandait si elle avait finalement eu l'enfant qu'il lui avait fait, ou si les cinq mille dollars qu'il lui avait donnés avaient servi à payer le poids d'une conscience coupable en achetant les services d'une faiseuse d'anges. La question le laissait en repos quelque temps, puis revenait le tarauder, comme un chien errant qu'il aurait nourri un jour sur le seuil de sa porte et qui reviendrait obstinément dans l'espoir d'une pitance. Harry lui devait toujours son argent, et tant que Harry resterait en vie, Johnnie était convaincu qu'il devait y avoir une solution pour le récupérer. Il soupçonna bientôt que son ancien acolyte avait dû lui mentir, qu'il était impossible qu'il ait tout dépensé, et il savait aussi qu'il ne passerait pas le restant de ses jours au Mexique. » Forrester se pencha en avant, d'un mouvement à peine perceptible, mais il se pencha bel et bien. Et il eut à nouveau ce sourire déconcertant.

Annie sentit un frisson lui parcourir l'échine et remonter jusqu'à sa nuque.

« Mais si on revient en Amérique après y avoir tué quatre hommes, reprit Forrester, ce n'est pas pour assister à une réunion d'anciens élèves, n'est-ce pas, mademoiselle O'Neill ? »

Il n'attendit pas qu'Annie réponde. Sa question était toute rhétorique.

« Johnnie resta donc au Mexique, et il avait beau essayer de ne pas penser à la fille de Hudson Heights, il ne pouvait s'en empêcher. Il se réveilla un matin avec son nom présent à l'esprit. Se souvint même de sa jolie frimousse et de la façon dont elle riait chaque fois qu'il l'embrassait. Il avait alors cinquante-sept ans, et l'enfant – en admettant qu'il y en ait eu un – devait en avoir vingt-deux. Garçon ou fille ? Il n'avait aucun moyen de le savoir, mais il n'était pas bête, avait de l'argent, et avec quelques coups de téléphone et quelques billets bien placés il serait en mesure de le découvrir. On peut toujours retrouver quelqu'un, il le savait mieux que personne, et, bien qu'il résistât à la tentation, l'âge aidant il ressentait le besoin de connaître la vérité, le désir de savoir s'il allait laisser quelque chose derrière lui. S'il resterait une trace quelconque de lui après sa mort. Il pensait par ailleurs que, s'il avait un enfant, alors l'argent qu'on lui devait appartenait aussi de droit à cet enfant. Peut-être, qui sait, aurait-il lâché prise à la longue, aurait-il fini par devenir vieux et par en avoir assez de penser à Harry Rose. Mais il ne lâcha pas prise, il ne pouvait pas. Il y avait une dette à honorer, et il continuerait à le penser jusqu'à son dernier souffle. »

Forrester s'interrompit, ferma brièvement les yeux, et, quand il les rouvrit, il affichait une expression froide et distante.

Annie aurait voulu pouvoir dire quelque chose, lui demander de s'arrêter de parler, de partir maintenant... s'il vous plaît.

Elle ouvrit la bouche, mais aucun son n'en sortit. Elle se dit que, si elle avait expiré profondément à cet instant, elle aurait vu la vapeur glacée de son souffle s'évaporer dans la pièce.

« Il s'écoula encore douze années avant que Johnnie Redbird se décide à passer ses coups de téléphone. Il appela des gens sur lesquels on pouvait compter pour trouver une aiguille dans une botte de foin. Résultat de l'enquête : un enfant était né, qui avait maintenant atteint l'âge d'homme : trente-quatre ans ; la fille de Hudson Heights était morte d'une overdose en 1980, et, après sa mort, l'enfant était passé de familles d'accueil en centres de l'assistance publique jusqu'à ses dix-huit ans. À présent, il était quelque part dans la nature, avait sa vie à lui, et Johnnie – un vieil homme qui aspirait à s'enraciner – estimait que le moment était peut-être venu de le retrouver. L'enfant s'était vu refuser un père, et aux yeux de Johnnie la faute en incombait au moins autant à Harry Rose qu'à lui-même. S'il était resté, ou si Harry et lui étaient partis à Vegas ou à Los Angeles ensemble, alors peut-être que la fille serait venue avec eux et qu'il aurait pu les faire vivre, elle et l'enfant, avec l'argent qui lui revenait au moins autant qu'à Harry. C'était le moins qu'il aurait pu faire. Il pensait à son fils. S'interrogeait à son sujet. Il voulait qu'il apprenne ce qui s'était passé, pourquoi il avait été abandonné à son sort pendant toutes ces années. Il jugeait nécessaire qu'il sache la vérité, car en comprenant la vie de son père peut-être comprendrait-il mieux certains aspects de la sienne. »

Forrester ferma de nouveau les yeux, mais cette fois-ci il ne les rouvrit pas.

Annie regarda autour d'elle, prise d'une terrible envie de se lever, de bouger, de faire n'importe quoi plutôt que de rester là à écouter le vieil homme dévider une histoire trop plausible pour n'être faite que de conjectures.

« Et c'est ainsi qu'il se mit à écrire », dit Forrester.

Annie le regarda. Il ouvrit brusquement les yeux, et elle sursauta.

« Oui, à écrire les chapitres que je vous ai apportés. Plein de reconnaissance alors envers Oscar Tate Lundy pour l'avoir obligé à lire des livres et à apprendre à écrire correctement, sans lui donner le choix en la matière. C'étaient l'écriture et la lecture qui lui avaient en un sens permis de sortir de Rikers, et c'étaient elles qui l'aideraient maintenant à faire comprendre à son fils d'où il venait. Ces lignes, il les a écrites pour lui, afin qu'il apprenne en les lisant comment son père avait été trahi, comment ils avaient été tous les deux trahis, par un homme nommé Harry Rose. Harry Rose, c'était leur Judas, et pour trente deniers d'argent, un argent qui avait appartenu un jour à Johnnie, il l'avait condamné à l'isolement, au dénuement et à la solitude. C'était une émotion toute neuve, ce sentiment de trahison, et il y avait des moments où il ne souhaitait rien tant que de pouvoir dire à Harry Rose ce qu'il ressentait, à quel point il se sentait aigri, torturé, haineux. Car Harry avait tout eu là où Johnnie s'était retrouvé sans rien. Pas même son propre sang. Son fils était en droit de savoir ce qu'était cet homme, d'apprendre ce qu'il avait fait, et peut-être qu'alors, il arriverait à vivre avec son sentiment d'abandon et déciderait d'agir. Telles étaient les idées que ruminait Johnnie, assis dans sa chambre dans une petite maison en adobe au Mexique. La chaleur était une vraie torture, et il y avait des moments où il buvait et hurlait dans l'obscurité. La voix de celui qui crie dans le désert, pour réclamer justice, équité, et châtiment... »

Une fois de plus Forrester s'interrompit, comme pour ménager un effet, puis il se renversa sur sa chaise et poussa un grand soupir.

« Son fils apprendrait la vérité. Il le fallait absolument. Et si Johnnie était destiné à ne jamais pouvoir la lui apprendre de vive voix, il pouvait au moins la lui communiquer par écrit, faire en sorte qu'il lise son manuscrit, pleure sur ces pages et comprenne que la vie de son père ne lui avait jamais vraiment appartenu. Cette vie, Harry Rose la lui avait volée, et il aurait à payer pour ce crime de cœur. Mais les choses ne s'arrêtaient pas là. Harry lui aussi avait un enfant, quelque part dans la nature, et l'argent, c'était peut-être eux, l'enfant et sa mère, qui l'avaient, et si c'était le cas, alors Johnnie pourrait le leur reprendre. En totalité. Ces pensées lui venaient d'un passé plein d'ombres, comme autant de fantômes, ou comme des enfants effrayés qui ont couru se mettre à l'abri et qu'attire hors de leur cachette la promesse de quelque friandise... C'était cela aussi qui nourrissait ses espoirs, qui le poussait à s'accrocher. Le sentiment qu'il y avait une dette à régler, un solde impayé, et que lui – Johnnie Redbird – trouverait toujours un moyen pour obtenir satisfaction. »

Forrester se tut. Il haletait, comme si son monologue l'avait épuisé.

« Je crois que Johnnie l'aurait retrouvé, ce fils, sans doute un garçon à problèmes, un inadapté. Après tout, il n'avait pas bénéficié d'une éducation normale : un père absent, une mère morte alors qu'il était encore très jeune, une succession de familles d'accueil et de centres de redressement.

— Bon, d'accord, intervint Annie, trouvant enfin l'énergie nécessaire pour dire quelque chose, n'importe quoi. C'est un solitaire, un homme sans passé... »

Elle s'interrompit brusquement. Prenant peut-être conscience du fait que ce qu'elle venait de dire pouvait fort bien s'appliquer à elle-même.

« Et voilà qu'apparaît, reprit-elle, ce père qu'il n'a jamais connu, et qu'ils sont enfin réunis.

— Et le père lui parle de lui, de sa vie, lui montre ce qu'il a écrit, et le fils découvre la vraie raison de son abandon. Il découvre la vérité sur son père et sur Harry Rose. Et il est accablé. Sa vie, du moins celle qu'il croyait avoir, éclate en mille morceaux comme une vitre soufflée par une explosion. Il comprend l'amertume et les regrets de son père, il commence à saisir l'ampleur de la trahison de Harry Rose, et il sait que l'argent que celui-ci a volé à son père, c'est aussi à lui qu'il l'a volé.

— Mais Johnnie devrait avoir honte de son passé, tout de même, dit Annie en fronçant les sourcils.

— Peut-être. Peut-être pas. Il se justifie en un sens dans les pages qu'il a écrites. Il y avait de l'argent, beaucoup d'argent, dont la moitié appartenait à Johnnie Redbird. Il a passé lui-même beaucoup d'années à Rikers, puis au Mexique, et pendant tout ce temps Harry Rose lui a toujours refusé ce qui lui revenait de droit... Il a jugé que son fils devait connaître la vérité pour qu'ils puissent décider de la suite à donner à leur histoire... pour qu'ils puissent récupérer leur part de l'héritage. Ils passent beaucoup de temps ensemble, un temps qu'ils n'ont jamais eu jusque-là, et ils en viennent à voir les choses d'un même œil. Ils versent des larmes, parlent des heures durant, commencent à comprendre que sans Harry Rose, leur vie aurait été radicalement différente. Le fils imagine ce qu'aurait été la sienne s'il avait eu un père. Il voit les décisions qui ont été prises, se dit que si sa vie n'a été qu'un champ de bataille jusqu'ici, c'est à cause de cet homme et il est saisi de la douleur et de l'angoisse qu'apporte la connaissance de la vérité. »

Annie regarda Forrester, effrayée par la passion et la véhémence que celui-ci mettait à s'exprimer. « Alors, peut-être à ce stade décideraient-ils d'aller parler à Harry Rose dans sa prison ? » suggéra Annie, heureuse d'être capable de parler, de poser des questions et de répondre. Entrer dans le jeu de Forrester lui permettait de prendre ses distances par rapport à toute cette histoire. Un sentiment de malaise la troublait, la déconcertait, et elle attendait qu'un événement survienne, capable de le dissiper.

« Pas question pour Redbird de jamais remettre les pieds à Rikers, dit Forrester en secouant la tête. C'était un criminel évadé, et même si bien des années s'étaient écoulées, il subsistait le risque que quelqu'un le reconnaisse.

— Alors, il y envoie son fils ? suggéra Annie après un bref silence.

— Peut-être en effet qu'il y envoie son fils, opina Forrester en souriant. Et le fils parle avec Harry Rose, essaie de savoir s'il y a vraiment de l'argent, si Harry Rose a menti à Johnnie quand celui-ci lui a rendu visite chez lui.

— Et Harry révèle au fils où se trouve l'argent.

— À moins qu'il ne lui dise qu'il n'y en a pas, que tout a été dépensé... englouti dans ses efforts pour se protéger, lui et sa famille.

— Oui, sa femme et son enfant.

— Sa femme et... sa fille.

— Le manuscrit reste flou à ce sujet. »

Forrester eut une seconde d'hésitation avant d'acquiescer d'un signe de tête. « En effet, vous avez raison, mademoiselle O'Neill.

— Le fils retourne alors voir son père pour lui dire que Harry Rose n'a pas d'argent.

— Et Johnnie Redbird entre dans une rage folle, incapable de supporter d'avoir été trahi pour la troisième fois par un homme qu'il croyait être son ami. Il commence donc à réfléchir à des moyens de sauver la face, de faire payer à Harry Rose tout le mal qu'il lui a fait. Puis une nouvelle idée germe dans son esprit : et si Harry mentait encore une fois ?

— Et le fils... lui aussi réclame le châtiment du traître ? demanda Annie.

— Oui, le fils aussi. Il a retrouvé un père, certes, mais il a derrière lui des années de privations. Famille, racines, amour, il n'a rien eu. Il découvre que quelque chose lui a toujours été refusé, que ce vieil homme emprisonné à Rikers Island lui a nié son droit à l'existence.

— Mais ils ne peuvent plus nuire à Harry Rose... puisqu'il est à Rikers Island et qu'il y croupira jusqu'à la fin de ses jours.

— Malgré tout, ils sont en mesure d'atteindre quelqu'un d'autre, suggéra Forrester.

— Ah, l'enfant de Harry. Ils peuvent encore le retrouver, et ce que son père a toujours craint par-dessus tout, c'est précisément que son enfant apprenne la vérité à son sujet.

— Et donc le fils retourne à Rikers Island...

— ... et dit à Harry qu'ils vont retrouver l'enfant et lui révéler toute la vérité, sur lui, sur son passé, sur l'endroit où il se trouve en ce moment... et chercher à savoir également si ce n'est pas lui, l'enfant, qui détient l'argent.

— Et l'enfant de Harry... un enfant qui est désormais adulte ?

— Va découvrir la vérité et saura que son père a payé pour tout le mal qu'il a fait à Johnnie Redbird. Mais pas seulement, ajouta Forrester avec un sourire, il apprendra aussi que son père était un fou, un tueur comme Johnnie Redbird, et qu'il va passer le reste de sa vie à Rikers Island. L'enfant retrouvera son père, mais comprendra au même moment que tout ce qu'il a jamais pu imaginer était fondé sur un mensonge. »

Forrester fit une pause, respira profondément. « Plausible, non ? Plausible aussi peut-être que le fils de Johnnie trouve un moyen de nuire à l'enfant de Harry, de lui nuire gravement et de manière significative ? »

Annie hocha la tête en signe d'assentiment, toujours aussi mal à l'aise. Elle ouvrit la bouche pour dire quelque chose, mais aucun son n'en sortit. Elle s'avança sur le bord de sa chaise. Elle était captivée par l'histoire, et la conclusion qu'apportait Forrester semblait signifier que justice était rendue. Johnnie Redbird avait été un homme foncièrement mauvais, à la limite de la démence, mais, à sa manière, Harry s'était montré tout aussi mauvais, aussi dément que lui, et pouvait en un sens être considéré comme le pire des deux. Il avait donné sa parole, mais n'avait pas su la tenir. Annie faisait tout pour se persuader que rien dans ces événements ne la concernait directement, et pourtant se sentait presque violée dans son intimité, sans pouvoir se défaire de cette impression. Elle frissonna de manière perceptible. Elle aurait donné cher pour être ailleurs. Vraiment très cher.

« Donc, vous voyez, on peut dire que la justice a fini par triompher dans cette affaire, enchaîna Forrester. Le fils de Johnnie Redbird a retrouvé l'enfant de Harry Rose, mais en dépit de ses recherches il n'a pas pu mettre la main sur l'argent. Pourtant, savoir que justice est faite compte parfois plus que tout l'or du monde. » Là-dessus, il leva la main, dans ce geste un tant soit peu théâtral qui lui était si particulier, signe cette fois qu'il en avait terminé.

Annie resta un moment sans rien dire, l'esprit vide.

« Et maintenant, parlons de votre père, puisque vous me l'avez demandé », dit Forrester.

Annie acquiesça d'un signe de tête, sans rien pouvoir dire, la gorge nouée.

509

« Auriez-vous l'amabilité... ? » demanda-t-il en souriant et en levant sa tasse vide.

Annie la prit et passa dans l'arrière-boutique. Procédant à la manière d'un automate, elle prépara le café, mais son cœur et son esprit étaient restés aux côtés de Forrester, dans l'attente de ce qu'il avait à lui dire. Tout se déroulait au ralenti, dans un silence total. Une fois la tasse remplie, elle repartit d'où elle était venue. Jamais la distance entre la cuisine et le magasin ne lui avait paru aussi longue. Elle posa la tasse sur la table et reprit sa place.

« Votre père, commença Forrester, était un homme brillant, à sa manière. Beaucoup de gens avaient du mal à le comprendre, à comprendre son mode de fonctionnement, mais nombre de ses particularités s'expliquaient par ses antécédents, ce qu'il avait vécu dans son enfance.

— Ce qu'il avait vécu ? demanda Annie. Quoi, par exemple ? »

Forrester écarta la question d'un geste de la main. « Je dirais qu'il était animé par la passion, habité d'une grande volonté, et qu'il n'hésitait pas à se battre pour ce en quoi il croyait. Un homme de principes... »

Il s'interrompit. Prit sa tasse et but une gorgée. La reposa, retira sa main, la tendit à nouveau pour tourner l'anse vers lui.

Annie sentit la tension monter, lui comprimer la poitrine.

« C'était un ingénieur, comme j'ai déjà eu l'occasion de vous le dire, mais pas du genre habituel. »

Annie fronça les sourcils.

« Ce qu'il concevait, c'était la vie, mademoiselle O'Neill. Il faisait avancer les choses. Il avait des idées, et son but, c'était de les mettre en application. »

Elle secoua la tête. Elle commençait à discerner les contours flous d'une réalité qu'elle redoutait d'avoir à affronter.

Forrester garda le silence un moment. Il leva la main et boutonna le col de sa chemise, resserra sa cravate, puis se pencha en avant, les doigts joints sous le menton. « Il y avait un côté obscur chez votre père, et souvent, quand on croyait savoir ce qu'il allait faire, il faisait exactement l'inverse. Il était victime de sautes d'humeur fréquentes et contrastées, mais il y avait toujours derrière ce qu'il entreprenait quelque chose qu'il était seul à connaître. Votre père avait une aptitude remarquable à se retirer dans son for intérieur, et à n'y admettre personne, et c'est peut-être bien en définitive la raison pour laquelle il a perdu. »

Annie, inquiète, fronça les sourcils. La conversation prenait une fois de plus un tour qui lui échappait et la remplissait d'appréhension.

« Perdu ? fit-elle.

— Perdu, confirma Forrester d'une voix neutre.

— Comment, perdu ? Perdu quoi ?

— Sa femme, votre mère... et vous. »

Annie suffoquait d'angoisse, à présent. Elle avait le souffle coupé, comme si l'air autour d'elle s'était soudain épaissi, acquérant la consistance d'un fluide.

« Mais il est mort, dit-elle. Il est mort en 1979... alors pourquoi dites-vous qu'il nous a perdues ? C'est plutôt nous qui l'avons perdu. »

511

Forrester fouilla dans sa poche de poitrine, d'où il sortit une enveloppe. Il la retint dans sa main comme si la lâcher risquait de sonner sa dernière heure.

« J'ai ici une photo. Une photo qui vous intéressera peut-être.

— Une photo ?

— Oui, de Harry Rose. »

Déconcertée, Annie secoua la tête comme pour s'éclaircir les idées. Elle mourait d'envie, bien sûr, d'obtenir des renseignements sur son père, et pourtant, au moment même où Forrester s'apprêtait à lever le voile, elle savait déjà ce qui se préparait, le sentait au plus profond d'elle-même et le rejetait de toutes ses forces.

Forrester ouvrit l'enveloppe et en tira un petit instantané monochrome au grain épais. Il le garda un moment dans sa main comme s'il le soupesait, puis le fit glisser sur la table en direction d'Annie.

Celle-ci abaissa les yeux sur la photo, où elle vit un homme aux cheveux clairs, tenant fièrement un bébé dans ses bras.

« C'est Harry Rose ? » demanda-t-elle.

Forrester acquiesça, eut un sourire d'une grande bienveillance, comme s'il bénissait le moment d'une onction papale. Le sacralisant.

« Oui », répondit-il doucement, presque dans un murmure.

Il se renversa sur sa chaise, et quand elle releva les yeux, Annie lut sur son visage une expression qu'elle ne lui connaissait pas. Une sorte de béatitude.

« Et le bébé ? demanda-t-elle.

— C'est la fille de Harry.

— Sa fille ? demanda Annie, au comble du désarroi.

— Oui, sa fille, acquiesça Forrester en souriant à nouveau.

— Et lui est à Rikers Island ?

— En effet... et il a passé toutes ces années dans une cellule de l'aile ouest du pénitencier, une aile sous la coupe des familles italiennes. »

Forrester sourit, comme s'il était sur le point de partager quelque chose de spécial, d'unique. « Ce qui explique qu'on l'appelle souvent l'hôtel Cicero. »

Annie fixa des yeux effarés sur son interlocuteur, sentit naître en elle une sensation de déchirement, l'impression qu'une main invisible lui fouaillait les entrailles.

« Et la fille... la petite fille ? » interrogea-t-elle, les yeux gonflés de larmes, le souffle court, près de l'asphyxie.

Forrester observa un instant de silence. Il prit une profonde inspiration puis relâcha l'air lentement, comme s'il voulait se libérer de quelque chose.

« La petite fille, se contenta-t-il de répéter.

— La petite fille est une adulte, à présent, dit-elle, les joues sillonnées de larmes, la vue trouble, les mains prises de tremblements incontrôlables.

— En effet.

— Et son nom ? demanda Annie d'une voix à peine audible.

— Son nom ? reprit Forrester en écho. Son nom, mademoiselle O'Neill... est Annie. »

Forrester sourit. Inclina la tête.

Annie O'Neill, submergée l'espace d'une seconde par une vague d'angoisse indescriptible, lâcha la photographie, la vit tournoyer en l'air avant de tomber au sol comme au ralenti, puis essaya de se lever de sa chaise.

Elle ne parvint pas à se tenir debout, privée de tout moyen.

Forrester tendit la main et, lui saisissant l'avant-bras, l'obligea à se rasseoir.

« Reste assise », dit-il calmement, presque dans un murmure. Il lui emprisonna le poignet. Elle sentit son sang refluer.

Elle le regarda, ce Robert Forrester, cet homme en qui elle avait eu entière confiance, qui était entré dans sa vie porteur d'un message d'apaisement, d'une promesse de compréhension et d'équilibre, et qui venait de tout lui retirer d'un coup.

« Ton père m'a volé ma vie, murmura Forrester. Il m'a trompé, m'a trahi un nombre incalculable de fois... et quelque idée que tu aies pu te faire de lui, tu étais très loin de la vérité. C'était un voleur, un traître et un meurtrier. Un homme qui disait avoir des principes et le sens de l'honneur, mais qui n'était qu'un vulgaire criminel. »

Annie ouvrit la bouche pour parler. Mais c'était à peine si elle pouvait respirer. Ses larmes coulaient à présent sur ses joues en longs sillons épais et paresseux.

« Tu en sais maintenant autant que moi sur cet homme, reprit Forrester, et bien que mon manuscrit ait été destiné d'abord à mon fils, je l'ai aussi écrit à ton intention, pour que tu apprennes quel genre de personne était réellement Frank O'Neill. »

Non, tentait d'articuler Annie, le mot résonnant dans sa tête, mais incapable de franchir ses lèvres.

Non... non... non... non...

« Mais si, Annie O'Neill, mille fois si. Frank O'Neill était un homme foncièrement mauvais. Et maintenant tu sais, tu es à même de ressentir ce que j'ai moi-même ressenti quand il m'a abandonné à mon sort et m'a laissé mourir à petit feu dans ce pénitencier. »

Des lèvres elle articula le mot *Mais*...

Forrester secoua la tête. « Il n'y a pas de mais, mademoiselle O'Neill. Vous êtes la fille d'un vaurien. Et mon fils... »

Forrester s'interrompit un instant, se sourit à lui-même. « Mon fils a compris lui aussi quel genre d'homme est ton père, et il te hait d'être sa fille. »

Les yeux d'Annie s'écarquillèrent. Elle ne voulait pas comprendre ce qui était en train de se passer.

Forrester accentua encore sa pression sur le poignet d'Annie. « Il est venu réclamer son héritage, l'argent qui lui revenait de droit, et tu as eu beau essayer de te l'attacher, et chercher à le monter contre moi, la vérité c'est que tu n'étais rien pour lui, et que tu ne seras jamais rien. »

Elle secouait la tête, et même si son esprit était dans la confusion la plus totale, elle était encore capable de regarder tour à tour la porte et Forrester en se demandant si elle ne pourrait pas se libérer de son emprise et se précipiter dans la cuisine pour sortir par-derrière.

La porte était-elle verrouillée ? Avait-elle une chance de réussir ?

Et puis une autre pensée lui vint, difficile à maîtriser, celle-là. *Ça y est, j'y suis ? C'est donc là que je meurs ? Est-ce que cet homme va me tuer, comme il en a tué d'autres avant moi ?*

Dans sa tête, elle hurlait, sans qu'un seul mot franchisse ses lèvres.

« Eh oui, David, continua Forrester. Ce même David qui t'a emmenée à Boston, t'a abandonnée dans un hôtel pour revenir ici m'aider à fouiller ton appartement à la recherche d'une indication concernant l'endroit où se trouvait l'argent de ton père, a répondu au téléphone quand tu m'as appelé un soir. Ce même David qui a fouillé le moindre recoin de ta vie, tes comptes bancaires, tes relations, les gens que tu connais. Celui-là même qui m'a finalement convaincu que Harry Rose m'avait pris mon argent pour me laisser sans un *cent*. Je lui ai dit qui était ton père, le mal qu'il m'avait fait, le mal qu'il lui avait fait à lui, un innocent, et c'est lui qui a décidé de te briser le cœur en mille morceaux simplement pour rééquilibrer les comptes. Tu as failli me l'enlever, Annie O'Neill... Un moment j'ai cru que tu allais y arriver ; mais je l'ai obligé à voir clair, je l'ai obligé à voir quel genre de personne tu devais être. Et à nouveau il a compris qu'un enfant de Harry Rose ne pouvait être pour nous qu'un ennemi, un objet de mépris et de haine. Et même si nous n'avons pas été payés de notre peine, si nous n'avons pas récupéré notre argent, nous savons que toi non plus tu ne l'as pas. Mieux, tu as moins que rien, puisque, quoi que tu aies pu espérer vivre avec mon fils, ça aussi, tu l'as perdu. Et ce, à cause de ton père, lequel a quand même réussi, tout en étant absent, à détruire le peu de bonheur que tu aurais pu connaître. »

Annie fit une nouvelle tentative pour se lever, mais sans succès, ses jambes refusaient de la porter. Quelque désir qu'elle ait eu de se libérer, Forrester lui emprisonnait la main comme dans un étau. Elle sentait qu'elle mettait toutes ses forces à tenter de se dégager, mais restait pour autant incapable de bouger un muscle.

Elle retomba sur sa chaise, les yeux si pleins de larmes qu'elle ne voyait plus rien, et, quand elle les eut un peu essuyés, elle regarda Forrester.

Celui-ci souriait, puis il se leva, et ce faisant lui lâcha le poignet. Il ramassa son pardessus, et pendant qu'il l'enfilait, reculait et s'éloignait de la table, Annie continua à le fixer avec de grands yeux vides.

« Quelque idée que tu aies pu te faire de David, ça ne pouvait pas être la bonne, vois-tu. Quelque prise que tu aies pu penser avoir sur lui, la mienne était plus ferme. Tu ne l'as pas laissé indifférent, je le sais, mais je l'ai remis en un rien de temps sur le chemin de la vérité et j'ai fait en sorte qu'il te voie telle que tu es vraiment. »

Il recula encore de cinq ou six pas. Il n'était plus qu'à deux mètres de la porte.

« Quoi que tu aies jamais pensé de ton père, que c'était un homme bon, généreux, plein de bienveillance et de compassion, il n'était rien de tout cela. »

Il bougea à nouveau, et cette fois-ci Annie réussit à tenir debout.

« La vie que tu aurais eue si ton père était resté avec vous aurait été marquée par une succession de fuites et de cachettes, de vols, de meurtres et de trahisons. »

Forrester avait atteint la porte. Il avait les doigts sur la poignée, mais au moment où il commençait à la tourner, Annie marchait déjà vers lui, attrapant au passage un livre sur un rayon.

« Ton père, ma petite demoiselle, était un misérable spécimen de l'espèce humaine, et pour salaire de ses péchés je lui souhaite de brûler en enfer. »

Annie poussa un hurlement et lança le livre sur lui à toute volée. Forrester se baissa pour l'éviter et ouvrit la porte en grand. Continuant d'avancer, elle attrapa un autre livre qu'elle lança à son tour, tandis que l'homme se hâtait de sortir du magasin. Elle l'entendit ricaner, un bruit semblable à un crissement d'ongles sur un tableau noir, au raclement d'un pique-feu rouillé sur la grille d'un foyer, et au moment où elle sentit un vent froid lui fouetter le visage, elle sut qu'elle n'aurait plus assez de forces pour continuer à lutter.

Le temps qu'elle mette un pied dehors, Forrester traversait déjà la rue. Une fois sur le trottoir d'en face, il s'immobilisa sous un lampadaire.

Annie fit encore un pas en avant, puis s'arrêta net. Forrester avait été rejoint par un autre homme, et, debout côte à côte, tous les deux la dévisageaient.

Robert Forrester et son fils la regardaient. Pendant un moment, aucun d'eux n'esquissa le moindre geste, et quoi qu'Annie O'Neill ait pu éprouver à cet instant, le sentiment fut balayé sans un bruit quand David inclina la tête sur le côté gauche en se tournant légèrement.

Exactement le mouvement qu'elle avait vu faire à un homme dans la fenêtre de l'immeuble en face du sien, des années-lumière auparavant.

Exactement le même.

Il l'avait donc espionnée, pendant tout ce temps, l'observant dans son quotidien, dans les moments où elle croyait tomber amoureuse.

Puis David recula et tourna à l'angle de la rue.

Forrester hésita encore un instant avant de pivoter lui aussi sur ses talons et de disparaître.

Et avec lui, telle une ombre, un fantôme, disparut également Johnnie Redbird.

Une heure plus tard, alors que les lumières étaient toujours allumées dans le magasin, ce fut John Damianka qui trouva Annie effondrée sur une chaise, la tête dans les mains. Il rentrait chez lui après une soirée passée avec Elizabeth Farbolin. Il avait vu la lumière, et l'étrangeté de la chose l'avait attiré jusqu'à la vitrine. La porte était fermée à clé, et il l'avait martelée de ses poings jusqu'à ce qu'elle lève enfin la tête et le regarde.

Elle finit par se diriger vers la porte pour la déverrouiller et le laisser entrer. Il appela un taxi sur son portable et dut pratiquement la porter pour la mettre dans le véhicule, avant de la raccompagner chez elle.

Sullivan était là pour l'accueillir quand ils arrivèrent. Il referma ses bras autour d'elle et la fit entrer dans son appartement. L'ayant allongée sur son lit, il

519

éteignit la lumière, et resta avec elle jusqu'à ce qu'il fût sûr qu'elle dormait.

Ils n'échangeraient pas un mot ce soir-là. Pas un seul.

Annie O'Neill avait le sentiment qu'il n'y avait plus rien à dire.

38

Ce fut l'affaire d'une semaine entière.
Une semaine de larmes, de crises de nerfs, de présence soir après soir de Jack Sullivan à ses côtés, attendant qu'elle s'endorme. Souvent, elle se réveillait aux premières heures du jour et recommençait à pleurer, et Jack la prenait dans ses bras, la serrait contre lui et la réconfortait comme il pouvait. Mais rien n'y faisait. Parce qu'il n'y avait rien à y faire.
Elle connaissait la vérité.
Et cette vérité était une torture.
Depuis toutes ces années, son père était là-bas, sur Rikers Island, vivant, sans qu'elle l'ait jamais su. Sa mère, elle, avait su tout au long, mais avait gardé le secret en son cœur jusqu'à sa mort. Sans jamais dire un mot.
Et ils parlèrent, Annie O'Neill et Jack Sullivan, plus qu'il n'était besoin peut-être, et ils relurent le manuscrit, et Annie fut confrontée à la dure réalité, une réalité prête à la déchirer de ses dents et de ses griffes sanguinolentes.
Il arrivait qu'Annie se contente de monologuer, d'égrener ses pensées dans le vide, et le fait que Sullivan était là pour l'entendre ne faisait pas de

différence. Il aurait pu être un parfait inconnu, rien n'aurait changé. Elle avait été entraînée à son insu dans une histoire trop ancienne pour qu'elle y joue un rôle quelconque, et cet homme – ce Redbird, Forrester, ou autre, peu importait – était venu chercher quelque chose qu'elle n'avait pas. Il avait même amené son fils avec lui, qui au passage s'était servi de son nom à elle pour prendre un appartement dans sa ville… Et puis elle parlait de Boston, de David disparaissant presque une journée entière, de sa perplexité, à son retour chez elle, quand elle avait remarqué que certains objets avaient bougé, ne se trouvaient plus à leur place, et elle comprenait à présent que c'étaient eux les responsables, eux qui s'étaient introduits chez elle, avaient envahi son intimité, l'avaient envahie tout entière…

Avant de disparaître.

Ils avaient voulu révéler la vérité, et c'était maintenant chose faite. Et, de quelque manière qu'elle la regarde, cette vérité était incontournable : son père était un meurtrier et connaîtrait la mort d'un meurtrier ; il mourrait dans une cellule aux murs de pierre, de tout juste cinq mètres carrés, en sachant – comme il l'avait toujours su – que non seulement sa fille était là, à quelques jets de pierre, mais qu'un jour elle risquait de découvrir où il se trouvait.

Une semaine entière passa donc ainsi.

Ce fut Sullivan qui téléphona. Il donna le nom d'Annie, fournit tous les détails nécessaires et déposa une demande de permis de visite. Rikers Island lui fit savoir quand ils pourraient se présenter, précisant que l'autorisation serait à retirer sur place à leur arrivée, et Sullivan entreprit de préparer Annie à cette rencontre.

Mardi matin, 23 septembre.

Un jour de froid mordant. Soufflant de l'East River et s'engouffrant dans Hell Gate, le vent était hérissé de lames de rasoir qui venaient taillader le visage d'Annie, debout sur le pont du ferry, le cœur comme une pierre dans la poitrine, la bouche sèche, les nerfs en lambeaux.

Plusieurs fois elle regarda par-dessus l'épaule de Sullivan, qui la tenait contre lui, en direction de la terre ferme, des lumières de Port Morris et de Mott Haven. À sa droite s'étendaient Long Island et Astoria, l'endroit où son père avait vécu bien des années plus tôt, d'où il était lui-même parti pour la même destination quand il avait rendu visite à Johnnie Redbird. Tout était là, les îles des North et South Brothers, Lawrence Point, le dépôt de marchandises de la Conrail, la puanteur de Bowery Bay qui semblait pénétrer par tous les pores de la peau. Le décor était là, tel que décrit dans le manuscrit de Forrester.

Le froid lui paralysait le visage, mais c'était mieux ainsi ; elle avait là une bonne raison de garder le silence. Elle avait l'impression que les larmes – en admettant qu'il lui en reste encore – étaient gelées dans ses orbites, et quand elle clignait les paupières, elle les sentait, quelque part là derrière, qui jouaient à se mettre hors d'atteinte. Sullivan l'observait, avec attention, guettait son moindre mouvement, son moindre geste, et quand le ferry eut accosté, quand déjà les entouraient les bruits et les odeurs d'un monde étranger si éloigné du leur, il la tint fermement par le bras tandis qu'elle descendait la passerelle pour poser les pieds sur les planches du débarcadère.

Ils n'étaient pas seuls. D'autres gens étaient là qui avaient eux aussi des parents enfermés dans ce lieu. Comme eux, ils avaient froid, et appréhendaient peut-être ce qui les attendait, même s'ils n'en étaient pas à leur première visite.

Et puis ce furent des hommes en uniforme et en armes, de hautes grilles surmontées de barbelés tranchants, une suite sans fin de murs noirs où que l'œil porte, des murs qui semblaient plonger dans la mer, percer le ciel, s'enfoncer à des centaines de mètres sous terre, de façon que personne ne songe seulement à quitter l'endroit. Mais tous à l'intérieur n'avaient guère d'autre idée en tête. Survivre et partir.

On demanda son nom à Sullivan, qui le donna, et quand on demanda le sien à Annie et qu'elle resta silencieuse, ce fut Sullivan qui répondit pour elle.

« Et qui venez-vous voir ? » demanda le gardien. C'était un homme aux épaules larges, comme Sullivan n'en avait peut-être jamais vu, et la dureté de son regard s'expliquait sans doute par la nécessité où il était d'accomplir son devoir sans état d'âme.

« Mon père, marmonna Annie.

— Quoi ?

— Son père, intervint Sullivan. Frank O'Neill.

— Déjà venus ? » s'enquit le garde, affirmant davantage à chaque question sa carrure, son autorité, son indifférence calculée.

Annie secoua la tête.

« Non, répondit Sullivan. Nous ne sommes jamais venus. Il devrait y avoir un permis de visite pour nous, à ce qu'on m'a dit.

— C'est par là, dit l'autre en désignant une entrée grillagée. Les collègues de l'autre côté vont prendre vos noms, fouiller vos affaires, la procédure habituelle, quoi. »

Il plaqua un sourire mécanique sur son visage et, comme pour essayer d'introduire un peu d'humanité dans l'affaire, ajouta : « Comme quand on prend l'avion. »

Sullivan hocha la tête, et ils poursuivirent leur chemin.

Les bruits et les odeurs du pénitencier étaient tels que les avait imaginés Sullivan, et correspondaient en tout point à ce qu'il avait lu dans le manuscrit de Forrester : odeur de détergent bon marché, relents tenaces de tous ces hommes entassés dans des cellules minuscules, vivant les uns sur les autres. Il sentait la peur, la frustration, l'ennui sans fin, la haine et la rancœur, la culpabilité et l'innocence. Et il se rendit compte qu'il devait éprouver ce que le père d'Annie avait dû ressentir, d'abord quand il était venu rendre visite à Johnnie Redbird, puis quand il s'était en quelque sorte installé à demeure pour ne plus jamais repartir.

Annie était silencieuse, pâle, le regard effaré. Elle resta immobile tandis qu'une gardienne la fouillait, puis vidait le contenu de son sac, retirant une lime à ongles, une brosse à cheveux et un poudrier doté d'un miroir. Les articles furent placés dans une poche en plastique transparent dotée d'une étiquette.

Sur laquelle Annie fut priée d'apposer sa signature, d'écrire son nom et la date, avant de s'entendre dire en termes brusques et concis qu'elle pourrait récupérer ses possessions en partant. Sullivan s'enquit une fois de plus du permis de visite, mais le gardien se contenta de leur dire d'avancer, et Sullivan reprit le bras d'Annie.

Ils furent conduits jusqu'à une autre grille, et au-delà à une porte ouvrant sur un corridor qui s'enfonçait à perte de vue en direction de la bouche d'ombre qui le fermait à l'autre bout.

Le groupe des visiteurs continua d'avancer, tels des écoliers dociles en rangs deux par deux sous l'œil du maître.

À un moment, Annie s'arrêta et, sans réfléchir, fit demi-tour pour repartir en sens inverse. Sullivan dut resserrer sa prise sur son bras, se disant qu'elle en porterait les marques le lendemain, mais Annie semblait ne rien sentir et restait là, pâle comme un linge, les yeux rougis, le visage si inexpressif qu'on aurait pu y peindre l'émotion la plus vague.

« Je n'y arriverai pas, souffla-t-elle.

— Mais si, dit Sullivan. Il le faut. »

Puis il l'entraîna de nouveau, et elle le suivit sans protester, sans plus de questions ni de résistance, et au bout de ce qui lui sembla durer une heure, plusieurs peut-être, ils arrivèrent à une autre porte au bout du corridor.

Sullivan sentait ce qu'il se passait dans les gens qui les accompagnaient, les sentait impressionnés par les lieux, pleins d'appréhension.

La porte fut déverrouillée de l'intérieur, avec force grincements de clés, de barreaux, l'écho sourd d'un métal massif capable de résister à tout. Pour Annie, ce bruit pénétra jusqu'au cœur de ce moment. Dans ces murs étaient enfermés son passé, son présent, peut-être une partie de son avenir. Impossible de quitter ce genre d'endroit indemne.

L'éclairage était aveuglant – trop blanc, trop dur –, d'une violence teintée d'une lueur froide et bleutée proche de l'ultraviolet : une lumière qui voyait au travers des choses, les faisait apparaître dans toute leur réalité.

La salle où ils étaient maintenant était immense, divisée en deux par une grille qui montait jusqu'au plafond et flanquée d'une rangée de tables de part et d'autre, et de gardiens à gauche et à droite. Ils suivirent le cortège des visiteurs jusqu'à un petit bureau où ils firent la queue, et où l'on prenait les noms avant de passer un coup de téléphone d'un geste bref et machinal.

Leur tour vint enfin. Annie regarda Sullivan, et dans ses yeux se lisaient toutes les questions qu'elle avait jamais voulu poser. *Allez, vas-y*, articula-t-il en remuant les lèvres. Et Annie s'avança, ouvrit la bouche, donna le nom de son père, et le téléphone fut décroché, l'appel passé. En entendant un étranger prononcer ce nom, elle se recroquevilla sur le côté tout contre Sullivan, et bien qu'elle ne fît aucun bruit, il sut à ses tremblements qu'elle pleurait.

Une certaine confusion sembla s'ensuivre.

Un garde en faction contre le mur vint dire quelque chose à Annie.

« Comment ? demanda Sullivan. Qu'est-ce qu'il y a ?
— Par ici, dit le gardien. Suivez-moi. »

Ils s'exécutèrent, sans poser de question, et on les fit sortir de la grande salle pour les introduire dans une sorte de vestibule obscur. La lumière fut allumée, et Sullivan se figea sur place tandis que le garde conduisait Annie à une petite table. Puis il fit un signe à Sullivan, qui s'approcha et s'assit à son tour.

« Il y a un problème ? s'inquiéta Sullivan. Quelque chose ne va pas ? »

L'autre sembla sourire, encore que Sullivan n'en fût pas sûr. « Attendez ici », dit-il.

Il quitta la pièce, fermant la porte à clé derrière lui, et, l'espace d'un instant, Sullivan n'eut aucun mal à imaginer ce que ce devait être que de se retrouver dans cet endroit, peut-être par quelque sombre tour de passe-passe, et de savoir que ces murs, ces bruits, ces émotions seraient votre quotidien pour le restant de vos jours.

« Que se passe-t-il ? finit par demander Annie.
— Tout va bien, mentit Sullivan, conscient du fait qu'il y avait effectivement un problème.
— Je ne vais pas savoir quoi dire, dit-elle d'une voix à peine audible. Il doit être vieux, Jack, vraiment vieux, et je ne saurai pas quoi lui dire. »

Sullivan referma sa main sur la sienne et la pressa.

« Ça va bien se passer, tu verras. Tu trouveras quand tu le verras. »

Mais la peur habitait les yeux d'Annie – non, pas la peur, la terreur, une terreur abjecte, et pendant les minutes interminables que dura leur attente, Sullivan se dit que de toute sa vie – en dépit de tout ce qu'il avait pu voir, sentir, endurer dans tous les coins perdus du monde où il s'était retrouvé –, il n'avait jamais rien vécu de pareil.

C'était un cauchemar, un cauchemar macabre, effrayant.

« Merci… d'être venu », dit Annie, et Sullivan lui serra la main plus fort. Puis il y eut un bruit, une clé dans la porte, et, instinctivement, il se mit debout, comme s'il se préparait à la lecture d'une condamnation.

Il se tourna pour faire face à la porte, dont l'entrebâillement progressif lui parut correspondre à la brèche qui s'ouvrait en lui, mais l'homme qui entra, l'homme qui s'arrêta et leur fit face, l'homme qui leur sourit et fit encore un pas dans la pièce où ils avaient attendu, cet homme ne pouvait pas être Frank O'Neill.

Cheveux foncés, entre quarante et quarante-cinq ans, vêtu comme un prêtre.

« Mademoiselle O'Neill, je présume », dit-il de cette voix posée et rassurante propre aux hommes de religion.

Annie se leva, les yeux gonflés de larmes.

« Je suis désolé, poursuivit le prêtre. Je suis vraiment navré, mais il semble qu'il y ait eu une erreur.

— Une erreur ? demanda Annie, déjà dévastée par l'émotion, incapable d'en supporter davantage.

— Votre permis de visite. Votre permis était pour une personne du nom de Frank O'Neill, c'est bien cela ? »

Elle fit oui de la tête. Regarda Sullivan. Qui lui rendit son regard, sans un mot.

« Eh bien... il apparaît que la personne chargée de rédiger le document a inscrit par erreur le nom de Frank McNeal.

— Par erreur, en effet, dit Annie, la voix mal assurée. Mon père s'appelle Frank O'Neill, pas McNeal... »

Le prêtre abaissa les yeux, et quand il les releva, elle y lut tout ce qu'elle avait besoin de savoir, avant même qu'il ouvre la bouche. « Je suis désolé d'être porteur d'une si triste nouvelle, mais je suis au regret de vous annoncer que votre père, Frank O'Neill... que votre père est décédé en juin dernier. »

39

Hôtel des Cœurs Brisés
27 novembre 2002

Cher papa,
Salut, c'est moi, ta fille Annie.
J'y ai déjà pensé à plusieurs reprises, je veux dire, à t'écrire cette lettre, mais si j'ai attendu pour le faire, c'est parce que je me disais que c'était encore une preuve de ce que je perdais la tête. D'un autre côté, j'ai perdu tellement de choses ces derniers temps, vois-tu, que je peux bien en perdre une de plus.

Mon ami Sullivan (il vit dans mon immeuble, l'appartement en face du mien) me dit que l'humour est l'ultime ligne de défense. Eh bien, m'y voici acculée, à cette ligne ultime. Mon dernier recours.

Au bout de tant d'années, j'ai enfin découvert la vérité sur ce qu'il s'était passé. Un dénommé Robert Forrester est venu me trouver, me disant qu'il avait écrit quelque chose. J'ai d'abord cru que c'était juste une histoire, très crue et réaliste certes, mais tout de même pour l'essentiel imaginée ; il se trouve cependant que c'est une histoire vraie. Il avait un fils, ce Forrester, comme toi tu avais une fille, et il s'est arrangé pour que je tombe (ou que je monte, tout dépend de la manière dont on voit les choses) amoureuse de lui, après quoi ils m'ont tout retiré d'un coup.

J'ai parlé aux gens de Rikers Island. Ils m'ont dit qu'un certain David Quinn était venu te voir à trois ou quatre reprises, et ils l'ont pris pour un de tes amis. Après ta mort, il est revenu une dernière fois, et ils lui ont remis tes affaires. Parmi elles, des lettres que tu avais écrites à maman sans jamais les lui envoyer. Ils m'ont appris que tu étais mort d'une attaque, que ton corps avait pour ainsi dire fermé boutique, et qu'ils n'avaient rien pu faire pour t'aider. Sullivan m'a dit qu'il arrive parfois que l'on meure pour échapper à l'inévitable. C'est vrai ? Forrester et son fils t'ont-ils menacé de me dire où tu étais ? De m'apprendre toute la vérité sur toi si tu ne renonçais pas à l'argent ? L'idée d'avouer la vérité était-elle donc si terrifiante que tu aies pu lui préférer la mort ? Ils sont convaincus que tu leur as menti, tu sais, et que tu as caché quelque part des dizaines de milliers de dollars.

D'autres choses encore : j'ai découvert que toi et maman n'avez jamais été mariés. En soi, la chose est sans grande importance, mais c'est un détail de plus qui s'ajoute à tout ce que j'aurais dû savoir et que je n'ai jamais su. Concernant tes origines, par exemple, et ce qui t'est arrivé quand tu étais enfant. Maman n'a jamais dit un mot là-dessus. Je suppose que tu le lui avais fait promettre. Eh bien, tu vois, cette promesse elle l'a tenue, et jusqu'au bout. Elle était comme toi sur ce chapitre, j'imagine, elle avait des principes.

Et la photographie où l'on me voit bébé dans tes bras. Je l'ai en ce moment sous les yeux. Ton visage est celui d'un étranger, mais je me vois jouant à cache-cache au fond de tes yeux. Cette photo, elle est à moi, maintenant. Comme le sont les deux ou trois lettres que maman n'a jamais vues. Et j'ai ta montre aussi, ainsi que le livre que tu as laissé à mon intention. Un moment de répit. *Tu as écrit une dédicace sur la page de garde : « Pour quand le moment sera venu. » Que voulais-tu dire par là ? Quel moment ? Quand est-il censé venir ?*

Un peu plus de deux mois aujourd'hui que je suis allée à Rikers. Je n'ai pas toujours eu les idées claires ces derniers temps, mais ça va mieux à présent, papa, et je vais relire ton livre. Peut-être m'apparaîtra-t-il sous un jour nouveau. Peut-être qu'il contient un détail ou plusieurs que je reconnaîtrai comme un message que tu m'aurais destiné. Je pourrais le faire maintenant que je connais la vérité. Peut-être que, désormais, je vais voir les choses différemment. Je l'ignore et, en un sens, je m'en moque.

J'ai trente et un ans. Je les ai eus avant-hier. Demain, c'est Thanksgiving, une fête de famille, comme tu sais ? J'ai aujourd'hui une idée de qui tu étais et de ce à quoi tu ressemblais, et c'est un peu comme si quelqu'un était rentré au bercail, vois-tu. C'est fou, non ? Je peux regarder la photo sans fondre en larmes. Il m'aura fallu du temps, mais j'en suis capable à présent, même si je dois le faire en serrant les dents et les poings. Tu étais mon père, Frank O'Neill. Tu l'es toujours. Je suis ton enfant, le seul que tu aies jamais eu, autant que je sache. Tu es peut-être mort, toi, mais je suis bien vivante. Je suis toujours là.

Bref, si je t'écris aujourd'hui, c'est parce que c'est pour moi une sorte de catharsis, le moyen de sortir d'une crise, et quand j'aurai terminé ma lettre, on la glissera dans une vieille bouteille de Crown Royal (une idée de Sullivan) et on traversera le Triborough Bridge jusqu'à Randall's Island Park pour la jeter dans le Rikers Channel. Pourquoi cet endroit ? Parce que c'est là que se trouvent tes cendres, d'après ce que m'ont dit les gens de Rikers. Ils t'ont incinéré et ont répandu tes cendres dans le Channel. Alors peut-être qu'on se retrouvera, moi sous la forme d'une lettre, et toi d'un petit tourbillon qui m'engloutira.

Il est plus probable que je ne le saurai jamais, mais il faut que je m'accroche à cette idée. On a besoin de points d'ancrage, sinon on part à la dérive, non ?

Bon, je vais devoir y aller, papa. J'ai une vie qui m'attend. Je suppose que je pourrais dire que je t'aime, mais ce serait par sens du devoir, plus que du fond du cœur... et puis, j'ai comme l'impression aussi que tu comprendrais mieux si je te disais simplement que tu me manques. Alors voilà... tu me manques, papa.

Prends soin de toi.

Ta fille, pour toujours, Annie.

40

Le vent a une façon de balayer les couloirs du métro comme s'il y était retenu depuis des siècles et pensait encore pouvoir s'en échapper. Un vent cinglant, qui vous prend toujours à l'improviste et charrie avec lui des relents de pétrole, de mazout et de mort. Annie O'Neill n'a pas d'autre façon de décrire cette odeur : pétrole, mazout et mort.

Elle est heureuse que la rame arrive enfin. Elle se sent nerveuse, agitée, et n'arrête pas de se demander pourquoi elle est là, et ce qu'elle espère tirer de cette expédition. Elle va se mettre dans l'embarras, elle en a peur, mais, en dépit de cette crainte, elle se sent poussée à agir.

Là-haut, à l'air libre, il neige, pas beaucoup certes, mais de la neige tout de même. C'est samedi, quatre jours avant Noël. Noël à New York a toujours eu quelque chose de magique, et c'est encore le cas. Une atmosphère différente. Et pourtant bien réelle.

Annie monte dans le wagon et s'assied. Elle se renverse contre le dossier et pousse un soupir. Ferme les yeux un moment, puis sort de son sac le livre qu'il lui a donné. *L'Adieu aux armes*, d'Ernest Hemingway. À côté se trouve un autre ouvrage, *Un moment de répit*.

Celui-ci, elle l'a emporté pour s'assurer une sorte de soutien moral. Elle l'a relu, lentement, en savourant chaque ligne, chaque mot peut-être, dans un effort pour en découvrir le sens. Elle sait qu'il y en a un. Elle doit simplement chercher avec davantage d'attention.

Il faut remonter à trois soirs auparavant pour trouver l'explication de ce moment. Alors qu'elle était chez elle en train de bavarder avec Sullivan, celui-ci a remarqué le livre d'Hemingway sur la table et lui a demandé d'où il sortait.

Elle lui a raconté l'histoire : l'hôpital, le médecin, ce qu'il a dit, ce qu'elle croit avoir compris, et du coup Sullivan est reparti dans son histoire de *carpe diem*. Impossible de l'en faire démordre, il n'a pas arrêté de la harceler. « Vas-y, lui a-t-il dit. Retourne voir ce type. Il était mignon, non ? »

Elle avait haussé les épaules. « Ouais, c'est vrai, il était mignon.

— Alors, qu'est-ce que t'attends, bon Dieu... Vas-y, rends-lui son bouquin, dis-lui que tu l'as lu et que tu voulais le lui rapporter. »

Pendant deux jours il n'a pas désarmé, et, à la fin, peut-être simplement pour le faire taire, elle a pris son courage à deux mains et a accepté.

Elle irait après Noël.

« Mais, bon sang, Annie, si le type est moitié aussi beau gosse et aussi sympa que tu me l'as décrit, à Noël il sera déjà marié et père de trois gamins. Arrête un peu avec tes foutus "je suis peut-être pas son genre", "je suis peut-être pas assez bien pour lui", et va le trouver. Qu'est-ce qui peut t'arriver de pire, tu veux me dire ? Découvrir que, maintenant que tu es à jeun, il te kiffe plus ? Eh ben, dans ce cas, tu sauras que c'est pas un mec pour toi, c'est tout. »

Quand elle arrive dans Amsterdam Avenue, Annie a l'estomac complètement noué. Elle voudrait faire demi-tour, mais elle en est incapable. Ce n'est pas à cause de Sullivan, qui l'empoisonnerait jusqu'à ce qu'elle accepte de revoir Jim Parrish, pas non plus parce qu'elle craint que celui-ci soit fiancé ou marié ou plus du tout intéressé... Non, ce n'est rien de tout ça.

La vérité, c'est qu'elle a grande envie de le voir, mais qu'elle a peur. Peur qu'il ne soit plus tel que dans son souvenir, qu'il se révèle totalement différent et que lui aussi la trahisse.

Au moment même où elle entre dans le pavillon des urgences, elle s'efforce de se rendre invisible. Elle est consciente de l'émotion qu'elle ressent, sans pour autant la comprendre. Elle aimerait que son père soit là pour la lui expliquer. Mais il n'est nulle part. Il est mort, englouti qui plus est dans les eaux du Rikers Channel.

Elle est à trois pas de la réception, et c'est alors qu'elle se dit : *Enfin quoi, si je parviens à surmonter tout ce qui m'est arrivé jusqu'ici, je dois quand même pouvoir venir à bout de cette broutille.*

« Jim Parrish, le docteur Jim Parrish », dit-elle à l'infirmière derrière le bureau.

Qui ne rit pas. Qui ne s'exclame pas : *Hé, les filles, encore une pocharde qui en pince pour doc Jim et qui tente sa chance aujourd'hui*, ou bien : *Dites, ma petite dame, vous vous êtes regardée dans une glace récemment... Vous vous imaginez avoir une chance avec quelqu'un comme le docteur Jim ? Ha ha ha !* Elle se contente de consulter l'écran de son ordinateur et de répondre : « Vous avez de la chance. Il termine dans dix minutes. Si vous voulez bien vous asseoir là-bas, vous le verrez quand il arrivera par cette porte verte au bout du couloir. »

Annie la remercie et recule en pensant : *Bon, cette fois ça y est, j'ai dix minutes pour choisir entre rester et partir. Je pourrais simplement donner le bouquin à l'infirmière de garde, lui demander de le lui remettre quand il descendra...*

Elle se dirige vers les chaises que lui a indiquées l'infirmière. Reste debout un moment, puis s'assied, presque inconsciemment. Elle n'a plus toute sa tête. Et son cœur la retient en otage.

Les minutes se traînent, et elle les maudit de leur lenteur.

Son œil passe de la pendule murale à la montre de son père.

Elle repense à l'expression de Sullivan, à la façon dont son regard s'est allumé quand elle lui a dit qu'elle viendrait ici.

Elle s'en veut d'être aussi nerveuse, fébrile, si pleine d'appréhension. Comme lui a dit Sullivan : « Qu'est-ce que tu risques ? »

Elle sort le livre d'Hemingway de son sac, ainsi que *Un moment de répit*.

Elle l'ouvre, et une fois de plus lit l'inscription. Le moment serait venu ? Tel serait donc le message ? Le courage face à l'adversité, aux conflits et...

« Bonjour ! »

Annie relève la tête.

Le docteur Jim Parrish la domine de toute sa hauteur. On dirait, tant son sourire est large, que son visage va se fendre en deux.

Un moment, elle ne sait pas quoi dire. Ne sait pas ce qu'elle ressent.

« Votre livre, dit-elle d'un ton sec, presque brutal.

— Mince alors, contre-t-il, c'était quand même pas mauvais à ce point, si ? »

Elle sourit. *Détends-toi*, s'exhorte-t-elle. *Détends-toi, bordel !*

« Alors, comment vous allez ? » demande-t-il avant de s'asseoir à côté d'elle.

Elle hoche la tête, tente un sourire, mais elle est consciente de la crispation de son visage et se doute à quel point il doit paraître grimaçant.

Elle lui jette un regard en coin.

Il sourit. Un bon sourire. Authentique. Pas celui d'un *stalker*[1] ni d'un violeur en série.

« Vous ne vous souvenez pas de la dernière fois où l'on s'est vus, je me trompe ? » dit-il.

Annie lève un sourcil, scrute son visage au charme efficace en se demandant à quoi il fait allusion.

« Pas ici à St Luke, précise-t-il. Pas en votre qualité de patiente qui a trop bu et qui tombe… »

Nouveau froncement de sourcils d'Annie. Gênée à présent, vraiment gênée.

« Je vous ai vue une autre fois, poursuit-il. Dans un Starbucks, il y a quelque temps, et manifestement je

---

1. Personne souffrant d'un désir de harcèlement, de traque furtive (de *stalk*, « chasser », « traquer »), d'une obsession névrotique de la surveillance d'autrui.

vous avais fait si forte impression la première fois que vous ne m'avez absolument pas reconnu.

— C'était vous ? » s'exclame-t-elle, se souvenant de l'incident comme s'il datait de la veille, et soudain soulagée d'avoir réussi à aligner trois mots.

Elle sourit de manière plus naturelle, un peu moins gênée, encore que, en toute honnêteté, elle ne voit pas pourquoi elle devrait éprouver un tel sentiment. Peut-être parce qu'elle s'est forgé une réputation – en tout cas auprès d'au moins un autre individu à Manhattan – de « patiente qui a trop bu et qui tombe ».

Elle contre-attaque de façon spontanée, et astucieuse, lui semble-t-il.

« Bon, mais j'imagine que vous, vous seriez incapable de vous rappeler mon nom.

— Annie O'Neill », répond-il du tac au tac.

Elle est sincèrement surprise.

« Votre nom est facile à retenir, dit-il. Il rime avec Ally McBeal. »

Elle éclate d'un rire franc, cette fois-ci. La situation est burlesque, et l'instant pourtant mémorable. Elle a connu un ou deux autres moments du même genre récemment – Sullivan débarquant à deux heures du matin avec un carton plein de morceaux de poulet frit, un gamin sous le porche de l'immeuble il y a une huitaine de jours, lui demandant si elle attendait Noël avec autant d'impatience que lui...

« Là, vous m'avez eue, dit Annie, qui sourit et hoche la tête. Ça vous donne droit à un cigare, mais, attention, un bas de gamme à vingt-cinq *cents*, pas une de ces merveilles de havanes roulés à la main.

— Alors, ce livre, vous l'avez lu ? demande Parrish en se renversant sur son siège.

— Non, pour être honnête, je ne l'ai pas lu.

— Alors pourquoi le rapporter ? »

Annie ne répond pas à la question. Regarde l'horloge sur le mur et se sent rougir.

Un silence s'installe, très bref – un ou deux battements de cœur, pas plus –, mais suffisant pour qu'elle en sente le poids.

« Et le magasin, ça marche ? demande-t-il encore.

— Vous vous souvenez de ça aussi ?

— Bien sûr, voyons... Je vous ai bien dit que j'étais un vrai rat de bibliothèque. En fait, j'ai même songé à vous rendre une petite visite pour voir un peu à quoi ressemblait l'endroit, mais pour une raison ou pour une autre, je n'ai jamais mis l'idée à exécution. »

Annie le regarde. Il y a autre chose là derrière. Elle se rappelle alors leur rencontre au Starbucks, et l'épisode dans le métro que lui a raconté Sullivan. Cette histoire de moment. Du moment crucial. Elle en chasse le souvenir, comme s'il était importun.

« Qu'est-ce que vous avez là ? s'étonne-t-il en désignant du doigt l'exemplaire d'*Un moment de répit* qu'elle a toujours à la main.

— Un truc appelé *Un moment de répit*, répond Annie en montrant la couverture.

— Le Levitt ? demande-t-il, une légère surprise dans la voix.

— Heu... oui. Nathaniel Levitt, confirme Annie, quelque peu étonnée elle aussi.

— C'est étrange, je croyais qu'ils avaient arrêté la réimpression depuis des années.

541

— Je ne sais pas..., dit Annie en haussant les épaules. C'est quelque chose que m'a laissé mon père. L'exemplaire est très ancien.

— Vous savez qui c'était, ce Levitt, bien sûr ?

— Bof, pas vraiment..., répondit Annie en secouant la tête, un écrivain du XIXe, quoi.

— C'était le frère d'Old Hickory..., dit Parrish en souriant. Nathaniel Levitt était un pseudonyme.

— Old Hickory ?

— Andrew Jackson, le septième, si je ne me trompe... oui, le septième président des États-Unis, deux mandats, de 1829 à 1837.

— Mais comment vous savez tout ça ? demande Annie.

— Je sais pas trop, pour tout dire... Peut-être que j'ai vraiment besoin d'un hobby. »

Elle éclate de rire, tourne et retourne le livre comme si elle le voyait sous un nouveau jour.

« L'ouvrage que j'ai là a donc été imprimé sous la présidence d'Andrew Jackson.

— Non, pas imprimé, bien sûr, mais en tout cas écrit pendant cette période.

— Mais attendez..., dit Annie en secouant la tête et en ouvrant l'ouvrage. Il y a une inscription sur la page de garde qui dit qu'il a été imprimé en 1836 par Hollister & Sons, Jersey City, relié par Hoopers de Camden... »

Parrish se penche en avant, l'air soudain extraordinairement intéressé. « Non, sérieux ? Je peux voir ?

— Bien sûr », dit Annie, et elle lui tend le livre.

Parrish le prend avec précaution, comme il s'emparerait de la main d'un bébé.

Il le regarde, l'ouvre, lit l'inscription manuscrite, effleure les caractères du bout des doigts.

« Votre magasin ? demande-t-il. Vous vendez des livres rares ou anciens ?

— Non, non. Juste le tout-venant du livre de poche, ce genre de truc, quoi.

— Et vous savez ce que vous avez là ?

— Ben… Un livre intitulé *Un moment de répit*, écrit par le frère d'Andrew Jackson ?

— Oui, oui, bien sûr…, dit Parish, qui a l'air maintenant franchement surexcité. Mais vous savez ce que c'est ? »

Il la regarde, le livre à la main, une expression d'une telle intensité sur le visage qu'Annie se demande ce qu'il se passe.

« Alors… j'attends votre explication, le presse-t-elle, tendant la main pour qu'il lui rende le livre.

— Ils en ont imprimé peut-être trois cents ou quatre cents exemplaires en tout. Et pour un roman, ça ne va pas chercher bien loin… Mais la valeur historique…, poursuit-il avant de s'interrompre un moment et de fixer Annie dans les yeux avec l'air d'un père s'adressant de façon solennelle à son enfant. Ce livre, il ne faut plus le sortir, mademoiselle O'Neill…

— Annie, rectifie-t-elle. Appelez-moi Annie… Quelqu'un qui me connaît suffisamment pour me désigner sous l'expression "la patiente qui a trop bu et qui tombe" a le droit de m'appeler Annie.

— Eh bien, ne le sortez plus de chez vous, Annie. Je ne plaisante pas. Remportez-le, enveloppez-le avec soin et ne le ressortez que pour aller le déposer dans un coffre. »

543

Annie fronce les sourcils.

« Il y a six ou sept ans, reprend Parrish, chez Sotheby's, ici à New York... on en a vendu un comme celui-ci, une première impression de Levitt, pour quelque chose comme cent vingt-cinq mille dollars. »

Annie regarde Parrish. Puis le livre. Bouche bée, yeux écarquillés.

« Vous l'ignoriez ?

— Attendez... Vous pouvez répéter ? demande Annie, incrédule.

— Ce livre que vous avez là... un exemplaire de cette édition s'est vendu pour cent vingt-cinq mille dollars chez Sotheby's il y a six ou sept ans. Et aujourd'hui ? Ma foi, aujourd'hui, je ne sais pas, mais j'imagine qu'il irait chercher dans les deux cent mille. »

Il sourit, un sourire aussi large que celui d'un enfant. « Qu'est-ce que votre père a écrit, là-dedans ? »

Annie secoue la tête. Regarde le livre.

Lentement, délicatement, elle le rouvre. Elle sent tout le poids du livre dans sa main.

Jamais il ne lui a semblé aussi lourd.

Aussi lourd que mon cœur, se dit-elle.

Elle suit d'un doigt timide les mots qu'a écrits son père : *Annie* – un père au sujet duquel elle croyait ne jamais savoir un jour la vérité –, *pour quand le moment sera venu* – et maintenant, enfin, elle se rend compte que cette vérité est presque impossible à croire.

Papa, 2 juin 1979.

Elle est dans le déni. Tout cela, littéralement, dépasse l'entendement. Alors elle se lève, commence à s'éloigner de la chaise où elle était assise, puis s'arrête et se retourne.

« Vous faites quelque chose ? demande-t-elle à Jim Parrish.

— Là, tout de suite ?

— Oui, là maintenant.

— Non, rien de spécial… Pourquoi ?

— Venez voir le magasin… Venez voir le magasin, et on ira dîner ensemble. »

Parrish lève un sourcil. Il arbore toujours son grand sourire d'enfant. « Vous me demandez de sortir avec vous, en somme ? »

Annie sourit et s'esclaffe à nouveau.

« Eh ben, oui… Et pourquoi pas, merde ? Ce genre de truc, il faut savoir saisir sa chance quand elle passe, non ?

— Oui, j'imagine, dit Parrish, qui entre dans son jeu. D'accord… Je n'arrive pas à me rappeler la dernière fois où je me suis fait draguer comme ça, mais j'accepte… Et avant qu'on ajoute un mot, je tiens à ce que vous sachiez que ce n'est pas pour l'argent, OK ? »

Annie O'Neill pouffe de rire, et, l'instant d'après, il est à son côté, elle remet le livre dans son sac, et ils sortent ensemble de l'hôpital.

Elle tourne à gauche, Jim Parrish quasiment à son bras, Annie souriant, puis riant à pleins poumons, et le vent qui l'assaille – si âpre et tenace qu'il soit – emporte son rire jusqu'à Cathedral Parkway.

Du même auteur
chez Sonatine Éditions :

Seul le silence, traduit de l'anglais par Fabrice Pointeau, 2008.
Vendetta, traduit de l'anglais par Fabrice Pointeau, 2009.
Les Anonymes, traduit de l'anglais par Clément Baude, 2010.
Les Anges de New York, traduit de l'anglais par Fabrice Pointeau, 2012.
Mauvaise étoile, traduit de l'anglais par Fabrice Pointeau, 2013.
Les Neuf Cercles, traduit de l'anglais par Fabrice Pointeau, 2014.
Papillon de nuit, traduit de l'anglais par Fabrice Pointeau, 2015.
Les Assassins, traduit de l'anglais par Clément Baude, 2015.
Un cœur sombre, traduit de l'anglais par Fabrice Pointeau, 2016.
Le Chant de l'assassin, traduit de l'anglais par Claude et Jean Demanuelli, 2019.

Le Livre de Poche s'engage pour l'environnement en réduisant l'empreinte carbone de ses livres. Celle de cet exemplaire est de :
600 g éq. CO$_2$
Rendez-vous sur
www.livredepoche-durable.fr

Composition réalisée par PCA

Achevé d'imprimer en août 2019 en Italie par
Grafica Veneta, 35010 Trebaseleghe
Dépôt légal 1re publication : juin 2019
Édition 02 – août 2019
LIBRAIRIE GÉNÉRALE FRANÇAISE
21, rue du Montparnasse – 75298 Paris Cedex 06